ANDREAS IZQUIERDO

Der Club der Traumtänzer

Roman

Von Andreas Izquierdo ist bei DuMont außerdem erschienen:
Das Glücksbüro

FSC
www.fsc.org
MIX
Papier aus verantwortungsvollen Quellen
FSC® C083411

Sonderausgabe 2018
DuMont Buchverlag, Köln

Umschlaggestaltung: Lübbeke Naumann Thoben, Köln
Umschlagabbildung: Hintergrund: © leksustus – Fotolia.com
Menschen: © Jasmin Merdan – Fotolia.com
Satz: Fagott, Ffm
Gesetzt aus der Garamond Pro
Druck und Verarbeitung: CPI books GmbH, Leck
Gedruckt auf säurefreiem und chlorfrei gebleichtem Papier
Printed in Germany
ISBN 978-3-8321-6453-9

www.dumont-buchverlag.de

Para
Modesta y Samuel

DER UNFALL

1.

Am Abend des Unfalls war sein Penthouse hell erleuchtet, und man sah vor allem einen riesigen Barockspiegel, golden eingerahmt, mit fast blinden Ecken. Ein Spiegel, bei dem der Verkäufer geraunt hatte, Ludwig XIV. hätte sich darin bewundert, ein Argument, das ihn überzeugt hatte, einen exorbitanten Preis für die Antiquität zu zahlen. An jenem Abend also stand dort der über dreihundert Jahre alte Spiegel, und alles, was er zeigte, war ein bis auf die Socken nackter Salsatänzer. Sein blanker Po flammte wie der Lichtkegel eines Leuchtturms mal von links, mal von rechts darin auf, während treibende südamerikanische Rhythmen die Luft erzittern ließen. Dann wieder trippelte er durchs Spiegelbild oder schoss auf den Socken rutschend hindurch, und je länger man in den Spiegel sah, desto sehnlicher wartete man auf die swingenden Bäckchen, bis sie plötzlich bildfüllend auftauchten. Jetzt hatten sie ihre Position gefunden und rückten kreisend näher und näher an den Spiegel heran. Und was immer dem Spiegel in den letzten Jahrhunderten anvertraut worden war, was immer ihm vielleicht sogar Ludwig XIV. zugeflüstert haben mochte, jetzt hörte er nur: »Badabing! Badabum! Badabing! Badabum!«

Es war Freitagabend. Gabor brachte sich für das Wochenende in Schwung, und das tat er in aller Regel nackt, denn er war der Meinung, dass angezogen alles Mögliche gut aussehen konnte, doch erst wenn es nackt toll aussah, würde es angezogen großartig sein. Man mochte von ihm halten, was man wollte, aber Tatsache war, dass sein »Badabing! Badabum!« nackt schon einfach großartig war. Im Anzug mit offenem Hemd und den zweifarbigen Budapestern als einzigem exzentrischen Accessoire war es wie der CERN Teilchenbeschleuniger: Es schuf schwarze Löcher der Anziehung. Auf Männer wie auf Frauen.

Vor allem auf Frauen.

Der Spiegel hingegen schien das alles mit großer Würde hinzunehmen. Er hatte sie alle überlebt – er würde auch das überleben. Tatsächlich war er das einzig Alte in einem ansonsten modern eingerichteten Penthouse, dessen gesamte Front zur Linken aus Panoramascheiben bestand, durch die man einen beeindruckenden Blick auf die nächtliche blinkende Stadt hatte. Und auf eine freundliche, alte Dame, die dem Spektakel freitags, samstags und manchmal auch mittwochs in ihrem Penthouse auf der gegenüberliegenden Seite der großen Allee beiwohnte. Sie war nicht immer so freundlich gewesen, hatte sich zweimal über Gabors Tanzeinlagen beschwert, doch als sie merkte, dass ihre Beschwerden nicht durchdrangen, hatte sie das Beste daraus gemacht, einen Piccolo geöffnet und war seit dieser Zeit ein großer Fan Gabors. Denn auch sie hatte nie zuvor jemanden so tanzen sehen – und dass er dabei nackt und gut gebaut war, das war, nun ja: ein Bonus.

Zur Rechten fand sich eine offene Designerküche mit Esstheke, die noch nie wirklich benutzt worden war, die Mitte dominierte eine große, offene Fläche und das Ende des Raums eine geschickt arrangierte Wohnlandschaft mit Flatscreen und Surroundanlage. Daneben war eine Tür, die ins Schlafgemach mit angeschlossenem Wellnessbad führte.

Gabor hatte sich in Form gebracht und missmutig ein graues Haar ausgezupft, denn trotz seines jungenhaften Aussehens ging er auf die vierzig zu. Dann strahlte er sich im Spiegel an und tanzte gut gelaunt ein paar Schritte: Die Stadt wartete auf ihn, die Bar, in der die schönsten Frauen hofften, dass er sie zum Tanz auffordern würde.

Und heute würde er die Schönste von allen treffen. Eine, die mehr sein wollte, als eine Miss Gabor für eine Nacht, eine, bei der sogar Gabor sich vorstellen konnte, sein Junggesellenleben aufzugeben, um Zeit mit ihr zu verbringen. Viel Zeit.

Es wurden genau drei Stunden und vierundzwanzig Minuten.

2.

Das *Milonga* war für ungeheuer viel Geld einer argentinischen Hafenbar nachempfunden worden, in die seit Jahrzehnten kein Peso mehr investiert worden war und die nur noch vom Schweiß und der Leidenschaft der Tänzer zusammengehalten wurde. Sah man jedoch genauer hin, so waren die Tische und Stühle, die die große Tanzfläche umringten, aus Designerhand, die Bar handgefertigt und überaus geschickt beleuchtet, die kleine Bühne, auf der dann und wann Bands spielten, mit modernster Scheinwerfertechnik umkränzt und selbst der rote Samtvorhang neu und makellos. Ganz im Hintergrund, ebenfalls im teuren Retrolook, kleine Separees zum Verweilen.

Frauen trugen grundsätzlich Röcke und hohe Absätze, Männer niemals Jeans oder Turnschuhe. Wer hierhin kam, hatte Geld oder hoffte auf welches, und er konnte tanzen: Salsa, Tango, Merengue, Samba, Rumba. Der Tanz brachte die Paare zusammen, das Leben außerhalb des *Milonga* trennte sie wieder.

Gabor war hier wohlbekannt, ja, man konnte sagen, man erwartete ihn förmlich, denn als er endlich da war, kam er kaum dazu, an seinem Drink zu nippen, bevor ihn gierige Blicke zum Tanzen aufforderten.

In der ersten Pause traf er sie, die zum ersten Mal im *Milonga* war, dann endlich an der Bar, bestellte ihr unaufgefordert ein zweites Getränk, erntete dafür ein Lächeln.

»Gabor«, sagte er.

»Annette«, antwortete sie.

Er bat sie aufs Parkett, und es war, als hätten sie nie etwas anderes getan, als miteinander zu tanzen. Sie lag so sanft in seinem Arm, folgte so dynamisch seinen Schritten, als ob sie in jedem Moment wusste, was er im nächsten anbieten würde. Harmonie, die auch den anderen Paaren nicht verborgen blieb, was der einen oder anderen Dame einen enttäuschten Seufzer entlockte. Sie brachten sich in Stimmung, heizten sich auf, und als sie das *Milonga* verließen, brannten sie lichterloh vor Leidenschaft. Jetzt konnte es gar nicht schnell genug gehen, bis sich das Vorspiel in seinem Penthouse entladen würde.

Sie stiegen in Gabors Wagen, und er dachte lächelnd daran, dass er sie ausgerechnet auf einem Firmenfest bei *Clausen & Wenningmeier* für sich gewonnen hatte, was deswegen so bemerkenswert war, weil Firmenfeste bei *Clausen & Wenningmeier* selbst für Unternehmungsberaterverhältnisse ungewöhnlich formell abliefen. Dabei hatten Firmenfeste im Allgemeinen ihre eigenen Dynamiken: Karrieren wurden dort begründet, viel öfter jedoch vor ihrer Zeit beendet. Bei *Clausen & Wenningmeier* aber gab es keine Dynamik, kein falsches Wort und kein Glas zu viel. Beziehungen zwischen den

Mitarbeitern waren weder erwünscht noch fanden sie statt.

Offiziell.

Für Gabor waren die strikten Bedingungen das Paradies: Sie forderten ihn nicht nur heraus, nein, er wusste nur zu gut um die menschliche Natur – dass ein Verbot allenfalls den Reiz befeuerte, es zu umgehen. Und es gab niemanden, der unterdrückte Begierden so gut an die Oberfläche locken konnte wie Gabor.

So fand er sie bei einem Essen für Klienten, nichts Besonderes eigentlich, ein Zwei-Sterne-Restaurant mit einer kleinen Ansprache des geschäftsführenden Partners Ferdinand Clausen, der seit dem Tod des zweiten Gründers Klaas Wenningmeier die Firma leitete. Clausen sprach, alle lauschten, aber nur eine wandte ihre Aufmerksamkeit Gabor zu, der ein paar Fotos von allen Anwesenden schoss. Denn als er sie ins Visier nahm, zögerte er, nahm das Objektiv herunter und sah sie an. Niemand sonst bemerkte die kurze Geste der Bewunderung, doch ihre Aufmerksamkeit war geschärft, sie wartete, ohne sich dessen bewusst zu sein, auf ein weiteres Zeichen, das an diesem Abend nicht mehr kam.

Das sandte er ein paar Tage später. Was durchaus wörtlich zu nehmen war, denn alle warteten bereits gespannt auf die Fotos, die Gabor in schöner Regelmäßigkeit auf besondere Art aufwertete. Er fertigte Photoshop-Montagen an, die bei den Mitarbeitern sehr beliebt waren, weil Gabors Einfallsreichtum im Karikieren der Mitarbeiter unerschöpflich zu sein schien: Er schmeichelte, neckte, provozierte charmant, je nachdem, was er bei seinem Gegenüber erreichen wollte. So montierte er beispielsweise Hollywoodstars oder Politiker in die Fotos, erschreckte mit stillstehenden Porträts, die sich dem Betrachter nach einigen Sekunden plötzlich zuwandten, oder veränderte die Bilder so stark, dass sie auf berühmte Bibelstellen, Kunstwerke oder Ereignisse der Weltgeschichte anspielten. Alles täuschend echt, witzig und intelligent. Selbst Clausen, ansonsten des Humors völlig unverdächtig, freute sich auf Gabors Montagen, und auch diesmal sollte er ihn nicht enttäuschen. Alle bekamen ihr Foto.

Alle bis auf eine.

Das war Gabors Zeichen. Er musste nicht lange warten, da fragte sie nach ihrem Foto. Alle sprachen über ihre Montagen, zeigten sie herum – nur sie hatte keine bekommen. Er mailte ihr ein Foto, auf dem sie und er als Tangopaar tanzten. Irgendwo in den Straßen von Buenos Aires. Eine Schwarz-Weiß-Montage aus den Vierzigerjahren vor verwitterten Häusern und verblichenen Reklameschildern. Niemand sonst war zu sehen, doch trotz oder gerade wegen der armseligen Kulisse wirkten die beiden Tänzer so selbstvergessen, so innig, so entrückt, dass man die Musik, zu der sie tanzten, geradezu hören konnte.

Unter dem Bild stand: *Milonga, 20.00 Uhr?*

Sie sagte zu und saß jetzt neben ihm im Auto und öffnete seinen Hosenschlitz.

»Warte. Wir sind gleich da …«

Sie kicherte. »Sieht nicht danach aus, als ob du Lust hättest zu warten.«

»Annette, ich muss fahren!«

Gabor hielt an einer Kreuzung, blinkte. Schon spürte er ihre weiche Zunge. Er sah an sich hinunter, folgte seufzend den Bewegungen ihres Hinterkopfes und verpasste die Grünphase.

Hinter ihm hupte jemand, er fuhr stotternd an und missachtete um ein Haar die Vorfahrt eines anderen. Dann wurde auch er gierig, und ohne es zu bemerken, trat er das Gaspedal fast durch, fuhr zu schnell, zu unkonzentriert, bog mit quietschenden Reifen in eine dunkle Seitenstraße, um dort über sie herzufallen. Die Radfahrerin, die die Straße in diesem Moment kreuzte, bemerkte Gabor erst, als sie förmlich über die Motorhaube hinwegflog.

Vollbremsung.

Annette schoss in den Fußraum der Beifahrerseite, der Gurt schnitt sich in Gabors Schulter, der Wagen stellte sich quer und rammte schließlich eine kleine Gartenmauer, die auf der Breite von etwa einem Meter einfach umkippte.

Dann war alles ruhig.

»Bist du okay?!«, rief er laut.

Sie rappelte sich hoch. »Ja … bin okay, denke ich. Was ist denn passiert?«

Gabor sah zurück. Die Fahrradfahrerin lag auf der Straße.

»Ruf den Notarzt!«, rief Gabor, sprang aus dem Wagen und lief auf die Frau zu.

Etwa fünfzehn Minuten später war die Unfallstelle hell erleuchtet, Blaulicht zuckte in den Gesichtern der Anwesenden. Einige Schaulustige hatten sich eingefunden, der Anwohner, dessen Mauer von Gabors Wagen eingerissen worden war, beschwerte sich bei einem Uniformierten.

Gabor saß auf der Ladefläche eines Notarztwagens und trank einen Tee. Annette stand zitronenmündig neben ihm, mit einer Halskrause, die sie schon aus ästhetischen Gründen abscheulich fand, die Arme vor der Brust verschränkt. Dieser ganze Aufmarsch dauerte ihr schon viel zu lange, und soweit sie informiert war, hatte sich die Radfahrerin gerade mal ein Bein und möglicherweise ein oder zwei Rippen gebrochen.

»Was für ein Aufstand!«, sagte sie zu Gabor und blickte auf die vielen Einsatzwagen. »Fehlt nur noch der Hubschrauber der Kanzlerin.«

Gabor versuchte aufzustehen, ein heißer Schmerz in der Lendengegend ließ ihn aber gleich in der Bewegung stoppen.

Ein Notarzt stieg aus dem Wagen und nestelte an einer sterilen Verpackung herum, aus der er eine Spritze zog, die er mit einer klaren Flüssigkeit aufzog.

Gabor beobachtete ihn mit stiller Furcht.

»So, dann mal raus mit dem verletzten Soldaten!«, sagte der Arzt und konnte sich ein Grinsen nicht verkneifen.

»Das ist ein Witz, oder?!«, fragte Gabor.

»Nein, obwohl … Komisch ist es schon.«

»Gleich hier? Warum nehmen Sie keinen Eintritt?!«, mischte Annette sich ein.

Der Notarzt blieb unbeeindruckt. »Das Gleiche könnte man Sie beide auch fragen …«

»BITTE?!«

Gabor seufzte. »Lass gut sein, Annette.«

»Ich denke ja gar nicht dran! Ihr Name?«

Der Notarzt, bereits seit vierundzwanzig Stunden im Dauereinsatz, war viel zu erfahren und viel zu müde, um sich in irgendeiner Form einschüchtern zu lassen. »Dr. Oliver Rahl. O. Ral, wenn Sie so wollen.«

Sie sah so wütend aus, dass er für einen Moment glaubte, sie würde ihn beißen. Und sie würde niemals von ihm ablassen, in solchen Dingen war sie wie ein Pitbull. Ihr Ego war übergriffiger Natur, es spielte keine Rolle, ob es bei einem Streit um sie selbst oder um jemand anderen ging. Einmal in Fahrt, machte sie jede Auseinandersetzung zu der ihren.

Gabor sah, wie die verletzte Radfahrerin in einen zweiten Rettungswagen geschoben wurde. Sie blickte zu ihm rüber, und fast glaubte Gabor, ein Lächeln auf ihren Lippen auszumachen. Vermutlich starke Schmerzmittel. Ein Polizist trat ins Sichtfeld und hielt Gabors Führerschein und Fahrzeugbrief in den Händen. »Herr Schoening? Ihre Papiere.«

Gabor kam nicht dazu, sie entgegenzunehmen, denn er hörte Annette fauchen: »Sie haben keine Ahnung, mit wem Sie sich gerade anlegen!«

»Doch, doch. Deswegen gibt's ja jetzt 'ne Spritze!«

»Einen Scheiß geben Sie!«

»Annette, bitte«, versuchte Gabor sie zu beruhigen.

»Halt dich da raus, Gabor!«

»Herr Schoening?«

Wieder der Polizist.

»Wollen *Sie* ihm die Spritze geben?«, fragte der Notarzt, »Ist ganz leicht. Subkutan.«

»Ich sag Ihnen, was ich machen werde: Ich werde Ihre Karriere beenden. Das mache ich.«

»Schade. Ich werde Szenen wie diese sicher sehr vermissen.«

Gabor ging dazwischen, fragte den Arzt mit ruhiger Stimme: »Ist das denn wirklich nötig?«

»Tut mir leid, Herr Schoening. Ich fühle mit Ihnen, aber wenn Sie, wie soll ich sagen, noch mal einen Turm bauen wollen, dann brauchen Sie diese Spritze.«

»Er wird noch viele Türme bauen, auch ohne diese Spritze!«, giftete sie.

»Dann sollten Sie sich von ihm fernhalten, denn sonst baut er allenfalls noch Kellertreppen!«

»SCHLUSS JETZT!«

Die drei drehten sich zu dem Polizisten um. »Würde mir bitte jemand erklären, was hier eigentlich passiert ist?«

Blicke wanderten von einem zum anderen, doch niemand sprach.

Dann antwortete Gabor – und beendete die heiß lodernde Beziehung zu Annette drei Stunden und vierundzwanzig Minuten nach ihrem ersten Tanz mit den Worten: »Warum zeigst du es ihm nicht mal, Schatz?«

3.

Es war nicht nur die flapsige Bemerkung Gabors, die die Leidenschaft abgekühlt hatte, sondern auch der Unfall selbst, so als ob man aus dem Schlaf hochschrecken und bemerken würde, dass alles nur ein Traum gewesen war. Und mochte er noch so süß (und in Teilen auch peinlich) gewesen sein, er war vorbei. Die Wirklichkeit hatte ihn wieder.

Und die hatte nichts Spielerisches, Witziges, denn das, was man in der Wirklichkeit verlor, bekam man in der Regel nicht mehr zurück. So mochte das Ende der

Beziehung zu Annette Gabor nicht erschüttern, das Ende seiner Karriere würde es aber. Dabei war es nicht allein der Unfall, der Gabor in Gefahr brachte, auch nicht unbedingt, dass er eine Liaison mit jemandem von *Clausen & Wenningmeier* gehabt hatte, sondern eher der Umstand, dass es Frau Clausen selbst gewesen war, die ihm während der Autofahrt ihre Gunst erwiesen hatte.

Außerdem drohte eine Strafanzeige des Unfallopfers, denn mochte Annette Clausen auch der Meinung sein, dass ein gebrochenes Bein und ein paar angeknackste Rippen keine große Sache waren, im Verkehrsrecht galt es als schwere Verletzung. Und die Umstände des Unfalls konnten wenigstens als fahrlässig bezeichnet werden, in jedem Fall aber als grobe Gefährdung des … nun ja: Verkehrs.

Und ein vorbestrafter Manager bei *Clausen & Wenningmeier*? Undenkbar. Der makellose Schein war das Fundament ihres Erfolgs, und Ferdinand Clausen galt als unerbittlicher Wächter der Etikette. Ihm und seiner Idee des Triumphs hatten sich alle unterzuordnen. Und wie würde Clausen dastehen, wenn je herauskäme, *wo* sich Gabor verletzt hatte und wer dafür verantwortlich war? Eine ganze Branche würde vor Lachen nicht in den Schlaf finden. Nein, nichts durfte je nach außen dringen – Gabor musste einen Prozess unbedingt verhindern.

Am nächsten Morgen erschien Gabor wie gewohnt bei *Clausen & Wenningmeier*, nicht ganz so beschwingt wie sonst, da seine intime Verletzung dies nicht zuließ. Noch bevor er sein Büro betreten konnte, fing ihn seine Assistentin ab. »Gabor? Herr Clausen lässt bitten!«

Gabor runzelte die Stirn. »So früh?«

»Ja, er lässt ausrichten, es sei wichtig, und er erwartet Sie umgehend.«

»Hat er gesagt, worum es geht?«

»Nein.«

»Wie wirkte er?«

Seine Assistentin blickte ihn scharf an. »Was haben Sie angestellt, Gabor?«

»Nichts.« Und als er ihren skeptischen Gesichtsausdruck sah, versicherte er: »Ehrlich.«

Sie verschränkte ihre Arme vor der Brust. »Ein *ehrlicher* Unternehmensberater, Gabor?«

Er grinste. »Sie sehen bezaubernd aus, Sonja. Hatte ich das heute schon erwähnt?«

Sie seufzte amüsiert und antwortete: »Er wirkte so wie immer, Gabor. Gehen Sie schon!«

Es war ein sprichwörtlich weiter Weg zu Clausen, ein langer, schmaler Gang, der genügend Zeit gab, über das nachzudenken, was einen beim Patriarchen erwarten würde. Die *Allee*, weil sie von gläsernen Büros rechts und links eingefasst war und man nie wissen konnte, gegen welche der vielen unausgesprochenen Regeln man verstoßen hatte. Oder wie in Gabors Fall: gegen welche nicht. Endlich stand er vor der Tür am Ende des Ganges, atmete durch, meldete sich bei Clausens Sekretärin an und trat schließlich ein.

Clausen bat ihn mit einer Geste, sich zu setzen. Fast gleichzeitig wurde ihm Kaffee und Wasser serviert. Dann waren sie allein.

Clausen sah ihn lange an.

Wusste er etwas?

»Heute Morgen habe ich einen Anruf erhalten…«

Gabor nickte und machte »Hhmm?«

»Wim de Vries …«

»*Reos Holding*?«, platzte Gabor heraus. Es ging ums Geschäft!

Clausen nickte. »Verstehen Sie etwas von Edelmetallen?«

Gabor musste nicht antworten, denn Clausen schloss aus seiner Miene, dass er diesbezüglich nichts wusste, was über den Kauf von Luxusgegenständen hinausging.

»Einerlei. Die *Reos* ist in gewissen Schwierigkeiten, und de Vries möchte noch vor der nächsten Aktionärssitzung Restrukturierungsmaßnahmen einleiten, bevor die Aktie an den Märkten unter Druck gerät. Wir haben die große Chance, *Reos* Möglichkeiten aufzuzeigen, wie sie ihr Geschäft in ruhige Gewässer lenken können.«

»Wow, *Reos*!«

»So ist es, Herr Schoening. Es könnte der größte Auftrag in der Geschichte unserer Firma werden – und für Sie die Chance Ihres Lebens.«

Gabor richtete sich in seinem Sessel auf. Jetzt war er extrem interessiert. Clausen lächelte, nicht weil ihn die Bewegung amüsierte, sondern weil er mit großem Wohlgefallen die Gier aufblitzen sah. Gier war eine gute Sache: Sie spornte zu Höchstleistungen an.

»Sie werden sich mit *Reos* treffen. Sie werden alles dafür tun, dass *Reos* als einzigen Ausweg aus ihren Schwierigkeiten *Clausen & Wenningmeier* sieht. Die nächsten Tage werden die wichtigsten in Ihrer Karriere, denn sollte *Reos* zu uns kommen, werden Sie Partner.«

Gabor fühlte einen Kitzel in der Magengegend, aber er wahrte Haltung, blieb professionell.

»Warum jetzt, Herr Clausen? Nach Herrn Wenningmeyers Tod haben Sie nicht den Eindruck erweckt, als ob sie jemals wieder einen Partner haben wollten.«

»Herr Wenningmeyers Tod war mir eine Warnung – es ist schneller vorbei, als man denkt. Ich möchte mich in den kommenden Jahren aus dem Tagesgeschäft zurückziehen. *Reos* wäre eine fantastische Gelegenheit, die Firma in eine sichere Zukunft zu führen und dennoch mehr Zeit für mich und meine Frau zu haben. Ich hatte gehofft, dass sich einmal eine solche Chance ergeben würde, und jetzt ist sie da. Vermasseln Sie es nicht.«

Gabor stand auf und knöpfte sein Sakko zu. »Ich werde *Reos* holen. Verlassen Sie sich drauf!«

Man schüttelte Hände.

»Ich werde übrigens heute nicht mehr erreichbar sein. Meine Frau fühlt sich nicht wohl …«

»Nichts Ernstes hoffentlich?«, fragte Gabor.

»Ich weiß es nicht. Vielleicht eine leichte Gehirnerschütterung nach einem Sturz. Ich möchte lieber ein bisschen in ihrer Nähe sein.«

»Natürlich. Richten Sie ihr unsere besten Wünsche aus!«

»Vielen Dank.«

Schleudertrauma, dachte Gabor und malte sich aus, mit welcher Inbrunst Annette ihr Unwohlsein wie eine Monstranz vor sich hertragen würde. Sie würde alle im Haus Clausen auf Trab halten, ihre Ungeduld und ihr Temperament würden Angst und Schrecken verbreiten. Sie war reich und gelangweilt und sehnte sich nach einem Gefühl, das sie auf Gabors Fotomontage gesehen hatte: arm zu sein, aber glücklich. Ohne den Teil mit der Armut natürlich. Deswegen hatte Gabor ihr auch keine Blumen geschickt oder sie zum Essen eingeladen, sondern ihr eine romantisierte Vorstellung von sich selbst geschenkt. Ein ästhetisches Ideal im Retrolook. Das war der Schlüssel – Gabor hatte es gewusst.

Er verließ das Büro und blickte den Gang hinunter auf die Glaskästen, in denen Tag für Tag die Mitarbeiter von *Clausen & Wenningmeier* ihren Bürojobs nachgingen. Männer in teuren Anzügen, alle mit Einstecktuch, alle mit handgenähten Lederschuhen, und Frauen, die aussahen, als wären sie einem Robert-Palmer-Video entsprungen. Gabor sah sie in ihren Gefängnissen aus Glas lesen, telefonieren oder ihre Handys checken, blickte mal nach links, mal nach rechts, hörte plötzlich einen einsetzenden stampfenden Bass und zu seinem Entzücken begannen sie, ihre Hüften sanft im Takt zu wiegen. Sie sahen alle gleich aus, sie tanzten alle gleich, sie nahmen völlig synchron die schlanken Arme über die Köpfe, während aus ihren Hüften eine Welle durch ihre Körper rollte, die in einer eleganten Drehung und einem gemeinsamen Klatschen der Hände endete.

Wie schön sie waren! So zurückgenommen und so sexy.

Gabors Gang veränderte sich, er nahm Tempo auf, seine Schritte wurden beschwingt. Er wurde schneller, beweglicher, seine Füße malten in ebenso komplizierten wie eleganten Abfolgen prächtige Figuren auf den Boden. Nichts konnte ihn jetzt mehr halten, nicht einmal ein empfindlicher Schmerz in der Lendengegend: Eine geradezu kindliche Freude ließ ihn stürmisch den Flur hinabtanzen, vorbei an einer Allee kühl swingender *Clausen & Wenningmeier*-Damen, die ihm die Bühne für ein schillerndes Solo bereiteten. Gabor schlitterte die letzten Meter über den glatten Marmorboden und stand im nächsten Moment vor seinem Freund und Kollegen Fitz.

Die Musik verstummte augenblicklich, die Mitarbeiterinnen und Mitarbeiter arbeiteten wieder in ihren Büros, und niemand hatte sich über Gabors Ausbruch gewundert, denn sie waren alle zu sehr mit sich und ihren Aufgaben beschäftigt. Keiner hatte die Musik gehört, die für Gabor überall in der Luft lag und ihm immer wieder schöne Pausen von der Wichtigkeit verschaffte.

Fitz grinste breit. »Nurejew war Dreck gegen dich. Dir fehlen nur noch ein Paar ordentliche Strumpfhosen.«

»Nur kein Neid, ich kann so etwas tragen.«

»Wie ich sehe, warst du beim Alten?«

»Ja.«

»Und? Gute Nachrichten?«

Jetzt grinste Gabor. »Kann man so sagen!«

»Hat er dir die Teilhaberschaft angeboten?«

»Woher weißt du das?«, fragte Gabor irritiert.

Fitz klopfte ihm auf die Schulter. »Willkommen im Club! Ich war 'ne Stunde früher da als du.«

Gabor schnappte nach Luft. »Dieser Mistkerl …«, sagte er angesäuert.

»Ach, komm, du würdest es genauso machen. Es ist ein Test. Wir holen *Reos,* und er hat die Qual der Wahl.«

»Dann kann er uns auch beiden die Teilhaberschaft anbieten.«

Fitz lachte. »Und er wäre dann Minderheitsgesellschafter? Vergiss es! Hat er noch Zeit? Ich müsste mit ihm sprechen. Nicht wegen *Reos.*«

Gabor schüttelte den Kopf. »Er will zu seiner Frau.«

»Richtig. Gestürzt …« Sie gingen den langen Flur zurück zu ihren Büros. »Er ist ihr ganz schön verfallen, was?«

»Ja.«

»Schade, dass sie ihm nicht verfallen ist, dieses Biest. Ich frage mich, was sie jetzt wieder angestellt hat.«

»Wir werden es nie erfahren …«

Sie erreichten Gabors Büro.

»Bei mir oder bei dir?«, fragte Fitz.

»Wie?«

»Wo besprechen wir uns wegen *Reos*?«

»Lass uns zusammen zum Lunch. Ich muss noch was erledigen.«

Fitz runzelte die Stirn. »Was könnte jetzt wichtiger sein als *Reos*?«

»Es dauert nicht lange.«

»Du und deine Weiber«, seufzte Fitz. »Hast du vergessen, sie aus der Liebesschaukel rauszuholen?«

Gabor ging nicht darauf ein. »Halb eins?«

»Okay.«

Fitz zog zwei Büros weiter und trat ans Fenster, aus dem er, genau wie Gabor, einen prächtigen Blick über die Stadt und über den Firmenparkplatz hatte, auf dem er stirnrunzelnd Gabors verbeulten Porsche entdeckte. Und schließlich Gabor, der eilig einstieg und noch eiliger losfuhr.

Fitz sah ihm nach. Irgendetwas verbarg der doch. Aber was?

4.

Ein Strauß Blumen und eine Packung Pralinen sollten Kathrin Bendig eine kleine Freude machen und vor allem milde stimmen, denn wie Gabor mittlerweile erfahren hatte, hatte ihr gebrochenes Bein mit einem Stahlstift fixiert werden müssen. Routine zwar, aber der Heilungsprozess würde dauern, und die Aussicht darauf würde sie sicher nicht jubeln lassen. Darüber hinaus waren keine weiteren Knochen gebrochen – immerhin.

Er klopfte an die Zimmertür und machte sich innerlich auf das Schlimmste gefasst. Doch als er eintrat, winkte sie ihn freundlich heran und bat ihn, das Kissen in ihrem Rücken aufzuschütteln, was Gabor selbstverständlich gerne tat. Sie war eine Dame um die sechzig, sehr klein, eine hübsche, mütterliche Person mit einem offenen Gesicht und regen dunklen Augen.

»Wie geht es Ihnen, Frau Bendig? Was machen die Schmerzen?«

»Sind die für mich?«

»Ja.«

Gabor fand auf einem Tisch eine Vase für ihre Blumen.

»Tulpen, gut gewählt, Herr …«

Gabor stellte die Blumen ins Wasser und sagte: »Gabor. Nennen Sie mich Gabor. Freut mich, dass Ihnen Tulpen gefallen. Mir gefallen sie auch.«

Sie nickte. »Tulpen beruhigen. Energetisch gesehen beseitigen sie Wut und Ärger.«

»Tatsächlich? Dann habe ich ja wirklich gut gewählt …« Er lächelte charmant. »Sind Sie noch wütend auf mich?«

Sie war sichtlich amüsiert, musterte ihn einen Moment, dann bat sie ihn mit einer Geste, sich neben ihr Bett zu setzen. »Vielleicht, Gabor … Kommen Sie, erzählen Sie mir was!«

Gabor war verblüfft. Er hatte Tränen und Vorwürfe erwartet, möglicherweise gefolgt von dem Abriss eines entbehrungsreichen Lebens, das unglückliche Momente wie heiß glühende Feuerklumpen aus einem Vulkan in den Nachthimmel gespuckt hatte. Stattdessen sollte er von sich erzählen. Wie ungewöhnlich. Oder bekam sie immer noch starke Schmerzmittel? Ein bisschen überdreht war sie ja.

»Was soll ich Ihnen denn erzählen?«

»Sie dürfen mir alles erzählen, nur eines dürfen Sie nicht: mich langweilen.«

»Okay. Versuchen wir es …« Er sah sie einen Moment an und sagte dann: »Ich habe einen großen, sehr alten Spiegel zu Hause. Einen, von dem es heißt, Ludwig XIV. hätte sich darin gesonnt …«

»Langweilig, Gabor.«

Er fuhr unbeirrt fort: »Vor dem tanze ich zweimal die Woche mein Badabing!«

Jetzt grinste sie: »Ihr Badabing?«

»Mein Badabing!«

»Was ist ein Badabing?«, fragte sie vergnügt.

»Oh, ein Badabing! ist ungeheuer wichtig. Ich glaube sogar, das Badabing! könnte die Welt retten, wenn es nur alle machen würden. Es lässt dich strahlen, und das wirkt dann auf andere. Fragen Sie meine Nachbarin von gegenüber. Eine ganz reizende ältere Dame, die zuerst total gegen das Badabing! war, jetzt ist sie ein großer Fan davon.«

Kathrin kicherte. »Sieht sie zu, oder macht sie mit?«

»Sie sieht zu und trinkt Sekt.«

»Und wie tanzt man das Badabing?«, fragte Kathrin.

»Das ist ja das Gute!«, rief Gabor. »Man kann es tanzen, wie man will. Es gibt keine Regeln. Nur die Musik muss laut sein. Das ist alles. Sobald Sie wieder laufen können, sollten Sie es versuchen.«

»Wollen Sie mir nicht eine Stunde darin geben?«, fragte Kathrin.

»Das geht leider nicht.«

»Warum nicht?«

»Sie erinnern sich an meine Nachbarin von gegenüber?«

»Ja.«

Gabors Augen wurden zu Schlitzen, dazu raunte er dramatisch: »Sie trinkt Sekt dazu …«

Einen Moment dachte Kathrin darüber nach, dann machte sie überrascht: »Oh!«

»Sehen Sie, darum gebe ich auch keine Stunden …«

Sie kicherte und klatschte in die Hände. »Sie machen das gut, Gabor.«

»Was denn?«, fragte er unschuldig zurück.

»Sie flirten mit mir …«

»Nicht doch, Frau Bendig!«

»Kathrin.«

»Aber nein, Kathrin, ich flirte nicht. Ich sorge mich.«

»Das ist aber schade, Gabor. Ich finde, Sie sollten mit mir flirten! Ich bin eine Frau, und Frauen gefällt so was.«

Sie gefiel ihm auch. Sie hatte so etwas Jugendliches, ohne aufdringlich oder gar lüstern zu wirken. Ein Flirt um seiner selbst willen, wie eine Fingerübung. Der einzig dazu da war, ein Gespräch aufregender zu gestalten, aber nicht, um den Claim abzustecken, den man später zu durchpflügen gedachte.

»Wie ist das Essen?«, fragte er.

»Furchtbar.«

»Dann werden wir das ändern.«

»Sie gehen mit mir essen, Gabor? Wie schön!«

Er lachte. »Sie gehen, fürchte ich, erst mal nirgendwohin mit Ihrem Bein. Nein, das Essen kommt zu Ihnen. Es gibt hier in der Nähe ein sehr gutes Restaurant. Sie bestellen einfach, was Sie wollen, und es wird Ihnen gebracht.«

»Gut, das nehme ich.«

»Ich bin dafür verantwortlich, dass Sie hier liegen müssen. Dass Mindeste, was ich tun kann, ist, Ihnen den Aufenthalt so angenehm wie möglich zu machen. Heute Nachmittag wird Sie Dr. Conradi aufsuchen. Sie ist Orthopädin und eine Koryphäe auf ihrem Gebiet. Sie können ihr voll und ganz vertrauen.«

»Oh, danke, Gabor.«

»Sind Sie mit Ihrem Zimmer zufrieden?«

Sie sah sich ein wenig ratlos um. »Das Zimmer …«

Gabor nickte. »Ich werde mal sehen, was ich tun kann. Ein bisschen Privatsphäre kann nicht schaden, finden Sie nicht auch?«

Sie sah ihn an. Belustigt, wie Gabor fand. Er konnte sie schwer einschätzen, hatte das Gefühl, dass sie sich gerne von ihm einwickeln ließ, sich darüber aber vollkommen bewusst war. Sie ließ sich umschwärmen von dem gut aussehenden jungen Mann, aber sie blickte hinter die Fassade und schien Gabors nicht ganz selbstlose Motive allzu deutlich zu sehen.

»Was?«, fragte Gabor lächelnd.

»Nichts, nichts«, lächelte sie zurück.

Eine Weile sagten sie beide nichts, und es schien, als würde sie ihn mustern, ohne ihn dabei direkt anzusehen. Dann sagte sie: »Was sorgt Sie, Gabor?«

»Wie meinen Sie das?«

»Etwas lastet schwer auf Ihnen, Gabor. Was ist es?«

Gabor zögerte mit der Antwort, denn ihr kleiner Flirt schien beendet, sie wirkte jetzt fast mütterlich. »Ich habe Sie ziemlich übel verletzt, Kathrin.«

»Ja, aber da ist doch noch etwas anderes?«

»Ich wüsste nicht, was.«

»Tatsächlich?«

Ihr Lächeln kehrte zurück, und Gabor wusste, dass sie ihn bei einer Lüge erwischt hatte, aber sie blieb ganz charmant und bohrte nicht weiter. Natürlich sorgte sich Gabor um eine Anzeige, um die Konsequenzen eines öffentlichen Prozesses und einer möglichen Verurteilung. Aber obwohl er genau deswegen hier war, wollte er es gerade jetzt nicht zum Thema machen.

»Mir ist langweilig«, seufzte sie.

»Was ist mit fernsehen?«, fragte Gabor zurück.

»Nicht Ihr Ernst, Gabor. Sehen Sie viel fern?«

»Nein.«

»Das wusste ich. Sie sind kein Fernsehtyp.«

»Was für ein Typ bin ich denn?«

»Sie leben gerne. Sie gehen gerne aus, amüsieren sich. Ich kann das sehen.«

»Was können Sie sehen?«
»Ihre Aura, Gabor«, antwortete sie in völligem Ernst.
»Aha.«
Kathrin lachte herzlich. »Schon gut, Gabor. Muss ja nicht jeder dran glauben.«
»Danke, das ist reizend.«
»Na gut, Gabor. Danke für Ihren Besuch. Sie haben eine alte Frau aufgeheitert!«, sagte sie und tätschelte seine Hand.
»Sie sind doch keine …«
Sie hob schnell die Hand und sagte: »Stopp! Sie wollen doch jetzt nicht auf Vertreterniveau runter, oder?«
»Nein, Sie haben recht. Ich bin froh, dass ich Sie kennengelernt habe. Schade, dass ich Sie dafür erst über den Haufen fahren musste.«
»Besuchen Sie mich mal wieder, Gabor.«
»Gerne.«
Er stand auf und ging zur Tür.
»Und, Gabor! Ich zeige Sie nicht an. Deswegen waren Sie schließlich hier …«
Gabor drehte sich um und verzichtete auf eine weitere Lüge, die sie ohnehin durchschaut hätte: »Ja, deswegen war ich hier. Aber wie Sie bemerkt haben, habe ich Sie nicht danach gefragt, Kathrin.«
»Hab ich bemerkt, Gabor.«
Er sah sie einen Moment an, dann nickte er ihr zum Gruß zu, doch an der Tür rief sie ihn wieder zurück:

»Warten Sie, Sie könnten mir vielleicht einen Gefallen tun. Damit ich mich nicht mehr langweile …«

Das konnte Gabor natürlich.

Das machte er auch.

Und das hätte er mal besser nicht gemacht.

5.

Später beim Lunch mit Fitz sprühte Gabor nur so vor Ideen. Sie hatten sich eine Strategie überlegt, waren die verschiedenen *Reos*-Manager durchgegangen und hatten sie auf charakterliche Eigenschaften abgeklopft. Im Großen und Ganzen wussten sie über ihren zukünftigen Kunden Bescheid. Das, was noch fehlte, würde Gabor in den nächsten Tagen in Erfahrung bringen, vielmehr eine Detektei, die er schätzte und die schnell und extrem diskret arbeitete.

Sie kehrten in die Firma zurück, hielten neben Gabors Porsche Cayenne und stiegen aus.

»Wie ist denn das passiert?«, fragte Fitz.

»Ein Reh«, antwortete Gabor knapp.

Fitz beugte sich zur Stoßstange hinunter und erkannte Beulen, Risse und Steinstaub zwischen den Kratzern. Was er nicht sah, waren Blut oder Fellreste. Oder den charakteristischen Einschlag eines Tieres in die Frontpartie eines Sportwagens.

»Das musst du unbedingt richten lassen«, sagte Fitz,

stand auf und rieb sich den Staub von den Händen. »Damit kannst du nicht zu einem Kunden.«

»Ich weiß«, antwortete Gabor.

»Mach's gleich. Ich sag dem Alten, du bist bei einem Klienten.«

»Okay, danke.«

»Kein Thema. Wie sieht's heute mit Abendunterhaltung aus? Machen wir was?«

»Bin verabredet, tut mir leid.«

Fitz seufzte. »Hat sie eine Schwester?«

Gabor lächelte und setzte sich in seinen Wagen. »Nicht, dass ich wüsste.«

Er fuhr los.

Fitz' Neugier hätte ihn eigentlich warnen müssen, denn auch wenn er Gabors bester Freund war – in erster Linie war er ein Hai, der gerade den Geruch von Blut wahrgenommen hatte, und so eilte Fitz die Treppen hinauf, nicht in sein Büro, sondern in Gabors, wo dessen Assistentin gerade im Begriff war, ein Telefonat zu beenden.

Sie legte auf, und Fitz fragte: »Gabor ist zu einem Klienten und wollte mir eine Akte zu *Reos* rauslegen. Hat er Ihnen was in die Hand gedrückt?«

Sie sah ihn überrascht an. »Nein, hat er nicht, Herr Fitz.«

»Ach, dann liegt es sicher auf seinem Schreibtisch. Bemühen Sie sich nicht, ich guck schon selbst …«

Bevor Gabors Assistentin aufstehen konnte, war Fitz auch schon an ihr vorbeigehuscht und in Gabors Büro verschwunden. Auf dessen Schreibtisch lag nichts, nur sein Terminkalender, den Fitz flink aufschlug. Darin fand er für den gestrigen Abend nur einen Eintrag: *20.00 Uhr, A.*

Er klappte den Kalender gerade zu, als Gabors Assistentin die Tür öffnete und ihn fragend anblickte. »Und? Haben Sie sie gefunden, Herr Fitz?«

»Leider nein«, antwortete er und zuckte unschuldig mit den Schultern.

Dann verließ er Gabors Büro und dachte: Gabors Reh hieß also *A.*

Fitz ahnte, wer *A.* war, er konnte es nur nicht beweisen.

Noch nicht.

6.

Für einen Mittwochabend war das *Milonga* gut besucht. Gabor hatte sich in ein Separee zurückgezogen, weil er auf jemanden wartete, aber auch weil er sich in Ruhe einen Mojito auf den gelungenen Tag genehmigen wollte. Er zog das Jackett aus und lockerte die Krawatte: Kathrin Bendig war keine Gefahr mehr, die Partnerschaft in greifbare Nähe gerückt. Das Leben war gut.

Zu seiner Überraschung betrat Fitz die Tanzbar, im Schlepptau zwei Junior-Manager von *Clausen & Wenningmeier*, die er offenbar überredet hatte, mit ihm um die Häuser zu ziehen. Er entdeckte Gabor im Separee und steuerte schnurstracks auf ihn zu.

»Na, das ist aber ein Zufall!«, rief er und setze sich gleich neben Gabor. Die beiden anderen warteten auch nicht darauf, dass Gabor ihnen einen Platz anbot, sondern setzten sich gleich dazu. Gabor nahm an, dass sie schon früh lernten, dass man auch in neuen Situationen seinen Raum gleich besetzte. Das verschaffte einem einen strategischen Vorteil, denn um die Situation wieder zu ändern, war das Gegenüber zu einem Affront gezwungen, wozu die meisten nicht bereit waren.

»Das hier«, sagte Fitz zu den beiden Youngstern, »ist Schoening-Land.«

Gabor blickte die beiden an und antwortete ruhig: »Sehen Sie sich ruhig um. Sie sind heute das erste und letzte Mal hier. Haben wir uns da verstanden?«

Gabor konnte in ihren Gesichtern sehen, dass sie bereits bereuten, sich einfach an den Tisch gesetzt zu haben. Verlegen rutschten sie auf den bequemen Polstern herum und nickten kurz.

»Wohhoooh, nur die Ruhe, Meister!«

Gabor wandte sich Fitz zu. »Ich bin privat hier, David. Okay?«

Der nickte. »Verstanden, Mann. Kein Problem. Wir

nehmen ein, zwei Drinks, dann verschwinden wir wieder.«

Noch während Fitz sprach, trat eine Frau an ihren Tisch, blond, mit fast schon reptilienhaften Augen, was ihr Gesicht so apart machte, dass man es unentwegt ansehen musste.

»Sie wollen schon gehen?«, fragte sie.

Fitz war sofort hingerissen. »Nicht, bevor Sie mir nicht sagen, wer Sie sind …«

»Meine Hausärztin«, antwortete Gabor trocken. Dann stand er auf und bot ihr die Hand. »Darf ich bitten?«

Er durfte – Fitz sah den beiden nach. Wer immer die Dame war, es war nicht die *A.*, die er vermutet hatte. Pech! Aber das Glück sollte sich ihm noch zuwenden, denn es machte in Gabors Jackett laut vernehmlich: PING! Er nickte den beiden anderen zu und befahl: »Holt mal ein paar Drinks!«

Sie gehorchten.

Auf der Tanzfläche lächelte sie ihn an und fuhr mit ihren Fingern über seinen Nacken. »Deine Hausärztin?«

»Soweit ich mich erinnere, liebst du Hausbesuche, Dr. Conradi.«

Sie lachte. »Sag mal, was hast du mit dieser Kathrin Bendig gemacht?«

»Wieso?«

»Sie schwärmt so von dir. Und dann schenkst du

ihr auch noch ein iPad, damit sie im Internet surfen kann … Tststs, die Frau ist sechzig, Gabor! Du bist wirklich schamlos.«

»Sie hatte Langeweile. Was macht ihr Bein?«

»Keine Komplikationen. Sie wird wieder ganz gesund.«

Gabor nickte zufrieden. »Kannst du mir einen Gefallen tun?«

»Noch einen?«

»Na ja, so gesehen ist es nicht nur einer. Nimm sie auf deine Station. Einzelzimmer. Und morgen gibst du ihr ein Schmerzmittel, das sie grinsen lässt wie ein rosa Gummibärchen. Sagen wir so gegen zehn Uhr? Um elf Uhr kommt mein Anwalt. Ich will, dass sie bei allerbester Laune ist, wenn sie eine Verzichtserklärung unterschreibt.«

»Dir ist schon klar, dass ich einen hippokratischen Eid geschworen habe?«

»Du tust nichts Ungesetzliches. Im Übrigen: Ich brauche auch ein Schmerzmittel.«

»Tja, das sollte ich mir dann wohl mal genauer ansehen. Du kriegst dein Schmerzmittel, und sollte ich morgen früh grinsen wie ein rosa Gummibärchen, bekommt deine Kathrin auch eins.«

Die beiden Junior-Manager standen an der Theke, Gabor und die Ärztin schwebten über die Tanzfläche, und

Fitz fischte unauffällig Gabors Handy, das jede Mitteilung mit einem freundlichen PING! meldete, aus dessen Jacketttasche. Fitz seufzte theatralisch und dachte: Du solltest das echt einmal in den Einstellungen ändern, Gabor, denn so schick Smartphones auch sind, man sollte immer bedenken, dass sie in fremde Hände geraten können.

Die Mitteilung war kurz: *Er weiß nichts! So long, A.* Darüber die Handynummer.

Fitz zückte sein eigenes Handy, tippte die Zahlen ab und rief mit unterdrückter Nummer an. Eine Frauenstimme meldete sich: »Clausen?«

Fitz unterbrach die Leitung.

Jetzt wusste er sicher, was er ohnehin schon vermutete hatte: *A.* war Annette Clausen.

7.

Am nächsten Morgen wurde Gabor vom Telefon geweckt. Verschlafen reckte er sich und suchte tastend den Hörer.

»Gabor, Sie müssen sofort in die Firma kommen!«

Seine Assistentin – sie klang so alarmiert, dass Gabor sofort wach war.

»Was ist los, Sonja?«

»Herr Clausen ist gerade hier gewesen. Ich glaube, ich habe ihn noch nie so wütend gesehen. Was haben Sie angestellt? Und kommen Sie mir jetzt nicht mit *Nichts, ehrlich!,* Gabor.«

Gabor überlegte fieberhaft. Konnte Clausen etwas von ihm und Annette wissen? Sie hatte ihm doch gestern eine SMS geschickt.

»Ist es wegen *Reos*, Gabor? Wegen der Akte, die Herr Fitz nicht finden konnte?«

»Was für eine Akte?«

»Herr Fitz meinte, Sie hätten ihm eine rausgelegt. Er war deswegen gestern in Ihrem Büro.«

»In meinem Büro? Was hat er da getan?«

»Ich weiß es nicht. Er war nicht sehr lange da.«

»Sonja, denken Sie nach. Was hat er gemacht?«

Sie zögerte, dann antwortete sie: »Möglicherweise hat er in Ihren Kalender gesehen. Es sah fast so aus.«

Gabor schluckte. Der Eintrag im Kalender. Fitz' *zufälliges* Auftauchen im *Milonga*. Sein Handy in der Jacketttasche. Die SMS.

Er weiß es.

Gabor atmete tief durch. »Sagen Sie, Sonja, mögen Sie mich eigentlich? Als Chef, meine ich?«

»Natürlich.«

»Dann hören Sie mir jetzt genau zu. Sie müssen an meinen Firmenrechner. Ich gebe Ihnen das Passwort …«

Nach dem Telefonat sprang er aus dem Bett, duschte und rasierte sich, zog seinen besten Anzug, sein bestes

Hemd und seine besten Schuhe an. Er setzte sich an die Esstheke seiner Küche, öffnete sein Laptop, wählte einen großen Provider und richtete dort ein anonymes E-Mail-Konto ein.

Das Telefon klingelte: Clausens Assistentin, die ihn einbestellte. Sofort.

Gabor versprach, sich zu beeilen, und blieb sitzen. Er hatte getan, was in seiner Macht stand, jetzt kam es auf Sonja an. Er starrte auf sein privates E-Mail-Konto und zählte die Sekunden.

Sein Magen kitzelte unangenehm, er hasste es, wenn er von anderen abhängig war. Wenn er nicht selbst handeln konnte, sondern darauf hoffen musste, dass andere ihn nicht im Stich ließen. Und er war oft im Stich gelassen worden. Gabor wusste, was Schmerz bedeutete, und er hatte herausgefunden, wie man diesen Schmerz am besten überwand: niemals mehr der sein, der hoffen musste. Hoffnung war Schmerz.

Dann endlich blinkte eine neue Mail auf: Sonja. Sie hatte es geschafft! Er packte seinen Rechner unter den Arm und eilte hinunter. Er fühlte Ruhe in sich aufsteigen, Selbstvertrauen. Sein Wissen, sein Können lag wie ein Schwert in seiner Hand. Er musste nicht mehr hoffen, er konnte kämpfen.

Alles, was er jetzt noch brauchte, war ein wenig Zeit, und so nahm er die Straßenbahn. Er setzte sich an die Haltestelle, startete den Rechner, versank in seine Arbeit, schien weder Straßenlärm noch Mitwartende wahrzunehmen, stieg mechanisch in die Bahn, setzte sich auf den Behindertenplatz, arbeitete, bis er mit dem Ergebnis zufrieden war. Mehr als das: Es war geradezu ein Meisterwerk geworden.

Es war still bei *Clausen & Wenningmeier*, es hätte gar keines Anrufs seiner Assistentin bedurft, um zu wissen, dass etwas nicht stimmte. Zwar gingen alle ihrer Arbeit in den Glaskästen nach, aber sie taten es leiser als sonst, und als Gabor die *Allee* hinabging, sahen sie erst neugierig auf, wandten sich aber schnell wieder ab, als er ihre Blicke erwiderte.

Er klopfte und wurde gleich vorgelassen.

Als er Clausens Büro betrat, sah er ihn hinter seinem Schreibtisch sitzen. Clausen war nicht sonderlich groß, aber schlank, jetzt jedoch wirkte er schmal und eingefallen. Gestern noch hatte sein Charisma wie eine Supernova gestrahlt, jetzt war davon nichts als ein weißer Zwerg übrig geblieben. Ein alter Mann.

»Setzen Sie sich, Herr Schoening.«

Eine Weile saßen sie ruhig da, schauten einander an. Gabor wusste nicht, was er empfinden sollte. Clausen war fünfunddreißig Jahre älter als seine Frau. Hatte er wirklich geglaubt, der Tausch würde so einfach vonstattengehen? Schönheit gegen Reichtum und Macht? Hatte er wirklich geglaubt, seine Liebe würde alle Unterschiede überwinden können?

Jetzt sagte Clausen: »Erzählen Sie mir von dem Unfall, Herr Schoening!«

Gabor ließ sich mit der Antwort Zeit, ordnete seine Gedanken. Fitz wusste von dem Unfall und hatte Clausen davon in Kenntnis gesetzt. Natürlich anonym. Jeder liebte den Verrat, aber niemand den Verräter. Fitz würde sich niemals aus der Deckung wagen, denn Clausen gehörte nicht zu den Männern, die Verrat duldeten. Auch Fitz' Karriere bei *Clausen & Wenningmeier* wäre damit beendet gewesen.

Was konnte Fitz ihm noch mitgeteilt haben? Er hatte sicher ein Foto von Gabors Auto gemacht, vielleicht auch den Mechaniker um einen Schadensbericht gebeten. Schließlich war der Cayenne ein Firmenwagen. Den Unfallort und die Zeit könnte er bei der Polizei recherchiert haben – so etwas stand auf deren Homepage unter Pressemeldungen. Auch das Geschlecht der Beteiligten. Namen? Nein, keine Chance. So gute Verbindungen hatte er nicht. Und selbst wenn: Niemand würde sie ihm schriftlich geben.

Hatte Clausen seine Frau gefragt? Aber die hatte sich nicht mehr bei ihm gemeldet. Also nein. Es hätte auch nichts gebracht: Annette war aus einem Material gemacht, dass die NASA als Schutzschild für ihre Raketen gegen den Wiedereintritt in die Atmosphäre nutzte. Die würde niemals eine Schwäche zeigen.

»Das wissen Sie also …«

»Ja, das weiß ich.«

»Nun, wie so etwas schon mal passiert. Ich war unaufmerksam, vielleicht auch müde. Der Wagen kam von der Fahrbahn ab.«

Clausen nickte. »Waren Sie allein unterwegs?«

»Nein«, antwortete Gabor.

Clausens Gesicht zuckte, als wäre er geohrfeigt worden. Dann jedoch straffte er sich und fragte: »Wer war bei Ihnen, Herr Schoening?«

Gabor hielt seinem Blick mühelos stand. »Das geht Sie, bei allem Respekt, wirklich nichts an.«

Clausen schlug mit der flachen Hand auf den Tisch und schrie: »Und ob mich das was angeht, Herr Schoening!«

»Mein Privatleben geht Sie absolut nichts an, Herr Clausen! Und ich verbitte mir Fragen danach. Ich frage Sie ja auch nicht nach Ihrem Privatleben, richtig?«

Das hatte aufrichtig empört geklungen, was Clausen für einen Moment aus dem Takt brachte. Dennoch ließ er nicht locker. »Ich nehme an, Sie waren mit einer Frau unterwegs, Herr Schoening?«

Gabor atmete tief ein, dann antwortete er: »Ja.«

Wieder Stille.

Gabor war jetzt ganz ruhig, wusste, dass er erst eine Verteidigungshaltung annehmen durfte, wenn die Anklage ausgesprochen worden war. Im Moment sah er Clausen zögern, denn sein Vorwurf würde schwer wiegen, und wenn er sich als falsch herausstellte, hätte er sich vor einem Angestellten entblößt wie niemals zuvor in seinem Leben. Alles, was ihn über viele Jahre zum strahlenden Gentleman gemacht hatte, würde innerhalb von Sekunden in sich zusammenfallen, und zurückbleiben würde ein eifersüchtiger alter Tor. Ausgerechnet ihn, den Herrn des schönen Scheins, hätte eine ganz profane menschliche Schwäche entzaubert. Wie musste es in ihm arbeiten, dass er dieses Risiko einging?

Clausens Blick blieb am Bildschirm seines Computers hängen. Er hielt inne und sah irritiert hin: Eine Mail war aufgeblinkt, Betreff: *Ferdinand Clausen/Vertraulich.* Mit zwei Klicks hatte er den Anhang geöffnet.

Clausens Gesicht nahm die Farbe von Recyclingpapier an, er schluckte hart. Dann blickte er Gabor an und sagte mit brüchiger Stimme: »Es hat sich erledigt.« Clausen stand auf und reichte Gabor die Hand. »Bitte verzeihen Sie meinen Ton.«

Gabor nickte kurz verließ das Büro als Freund. Dabei hätte er durchaus einen neugierigen Blick auf den Computerbildschirm werfen können, aber er wusste ja, was Clausen darauf gesehen hatte. Es war ein Schnappschuss, den Gabor heimlich und in Sektlaune auf einer Firmenfeier aufgenommen hatte, spät am Abend, als Clausen längst zu Hause gewesen war. Fitz hatte mit Erfolg versucht, eine Mitarbeiterin zu verführen. Das Foto zeigte ihn und seine Hand, die in ihrem Dekolletee verschwand, während sie sich ihm gerade zum Kuss zu nähern schien. Die Mitarbeiterin selbst hatte ein paar Monate nach dem Fest den Job gewechselt, vor allem weil Fitz sie nachher schlecht behandelt hatte. Ihren Platz auf dem Foto hingegen hatte Annette Clausen eingenommen. Perfekt hineinmontiert von Gabor. So perfekt, dass man die Täuschung nicht erkennen konnte.

Gabor lächelte böse. Firmenfeste hatten ihre eigenen Dynamiken, begründeten und beendeten Karrieren. Jeder in ihrem Job wusste das. Auch Fitz.

Er ging zurück in sein Büro und löschte die beiden Originalfotos: das Firmenfest und ein weiteres, das in entsprechender Pose Frau Clausen zeigte, in ganz unverfänglicher Umgebung. Es gab jetzt nur noch eine Aufnahme.

Und die hatte Clausen.

8.

Später am Tag traf sich Gabor mit Wim de Vries, um mit ihm über *Reos* zu sprechen, sich anzuhören, warum das Geschäft mit Edelmetallen stockte, obwohl der Bedarf enorm war. Es war ein freundschaftlicher Meinungsaustausch, bei dem weder auffiel, dass Gabor vom Edelmetallhandel nichts verstand, noch, dass Fitz nicht daran teilnahm. Gabor versprach, dass sein Team nichts anderes mehr tun würde, als sich um *Reos* zu kümmern:

Sie würden *Reos* atmen, so lange, bis sie einen Weg aus der Krise gefunden hatten. De Vries war zufrieden und äußerte das auch gegenüber Ferdinand Clausen: Gabor Schoening war der perfekte Mann für *Reos*. Clausen stimmte ihm uneingeschränkt zu.

Erst am Abend begegneten sich Fitz und Gabor auf dem Gang bei *Clausen & Wenningmeier*, sie wussten beide, dass die Schlacht entschieden war. Sie gaben sich die Hand – Fitz gratulierte Gabor zu dessen Coup.

»Und du?«, fragte Gabor.

Fitz zuckte mit den Schultern. »Der Alte wird es mir mitteilen. Er hat aber angedeutet, dass ich draußen gebraucht werde.«

»Draußen?«

»Provinz. Irgendwo. Wen interessiert das schon. Eine Sackgasse.«

»Du wirst was Neues finden.«

Fitz seufzte. »Das wird eher ein kompletter Relaunch. Das wird mich Jahre kosten.«

Einen Moment standen sie einfach nur da und sahen sich an, dann schüttelten sie sich erneut die Hände, gingen auseinander. Gabor hatte sein Büro fast erreicht, als Fitz ihm nachrief: »Gabor?«

Er drehte sich zu ihm um.

»Du hättest es doch auch versucht, oder?«

Gabor dachte einen Moment nach, dann antwortete er: »Nicht so.«

Fitz nickte nachdenklich. »Willst du mir einen letzten Gefallen tun?«

»Wenn ich kann?«

Fitz grinste. »Wie bist du da rausgekommen?«

Clausen hatte sich also keine Blöße vor Fitz gegeben – das Gespräch mit Gabor hatte ihn wohl spüren lassen, dass bei aller Wut und Verzweiflung eines doch wichtiger war: die Fassade.

Gabor legte zwei Finger an seine Schläfe und grüßte Fitz zum Abschied. »Mach's gut!«

Fitz' Grinsen verschwand, seine Jovialität wandelte sich blitzartig in wilde Wut. Gabor war zu schlau, um ihm die lässige Sportlichkeit abzunehmen, mit der er seine Niederlage hinnahm. Informationen waren Munition, man tat gut daran, niemandes Waffe damit zu laden. Erst recht nicht, wenn jemandem der Finger so locker am Abzug saß wie Fitz.

Seine Stimme hallte bitter über die Flure von *Clausen & Wenningmeier*: »Ich komme wieder, Gabor! Hörst du? Ich komme wieder!«

Aber da war Gabor schon in seinem Büro verschwunden.

9.

Für gewöhnlich gehörte Dr. Nadja Conradi zu den Menschen, die ihren Willen durchsetzten, die gescheit, witzig, in gewisser Weise aber auch unbarmherzig waren, wenn die Dinge nicht so liefen, wie sie das wollten. Sie und Gabor waren sich recht ähnlich: beide überzeugte Singles, musikalisch veranlagt und den Verführungen des Lebens nicht abgeneigt. Nadja war die Einzige, die öfter mal mit Gabor das Bett teilte, weil sie nie auf die Idee gekommen wäre, länger zu bleiben. Und er wäre nie auf die Idee gekommen, sie darum zu bitten.

Am Abend vor Gabors D-Day mit Clausen hatte sie jedoch Nachsicht mit ihm gehabt, weniger weil er seinen verletzten Soldaten nicht hätte ins Gefecht schicken können, nein, sie fürchtete, dass er zu einem Hurra bei der Erstürmung des gegnerischen Grabens nicht imstande war. Und das war mit ihr nicht zu machen. Für Nadja war Mittelmaß ein Graus. Sie verschoben ihr Treffen also um zwei Tage, und es wurde ein rauschendes Fest, beginnend im *Milonga*, wo Nadja und Gabor tanzten, bis ihnen die Füße schmerzten, und mündend in seinem Penthouse. Das ganze Wochenende lang. Für Nadja hatte sich der Aufschub gelohnt, denn von Kriegsmüdigkeit konnte bei Gabor keine Rede sein, was nicht nur an ihr, sondern auch an ihm lag, denn Gabor fehlten nur noch Millimeter zum größten Triumph seiner beruflichen Laufbahn: Der Vertrag mit *Reos* stand unmittelbar bevor, seine Teilhaberschaft bei *Clausen & Wenningmeier* war damit nur noch Formsache.

Gabor war glücklich.

Kathrin Bendig war vergessen. David Fitz war vergessen. Annette Clausen war vergessen. Sie hatte sich nicht mal über seine Fotomontage beschwert, möglicherweise weil es sie nicht interessierte, möglicherweise hatte Clausen sie ihr nicht gezeigt. Vielleicht hatte er sich die Demütigung ersparen wollen, mit einer Fotografie zu wedeln und dabei zu ahnen, dass sie über ein solches Theater nur lachen würde. Eine Scheidung hingegen käme ihn teuer zu stehen: Zwar hatten die beiden einen Ehevertrag abgeschlossen, der ihr den Zugriff auf die Firma oder sein Vermögen verwehrte, aber sie wusste zu viel, und sie würde nicht zögern, von diesem Wissen Gebrauch zu machen. Die beiden würden ein Paar bleiben, bis sie genug von ihm hatte oder er starb. So einfach war das.

Drei Tage lang lebten Gabor und Nadja wie ein frisch verliebtes Pärchen, schliefen miteinander, und wenn sie es nicht taten, vergnügten sie sich in der Stadt, wo sich Gabor sehr großzügig zeigte und in einer wahren Konsumorgie schöne Dinge für Nadja und auch für sich kaufte. Es fiel ihnen gar nicht auf, dass sie über nichts Persönliches sprachen, dass sie nur unwesentlich mehr über den anderen wussten als das, was im jeweiligen Personalausweis stand. Aber was machte das schon? Sie verstanden sich blendend. Vielleicht gerade deswegen.

Sonntagnacht wachte Gabor neben der schlafenden Nadja auf, fühlte sich hellwach und erfrischt, verließ das Bett und sah sich in seiner Wohnung um: Sie war perfekt. Sein Leben war perfekt. Nadja war perfekt.

Einfach alles war perfekt.

Er trat nackt vor eine der großen Panoramascheiben, grüßte mit einem Nicken die alte Dame von gegenüber, die eigentlich einen Spätfilm sah, ihm jetzt aber mit einem Sektglas zuprostete, und blickte dann auf die Lichter der Stadt hinab: Alles stand ihm offen. Er hatte alle Möglichkeiten. Er war der ungekrönte König dieser Stadt.

Und dann … Tja, dann kam der Anruf.

10.

Wenn montagmorgens pünktlich zum Arbeitsbeginn das Telefon klingelte, bedeutete das selten etwas Gutes. In der Regel hatte der Anrufer schon am Samstag schlechte Nachrichten bekommen und konnte es kaum abwarten, diese mitzuteilen. In diesem Fall ahnte Gabor jedoch nichts, im Gegenteil, denn am Telefon hörte er die freundliche Stimme Kathrins, die ihn gerne besuchen würde, denn sie hatte da so ihre Probleme mit dem schönen iPad, das er ihr geschenkt hatte. Gabor lud sie in ein Restaurant ein, aber sie beschloss, einfach zu ihm ins Büro zu kommen, und legte auf, bevor Gabor dagegen protestieren konnte. Dann schüttelte er lächelnd den Kopf: diese Esoterischen! Sie konnten

Auren lesen, aber wie man ein Tablet einschaltete, wussten sie nicht.

Gegen Mittag kündigte Gabors Assistentin Besuch an, und einige Momente später humpelte Kathrin an Krücken in sein Büro. Gabor half ihr, sich zu setzen, bot ihr Kaffee oder Tee an, was sie beides ablehnte. Eine kleine Tasche hing quer über ihre Brust. Sie war aus Filz und hatte ein indianisches Muster. Gabor zweifelte keine Sekunde daran, dass es zu fairen Bedingungen von einem betrunkenen Apachen in einem Reservat hergestellt worden war.

»Sie hätten nicht extra vorbeikommen brauchen, Kathrin«, sagte Gabor. »Ich hätte Sie gerne besucht.«

»Das ist lieb, Gabor. Aber ich war froh, ein wenig rauszukommen. Das Krankenhaus ist scheußlich. Übrigens ist ihre Freundin Dr. Conradi ganz reizend.«

»Das freut mich.«

»Und ich gestehe, dass ich neugierig war, wie Sie so arbeiten, Gabor.«

Gabor setzte sich hinter seinen Schreibtisch. »Und ist es so, wie Sie es sich vorgestellt haben?«

»Unbedingt! Alles ist so elegant. Und alle sehen so gut aus!«

Gabor lächelte. »Das ist unser Geschäft, Kathrin. Wir lassen Dinge gut aussehen.«

»Und trotzdem gibt es hier eine ganz schlechte Energie. Es ist nicht hell, verstehen Sie?«

»Nein, kein Wort.«

Kathrin sah sich um und suchte nach den richtigen Worten. »Stahl, Glas, Beton. Alles kalte Materialien. Und die Menschen, die ich hier gesehen habe, strahlen nicht. Im Gegenteil: Ein Schatten umgibt sie, und sie tragen ihn wie einen Mantel um sich. Und egal, wohin sie auch gehen, sie machen alles ein wenig dunkler. Kein …« Sie lächelte wieder. »Kein Badabing!, Gabor!«

»Ich glaube, unsere Kunden wären von einem Badabing! nicht begeistert. Sie kommen immer dann zu uns, wenn alles schiefgelaufen ist. Was sie dann nicht brauchen, ist ein Badabing!«

»Meinen Sie?«, fragte Kathrin.

»Das weiß ich.«

Kathrin gab sich noch nicht geschlagen. »Sehen Sie, bei dem, was ich mache, sind vorher auch viele Sachen schiefgelaufen. Und irgendwie müssen wir das wieder hinbekommen. Und meine Meinung ist, dass man das mit einem strahlenden Badabing! besser hinkriegt.«

»In welcher Branche sind Sie denn tätig?«

»Ich leite eine Schule.«

Gabors Maske saß perfekt, sonst hätte Kathrin bemerkt, wie er innerlich die Augen verdrehte: eine Lehrerin. Obendrein auch noch im Tai-Chi-Modus. Wo war denn die kecke Dame aus dem Krankenzimmer, die ihn so herausgefordert hatte? Wo waren die Schmerzmittel, die sie so hinreißend hatten flirten lassen? Er musste zusehen, dass er sie möglichst schnell loswurde. »Was kann ich für Sie tun, Kathrin?«

Sie zog einen Flunsch. »Gabor, das können Sie aber besser, nicht?«

»Vielleicht, aber heute ist so ein stressiger Tag …«

Sie sah ihn enttäuscht an, dann grinste sie, und Gabor hatte das ungute Gefühl, dass sie etwas im Schilde führte. Sie nestelte an ihrer Tasche herum und zog schließlich das iPad heraus.

»Eigentlich bin ich nur hergekommen, um Ihren Computer zurückzubringen.«

Gabor schüttelte den Kopf und sagte: »Nein, das war ein Geschenk.«

»Schon, aber …«

»Nein, kein aber. Gefällt es Ihnen denn nicht?«

»Doch, es ist wunderbar, Gabor.«

»Na, sehen Sie. Und es ist kinderleicht zu bedienen. Es gibt keinen Grund, es wieder zurückzugeben. Kommen Sie, ich zeige Ihnen, wie es funktioniert.«

Sie blickte auf, und etwas Verschmitztes huschte über ihr Gesicht. »Das würden Sie tun?«

Gabor stand auf und setzte sich auf den zweiten Besucherstuhl neben sie. »Aber natürlich. Geben Sie mal her …« Er schnappte sich das iPad. »Sehen Sie, wir haben alle so eins. Ehrlich gesagt bauen wir unser ganzes Leben um iPad und iPhone.«

»Aber ich bin kein Manager.«

Natürlich nicht, dachte er. Schließlich sind die Dinger nicht aus Jute, und energetisch stehen sie wahrscheinlich noch unter einem kaputten Radio auf dem Grund einer Jauchegrube.

Sie lachte. »Ach, Gabor, Sie sehen goldig aus, wenn Sie sich über mich lustig machen!«

Gabor blickte sie irritiert an: »Das hab ich doch gar nicht …«

»Natürlich haben Sie das. Ich kann das sehen, schon vergessen?«

Gabor seufzte. »Ach so, diese Aurasache …« Er hielt ihr das Tablet vor die Augen und erklärte: »Hier, sehen Sie, es ist sofort da. Sie müssen nicht warten. Und diese Bildchen?«

»Ja?« Kathrin lächelte.

»Das sind Icons, Wenn Sie mit dem Finger drauftippen, öffnet sich das dazugehörige Programm. Und hier können Sie ins Internet. Einfach drauftippen, und schon sind Sie drin. Ich stell Ihnen das gerade mal ein … Nanu?« Sie blickten beide auf die Homepage von *Clausen & Wenningmeier*. »Sie haben es ja schon geschafft, gratuliere!«

»Oh, das … war gar nicht so schwer. Das ist übrigens eine sehr schicke Seite, Gabor. Sehen Sie mal hier: Da sind Sie …«

Sie tippte auf den Bildschirm, und Gabors Foto erschien, zusammen mit einer elegant geschriebenen Vita, die nach viel klang, aber wenig aussagte. Kathrin tippte weiter auf dem Tablet herum, das Gabor hielt.

»Und sehen Sie mal hier, das ist Ihr Chef, nicht?«

Ferdinand Clausen.

Gabor nickte.

»Und hier, wenn ich Ferdinand Clausen eingebe, sieht man ganz viele Fotos von ihm …«

Die Suchmaschine spuckte eine ganze Seite voller kleiner Fotografien aus. Gabor hatte plötzlich so ein ungutes Gefühl, während Kathrins Finger sehr geübt Links öffnete. »Und sehen Sie das hier … Das ist auf einer Gala aufgenommen worden. Gar nicht lange her. Ferdinand Clausen und seine schöne Gattin Annette.« Wieder stieß ihr Finger auf die Oberfläche herab: »Und hier auf dem Foto sieht man sie besonders gut … Meine Güte, was für eine Schönheit! Finden Sie nicht auch, Gabor?«

Gabors Hand krallte sich um das iPad. Er fühlte sich wie eine Maus, die gerade von einer Katze freundlich angeschnurrt wurde.

»War das nicht die Dame, die mit Ihnen im Auto gesessen ist, als sie mich angefahren haben, Gabor? Die sich mit diesem netten Arzt rumgestritten hat? Als der Ihnen eine Spritze geben wollte? Wissen Sie noch?«

Gabor sah Kathrin vor sich, wie sie in den Rettungswagen geschoben wurde und ihn anlächelte. Von wegen Schmerzmittel! Die war völlig klar gewesen.

»Und sehen Sie mal hier …« Sie suchte im Verlauf nach einer Seite, rief sie auf: »Eine Meldung aus dem Manager-Magazin. Das sind Sie schon wieder, Gabor. Sie sollen Partner werden! Ich gratuliere von Herzen. Und auf dieser Seite steht, dass *Clausen & Wenningmeier* eine ganz tolle Firma ist, die unheimlich viel Geld verdient und jetzt mit *Reos* einen Großkunden an Land gezogen hat, der sie auf Jahre an die Spitze der Unternehmensberatungen bringen wird. Sie werden noch mal richtig berühmt, Gabor!«

Sie nahm ihm das Tablet aus der Hand und rief eine weitere Seite auf: »Das ist meine Schule. Ich gebe zu, die Seite ist nicht so schön wie Ihre hier, aber die Schule ist dafür schön. Ach, was sage ich: Sie werden sie ja bald kennenlernen!«

Gabor erwachte aus seiner Starre: »Wie bitte?!«

Kathrin sah ihn treuherzig an. »Sind Sie denn nicht neugierig?«

»Warum zum Teufel sollte ich das sein?«

»Na, weil Sie dort in nächster Zeit arbeiten werden. Also, ich an Ihrer Stelle wäre da schon neugierig!«

»Ich werde was?!«

Kathrin störte sich nicht an Gabors entsetztem Gesicht und schwärmte weiter: »Also ich versichere Ihnen, die Kinder sind schon ganz aufgeregt deswegen! Ach, wir werden eine tolle Zeit miteinander haben, Gabor. Freuen Sie sich?«

Gabor sprang aus seinem Stuhl auf. »Was haben die Ihnen im Krankenhaus eigentlich gegeben? Ich werde auf keinen Fall in dieser Schule arbeiten! Was ist denn bloß los mit Ihnen?«

»Aber, Gabor, Sie haben mein Bein gebrochen! Ich finde schon, dass Sie da ein kleines bisschen in meiner Schuld stehen.«

Gabor schüttelte ungläubig den Kopf. »Das hatten wir doch geklärt, Kathrin!«

»Ach, Sie meinen die Verzichtserklärung?«

»Ja, die meine ich.«

Kathrin nickte. »Daran werde ich mich natürlich halten, Gabor.«

»Schön, dann sind wir uns ja einig.«

»Aber natürlich sind wir uns da einig. Ich möchte doch nicht, dass Sie Ärger mit der Staatsanwaltschaft bekommen.«

»Und was soll dann dieser Scheiß mit der Schule?«

»Nicht in diesem Ton, junger Mann!«, mahnte Kathrin, und Gabor fühlte sich schlagartig in die Grundschule zurückversetzt. »Natürlich werde ich unsere Vereinbarung respektieren. Aber in die Schule werden Sie trotzdem kommen.«

»Das werde ich ganz sicher nicht!«

Kathrin zuckte gleichgültig mit den Schultern. »Dann werde ich jetzt aus Ihrem Büro gehen und Herrn Ferdinand Clausen um ein Gespräch bitten …«

Gabor schnappte nach Luft. »Was?!«

»Gabor, jetzt sehen Sie mich nicht so an. Da wird einem ja ganz schwer ums Herz. Aber *ich* habe nicht die Frau meines Chefs verführt und dabei einen unschuldigen Menschen über den Haufen gefahren. Das waren ganz allein Sie!«

Gabor war völlig fassungslos. »Sie erpressen mich?!«

Kathrin schaute ihn an, als wäre er nicht ganz bei Trost. »Aber es ist doch nicht für mich, Gabor. Es ist für die Kinder! Denken Sie doch mal, was das für eine schöne Überraschung sein wird! Geht Ihnen da nicht das Herz auf?!«

»Nein!«

»Ach, das kommt noch. Hier, Ihr iPad.« Sie legte es auf seinen Schreibtisch und schnappte sich ihre Krücken. »Wie gesagt, ich brauche es nicht mehr. Wir sehen uns dann am Mittwoch, ja?«

»Auf keinen Fall!«

»Sagen wir 13 Uhr? Details klären wir dann noch telefonisch.«

Sie humpelte aus dem Büro, während Gabor nur dastand.

In seiner ganzen Karriere war er noch nie so auseinandergenommen worden. Und das von einer verhuschten, esoterischen, mafiösen Schuldirektorin, die ihn wie eine Kampfdrohne auf einem Mobilklo geortet hatte. Und jetzt hatte es gerade BUMM! gemacht.

DIE SCHULE

11.

Die Schule sah aus wie jede andere auch, die irgendwann in den Siebzigern gebaut und in die seitdem kein Cent mehr investiert worden war: ein betongrauer, trister Klotz mit Flachdach, der sich unter den Blicken der Besucher zu ducken schien. Die Schule lag so weit außerhalb der Innenstadt, dass man ohne sie fast von einer Idylle hätte sprechen können, so umrahmt war sie von Bäumen und Sträuchern. Oder – und das war Gabors Meinung – sie verschandelte hier draußen das Bild, damit sie es nicht in den teureren Lagen tun würde.

Kathrin hatte angerufen – oh, und wie sie angerufen hatte! Sie hatte ihm in ihrer eigenen, widerwärtig charmanten Art vorgeschlagen, sich so lange zu engagieren, wie es eben brauchte, bis ihr Bein vollständig geheilt war. Inklusive Reha-Maßnahmen. Nadja zufolge musste er mit einem Jahr rechnen, da in zunehmendem Alter die Knochen nicht mehr so gut heilten.

Dabei hatte er alles versucht, das Unheil abzuwenden: Er hatte ihr Geld geboten! Einen Ersatz für sich! Er wollte an den richtigen politischen Stellen fürsprechen, damit die Schule mehr Fördergelder bekam. Er hatte gedroht, gejammert, charmiert und zum Schluss sogar gebettelt! Nichts hatte etwas genutzt. Ein Jahr. Dreimal die Woche Betreuung à zwei Stunden. Abzüglich der Wochenenden, der Feiertage und der Schulferien natürlich, denn die Kinderchen brauchten schließlich Erholung. Seinen Erholungsurlaub musste Gabor jetzt ebenfalls in den Schulferien buchen. Und das hieß: Wohin er auch fliegen würde, die Familien mit ihren missratenen Kindern wären schon vor ihm da. Gabor kochte immer noch vor Wut, aber er war geschlagen worden. Sie wussten es beide.

Jetzt stand er hier, mitten im Nirgendwo, mit unzähligen Terminen, Besprechungen und Fälligkeiten, die wie die Blume einer Wunderkerze weiß glühend zu Asche zerfielen, denn er musste seine wertvolle Zeit für etwas opfern, das keinerlei Nutzen haben würde. Weder für ihn noch für die, die er zu betreuen hatte.

Und was er noch nicht ahnte: Das Fiasko war noch nicht komplett.

Er passierte das Eingangsschild, stutzte, kehrte noch einmal um: *Städtische Förderschule mit dem Förderschwerpunkt Lernen.* Was war denn das für eine Schule? War *Lernen* nicht Grundbedingung einer jeden Schule? Und was bedeutete *Förderschule*? Was hatte dieses Biest da angeleiert? Was sich äußerlich angedeutet hatte, fand seine Vollendung im Innern: klobige Türen aus Stahl mit Glaseinsätzen, Betonwände, Fliesen in undefinierbarer Farbe oder PVC in undefinierbarer Farbe. Es fehlte

Licht, eine architektonische Idee, Ästhetik. Es fehlte praktisch alles, was Gabor tagtäglich bei *Clausen & Wenningmeier* sah. Sogar ein Geruch fehlte. Ein Besuch auf den Toiletten änderte das. Die Kanalisation war dagegen ein Luftkurort.

Da stand er nun im Maßanzug, mit rahmengenähten Oxfordschuhen aus Straußenleder, Seidenkrawatte und Boss-Hemd und wirkte wie Besuch aus dem All. Ein träge wirkender Hausmeister ließ sich dazu hinreißen, der Direktorin telefonisch Besuch anzukündigen, bevor er sich wieder in ein kleines Kabuff zurückzog, von dem Gabor nicht wusste, welche Bedeutung es haben mochte, außer dem Hausmeister als Versteck zu dienen.

Ein paar Momente später klingelte es schrill, und Schüler schossen aus allen Richtungen in die Aula, wobei der Raum in Sekundenschnelle mit infernalischem Lärm erfüllt war. Unwillkürlich presste sich Gabor die Hände auf die Ohren.

Jemand tippte ihn an.

Kathrin lächelte ihm aus einem Rollstuhl entgegen: »Da sind Sie ja, Gabor! Und so pünktlich. Wie schön!«

»WAS?«

»Ist gleich vorbei!«, rief Kathrin.

Und tatsächlich sank der Lärmpegel allmählich, Türen knallten, dann endlich waren alle draußen auf dem Schulhof.

»Sehen Sie?«, lächelte Kathrin. »Alles ruhig.«

Gabor nahm die Hände wieder runter, fühlte etwas eklig Weiches und entdeckte einen braunen Klecks auf seinem Sakko, der jetzt in Teilen an seiner Hand klebte.

»Nutella«, nickte Kathrin wissend.

»Das ist ein Zweitausend-Euro-Armani!«

»Das geht wieder raus.«

»Geht wieder raus?!«, zischte Gabor. »Wenn ich der Mona Lisa mit Nutella einen Schnurrbart ins Gesicht male, dann geht das auch wieder raus, aber ist sie dafür erschaffen worden?« Gabor fluchte etwas Unverständliches, dann sagte er: »Haben Sie ein Taschentuch?«

»Lutschen Sie es ab!«

Gabor sah Kathrin an, als hätte sie den Verstand verloren.

»Lutschen Sie es ab!«, bekräftigte Kathrin.

Gabor sah angewidert auf den Nutellafleck auf seiner Hand: »Da ist ja auch noch Butter dran? Wer isst denn so was? Butter *und* Nutella?«

Kathrin winkte ab. »In dem Alter kann man wirklich alles essen. Beneidenswert, nicht?«

Gabor beschloss, die Nutella an seinem Ärmel zu belassen und zischte: »Den kann man nur noch wegschmeißen …«

»Kommen Sie, ich zeige Ihnen die Schule.«

Er schob sie brav über die Flure, betrachtete griesgrämig Klassenräume, Aulen, Mehrzweckhallen, die sich alle in trister, uninspirierter Weise ihren Funktionen untergeordnet hatten. Wenn man bedachte, dass hier Wissen gepflanzt werden sollte, war das nicht der Garten von Versailles, sondern ein Treibhaus für Industriegemüse. Wie sollten hier neue Gedanken zu großen Ideen heranwachsen?

»Was wissen Sie über unsere Schule?«, fragte Kathrin.

»Nichts«, gab Gabor zu. Er hatte sich nicht die Mühe gemacht, die Schule zu durchleuchten, wie das in neuen Lebens- oder Arbeitssituationen sonst seine Gewohnheit war.

»Unsere Schule ist recht klein, wir haben knapp zweihundert Schüler und siebzehn Klassenverbände. Dennoch sind wir die größte Förderschule der Stadt, auch wenn es Pläne gibt, den Standort nach und nach aufzulösen, weil die Politiker der Meinung sind, Inklusion sei das Zaubermittel für alles.«

»Inklusion?«

»Das Eingliedern in die Regelschulen. Man ist der Meinung, dass sich unsere Kinder schon zurechtfinden werden. Ein paar könnten es sogar schaffen, die meisten aber nicht.«

»Was ist denn mit den Kindern?«, fragte Gabor irritiert.

»Sie sind hier auf einer Förderschule, das heißt, die Kinder, die hierherkommen, haben einen IQ unter fünfundachtzig.«

Gabor hob verwundert die Augenbrauen. »Unter fünfundachtzig? Wie tief runter geht das denn noch?«

»Bis wir nicht mehr von einer Lernbehinderung, sondern von einer geistigen Behinderung reden.«

»Und was soll ich dann mit denen?«

Kathrin bremste, Gabor stieß sich den Oberschenkel an dem Rollstuhl und fluchte.

Kathrin wartete, bis er sich beruhigt hatte, und sagte dann: »Sie werden Ihnen etwas beibringen, Gabor!«

»Ich?«

»Nun, wenn ich Ihren Lebenslauf richtig in Erinnerung habe, haben Sie Mathematik studiert und als Zweitbester Ihres Jahrgangs abgeschlossen. Deutschlandweit. Sie haben eine Reihe von Unternehmungsberatungen durchlaufen, gelten als Spezialist in Sachen Übernahmen und Sanierungen. Sie haben in London gearbeitet und in New York.« Sie sah belustigt in sein empörtes Gesicht. »Sie sollten keine Interviews geben, wenn Sie nichts über sich verraten wollen. Das Netz vergisst nichts. Was haben Sie eigentlich in Island gemacht?«

Gabor war völlig aus dem Konzept. Er hätte mit allem gerechnet, nur nicht damit. So brachte er nur heraus: »Was?«

»Island. London, New York … verstehe ich alles. Aber Island? Land der Feen und Kobolde? Ist es wirklich so schön, wie man sagt?«

»Woher …?«

»Das Internet, Gabor. Schon vergessen? Die Alte kann einen Computer bedienen. Es gibt eine Fotografie von Ihnen als sehr jungem Mann. Sie sind auf einem Fischerboot und sehen sehr glücklich aus.«

Gabor spürte das Boot unter seinen Füßen schwanken, das Netz, das an seinen Fingern zerrte. Er roch plötzlich Salz, Wind und Meer. Er hatte alles vergessen, aber die plötzliche Erinnerung war frisch wie die Gischt, die über die Reling gepeitscht wurde und im nächsten Moment in einer kräftigen Böe zerstob.

Er hatte sich wieder unter Kontrolle.

»Wir wissen beide, dass ich nicht freiwillig hier bin. Also machen wir das Beste draus und lassen einander in Ruhe. Deal?«

Kathrin nickte. »Wenn Sie hier bestehen wollen, müssen Sie sich ein dickeres Fell zulegen.«

»Es reicht völlig, wenn Sie sich auf Ihren Job konzentrieren und ich mich auf meinen. Also: Was soll ich tun? Mathematik?«

»Sind Sie ausgebildeter Lehrer?«

»Nein.«

»Dann werden Sie auch nicht Mathematik unterrichten.«

»Und was, wenn ich fragen darf, werde ich dann tun?«

»Sie werden tanzen.«

»Wie bitte?«

Kathrin blieb ganz ungerührt. »Sie werden eine Tanz-AG leiten. Badabing!«

»WAS?!«

Sie gab ihm die Hand und verabschiedete sich. »Sie fangen morgen an!«

Die Führung war offensichtlich beendet, Kathrin rollte davon, doch vor einer Tür drehte sie sich noch einmal um. »Gabor?«

»Was denn noch?«

»Ich weiß, dass Sie das hier hassen. Und Sie können mir gegenüber so missmutig, gereizt oder sarkastisch sein, wie Sie wollen. Aber sollten Sie meine Kinder schlecht oder respektlos behandeln, dann serviere ich Ihre Hoden Ferdinand Clausen auf einem Silbertablett. Haben wir uns da verstanden?«

Gabor runzelte die Stirn. »Sie sind doch niemals eine Lehrerin, oder?«

Sie lachte, und rollte durch die Tür. »Sie sind so lustig, Gabor! Und jetzt husch, husch: an die Arbeit. Wir sehen uns morgen!«

12.

Dass Gabor am nächsten Tag durch die Schule irrte, lag in erster Linie daran, dass er sich aus einem kindischen Trotz heraus nichts von dem gemerkt hatte, was Kathrin ihm am Tag zuvor gezeigt hatte. Zudem klingelte das Handy ohne Unterlass, da sich sein neu zusammengestelltes Team offenbar ebenfalls weigerte, sich irgendetwas zu merken. Also stand er in der Aula, telefonierte, delegierte, ja dirigierte aus der Ferne einen geradezu aufgescheuchten Haufen, der sich vorgenommen hatte, ihm mit nicht enden wollenden Fragen den Zentralnerv durchzusägen.

Irgendwann wechselten sie sich am Telefon ab, sodass Gabor sie vor seinem geistigen Auge Schlange stehen sah wie vor dem Kassenschalter im Supermarkt oder vor dem Klo.

So entdeckte ihn Kathrin, die direkt vor seine Füße rollte und anhob, etwas zu sagen, als Gabor ihr mit erhobenem Zeigefinger bedeutete, dass er jetzt nicht unterbrochen werden konnte.

Er musste feststellen, dass es doch ging.

Kathrin schnappte sich den ausgestreckten Zeigefinger und bog ihn zu sich, sodass Gabor schmerzverzerrt folgen musste. Dann schälte sie ihm das Handy aus der anderen Hand, schaltete es ab und steckte es in ihre Jeans.

»Aua … Gottverdammt … Geben Sie das wieder her!«

»Tut mir leid. Handys sind auf dem Schulgelände verboten. Sie können es sich nach dem Unterricht wieder bei mir abholen.«

Gabor schnappte nach Luft. »Das ist nicht Ihr Ernst?!«

»Eigentlich würden Sie es erst nach drei Tagen wieder bekommen. Aber Sie sind neu, da darf man nicht so streng sein.«

»Geben Sie mir sofort das Handy wieder!«

»Kommen Sie, ich zeig Ihnen Ihren Kurs!«, sagte Kathrin und lächelte vergnügt.

Sie rollte davon, Gabor trottete hinter ihr her, redete gestikulierend auf sie ein, gab schließlich auf: Die Alte würde sein Handy nicht rausrücken. Die war aus Stahl. Oder taub. Oder verrückt. Wahrscheinlich alles zusammen.

Schließlich betraten sie einen Raum, den sie gestern nicht besucht hatten. Zu seinem Erstaunen besaß die Schule ein kleines Theater mit Bühne und Publikumsreihen für gut hundert Besucher, sogar leicht ansteigend, damit man von hinten einen besseren Blick hatte. Es gab ein paar Scheinwerfer, Lautsprecher, ein kleines Mischpult für die Technik, einen Bereich hinter der Bühne und einen Vorhang. Eigentlich alles, was ein Theater so brauchte.

Auf einer recht großzügig bemessenen Bühne standen etwas verloren fünf Teenager herum, die von oben auf die beiden herabblickten und nicht genau wussten, was sie mit ihren Händen machen sollten: verschränkt auf dem Rücken lassen, in die Hosentaschen oder in den Mund stecken zum Nägelkauen.

Kathrin wies auf Gabor und sagte: »Darf ich vorstellen, das ist euer neuer Tanzlehrer, Herr Schoening.«

Niemand von den Schülern sagte etwas. Die Gruppe sah ganz ulkig aus, weil sie zwar alle in etwa dasselbe Alter von vielleicht vierzehn oder fünfzehn Jahren hatten, aber unterschiedlicher nicht hätten sein können: Vorne rechts stand ein wieseliges Bürschchen mit lebhaften Augen und dunklen Locken. Links davon ein sehniger Kerl mit Muskelshirt, Bartflaum und großem Adamsapfel. Neben ihm ein dickes Mädchen mit langen Haaren, das sich in modische, aber viel zu enge Klamotten gequetscht hatte. An ihrer Seite stand ein sehr blasser, dünner Junge mit blonden Haaren und müden Augen. Und am anderen Ende der Reihe eine Bohnenstange von einem Mädchen mit großen Händen und schlechter Körperhaltung

Kathrin wandte sich Gabor zu. »Wollen Sie vielleicht ein paar Worte sagen, Herr Schoening?«

Gabor sah in die neugierigen Gesichter der Fünf und hob an: »Ha-ll-o, Kin-der. Ich … bin … jetzt … euer … Leh-rer. Ver-steht … ihr … mich?«

»Was ist denn mit dem, Frau Bendig?«, fragte das Wiesel.

Kathrin blitzte Gabor wütend an und zischte: »Ich weiß nicht. Vielleicht hat er ja den Verstand verloren?«

»Dann passt er ja gut hierhin!«

Wieder das Wiesel. Es lachte. Die anderen stimmten munter ein.

Gabor schielte zu Kathrin, die sich von der Bühne weggedreht hatte, vorgeblich um zu husten, aber er sah genau, dass sie nur ein Lachen kaschierte. Dann klatschte sie in die Hände und bestimmte: »Okay, Schluss jetzt! Vinnie, was hab ich dir schon tausend Mal über den Umgang mit anderen gesagt?«

»Man darf nicht über andere lachen, Frau Bendig.«

»Genau so ist es! Niemand lacht über den anderen. Wir behandeln andere mit Respekt. Also dann noch mal: Herr Schoening wird euch in den kommenden Monaten das Tanzen beibringen.«

»Was tanzen wir denn?«, fragte Vinnie.

»Was ihr wollt«, antwortete Gabor maulig.

Die Antwort hätte er sich besser vorher überlegt, denn jetzt brach ein Sturm der Begeisterung los.

»Klasse. Ich will Hip-Hop!«

Der Adamsapfel rief: »Ich Breakdance!«

»Ich wie Beyoncé!«

Das war das dicke Mädchen.

Der blasse Junge rieb sich die Hände. »Ich Capoeira!«

»Was ist denn das?«, fragte Vinnie, das Wiesel.

»Ein Kampftanz«, erklärte der blasse Junge.

»Das will ich das auch!«, rief Vinnie. »Und Hip-Hop!«

»Ich auch!«, bestätigte der große Junge. »Und Breakdance!«

»Ich wie Beyoncé!«

Nur die Bohnenstange mit der schlechten Körperhaltung sagte gar nichts.

»Wartet, Leute, Stopp!«

Die Fünf auf der Bühne sahen ihn aufmerksam an.

»Wir machen keinen Hip-Hop. Oder Breakdance. Ich dachte da eher an lateinamerikanische Tänze.«

Schweigen.

Sie sahen sich ratlos an, dann wieder zu Gabor.

»Wo liegt denn Lateinamerika?«, fragte der Adamsapfel.

»Südamerika.«

»Und was ist die Hauptstadt von Lateinamerika?«, fragte Vinnie.

»Die gibt es so nicht.«

»Frau Bendig sagt, jedes Land hat eine Hauptstadt.«

»Ja, stimmt.«

»Lateinamerika aber nicht?«

»Schon, aber …«

»Aber gerade haben Sie gesagt, es gibt keine Hauptstadt von Lateinamerika.«

»Das habe ich so nicht gesagt!«

Der Adamsapfel verschränkte die Arme vor der Brust. »Doch haben Sie!«

Gabor sah Kathrin hilfesuchend an, die zuckte nur mit den Schultern: »Ihr Unterricht, Ihre Schüler.«

»Hört mal, lassen wir das doch mit den Hauptstädten. Das könnt ihr mit Frau Bendig machen. Wir tanzen, okay? Rumba, zum Beispiel.«

»Ist Rumba so ähnlich wie Hip-Hop?« Vinnie ließ nicht locker.

»Nein.«

»Und warum können wir dann keinen Hip-Hop machen?«

»Weil ich nicht Hip-Hop tanzen kann!«

»Und Breakdance?«

»Auch nicht.«

»Und Beyoncé?«

»Singt die nicht?«, fragte Gabor irritiert.

»Singen wir auch?«

»Nein. Wir tanzen.«

»Beyoncé kann auch super tanzen!«

»Keine Beyoncé!«, rief Gabor genervt.

»Also kein Hip-Hop, kein Breakdance, kein Beyoncé und Capudingsda …«, sagte Vinnie.

»Capoeira«, ergänzte der Blasse.

»Das auch nicht?«, fragte Vinnie.

»Genau«, gab Gabor zu.

Vinnie runzelte die Stirn: »Was für ein Tanzlehrer sind Sie denn, wenn Sie gar nichts tanzen können?«

Gabor bückte sich zu Kathrin hinunter und flüsterte: »Kriegt man eigentlich mildernde Umstände, wenn man doofe Kinder verprügelt?«

»Ich sorge dafür, dass Sie bei Ihrem Chef keine bekommen, wenn sie noch einmal *doofe Kinder* sagen!«, zischte Kathrin zurück. Dann wandte sie sich den Kids zu, klatschte wieder in die Hände und rief: »Also gut, Freunde. Schluss jetzt! Ihr lernt was anderes, was echt Tolles. Gebt der Sache eine Chance, ja?«

Sie sahen enttäuscht aus, aber ausgerechnet Vinnie munterte die anderen plötzlich auf: »Dann machen wir eben was anderes. Vielleicht ist das ja gar nicht so scheiße!«

»Danke. Wie reizend«, seufzte Gabor. Du bist Vinnie, richtig?«

»Ja.«

Gabor sah von einem zum anderen. »Und ihr?«

Der Adamsapfel sagte: »Marvin.«

Die Dicke sagte: »Jennifer.«

Der Blasse sagte: »Felix.«

Die Bohnenstange sagte: nichts.

»Das ist Lisa«, flüsterte Kathrin. »Sie spricht nicht sehr viel.«

»Gefällt mir«, flüsterte Gabor zurück. Dann drehte er sich wieder der Truppe zu: »Okay, das ist doch mal ein Anfang. Ich bin Gabor!«

»Was ist denn das für ein Name?«, fragte Vinnie.

»Einer wie Vinnie. Oder Felix«, erklärte Gabor ungeduldig.

»Hab ich noch nie gehört. Du, Marvin?«

Marvin schüttelte den Kopf. »Nee.«

»Ich auch nicht«, sagte Jennifer.

Und Felix sagte: »Ich auch nicht.«

Lisa sagte nichts, aber sie zuckte mit den Schultern, was wohl heißen sollte, dass sie den Namen auch noch nie gehört hatte.

»Es ist doch egal, ob ihr den schon mal gehört habt«, entgegnete Gabor.

»Dürfen wir dich Gabi nennen?«, fragte Vinnie.

»Nein.«

»Gabi … Voll der Mädchenname!«, lachte Marvin.

»Ich find Gabi süß«, warf Jennifer ein.

Felix rief: »Unser Tanzlehrer heißt Gabi!«

Und Vinnie: »Und Gabi kann keinen Hip-Hop, nur Rumba-Rumba-Täteräää!«

Großes Gegacker!

»Da geh ich ja lieber in den Knast!«, zischte Gabor in Kathrins Richtung.

Kathrin winkte ihn zu sich herab und kniff ihm mütterlich in die Wange: »Oh, armer schwarzer Kater! Nur Mut. Aller Anfang ist schwer!«

13.

Selbstredend war an diesem Tag nicht mehr an Unterricht zu denken, was zum einen daran lag, dass sie die richtige Musik nicht dahatten, zum anderen an Gabors völlig sinnlosen Versuchen, den Jugendlichen auszureden, ihn Gabi zu nennen. Oder zu erklären, warum er als Tanzlehrer keinen Hip-Hop tanzen konnte. Oder welche Bands er gut fand und warum keine Bands, deren Namen er noch nie gehört hatte, die aber die Kids toll fanden. Immerhin kannte Gabor die Hauptstadt von Ungarn, wusste aber nicht, ob man in Japan Breakdance tanzte. Oder lateinamerikanisch. Irgendwann hatte Gabor sich einfach in die erste Stuhlreihe gesetzt und die Truppe dabei beobachtet, wie sie sich mit sich selbst unterhielt. Abgesehen von Lisa, die nur zuhörte. Er war erst verzweifelt, dann wütend, schließlich wieder verzweifelt darüber, dass ihn hier niemand ernst zu nehmen schien. Dass niemand auf ihn hörte und offenbar niemand an einem ergebnisorientierten Arbeiten interessiert war. Wie sollte er denen je etwas beibringen? Er saß seine ersten beiden Stunden einfach ab und kehrte danach erleichtert in die Firma zurück.

Später am Tag erreichte ihn ein Anruf von Wim de Vries, der sich mitsamt seiner *Reos*-Entourage überraschend für den morgigen Tag ankündigte. Sie wollten sein Team bei einem gemeinsamen Mittagessen kennenlernen und vielleicht auch noch den Abend gemeinsam verbringen. Eine schöne Kick-off-Veranstaltung sollte den Teamgeist stärken und die Zusammenarbeit unter einen guten Stern stellen. Gabor fand die Idee brillant, was hätte er auch sonst sagen sollen, und versprach, sich um alles zu kümmern.

Nach dem Telefonat ging er die *Allee* hinunter und besprach sich mit Clausen, der wieder ganz hergestellt zu sein schien. Er begrüßte Gabor mit der ihm eigenen würdevollen Eleganz, unbeschwert, so als ob es den Moment der Schwäche vor ein paar Tagen nie gegeben hätte. Und das war auch die unausgesprochene Botschaft: Es hatte diesen Tag nie gegeben.

Gabor setzte ihn mit ein paar Worten ins Bild.

»Wen nehmen Sie mit?«, fragte Clausen schließlich.

»Linda Johannsen«, antworte Gabor.

»Sie ist jung«, gab Clausen skeptisch zurück.

»Sie ist schlau. Aber vor allem ist sie der Typ Frau, der Wim de Vries um den Verstand bringt. Kühl, groß, schön. Er wird ihr den Hof machen.«

»Zu riskant.«

»Wie gesagt: Sie ist schlau. Sie würde nie zu *Reos* wechseln. Aber wir sollten ihr etwas anbieten. Sie hat Zukunft.«

»Gut, ich rede mit ihr. Wer noch?«

»Tim Becke und Patrick Kaltenbach.«

Clausen hob verwundert die Augenbrauen. »Die Studenten?«

»Sie haben ihr Studium vor einem Jahr abgeschlossen, Herr Clausen. Aber ich denke, ich kann sie gut gebrauchen.«

»Für was, Herr Schoening? Sie werden diese Bürschchen doch nicht de Vries zumuten!«

»Natürlich nicht. Aber de Vries hat ebenfalls zwei Manager dabei, die, wie soll ich sagen, zu vorgerückter Stunde sehr gesellig werden …«

»Verstehe.«

Gabor nickte: »Becke und Kaltenbach werden die *Reos*-Leute ins … in die Clubs begleiten. Es wird sie freuen, wenn sie auf Firmenkosten die Korken knallen lassen können.«

»Wie schätzen Sie sie sonst ein?«

»Sie passen nicht in unser Geschäft«, gab Gabor ungerührt zurück.

Clausen nickte: »Wir werden uns von ihnen trennen, wenn es so weit ist. Sonst noch was?«

»De Vries bringt Jürgen Stark mit, seinen Finanzchef. Ein Zahlenmann durch und durch. Gesellschaftliche Anlässe sind ihm ein Graus. Daher brauche ich Dr. Meixner, unseren Prokuristen. Die beiden werden sich verstehen.«

»Okay.«

»Ich werde noch Henning Bauer dazunehmen. Einer der *Reos*-Männer ist ein Familienmensch, und Bauer ist gerade zum zweiten Mal Vater geworden.«

Clausen sah ihn aufmerksam an: »Was halten Sie von Bauer?«

Gabor wusste, worauf die Frage abzielte, und dachte einen Moment nach: »Ein guter Mann …«

»Aber?«

»Er arbeitet immer noch hart, aber seit der Geburt seiner Kinder fehlt ihm der Instinkt, eine Situation für sich zu entscheiden.«

Clausen sah versonnen aus dem Fenster und machte: »Hmhm.«

Nicht mal ein Wort beendete Bauers Karriere.

Gabor tröstete sich mit dem Gedanken, dass nicht *er* diese Karriere beendet hatte, sondern allenfalls Bauer selbst. Ganz nebenbei war eine solche Frage ein Test für den Gefragten, denn wenn der das Offensichtliche zu beschönigen oder gar vertuschen versuchte, wie konnte Clausen einem solchen Mann dann noch trauen? Unternehmensberatung war Darwinismus. Ihr aller Überleben hing davon ab, dass immer die Stärksten an der Spitze standen. Sie führten das Rudel an. Wer an ihnen vorbeiwollte, musste sie besiegen oder verschwand. Reich beschenkt oder hart bestraft. Es gab nichts dazwischen. Und es gab nur eine einzige Regel, die für alle galt: Finde raus, wo du wirklich hinwillst, denn genau dort wirst du beerdigt werden.

Becke und Kaltenbach waren in ihrem Unsterblichkeitswahn viel zu stumpf, um die Gefahr zu erahnen, auch das ein Grund, sich von ihnen zu trennen, denn wer brauchte schon einen Berater, der nicht wusste, was um ihn herum ablief? Bauer hatte seine Zielkoordinaten geändert, bewusst oder unbewusst, was nicht zwangläufig heißen musste, dass er darüber unglücklich war. Er würde bleiben, aber über seinem Kopf hatte man eine gläserne Decke eingezogen. Johannsen hingegen war auf dem Weg nach oben, nach dem Gespräch mit Clausen würde sie mit einem Bonus belohnt werden, der wie Treibstoff für eine Rakete sein würde, die sie zu den Sternen bringen sollte. Sie war bald dazu bereit, ein Rudel anzuführen, und sie würde dafür kämpfen.

Und Gabor?

Clausen schob ihm eine Ledermappe über seinen Schreibtisch, darauf ein paar silberne Schlüssel. »Sie gehört Ihnen, Gabor.«

Clausen nannte ihn zum allerersten Mal beim Vornamen.

Gabor schlug die Ledermappe auf und schaute auf ein Foto von einer Motorjacht. Ein Boot aus den Fünfzigerjahren: lackiertes Holz, weiße Sitzbänke, vollendete weiche Rundungen: eine Riva Ariston No. 131. Ein Boot, in dem man förmlich Cary Grant und Sophia Loren durch die Bucht von Neapel brausen sehen konnte.

»Gefällt Sie Ihnen?«

»Sie ist ein Traum«, sagte Gabor gerührt. »So etwas Schönes wird heute gar nicht mehr gebaut.«

»Sie haben sie verdient, Gabor. De Vries vertraut Ihnen. Die Verträge sind unterschrieben. Begleiten Sie

Reos durch eine schwere Zeit, dann wird sich am Ende ein Tor zu einer neuen Welt für Sie auftun, die Ihnen ganz neue Möglichkeiten bietet: *Clausen & Wenningmeier & Schoening.*«

Sie standen auf und schüttelten sich die Hände.

»Ihr Boot steht noch in Holland, es wird in den nächsten Tagen überführt.«

»Vielen Dank. Das ist sehr großzügig.«

»Genießen Sie es.«

Gabor arbeitete beschwingt, ging beschwingt nach Hause, genehmigte sich ein Glas seines besten Rotweins und strich zärtlich mit dem Finger über die Fotografie der Riva. Er hatte sich fast alle seine Träume erfüllt, er war weiter gekommen als alle, die mit ihm an den Start gegangen waren. Berauscht vom Wein ging er ins Bett.

Er erwachte erfrischt am Morgen, fuhr in die Firma und stürzte sich in die Arbeit. Organisierte den Lunch mit *Reos* und die Abendunterhaltung. Instruierte sein Team. Führte sein Rudel. Leitete es konzentriert durch den Tag und stieß auf eine große Zukunft an. Beobachtete genau und sah, dass alles so funktionierte, wie er es vorausgesehen hatte. Hatte an alles gedacht, alles geplant, alles perfekt eingefädelt. Hatte nur eines vergessen: dass in der Förderschule fünf Kids darauf warteten, dass er ihnen das Tanzen beibrachte.

14.

Der Start war geglückt. Alle hatten den Kick-off als gelungen empfunden. Und Linda Johannsen hatte bereits Blumen nach Hause geschickt bekommen.

Gabor erschien pünktlich in der Förderschule und hatte eine ganze Reihe von Musik-CDs eingepackt. Natürlich bimmelte auf dem Weg zum Schultheatersaal unentwegt das Handy, aber es war weit und breit keine Kathrin zu sehen, die es ihm hätte abnehmen können. Er erreichte die Eingangstür zum Theater und schob sie mit Schwung auf: Die nächsten zwei Stunden würde er versuchen, der Truppe das Tanzen beizubringen, auch wenn das ein ähnliches Vorhaben war, wie mit einem Doppeldecker auf dem Mond zu landen.

Er war allein.

Nicht mal die Bühnenbeleuchtung war eingeschaltet, das Theater lag völlig im Dunkeln. Gabor sah auf die Uhr: Er war pünktlich. Und der Tag war auch richtig. Wo waren denn alle? Er kehrte um, irrte durch das Gebäude, erblickte hier und da Schüler, die wie Fachkräfte im Baumarkt vor ihm flohen, bevor er sie etwas fragen konnte, dann traf er auf einen schlampig gekleideten Lehrer, der ihm den Weg zu Kathrins Büro beschrieb. Er fand es, klopfte und wurde eingelassen.

»Hallo!«, grüßte Gabor.

Kathrin sah nicht auf, sondern füllte ein Formblatt aus, das sie einem Hefter entnommen hatte. Nach einem schier endlosen Moment des Schweigens sagte Gabor etwas ratlos: »Die Kinder sind nicht da.«

Kathrin setzte ihre Unterschrift unter das Formblatt, legte es in eine Unterschriftenmappe und schaute Gabor an: »Warum sollten die Kinder da sein?«

»Weil heute Unterricht ist.«

Kathrin schüttelte den Kopf. »Nein, Unterricht war vorgestern.«

»Oh, vorgestern … richtig. Da konnte ich leider nicht.«

Kathrin lächelte, was Gabor missfiel. So gut kannte er sie schon, dass er wusste, es war Gefahr in Verzug, wenn sie so freundlich aussah. Mit einer Geste bat sie ihn, sich zu setzen, was Gabor auch tat.

»Warum konnten Sie denn nicht, Gabor?«, fragte sie mütterlich.

Gabor schnaubte kurz. Die nahm ihn einfach nicht ernst. Behandelte ihn, als wäre er einer ihrer Schüler.

»Das ist ein bisschen zu kompliziert, um alles zu erklären.«

»Versuchen Sie es, ich bin ganz aufmerksam.«

»Wir haben einen neuen Kunden, der ungeheuer wichtig für uns ist. Und vorgestern war ich unabkömmlich.«

»Das verstehe ich, Gabor. War doch gar nicht so kompliziert.«

Gabor lächelte. »Ich danke Ihnen für Ihr Verständnis.«

»Gern geschehen.«

»Dann fällt der Unterricht heute aus?«, fragte Gabor.

»Ja.«

»Okay. Dann sehen wir uns nächste Woche …« Gabor stand auf und wandte sich der Tür zu.

Kathrin aber hatte sich nicht gerührt und sah ihn neugierig an: »Was meinen Sie damit: *Wir sehen uns nächste Woche*?«

»Na ja, nicht wir, ich meinte die Kids. Zum Tanzen!«

Kathrin runzelte die Stirn. »Es gibt keinen Tanzunterricht mehr, Gabor. Ich habe gestern einen Gesprächstermin mit Herrn Clausen vereinbart. Sie werden dann sicher bald von ihm hören.«

Gabor wurde bleich, setzte sich langsam wieder auf den Stuhl vor Kathrins Schreibtisch. »Das können Sie doch nicht tun!«

Kathrin nickte. »Ich habe es schon getan. Sehen Sie, Sie haben mir gesagt, dass Sie vorgestern etwas sehr Wichtiges zu erledigen hatten. Wichtigeres, als Unterricht zu geben. Wichtigeres als unsere Übereinkunft. Ich verstehe das, Gabor. Im Leben muss man oft Entscheidungen treffen, Prioritäten setzen. Sie Ihre, ich meine.«

»Sie können doch nicht diesen albernen Tanzunterricht mit einem Multimillionendeal gleichsetzen! Da hängen Arbeitsplätze dran. Dafür bin ich verantwortlich. Wen interessiert denn da, dass fünf Kinder *einmal* nicht tanzen?«

»Mich, Gabor. Mich interessiert das.«

»Die werden doch eh nie tanzen lernen. Das wissen Sie genauso gut wie ich!«

Kathrin lehnte sich zurück und funkelte Gabor wütend an.

Schnell hob Gabor die Hände und versuchte zu beschwichtigen. »Okay, das war nicht nett. Also bitte, lassen Sie uns in aller Ruhe darüber reden.«

Kathrin zuckte mit den Schultern. »Aber ich bin ganz ruhig. Finden Sie, dass ich aufgeregt bin?«

Das war sie ganz und gar nicht – und Gabor ärgerte das noch am meisten, denn normalerweise war er es, der in schwierigen geschäftlichen Situationen die Ruhe bewahrte.

»Es tut mir leid, dass ich nicht gekommen bin. *Ehrlich*.«

Kathrin lächelte. »Ich bin so froh, dass Sie *ehrlich* zu mir sind.«

Gabor schluckte. Die hörte solche Sätze zwanzigmal am Tag. Und zwanzigmal wusste sie, dass sie gelogen waren. Er begann erneut: »Okay, ich habe einen Fehler gemacht. Aber wäre es nicht fair, mir eine zweite Chance zu geben? Hat nicht jeder eine zweite Chance verdient?«

»Oh, eine neue Strategie! Das machen Sie gut!«

»Das ist keine Strategie!«, behauptete Gabor.
Kathrin schwieg und sah ihn spöttisch an.
»Ja, gut, es ist eine Strategie.«
»Sehen Sie, *jetzt* waren Sie ehrlich. Wie fühlt sich das an?«
»Es geht so …«
Kathrin lachte. »Ja, ich weiß, es ist hart. Aber es macht das Leben auf Dauer leichter.«
»Können wir über den Unterricht reden?«
Kathrin schwieg einen Moment, sah ihn an. Dann antwortete sie: »Gabor, es ist doch so: Sie werden jeden Tag tausend wichtige Gründe haben, warum Sie nicht zum Unterricht erscheinen können. Aber für die Kinder ist es wichtig, dass Sie zum Unterricht erscheinen. Wissen Sie noch, was ich Ihnen gesagt habe, was passiert, wenn Sie meine Kinder schlecht oder respektlos behandeln?«
Gabor nickte.
»Sie geben den Kindern das Gefühl, dass Sie sie wie eine Vase ins Regal stellen und wieder rausholen, wann immer es Ihnen gerade passt. Kinder, die für unsere schnelllebige Gesellschaft keinen wirtschaftlichen Nutzen haben. Kinder, die genau wissen, was eine Förderschule ist und warum sie hier sind. Alle Kinder brauchen Anerkennung, aber diese hier brauchen sie ganz besonders. Denn sie sind es gewohnt, dass sie für andere nicht so wichtig sind, verstehen Sie das?«

»Ja.«

»Sie haben selbst gesehen, dass so ein Unterricht nicht immer ganz leicht ist. Und ich könnte Ihnen natürlich auch sagen, was Sie alles falsch gemacht haben, aber Fehler sind nicht schlimm, nur eines ist schlimm: wenn Sie diese Kinder im Stich lassen. Denn dann werden sie glauben, dass sie zu dumm sind, um wichtig zu sein. Und das sind sie nicht!«

»Es tut mir leid.«

Sie schwiegen eine Weile.

»Sie wussten, dass ich versagen werde.«

»Ja, das wusste ich.«

Zu seiner Verblüffung spürte Gabor plötzlich Ehrgeiz. Er gönnte Kathrin diesen Triumph nicht. Gabor Schoening versagte nicht. Nie! Sein ganzer Körper straffte sich: »Wir hatten keinen guten Start, aber jetzt fordern Sie mich heraus! Also, ich verspreche: Ich werde diese Kids zum Tanzen bringen! Und sie werden besser tanzen als Ginger Rogers und Fred Astaire. Das garantiere ich!«

»Ist das so?«

»Ich gebe Ihnen mein Wort!«

Kathrin lehnte sich zurück und musterte ihn lange. Sie hatte die Veränderung in Gabors Körpersprache bemerkt, ahnte, was in ihm vorging. Dieser Mann hasste Niederlagen. Erst recht, wenn er sie von einer verhuschten Rektorin einstecken musste. Eine bessere Motivation konnte sie sich kaum vorstellen, denn realistischerweise musste man davon ausgehen, dass er sich nie wirklich für die Kids interessieren würde. Daher nickte sie und antwortete: »Versuchen wir es. Wir sehen uns Montag, pünktlich!«

15.

Mit einiger Erleichterung kehrte er ins Büro zurück, wohl wissend, dass Kathrin ihm eine weitere unentschuldigte Stunde nicht mehr durchgehen lassen würde. Dabei hatte Gabor keinen Zweifel, dass die Kids dem ausgefallenen Unterricht nicht hinterhergetrauert hatten. Wer konnte schon sagen, ob die tatsächlich freiwillig daran teilnahmen oder auch nur Gefangene eines obskuren Deals waren.

Jedenfalls verbrachte er ein fröhliches Wochenende, ein sorgloses sogar, denn sein Boot wurde geliefert, und er weihte es in einer lauen Sommernacht mit Nadja ein – fahren durfte er es nicht, denn er hatte keinen Führerschein und in seiner jetzigen Situation wollte er keine weiteren Schwierigkeiten mit dem Gesetz riskieren. Nadja fand die kleine Motoryacht auch ohne Ausfahrt entzückend, und sie gab ihren Gefühlen den nötigen körperlichen Ausdruck.

So kam der Montagnachmittag. Gabor traf pünktlich ein. Die Schule war fast leer, die Kinder hatten üblicherweise nur vormittags Unterricht. Mit Musik unter dem

Arm und Handy am Ohr kreuzte er Kathrins Weg, die mit einer knappen Geste das Handy einforderte und es auch prompt bekam.

»Das andere Handy auch!«, befahl Kathrin und hielt die andere Hand hin.

»Welches andere Handy?«, fragte Gabor unschuldig.

»Das, was Sie vor mir verstecken!«

Einen Moment zögerte Gabor, dann aber fiel ihm ein, dass Kathrin eine geradezu unheimliche Antenne für Lügen hatte. Er griff in sein Jackett und gab ihr sein zweites iPhone.

»Woher wussten Sie es?«, fragte er.

Kathrin winkte ihn zu sich herab und kniff ihm grinsend in die Wange. »Sie sind ja so süß!« Dann rollte sie los.

Gabor sah ihr noch einen Moment nach. »Sie sind verrückt, das wissen Sie, oder?!«

Kathrin lachte. »Kommen Sie, ich bring Sie zu Ihrem Kurs.«

Er trottete ihr nach, verärgert darüber, dass sie über seine Bemerkung gelacht hatte. Er war überzeugt, dass sie auf die eine oder andere Weise nicht mehr alle Latten am Zaun hatte. Aber was nutzten einem Frechheiten, wenn sie als solche nicht mal wahrgenommen wurden?

Diesmal war das Theater hell erleuchtet, seine Gruppe lümmelte in der ersten Sitzreihe herum und stand erst auf, als Kathrin ihnen ein kleines Zeichen gab.

»Guten Tag, liebe Klasse!«

»Guten Tag, Frau Bendig«, antworteten sie unisono. Und nach einem auffordernden Kopfnicken ihrerseits: »Guten Tag, Gabi.«

»Gabor.«

»Guten Tag, Ga-bi-or.«

Gabor verdrehte die Augen, aber er vermied eine weitere Diskussion über seinen Spitznamen und suchte den CD-Player, während Kathrin den Raum wieder verließ.

»Okay, Freunde!«, rief Gabor. »Wer von euch hat denn schon mal getanzt?«

»In der Disko?«, fragte Jennifer. »Ich darf nicht in die Disko.«

»Ich darf in die Disko!«, rief Marvin stolz.

»Ich darf auch nicht«, rief Vinnie. »Nur mit meiner Mama.«

»Ha, ha, Mamasöhnchen!«, spottete Marvin.

»Der hat mich ausgelacht!«, beschwerte sich Vinnie.

»Marvin. Wie lautet die oberste Regel?«, fragte Gabor streng.

Marvin senkte den Blick und maulte: »Wir lachen nicht über andere.«

»Halt dich bitte dran. Ist eine sehr gute Regel. Und der Rest: Bitte beim Thema bleiben. Die Frage war, wer schon mal getanzt hat.«

»Tanzen ist voll schwul!«, fand Marvin.

Gabor seufzte. »Sonst noch einer?«

»Ich würde gerne so tanzen wie Beyoncé!«, sagte Jennifer.

»Und ich …«, begann Vinnie.

»Stopp!« Gabor ging lieber gleich dazwischen. »Okay, ich gehe mal davon aus, dass bisher niemand Erfahrung mit Tanzen gemacht hat.«

Das Trüppchen sah sich an, zuckte mit den Schultern.

»Gut, kein Problem. Deswegen sind wir ja hier. Also, wir lernen lateinamerikanische Tänze. Das sind Tänze, die in fast allen Ländern Süd- und Mittelamerikas getanzt werden.«

»Wie Rumba!«, rief Vinnie.

»Genau. Wie Rumba oder Mambo. Salsa. Oder Tango. Es gibt da einige. Wir fangen mal mit Salsa an. Das ist nicht so schwer und wird ganz oft getanzt.«

Gabor sprang auf die Bühne und blickte von dort auf die Gruppe hinab. »Also, passt auf. Ist ganz leicht. Wir beginnen mit dem Grundschritt. Acht Takte, Pause auf der Vier und der Acht. Vor, zurück, Crossbodyside, beginnend auf der Eins!«

In den Gesichtern der Fünf bogen sich fröhliche Fragezeichen mit den offenen Mündern als Punkt. Gabor bemerkte davon nichts, zeigte die Schritte und zählte: »Männer beginnen links, Frauen rechts. Eins, zwei, drei, Pause, fünf, sechs, sieben, Pause. Nicht die Hacken absetzen, vor, zurück. Und beginnend auf der Eins … Alles klar?«

Die Kids starrten ihn an.

»Was für eine Überraschung …«, murmelte Gabor. »Okay, vielleicht mal mit Musik!«

Gabor zückte die Fernbedienung des CD-Players und startete die Musik, deren kräftiger treibender Rhythmus schon bald den ganzen Raum erfüllte. Gabor bewegte elegant die Hüften, kreiste sanft mit den Armen und zählte mit: »Okay, auf den Takt: Eins, zwei, drei, Pause, fünf, sechs, sieben, Pause. Und schneller! Und zack! Und Pause! Und zack! Und Pause! Achtet auf die Hacken. Und die Hüfte bewegt sich … Jaaa, das ist es!«

Die Freude an der Bewegung ließ ihn Fahrt aufnehmen, er kreiste mit der Musik, und fast war es, als könnte man eine Dame mit ihm tanzen sehen, die sich drehte, wirbelte, während Gabor schon ganz vergessen hatte, dass ihn unten am Bühnenrand immer noch fünf Kids ratlos anstarrten.

»Fünf, sechs, sieben, Pause! Der Arm leitet eine Drehung ein – und zack! Seitwärtsbewegung im Takt: *Quick, quick, slow! Quick, quick, slow!* Und wieder zurück auf die Eins …! Und zack! Und zack! Drehung, und das war's schon!«

Mit einem Klick auf die Fernbedienung beendete Gabor das Stück und sah lächelnd auf die Fünf hinab. »Na, wer will es mal probieren?«

Der blasse Felix wollte nicht.

Die lange Lisa auch nicht.

Jennifer schien den Boden nach Goldstaub abzusuchen.

Marvin verschränkte die Arme vor der Brust.

Nur Vinnie war begeistert: »ICH!«

»Okay, dann komm mal hoch zu mir!«

Vinnie kletterte auf die Bühne und stellte sich vor Gabor. »Kann man das eigentlich auch als Beruf machen?«

»Tanzen? Klar.«

»Dann werde ich Tänzer. Frau Bendig hat gesagt, ich soll was machen, wo ich viel Bewegung hab. Ich hab schon mal an Fußball gedacht, aber der Trainer hat gesagt, ich hätte schon mal früher gegen einen Ball treten sollen. Mit fünfzehn wär das ein bisschen spät. Muss man als Tänzer auch so früh anfangen?«

»Nein, fünfzehn ist super.«

»Und wann hast du angefangen?«

Gabor zuckte mit den Schultern. »Weiß nicht mehr. So mit siebzehn, achtzehn.«

»Cool, dann werde ich ja besser als du!«

Gabor lächelte. Er mochte Vinnie. Eine große Klappe und immer mit dem Kopf voran. Selbstverständlich ohne Helm. Im Gegensatz zu den Deppen bei der Arbeit, die alle ihre Schritte absicherten, um ja keinen Fehler zu machen. Die ihn wegen jedem Blödsinn anriefen aus Angst, eine falsche Entscheidung zu treffen. Das Wiesel hatte größere Eier als sie alle zusammen.

»Okay, dann legen wir mal los. Weißt du noch, wie es angefangen hat?«

»Der Zack-und-zack-Teil?«

»Nein, vor dem Zack-und-zack-Teil. Auf welchen Fuß beginnen wir?«

»Rechts!« Vinnie bemerkte, dass Gabor ihn korrigieren wollte, und rief schnell: »Links!«

»Genau, Männer beginnen links, Frauen …«

»Aber wir sind doch beide Männer!«, protestierte Vinnie.

»Ich seh nur einen!«, mischte sich Marvin ein.

Die anderen kicherten.

»Marvin!«, mahnte Gabor. »Immerhin hat er sich gemeldet. Du nicht, oder?«

Marvin schwieg beleidigt.

»Okay, wie Vinnie richtig bemerkt hat, sind wir zwei Männer. Das ist nicht so wild. Einer von uns wird dann die Frau sein.«

Marvins Adamsapfel hüpfte aufgeregt, aber Gabor bedeutete ihm, die Klappe zu halten. »Es geht darum, dass es bei einem Tanzpaar jemanden gibt, der führt. Und das ist in aller Regel der Mann. Okay, Vinnie, du führst, ich folge dir.«

»Ich bin der Mann!«

»Du bist der Mann!«

Da standen sie nun.

Nichts passierte.

»Weißt du noch, mit welchem Fuß du beginnen musst?«, fragte Gabor.

»Links?«

»Genau. Du startest mit links, ich mit rechts. Also los: links.«

Vinnies rechter Fuß schnellte vor und sein dreckiger Chuck malte ein hässliches Muster auf Gabors linken polierten Two-Tone-Derby.

»Das andere Links, Vinnie«, seufzte Gabor.

»Okay, okay, noch mal!«

Zweiter Versuch – gleiches Ergebnis.

»Wir können auch tauschen, Vinnie«, meinte Gabor. »Vielleicht ist rechts besser für dich.«

»Nein, ich schaff's. Ich bin der Mann.«

»Du bist der Mann!«

Dritter Versuch – gleiches Ergebnis.

»Links, Vinnie!«

»Klar, links. Ich glaub, ich brauch Musik! Können wir Musik haben?«

Gabor klickte auf die Fernbedienung, und Salsa wummerte aus den Boxen.

»Okay, Vinnie!«, rief Gabor in die Musik. »Mit der Musik und eins, und … AU! Links, Vinnie, links! AU! Vinnie, langsam, erst, wenn ich sage: Und eins und zwei … AU! AUA! LINKS, VINNIE, HIMMELARSCH!«

Gabor hatte sich von Vinnie losgerissen, um seinen

Tritten zu entkommen, und Vinnie hatte schnell die Arme über seinen Kopf gehoben. Da stand das Bürschchen, ganz verdreht, ganz steif, und wagte nicht, ihn anzusehen. Gabor schaltete erschrocken die Musik ab und berührte Vinnie vorsichtig am Arm. »Hey, Vinnie, was ist denn?«

Vinnie zuckte unter der Berührung zusammen, dann sah er zwischen den Händen nach oben, wirkte so ängstlich, dass Gabor erschrak. Er kannte diesen Blick: die Demütigung, die Ohnmacht, den Schrecken, die sich dahinter verbargen.

»Ganz ruhig, Vinnie, ich tu dir doch nichts.«

Gabor versuchte sanft, Vinnies Arme vom Kopf zu lösen, doch Vinnie riss sich los und lief davon. Mit wenigen Schritten war er von der Bühne gesprungen und durch die Eingangstür des Theaters gestürmt. Gabor blickte hilfesuchend zu seiner Gruppe.

Keiner sagte, dass Vinnie übertrieben hatte, keiner sagte, dass Gabor keine Schuld traf. Sie sagten einfach gar nichts, aber in ihren Augen konnte Gabor sehen, dass ihnen Angst nicht fremd war.

16.

Gabor verbrachte den Rest der Unterrichtszeit damit, Vinnie zu suchen, aber der Junge schien sich in Luft aufgelöst zu haben, sodass Gabor gar nichts anderes übrig blieb, als Kathrin aufzusuchen und ihr zu erklären, was passiert war.

Er betrat ihr Büro, aber es war leer. Fast wäre er wieder umgekehrt, als er auf ihrem Schreibtisch vier fein säuberlich beschriftete Schulakten liegen sah. Zwei der Namen sagten Gabor nichts, aber die anderen beiden gehörten Lisa und Marvin. Er blickte sich verstohlen um, schloss dann leise Kathrins Bürotür und begann, in beiden zu lesen.

Als er wenig später Kathrin auf dem Flur humpeln hörte, legte er die Akten zurück und setzte sich auf einen Stuhl.

»Oh, Gabor, was führt Sie zu mir?«, fragte sie beim Eintreten.

»Vinnie. Ich glaube, es gibt da ein Problem.«

Sie humpelte zu ihrem Platz, nahm die Akten und sortierte sie wieder in einen Schrank ein. »Glauben Sie mir, hier gibt es viele Probleme.«

»Gibt es zu jedem Schüler eine Akte?«, fragte Gabor.

»Natürlich.«

Dann setzte sie sich und Gabor erklärte, was geschehen war. Zu seiner Überraschung schimpfte sie nicht, sondern nickte nur bedächtig und führte Gabor anschließend auf den unteren Spielplatz, wo sie Vinnie auf einem Baum kletternd fanden.

Kathrin nickte Gabor zu, er sollte offenbar mit ihm reden.

»Hey, Vinnie, wie wär's, wenn du runterkommst?«, rief Gabor.

Vinnie reagierte nicht, tat so, als würde unter dem Baum niemand stehen. Gabor änderte daraufhin seine Strategie. »Du glaubst wohl, du bist der Einzige, der gut klettern kann.«

Vinnie blickte ihn an und grinste: »*Du* kannst klettern, Gabi?«

»Klar kann ich klettern!«

»Mit deinem schönen Anzug?«

»Ich hab mehrere.«

»Aber dann schrottest du den. Mama kriegt immer einen Anfall, wenn ich meine Klamotten schrotte!«

»Du hast schon meine Schuhe geschrottet. Da kommt's auf den Anzug auch nicht mehr an!«

Vinnie lachte. »Dann komm hoch!«

Gabor seufzte und blickte sich nach Kathrin um, aber die war schon weg. Pädagogen! Wenn's schwierig wurde, fand man sie garantiert im Lehrerzimmer bei einem Pott Kaffee. Der Aufstieg war mit den glatten Sohlen seiner Schuhe alles andere als leicht, und tatsächlich ruinierte er sich den Anzug an der kräftigen Rinde. Aber er schaffte es hinauf zu Vinnie und setzte sich zu ihm auf einen dicken Ast.

»Von hier aus kann man alles sehen«, sagte Vinnie.

Gabor sah sich um und fragte sich, wann er das letzte Mal auf einen Baum geklettert war. Als Kind? Er erinnerte sich nicht mehr, aber woran er sich erinnerte, war, welchen Spaß das gemacht hatte. Und immer noch machte! Die Welt hier oben war eine andere: Sie war friedlich, die Blätter raschelten leise, und das Sonnenlicht blitzte dazwischen.

Gabor tippte Vinnie auf die Schulter und sagte: »Tut mir leid, dass ich dich eben so angepflaumt habe.«

»Schon okay, ich hab's ja auch voll verkackt.«

»Das braucht seine Zeit. Mit ein bisschen Training kriegst du das hin.«

»Meinst du?«, fragte Vinnie.

»Meine ich.«

»Cool.«

Sie schwiegen eine Weile.

Gabor fragte sich, ob er Vinnie auf den Vorfall eben beim Tanzen ansprechen sollte oder auf seine Mutter, die Anfälle bekam, wenn er seine Klamotten zerriss. Aber etwas in seinem Gesicht verriet Gabor, dass er darüber nicht reden wollte. Und genau genommen ging es ihn ja auch nichts an.

»Was meinst du«, begann Gabor, »wollen wir mal wieder runter und nach den anderen sehen?«

»Meinst du, die tanzen schon?«

»Ich glaub nicht. Ich bin mir nicht mal sicher, ob die Lust darauf haben.«

Vinnie sah ihn erstaunt an. »Klar haben die Lust!«

»Machte nicht den Eindruck«, antwortete Gabor.

»Du hast ja auch gleich alles niedergemacht«, empörte sich Vinnie. »Und dann noch so Sachen wie Rumba-Rumba-Täterrääää! So was kennt doch keine Sau!«

Gabor nickte nachdenklich. »Hm, vielleicht hast du recht. Aber ich kann nun mal keinen Breakdance oder wackeln wie Beyoncé.«

»Ich finde, du kannst wackeln wie Beyoncé.«

»Findest du?«

»Klar ...«, er grinste frech. »Ich bin der Mann! Schon vergessen?«

Gabor lachte. »Du bist der Mann. Alles klar. Komm, lass uns abhauen.«

Vinnie kletterte geschickt den Baum hinunter, während Gabor abrutschte und die Strecke im Freiflug nahm. Er schlug heftig auf, schien sich aber nicht verletzt zu haben. Stöhnend rappelte er sich auf. Früher war er besser im Klettern. Vinnie half Gabor, den Staub vom Anzug zu klopfen, und sagte grinsend: »Frau Schmitz sagt, von so was wären früher die Dinosaurier draufgegangen.«

»Wer ist Frau Schmitz?«

»Unsere Erdkundelehrerin. Sie sagt, ein Komet hätte ...«

»Ich hab's schon kapiert, du Schlauberger.«

Sie gingen zurück ins Schulgebäude, wo ihnen Jennifer und Marvin bereits entgegenkamen und zum Abschied knapp grüßten.

»Scheiße, ich bin zu spät!«, rief Vinnie. »Ich lauf schon mal vor, okay?«

»Ja, schon gut. Wir sehen uns morgen!«

»Bis morgen, Gabi!«

»Gabor!«

Aber er war schon um die nächste Ecke gesprintet.

Als er das Theater betrat, sprang Lisa fast schon erschrocken aus einem Sitz in der ersten Reihe und legte die Hände hinter den Rücken.

»Du bist noch da?«, fragte Gabor überrascht. »Holt dich denn keiner ab?«

Lisa zuckte mit den Schultern.

»Soll ich dich fahren?«, fragte Gabor.

Sie zögerte. Offenbar wusste sie nicht, ob Gabor zu trauen war.

»Wollen wir Frau Bendig fragen?«

Sie nickte.

Gabor sammelte seine Musik ein, löschte das Licht und verließ mit Lisa das Theater. Auf dem Weg in Kathrins Büro versuchte er es mit ein wenig Small Talk, aber da er keine Antwort erhielt, schwieg er schließlich auch.

Kathrin erlaubte die Heimfahrt, womit es auch für Lisa in Ordnung ging. Dann gab sie Gabor die Handys zurück.

»Gehst du schon vor?«, fragte Gabor Lisa, die kurz nickte und das Büro verließ.

»Was gibt es denn?«, fragte Kathrin.

»Wie ist denn Vinnies Mutter so?«, fragte Gabor.

»Alleinerziehend, Gabor.«

»Und sonst so?«

Kathrin nahm Gabor ins Visier. »Gibt es einen Grund für die Neugierde?«

»Tja, ich weiß auch nicht, Kathrin. Sagen Sie mir doch, ob es einen Grund für meine Neugierde gibt.«

Kathrin seufzte, langte zu einem seltsam aussehenden Stein auf ihrem Schreibtisch, dessen Oberfläche wie ein Aschenbecher ausgehöhlt war, und schob ihn zu Gabor.

»Hier!«

Gabor betrachtete den Stein und fragte: »Was soll ich damit?«

»Sie konzentrieren sich jetzt auf Ihre Sorgen, dann legen Sie sie in Gedanken in den Stein und dann … pusten!«

»Sie lassen nichts aus, oder?«

»Versuchen Sie es! All Ihre schlimmen Gedanken fliegen davon.«

»Hören Sie, Kathrin, wenn Sie nicht über Vinnies Mutter reden wollen, ist es gut, aber kommen Sie mir nicht mit diesem esoterischen Scheiß.«

Kathrin lächelte. »Ach Gabor, ich rede doch über

Vinnies Mutter. Und über Sie. Und Vinnie. Das lässt sich nicht trennen. Alles gehört zusammen.«

Gabor verschränkte die Arme vor der Brust und starrte sie wütend an.

»Sie ist eine sehr nette Frau, Gabor.«

»Aha.«

»Gibt es sonst noch was?«

»Nein, sonst nichts.«

»Dann bis morgen.«

Gabor verließ das Büro.

Er fuhr Lisa nach Hause, die stocksteif auf der Kante des Vordersitzes saß, ihre großen Hände nervös knetete und aus dem Seitenfenster starrte. Schließlich hielt er vor einem kleinen Fachwerkhäuschen.

Lisa sprang aus dem Auto, lief schnell zum eingezäunten Hof und verschwand. Gabor sah ihr nach und legte den Gang ein, fuhr aber nicht los. Er kuppelte wieder aus, blickte zu dem Fachwerkhäuschen. Es sah eigentlich recht romantisch aus, aber dieser hohe Zaun um den Hof und der Eingang … Das wirkte fast wie ein Gefängnis. Zu hören war auch nichts, es war fast schon totenstill.

Gabor atmete durch: *Es geht dich nichts an!*

Er stellte den Motor ab und stieg aus dem Auto.

An dem Zaun hatte jemand ein Straßenschild angebracht: *Manfred-Berger-Straße*. Offenbar hatte der Hausherr Hof und Eingang nach sich selbst benannt. Im

Hintergrund gab es eine Scheune, die offenbar in Eigenregie umgebaut wurde. Zur Straßenseite hin hatte das Häuschen ein kleines Fenster.

Gabor zögerte einen Moment, dann riskierte er einen Blick ins Innere: Er sah Lisa. Sie saß auf dem Boden, hatte einen kleinen Jungen von etwa drei Jahren im Arm, ein Mädchen von etwa acht Jahren schlang gerade seine Arme um ihren Hals und gab ihr einen Kuss auf die Wange. Im Hintergrund lag eine Frau auf dem Sofa, schnarchend.

Ein Mann betrat den Raum, er war verstaubt, als käme er gerade von einer Baustelle, hatte ein grobes, gerötetes Gesicht. Ohne Zweifel der Mann, der den Hof seines Hauses nach sich benannt hatte. Er ging hinüber in die offene Küche, holte sich ein Bier aus dem Kühlschrank und trank in großen Schlucken. Die Kleinen huschten um Lisas Beine, während sie jetzt Töpfe und Lebensmittel aus den Schränken holte. Der Mann verschwand in einem Nebenraum.

Gabor hatte genug gesehen.

Auf dem Weg zum Auto passierte er die Mülltonnen der Bergers. Einem Impuls folgend öffnete Gabor eine der Mülltonnen. Neben den üblichen Verpackungsabfällen lagen vor allem leere Flaschen darin. Korn. Bier. Whisky. Ein paar Limoflaschen.

Sie tranken beide.

Lisa war da drinnen auf sich alleine gestellt.

17.

Irgendein Tag in Lisas Leben.

Für Lisa begann jeder Tag sehr früh. Sie stand auf, wenn alle anderen noch schliefen, erledigte rasch die Morgentoilette, holte Brötchen vom Bäcker, kochte Kaffee und Kakao und richtete den Küchentisch her. Für die beiden Kleinen füllte sie Frühstücksboxen, die sie später mit in den Kindergarten und in die Schule nehmen würden.

Dann weckte sie zuerst den Jungen, wechselte die Windeln, denn er war noch weit davon entfernt, ohne sie auszukommen. Die beiden hatten Morgenrituale, die ohne viele Worte auskamen, und sie spielten sie jeden Morgen durch. Für Lisa waren das mit die innigsten Momente des Tages, nicht weil ihr das Mädchen nicht genauso wichtig gewesen wäre, nein, es war vor allem der Junge, der ihren Schutz brauchte.

Nach dem Jungen weckte sie das Mädchen und bereitete es für die Schule vor. Das alles ging stets sehr leise vor sich, denn ihre Pflegeeltern hatten meistens eine harte Nacht hinter sich und konnten zu diesem frühen Zeitpunkt sehr unangenehm werden, wenn sie aus dem Schlaf gerissen wurden. Anschließend brachte Lisa das Mädchen zum Schulbus und den Kleinen in den Kindergarten, bevor auch für sie der Bus kam, der die Förderschüler zu Hause abholte.

An praktisch jedem Schultag saß sie ganz hinten im Bus und starrte aus dem Fenster, sah Bäume und Häuser an sich vorbeiziehen und hing ihren Gedanken nach. In aller Regel waren das die einzigen Momente des Tages, die Lisa ganz für sich hatte. Später, nach der Schule, würde sie viel zu tun haben: Das Haus musste in Ordnung gehalten werden, der Junge brauchte viel Aufmerksamkeit, sie half dem Mädchen bei den Schulaufgaben, und manchmal half das Mädchen Lisa, denn tatsächlich erreichte Lisa mit den Aufgaben einer Drittklässlerin bereits die Grenze dessen, was sie zu verstehen in der Lage war, vor allem in Mathematik, Rechtschreibung und Lesen. Der Abend kam schnell, das Essen wollte zubereitet werden, und dann war es auch schon bald wieder an der Zeit, ins Bett zu gehen, denn der nächste Tag würde wieder früh beginnen.

Jetzt jedoch, am Fenster des Schulbusses sitzend, hatte Lisa Zeit. Sie haderte nicht, aber es war, als würde die Welt um sie herum nach und nach an Glanz verlieren, an Licht und an Farbe. Und dann war sie plötzlich wieder acht Jahre alt. Sie sah sich selbst in ihrem Bett wach werden, ausgeruht und guter Laune. Im Bett neben ihr schlief ihr kleiner Bruder noch tief und fest, sodass sie aufstand und ihre Mutter suchte, was nicht so leicht war, denn die Wohnung war bis unter die Decke zugestellt: Überall türmten sich Zeitungen, Gegenstände aller Art, Müll. Ihre Mutter konnte nichts wegwerfen, alles, was sie in die Finger bekam, fand einen Platz in der kleinen Wohnung. Lisa hatte sich daran gewöhnt, aber sie hatte nie gewagt, Freunde zu sich nach Hause einzuladen. Ihr Zuhause musste ein Geheimnis bleiben. Daher achtete sie auch darauf, dass sie und ihr Bruder stets gut gekleidet waren. Er war nicht ganz gesund, ein fröhlicher Junge, aber er würde nie richtig reden können. Irgendwas mit seinem Kopf war nicht ganz richtig, und wenn man ihm ins Gesicht blickte, dann konnte man es auch erkennen. Aber Lisa liebte ihn heiß und innig und freute sich, jeden Tag mit ihm zu spielen oder ihm Kleinigkeiten beizubringen.

An einem ganz bestimmten Tag in ihrem Leben stand sie also auf und rief leise nach ihrer Mutter. Und als sie keine Antwort erhielt, ging sie ins Wohnzimmer und fand sie dort im Wohnzimmersessel: Sie war weiß und kalt und ganz hart. Inmitten von Müll thronte sie förmlich in diesem Sessel und blickt mit toten Augen auf ihr Reich. Die Königin des Abfalls.

Man entdeckte die Wohnung und war bestürzt. Niemand hatte geahnt, dass die kleine Familie in einem solchen Chaos gelebt hatte.

Sie und ihr Bruder wurden dann zu ihrem Onkel gebracht. Sie sagten Lisa, dass sie alles richtig gemacht hatte, aber bald schon würde sie erfahren, dass es nicht immer richtig war, alles richtig zu machen, denn jetzt begann für sie ein Martyrium, das alles übertraf, was sie bis dahin erlebt hatte. War ihr Zuhause bis dahin schmutzig gewesen, in gewisser Weise lieblos, da die Mutter sich nicht kümmern konnte, weil sie krank war, so war es doch ein Zuhause gewesen. Ein Ort, an dem sie geschützt waren.

Das änderte sich jetzt.

Bereits in der ersten Nacht kam der Onkel in ihr Bett. Und er zerfetzte in jener Nacht und in jeder darauffolgenden auf grausamste Weise ihre Jugend. Mit jedem Tag, mit jedem Monat, mit jedem Jahr wurde sie mehr und mehr sein Eigentum, mit dem er machen konnte, was er wollte. Alles, was Lisa wissen musste, bläute er ihr ein: Schweig!

Und Lisa schwieg.

Bis dahin war sie trotz aller Schwierigkeiten ein mitteilsames Mädchen gewesen, noch ging sie auf eine Regelschule, und auch wenn sie nicht so schnell lernte wie die anderen, war sie doch der Liebling der Lehrer, weil sie als gutmütig und strebsam galt. Sie wurde stiller und stiller, ihre Leistungen immer schwächer, sodass ihre Klassenlehrerin schon bald Verdacht schöpfte und sie fragte, ob sie ihr nicht helfen könnte. Sie war sich sicher, dass Lisa unter dem Tod ihrer Mutter litt. Doch Lisa schwieg.

Als die Zeit gekommen war, darüber zu entscheiden, auf welche weiterführende Schule Lisa wechseln sollte, war man der Meinung, dass sie auf einer Förderschule besser aufgehoben wäre. Doch man wollte sichergehen, ordnete eine weitere psychologische Untersuchung an. Und dort fiel einer Psychologin auf, dass der Grund für ihre Schweigsamkeit nicht der Tod der Mutter war.

An diesem Tag in ihrem Leben trieb sie Lisa in die Enge, bis sie schließlich nicht weiterwusste und von dem berichtete, was sie zu niemandem hätte sagen dürfen.

Sie sagte das Richtige.

Sie tat das Richtige.

Doch das Ergebnis war falsch. So falsch, dass ihr klar wurde, dass sie nie wieder den Mund aufmachen durfte: Sie kam zu den Bergers. *Ohne* ihren geliebten Bruder. Ihn brachte man in einer anderen Familie unter. Weil er ein besonderes Kind war, sagte man ihr, brauchte er auch besondere Zuwendung. Dass sie ihm diese Zuwendung gegeben hatte, übersah man geflissentlich. Und weil es zu seinem Wohl und zu seinem Schutz war, verschwieg man ihr, wo man ihren Bruder untergebracht hatte. Lisa hatte geredet, und so gab sie sich die Schuld dafür, dass sie und ihr Bruder getrennt worden waren. Weil sie hätte schweigen sollen, genau, wie es der Onkel ihr befohlen hatte. Und es gab niemanden, der sie auffing.

Das war vor vier Jahren gewesen.

An jedem Tag in ihrem Leben dachte sie an ihn, und einmal im Jahr wünschte sie ihm in aller Stille alles Gute zum Geburtstag. Dann fragte sie sich, ob er noch wusste, wer sie war, und ob er sie erkennen würde, wenn sie sich je wiedersehen würden.

Jetzt hatte Lisa neue Geschwister – einen neuen kleinen Bruder, der sie brauchte. Und diesmal würde sie nicht mehr darauf vertrauen, das Richtige zu tun. Sie würde gar nichts tun. Denn es war besser, niemandem zu vertrauen. Nicht mal sich selbst.

Sie würde schweigen.

18.

Gabor war früh zur Arbeit erschienen, er hatte einiges aufzuholen. Und weil er von seiner Assistentin abgeschirmt wurde und es wunderbar ruhig war in seinem Büro, schaffte er das auch. Wie schön hier doch alles war. Und wie gut es roch: Menschen und Büros. Hier war die Welt noch in Ordnung, alles folgte bestimmten Regeln. Seinen Regeln, zumeist.

Am Nachmittag fuhr er in die Schule und betrat das Theater. Die vierte Doppelstunde stand an, eine hatte er ausfallen lassen, die anderen beiden waren eine Katastrophe gewesen. Bei diesem Tempo würden sie in einem Jahr immer noch beim Salsa-Grundschritt sein. Wenn überhaupt.

Die fünf betraten gemeinsam das Theater, grüßten ihn mit *Hallo, Gabi*, wobei er gar nicht erst versuchte, sie zu korrigieren. Gabor wandte sich ihnen zu: »Okay, wer hat heute Lust zu tanzen?«

»Ich!«, rief Vinnie begeistert.

»Und die anderen?«, fragte Gabor. »Marvin, wie sieht's mit dir aus?«

»Tanzen ist schwul«, maulte er.

»Ja, das hatten wir schon. Jennifer?«

»Können wir was Cooles machen? *Run the world* finde ich ganz toll!«

»Lass mich raten: Beyoncé, richtig?«

»Ja, ist ganz toll!«

Gabor blickte zu Felix. »Wie sieht's mit dir aus, Felix?«

»Ich weiß nicht, ich fühl mich heute nicht so gut.«

Er sah tatsächlich blass aus, aber das war eigentlich immer so, weshalb Gabor annahm, dass es nur eine Ausrede war, um nicht am Unterricht teilnehmen zu müssen.

»Und du Lisa?«, fragte Gabor.

Lisa zuckte nur mit den Schultern.

Gabor dachte einen Moment nach, dann rief er: »Kommt mal hoch zu mir!«

Vinnie stürmte hinauf, während der Rest nur zögernd die Bühne betrat. Unschlüssig standen sie vor ihm und fragten sich, was Gabor wohl vorhatte, während er sie musterte: Wie unterschiedlich man in diesem Alter aussehen konnte! Was sie jedoch einte, mit Ausnahme Vinnies, war eine Schüchternheit, die es zu überwinden galt, denn sonst würden sie niemals auch nur einen Schritt tanzen.

»Okay, Leute, wir hatten nicht den allerbesten Start. Was haltet ihr davon, wenn wir noch mal ganz von vorne anfangen?«

Sie zuckten mit den Schultern, aus ihrer Miene ließ sich aber herauslesen, dass sie zumindest nicht dagegen waren.

»Heute machen wir mal was anderes. Keine lateinamerikanischen Tänze, sondern etwas, was euch gefällt, einverstanden?«

Sie nickten erfreut.

»Aber«, rief Gabor, »es gibt da etwas, was ihr unbedingt beachten müsst! Eine Regel … nur eine!«

Misstrauen – sie mochten keine Regeln. Wer mochte die schon in ihrem Alter?

»Die einzige Regel ist: Es gibt keine Regel! Jeder darf tun, was er will. Jeder bewegt sich, wie er will. Je verrückter desto besser!«

»Wie meinst du das?«, fragte Vinnie.

»Ganz einfach: Ihr dürft euch eine Musik aussuchen, und auf die tanzen wir dann.«

»Einfach so?«, fragte Vinnie.

»Einfach so. Jeder, wie er das für richtig hält. Es gibt kein falsches Tanzen. Es gibt nur Tanzen. Einverstanden?«

Es gab keine Einwände – die gab es erst bei der Musikauswahl. Es dauerte geschlagene zwanzig Minuten, bis sie eine Reihenfolge festgelegt hatten. Dann endlich spielte Gabor den ersten Song und drehte die Anlage bis zum Anschlag auf: Die Bässe ließen die Wände zittern. Gitarren krachten, das Schlagzeug hämmerte. *Metallica*.

Niemand tanzte.

Alle sahen unsicher von einem zum anderen, ob der vielleicht schon tanzte, aber niemand wagte den ersten Schritt. Gabor hatte nichts anderes erwartet. Er rief laut in die Musik: »Hey, seht mal her!«

Und Gabor begann zu tanzen. Albern. Verrückt. Rudernd. Springend. Sich schüttelnd wie ein Irrer, dann wieder wie ein Schlangenmensch. Kurz: Er machte sich komplett zum Narren. Und alle brachen in Lachen aus: Gabi, ihr Tanzlehrer, hatte den Verstand verloren und drehte gerade komplett durch.

Gabor zog Vinnie zu sich auf die imaginäre Tanzfläche. Der ließ sich nicht lange bitten und stieg in den Verrückten-Tanz ein. Bald schon übertrafen sich beide johlend vor Vergnügen in hüpfenden Bewegungen, während die vier anderen sich immer noch zögerlich ansahen.

Marvin grinste und sprang dazu. Sein Tanz hatte eher etwas mit Kampfsport zu tun, er boxte, tobte, hüpfte, schubste, ließ sich schubsen. Die restlichen drei wippten jetzt zur Musik, viel fehlte nicht mehr.

Gabor zog Jennifer auf die Tanzfläche, Vinnie packte sich Felix, zuletzt gab auch Lisa nach: Sie tobten laut über die Bühne. Einer verrückter als der andere. Und sie wurden immer mutiger, wagten immer mehr, bis Gabor pausieren musste: Er konnte nicht mehr mithalten.

Aber seine Gruppe tanzte – und wie! Es war die pure Freude an der Bewegung – und immerhin hörte er zum ersten Mal Lisas Stimme, wenn sie auch keine Worte artikulierte. An Unterricht war auch dieses Mal nicht zu denken, denn jeder wollte ausgiebig zu *seiner* Musik tanzen, und Gabor ließ sie.

Später, als sie das Theater wieder verließen, waren alle verschwitzt, rotwangig, aber immer noch ziemlich aufgekratzt. Aufgeregt plapperten sie durcheinander, stießen sich an oder lachten laut. Gabor begleitete sie zum Eingang der Schule, wo bereits die Eltern und Erziehungsberechtigten auf die fünf warteten, verwundert über die aufgepeitschte Stimmung und die vor Anstrengung roten Köpfe.

Jennifer blieb nicht in der Gruppe, sondern lief gleich über den Schulhof zum Tor, vor dem ein BMW X3 wartete, hinter dem Steuer eine ungeduldig wartende Mittvierzigerin, schlank, gut gekleidet, moderne Frisur. Gabor konnte sehen, wie sie mit beringten Fingern auf dem Lenkrad herumtrommelte und, kaum dass die Türe zugeschlagen worden war, zügig losfuhr. Begrüßt hatte sie Jennifer nicht, die jetzt auf dem Rücksitz saß.

Gleiches galt für Lisa, nur dass ihre Pflegemutter einen alten Golf fuhr und weniger eilig aussah. Gabor hoffte, dass sie nüchtern genug war.

Ein altes Ehepaar stellte sich Gabor kurz vor: Felix' Großeltern. Sehr freundliche Herrschaften, sehr gepflegt, etwas altmodisch, denn Felix' Opa hob seinen Hut zum Gruß, und seine Oma steckte ihm ein Karamellbonbon zu. Gabor lächelte. Wer machte so was heute noch? Karamellbonbons? Sie wechselten einige freundliche Worte, die beiden erinnerten sich an ihre eigene Jugend, an ihre Zeit in der Tanzschule und meinten, dass jeder junge Mensch zumindest Standardtänze lernen sollte. Gabor pflichtete ihnen bei und freute sich für Felix, dass er so liebevolle Großeltern hatte.

Bei Marvins Mutter verdrehte Gabor innerlich die Augen: Tattoos, Sonnenbankbräune, Stecker in der Nase, attraktiv, wenn sie auch die besten Zeiten deutlich hinter sich hatte.

»Nicole«, stellte sie sich vor und hielt Gabors Hand die berühmte Spur zu lang.

»Gabor.«

»Marvin hat gar nicht gesagt, dass Sie so gut aussehen …« Sie grinste. »Und kann man mal gucken kommen, wenn Sie so tanzen?«

»Klar, aber geben Sie uns noch ein paar Wochen, dann haben wir vielleicht schon was einstudiert.«

»Ich hab früher auch viel getanzt, aber mein Mann

steht da nicht drauf. Darum wollte ich unbedingt, dass Marvin das lernt. Frauen tanzen gerne!«

Sie lächelte kokett. Gabor ging nicht drauf ein und war insgeheim froh, dass Vinnie ihn an der Hand packte und wegzog. Zusammen liefen sie Vinnies Mutter entgegen. »Das ist unser Tanzlehrer!«, rief er. »Wir sind voll ausgeflippt!«

Gabor gab ihr die Hand. Sie war hübsch. Sehr hübsch sogar. Sanfte, regelmäßige Züge, dezent geschminkt, weicher Händedruck. Sie sah tatsächlich nicht wie jemand aus, der das eigene Kind schlug, aber das konnte natürlich täuschen.

»Gabor«, stellte er sich vor.

»Wir nennen ihn Gabi!«, rief Vinnie.

»Das ist hart!« Sie lächelte.

»Ich gewöhn mich gerade dran.«

»Camilla … Sie sind heute voll ausgeflippt?«, fragte sie.

»Gabi kann voll gut tanzen. Du musst mal mitmachen!«

Sie strich Vinnie über die verschwitzten Haare. »Und du musst mal duschen …«

»Zuerst muss ich mich noch um mein Spiel kümmern!«

»Heute wird nicht mehr gedaddelt, Vinnie. Wir müssen noch einkaufen, dein Zimmer aufräumen …«

»Aber ich bin bestimmt angegriffen worden! Wenn

ich nicht spiele, dann machen die mich fertig, und dann ist alles im Arsch!«

»Vinnie?«, warnte Camilla.

»Nur 'ne halbe Stunde!«

Ihre Miene wurde ernst. »Das wird nicht mehr diskutiert, Vinnie. Wir haben heute 'ne Menge Programm vor uns. Du kannst morgen wieder daddeln.«

»Ach scheiße, Mann!«

»Vinnie!«

Er stapfte davon, sie blickte entschuldigend zu Gabor und verabschiedete sich. Dann lief sie Vinnie hinterher und packte ihn fest am Arm. Nach ein wenig Gegenwehr ließ er sich von ihr in Richtung Auto ziehen.

Was war das? Vinnie wollte doch nur eine halbe Stunde zocken, keine große Sache. Aber es hatte gereicht, Camilla deutlich aus der Ruhe zu bringen. Nachdenklich sah Gabor den beiden nach. Wie viel Stress konnte sie aushalten, bevor *sie* ausflippte?

19.

Gabor arbeitete bis in die frühen Abendstunden, verließ das Büro und blickte in einen makellos blauen Himmel. Er hatte gar nicht bemerkt, was für ein schöner Frühsommertag an ihm vorübergezogen war. Die Luft war weich und roch gut – für Stadtverhältnisse. Einen Moment lang fragte er sich, wie viele solcher Tage er wohl in seinem Büro und in Konferenzen verbracht hatte, dann suchte er Nadjas Nummer in seinem Handy und rief sie an. Diesen Abend wollte er nicht verschwenden.

Zu Hause bereitete Gabor sich in bewährter Art auf den Abend vor und parkte schließlich rechtzeitig zum Sonnenuntergang am Sportboothafen. Sein wunderschönes Boot war von einem Cateringservice hergerichtet worden: Man hatte einen kleinen Tisch mit weißem Tischtuch, Silberbesteck und Kerzen eingedeckt, dazu gab es exquisite Kanapees und kalt gestellten Champagner. Einige Tagesausflügler steuerten gerade ihre Boote zu den Liegeplätzen, ansonsten war es ruhig, nur dann und wann plätscherten leichte Bugwellen gegen die Bordwände und ließen die Riva sanft schaukeln. Er hatte sich um nichts kümmern müssen. Das Einzige, was Gabor machen musste, war, einen Scheck auszustellen, mehr nicht. Ein Leben mit Geld war deutlich angenehmer als eines ohne.

Nadja betrat das Boot. Gabor fand, dass sie bezaubernd aussah, und sagte ihr das auch.

»Wirst du etwa romantisch auf deine alten Tage?«, neckte sie ihn.

»Das ist ein schöner Tag heute. Ich finde, das muss man auch würdigen.«

Sie setzten sich, tranken Champagner, genossen die letzten Sonnenstrahlen und bedienten sich von den kleinen Leckereien, die der Caterer für sie vorbereitet hatte.

»Das Boot ist so schön, Gabor. Du darfst es niemals verkaufen.«

»Niemals.«

Sie blinzelte zu Gabor herüber, der gedankenverloren mit seinen Fingerspitzen über das Holz fuhr. Eine sanfte Melancholie hatte ihn plötzlich eingeholt, er fühlte sich wie ein Papierboot, das ziellos auf den Wellen tanzte und langsam Wasser aufnahm.

»Wir treffen uns in letzter Zeit ziemlich oft«, begann sie.

»Hm.«

»Muss ich mich daran gewöhnen?«

Gabor hörte die Frage, aber er hatte keine Antwort dafür. Tatsächlich hatte er in letzter Zeit Nadjas Nähe gesucht, aber konnte man das wirklich Nähe nennen? Da er nicht antwortete, beschloss sie, das Thema zu wechseln. »Was macht dein Sozialprojekt?«

Gabor lächelte kurz. »Es wird langsam.«

»Und? Wie sind die Kids so?«

Gabor richtete sich auf und goss ihnen Champagner nach. »Kann ich dich was fragen?«

»Du brauchst einen Rat?«

Gabor nickte. »Die Kids sind ganz nett, aber ein paar von ihnen scheinen ernsthafte Probleme zu haben.«

»Was ist mit den Eltern? Der Schule?«

»Die Eltern sind Teil des Problems. Und die Schule … Vergiss die Schule. Das sind vier Wände, ein Dach, und der Rest ist Verwaltung.«

»Und jetzt willst du wissen, ob du dich in das Leben der Kids einmischen sollst oder nicht? Fragst du mich das als Ärztin?«

»Ja.«

Nadja dachte einen Moment nach, dann antwortete sie: »Willst du dein Leben ändern?«

»Nein.«

»Dachte ich mir. Dann kannst du dir deine Frage nämlich selbst beantworten. Du hast ein paar Monate mit ihnen, richtig?«

»Ein Jahr.«

»Okay, ein Jahr. Danach kehrst du in dein Leben zurück. Ist es sinnvoll, sich da näher mit den Kindern zu befassen? Wäre es überhaupt fair, wenn sie sich an dich gewöhnen würden und du dann einfach wieder aus ihrem Leben verschwindest?«

»Ich weiß es nicht. Wahrscheinlich nicht.«

»Wenn du einen Rat möchtest: Halt die Angelegenheit so sachlich wie möglich. Ich habe jeden Tag mit Menschen zu tun, die ihre ganze Hoffnung in mich setzen. Vor allem die, für die es keine Hoffnung mehr gibt. Sie möchten, dass ich ihnen sage, dass alles wieder gut wird. Dass ich jetzt da bin und sie retten werde. Sie möchten, dass ich sie anlüge.«

»Und was sagst du ihnen?«

»Nichts, Gabor. Ich sage ihnen nichts. Ich gebe mein Bestes, um sie zu heilen, aber manchmal ist das eben nicht genug. Soll ich ihnen sagen, dass sie auf mich zählen können, dass ich sie dem Tod entreiße, nur damit sie dann, wenn es so weit ist, wissen, dass ich sie angelogen habe? Soll das ihr letzter Gedanke sein? Soll ihre letzte Erfahrung auf Erden sein, dass sie betrogen wurden? Von mir? Vom Leben selbst?«

Gabor schwieg einen Moment, dann sagte er: »Klingt vernünftig.«

»Es ist vernünftig, Gabor. Und du solltest auch vernünftig sein. Diese Kinder werden dorthin zurückkehren, von wo sie gekommen sind. Und da du sie nicht mitnehmen kannst, wirst du das nicht ändern. Alles, was du erreichst, ist, dass sie dich sehen und erkennen, dass sie niemals erreichen werden, was du erreicht hast.

»Ja … Du hast recht. Es war ein langer Tag.«

Sie blinzelte ihn spöttisch an, er ging mit einem Zwinkern darauf ein. Aber Leichtigkeit wollte sich nicht mehr einstellen, sosehr er sich auch darum bemühte.

Später betraten sie das Treppenhaus, das zu seiner Wohnung führte, kichernd, knutschend, sehr zum Unmut seiner Nachbarin im ersten Stock, die den Lärm im Treppenhaus hörte und durch den Spion sah. Sie war nicht besonders gut auf Gabor zu sprechen, weil sie ihn immer wieder mit jungen Damen ins Penthouse verschwinden sah und daher so ihre eigene Meinung hatte, was Gabors moralische Zurechnungsfähigkeit betraf. Sie hielt ihn schlicht für ein testosterongesteuertes Schwein, das nie grüßte. Letztlich war es das, was sie am meisten ärgerte: Er ignorierte sie komplett!

Im Bett ließ Nadja ihn für ein paar Momente die Schwermut vergessen. Momente, in denen er frei war, weil er nur an sie dachte und an nichts anderes. Weil er sich fallen lassen konnte. Weil er wusste, dass er nur in diesen Momenten wirklich lebendig war. Mit ihr, mit anderen. Sie alle halfen ihm, nicht einsam zu sein.

Sie schliefen.

Doch dieses Mal holte ihn ein Traum ein. Bilder, die er gut verschlossen geglaubt hatte, stiegen wie Nebel auf, und mit dem Nebel kamen Kälte und Angst. Gabor saß zusammen mit seiner Mutter beim Abendbrot, auf den Vater wartend. Es war still in diesen Minuten, bevor er eintraf. Das Ticken der Küchenuhr, der gedeckte Tisch, zwei Menschen, die sich nicht rührten. Ein Schlüssel drehte sich im Schloss, eine Tasche plumpste auf den Boden.

Sein Vater war hungrig. Er küsste seine Frau auf die Stirn, nickte Gabor zu. Die Hemdsärmel dreiviertel hochgekrempelt, die wuchtigen Handgelenke, die silberne Quarzuhr. Sie aßen ihre Brote mit Messer und

Gabel, weil er darauf bestand. Sie holte ihm ein Bier und fragte, wie der Tag war.

»Nur Ärger!«, knurrte er.

Es gab fast immer nur Ärger. Ständig musste er die Fehler der anderen ausbügeln, ständig gegen Ignoranz und Dummheit ankämpfen. Gabor verglich seine dünnen Arme mit denen seines Vaters. Alles an ihm war wuchtig, schwer, ließ ihn vermuten, dass er der stärkste Mensch auf der Welt war.

Alles an ihm machte Gabor Angst.

Er konnte nicht atmen an diesem Tisch. Er konnte nicht denken, sich kaum bewegen. Er saß nur da und hörte zu, wie sein Vater sich beschwerte. Wie er lachend mitteilte, dass er mal den einen, mal den anderen zusammengestaucht hatte, und Gabor zweifelte keine Sekunde daran.

Gabor griff nach seinem Glas und stieß es um.

Sofort geriet er ins Visier seines Vaters, so als ob man von einem Feind entdeckt worden war. Er wurde ganz starr, blickte zu ihm hinauf. Er sah diese Augen, die so kalt glänzten und sich noch nicht entschieden hatten, ob sie zuschlagen oder Gnade gewähren würden. Seine Mutter stellte das Glas wieder auf, brach den Bann.

»Pass doch auf, Gabor!«, mahnte sie.

Mehr sagte sie nicht.

Mehr sagte sie nie.

Sie sahen fern, während Gabor in seinem Zimmer auf

dem Boden lag und puzzelte. Dann riefen sie ihn zu sich, damit er ihnen eine gute Nacht wünschte. Nur ein Kuss für die Mutter und ein Nicken für den Vater, kein weiteres Gespräch. Noch im Flur hörte er Schritte hinter sich, und kaum war er in seinem Zimmer, stand auch schon sein Vater in der Tür. Er kam rasch auf ihn zu, Gabor riss zum Schutz die Arme über den Kopf.

Nichts geschah.

Er blinzelte zwischen den Armen zu ihm hinauf, seltsam verkrümmt, sicher, dass die Ohrfeige vom Abendessen nur aufgeschoben worden war. Er sah seinen Vater grinsen.

»Was denn?«, fragte er spöttisch.

Er stand nur da, während sein Vater lachend wieder das Zimmer verließ und das Licht ausknipste.

Gabor blinzelte.

Das Deckenlicht war an, Nadjas Gesicht über seinem. »Ruhig, Gabor, es ist vorbei!« Sie nahm ihn in den Arm. »Schhhh, es ist vorbei. Es war nur ein Traum.«

Sein Herz raste, er atmete so heftig, als hätte er einen Hundertmeterlauf bestritten. Er wusste, wie es war, wenn man aus großer Höhe fiel, wenn man nichts anderes tun konnte, als die Hände kurz vor dem Aufschlag schützend vors Gesicht zu reißen. Er wusste es, weil es kaum einen Morgen gegeben hatte, an dem er nicht auf diese Weise wach geworden war: aufgeschlagen, aber nicht tot.

Vinnie!

Er wusste, was Vinnie gefühlt hatte: die Demütigung, die Ohnmacht, den Schrecken, gegen den man nichts ausrichten konnte. Diese Angst, die ihre Fühler überallhin ausstreckte, vor der du dich nicht verstecken konntest, weil sie jedes Versteck kannte. Sie war immer da. Sie ging mit dir in die Schule und wartete bereits auf dich, wenn du nach Hause kamst. Sie hockte in jedem Zimmer, und wenn das Licht zur Nacht gelöscht wurde, wusstest du, dass sie leise die Zimmertür aufschob und dich lauernd ansah. Sie wartete darauf, dass du einschlafen würdest, damit sie sich in deine Träume schleichen konnte.

Niemand hatte ihm geholfen, damals.

Aber Vinnie würde er nicht im Stich lassen.

20.

Er erwachte am frühen Morgen erfrischt und vor allem: entschlossen. Nadja vergrub sich noch in den Laken, als er bereits unter der Dusche stand und sich grimmig einseifte. Die Schrecken des Alptraums waren verflogen und mit ihm die Erinnerung an den Jungen, der darauf gehofft hatte, nie mehr fallen zu müssen.

Er verließ sein Penthouse, ohne Nadja zu wecken, und

machte sich auf den Weg. Eine halbe Stunde wartete er vor dem dreistöckigen Mietshaus, in dem Vinnie mit seiner Mutter wohnte, bis er beide in der Haustür stehen sah. Sie gab Vinnie einen Kuss, und er trottete davon.

Gabor dachte nicht lange nach, sondern stieg aus und klingelte unten an der Tür, die summend aufsprang. Er nahm die Treppen, hörte, wie sich oben eine Tür öffnete. Dann stand er schon im Flur des zweiten Stockwerks und blickte in Camillas überraschtes Gesicht.

»Oh, ich dachte Vinnie …«

»Guten Morgen«, grüßte Gabor.

Camilla hob verwundert die Augenbrauen. »Was machen … Was kann ich für Sie tun?«

»Ich würde gerne etwas mit Ihnen besprechen.«

Camilla zögerte einen Moment, dann antwortete sie: »Dauert es lange? Ich muss gleich zur Arbeit.«

»Es ist wichtig«, gab Gabor zurück.

Sie hatte ein Lächeln versucht, aber es misslang angesichts seiner Ernsthaftigkeit. Gabor trat ein in eine aufgeräumte, gemütlich eingerichtete Dreizimmerwohnung, ein Wohnzimmer mit einem hellen, sauberen Teppich, Bücherregalen, einer Couch und Fernseher. Die Tür zur Küche stand auf, auch darin herrschte, soweit ein Blick ausreichte, Ordnung und Sauberkeit.

Camilla bot ihm einen Platz und einen Kaffee an, den Gabor gerne annahm, während er sich umsah in der

Hoffnung, irgendetwas Verräterisches zu entdecken, wobei er nicht mal sagen konnte, wonach er eigentlich suchte. Es gab nichts, was darauf hindeutete, dass Camilla mit ihrem Sohn überfordert war.

»Darf ich mal Ihre Toilette benutzen?«, rief er in die Küche.

Er durfte. Doch auch hier nichts Auffälliges: keine Tabletten im Schrank, alles sehr aufgeräumt und sauber. Also kehrte er ins Wohnzimmer zurück und setzte sich zu seiner Kaffeetasse und zu Camilla, die ihn aufmerksam ansah.

»Sie klangen ein wenig … besorgt«, sagte Camilla.

Gabor zögerte mit der Antwort. Wie sollte er beginnen? Camilla war eine hübsche, recht zierliche Frau, die Vinnie nicht in der Form körperlich überlegen war, dass er sich vor ihr hätte verkriechen müssen. Auf der anderen Seite spielte das möglicherweise keine Rolle, denn sie war seine Mutter. Hätte Vinnie wirklich den Mut, sich gegen sie zu wehren? Der Junge war gutmütig, weichherzig, schmal. Keiner, der sich wie Marvin über seiner Körperlichkeit definierte. Und wer wusste schon, was sich hinter den Kulissen abspielte?

Gabor räusperte sich. »Ich mache mir ein wenig Sorgen um Vinnie …«

»Was ist mit ihm? Hat er was angestellt?«, fragte Camilla.

»Nein, er hat nichts angestellt.«

»Was ist es dann?«

»Nun, mir ist da letztens etwas aufgefallen, was mich ein wenig stutzig gemacht hat.«

»Ja?«

»Beim Tanzen. Wir wollten ein paar Schritte ausprobieren, und Vinnie war … na, sagen wir: ungeduldig …«

»Oh ja, das kenne ich. Immer volle Pulle. Keine Sekunde Zeit. Immer gleich alles, und das sofort.«

»Kann anstrengend sein, was?«

»Und wie. Aber so ist er. Für Vinnie gibt es weder Geschwindigkeitsbegrenzung noch Leitplanke.«

»Ist er denn zu Hause auch so … wild?«

»So was stellt man nicht einfach ab. Anfangs dachten wir ja, er hätte ADHS, aber das ist es nicht.«

»Wir?«, hakte Gabor nach.

»Vinnies Vater und ich. Wir sind schon lange getrennt.«

»Hat Vinnie denn noch Kontakt zu seinem Vater?«

»Nein. Schon seit Jahren nicht mehr.«

»Gibt es denn jemand anderen, mit dem Vinnie zu tun hat?«

Camilla betrachtete ihn amüsiert. »Fragen Sie mich gerade, ob ich vergeben bin?«

»Was? Nein. Das heißt: schon, aber … Bitte missverstehen Sie das nicht!«

»Ich bin schon origineller angesprochen worden«, sagte Camilla, lächelte dabei aber.

»Bestimmt. Darauf zielte meine Frage auch nicht. Ganz sicher nicht.«

»Wie charmant …«

Gabor seufzte. »Sie sehen bezaubernd aus. Und ich bin sicher, die Männer stehen Schlange, um Sie auszuführen, aber darum geht es jetzt nicht.«

»Worum geht es denn dann?«

Er spürte, dass er nicht gut vorbereitet war. Er war wie Vinnie einem Impuls gefolgt, ohne sich auf die Situation vorzubereiten. Er hatte im Prinzip all das getan, was ihm im Geschäftsleben niemals passieren würde. Und das war wohl auch das Problem: Das hier war nicht geschäftlich, sondern persönlich. Er musste die Sache auf eine geschäftliche Ebene bringen: sachliches Ansprechen des Problems, Lösungsfindung, Ausführung. Gleichzeitige Sicherung der Nachhaltigkeit. Es wurde Zeit, die Dinge beim Namen zu nennen. Sentimentalitäten waren einfach fehl am Platz. Daher sagte Gabor fest: »Ich glaube, dass Vinnie in Schwierigkeiten steckt.«

Camilla wurde blass, schluckte. »Wieso?«

»Ich glaube, dass Vinnie misshandelt wird. Körperlich misshandelt.«

Eine Pause entstand – Camilla starrte Gabor erst entgeistert, dann ängstlich an. Sie war völlig verwirrt, dann fasste sie sich und stammelte: »A-aber, von wem denn? Er hat keine Feinde. Wer sollte ihn denn misshandeln?«

Gabor sah Camilla an.

Dann begriff sie.

Sie wurde geradezu grau, da war ein Entsetzen, das Gabor nie zuvor bei einem Menschen gesehen hatte. Die zierliche Frau vor ihm schien sich vor seinen Augen aufzulösen, sodass er instinktiv nach ihrer Hand griff, weil er Angst hatte, sie würde sonst vom Stuhl fallen. Sie stieß ihn fort.

»Hören Sie, wir können doch über alles reden. Ich bin sicher, wir finden eine gute Lösung für das Problem …«

Sie schien ihn gar nicht zu hören.

»Soll ich Ihnen ein Glas Wasser holen?«, fragte Gabor ratlos.

»Gehen Sie!«

Das hatte sie fast tonlos gesagt, ohne ihn anzusehen.

»Wir könnten ein anderes Mal über Lösungen sprechen, wenn Ihnen das lieber …«

»GEHEN SIE! GEHEN SIE WEG!«

Jetzt sah sie ihn an.

Dann senkte sie den Blick und sagte leise: »Bitte, gehen Sie weg! Bitte!«

Gabor stand auf und ging.

Sie begann zu weinen.

21.

Es war nicht der erste Ausbruch, den Gabor während einer Unterredung erlebt hatte, aber es war der emotionalste. Und es war nicht gut gelaufen, auch weil ihn das unangenehme Gefühl beschlichen hatte, er könnte Camilla vielleicht doch unrecht getan haben. Dieser entsetzte Ausdruck in ihren Augen! Oder war es die Konfrontation mit der Wahrheit? Im Geschäftsleben war Gabor oft genug angelogen worden, meistens hatte er es rechtzeitig gewittert. Und alles, was er nicht wusste, fand für gewöhnlich die Detektei für ihn heraus. Information war die härteste Währung der Welt.

Doch wie verhielt es sich in diesem Fall? Gabor wusste, dass Vinnie misshandelt wurde. Daran gab es keinen Zweifel, doch wer steckte dahinter? Wenn es nicht Camilla war, wer dann? Doch nur eine Person in unmittelbarer Nähe von Vinnie? Und wenn Camillas Exmann keinen Kontakt mehr hatte, blieben nicht mehr allzu viele übrig. Möglicherweise hatte sie ja einen neuen Mann an ihrer Seite? Gabor war ratlos. Er musste sich eingestehen, dass er nicht genügend Erfahrung mit Fällen wie diesem hatte.

Trotzdem: Er hatte den Weg eingeschlagen, jetzt musste er ihn auch weitergehen. Das alles war sicher schmerzhaft, aber Firmensanierungen waren auch schmerzhaft, dennoch konnte es nach einem erfolgreichen Einschnitt mit neuen Zielen weitergehen. Mit neuem Mut. Mit neuem Gewinn. Alle würden davon profitieren, wenn sich die Emotionen erst mal abgekühlt hatten und man die notwendigen Schritte einleiten konnte.

Er erschien pünktlich zum Tanzunterricht, hatte aber das unbestimmte Gefühl, dass der möglicherweise gar nicht stattfinden würde, als er Kathrin vor dem Hausmeisterkabuff auf ihn warten sah. Ganz ohne ihre Fähigkeit, Auren zu lesen, konnte er schon von Weitem sehen, dass sie wütend auf ihn war, die Arme vor der Brust verschränkt, ungeduldig mit den Fingern gegen ihre Oberarme trommelnd. Gabor hielt ihr bereits seine Handys entgegen, die sie nicht weiter beachtete, stattdessen fauchte sie nur: »In mein Büro!«

Er trottete hinter ihr her, setzte sich im Büro auf den Stuhl vor ihren Schreibtisch und blickte sie trotzig an.

»Vinnies Mutter hat mich heute Vormittag angerufen!«

»Hören, Sie, ich weiß, was ich weiß. Vinnie wird misshandelt. Und während sie im Aurenland von Blüte zu Blüte hüpfen, hab ich eben was unternommen.«

»Tatsächlich? Und was haben Sie unternommen?«

»Ich habe deutlich gemacht, dass ich nicht wegsehen werde.«

Kathrin lehnte sich zurück und musterte Gabor. »Wer sieht denn weg?«

»Sie. Ihre Kollegen. Was weiß ich.«

»Verstehe, Gabor, Sie kommen, Sie sehen, Sie siegen. Richtig?«

»Was haben Sie denn unternommen?«, entgegnete Gabor kühl.

»Es geht hier nicht um mich, Gabor. Sie sind zu Vinnies Mutter gegangen und haben Sie beschuldigt. Ein wirklich schwerwiegender Vorwurf übrigens.«

»Ich weiß nur, dass Vinnie misshandelt wird.«

»Und das gibt Ihnen das Recht, einfach seine *Mutter* zu beschuldigen?«

Gabor schluckte. »Das schien mir das Logischste.«

»Ach so, Logik. Natürlich. Warum ist denn nur vorher keiner drauf gekommen? Die Logik hat es Ihnen erlaubt, in eine fremde Wohnung zu spazieren, einen fremden Menschen zu beschuldigen und zu verletzen. Wie würde es Ihnen gefallen, wenn das jemand bei Ihnen machen würde?«

»Es geht doch um die Sache! Sollte ich ihr unrecht getan haben, werde ich mich in aller Form entschuldigen. Aber jetzt geht es erst mal darum, dass Bewegung in die Sache kommt.«

»Verstehe, Sie werden sich entschuldigen. Und Sie glauben, das ist so leicht? Sie glauben, Sie gehen einfach zu ihr und sagen: *Tut mir leid. Aber es ging mir doch nur um die Sache?*«

»Es ist doch noch gar nicht raus, dass sie es nicht war!«

Kathrin lehnte sich vor und tippte ihre Fingerspitzen gegeneinander. »Ich frage Sie noch mal, Gabor: War es Ihr Recht, in Camillas Wohnung zu gehen und sie ohne jeden Beweis einer scheußlichen Tat zu beschuldigen?«

Gabor schwieg.

»Und war es Ihr Recht, eine alleinerziehende und treusorgende Mutter in ihren Gefühlen zutiefst zu verletzen, weil es Ihnen ja nur um die Sache ging? Geht man so in einer Unternehmensberatung vor? Verbrennt man erst die Erde, auf der man später pflanzen will?«

»Ich hatte nicht das Gefühl, dass Sie entschlossen waren, den Dingen auf den Grund zu gehen, und deswegen …«

Das Telefon klingelte, Kathrin blickte auf das Display und runzelte die Stirn. Sie hob ab, begrüßte den Teilnehmer freundlich, dann verfinsterte sich langsam ihr Gesicht, während sie nur noch zuhörte und Gabor mit Blicken aufzuspießen begann. Gabor hatte das Gefühl, dass die Temperatur im Büro noch mal um zwanzig Grad Celsius sank.

Kathrin legte auf, und es war ihr anzusehen, dass sie nur mühsam ihren Zorn unterdrücken konnte: »Das war das Jugendamt. Haben Sie eine Ahnung, warum mich das Jugendamt angerufen haben könnte?«

»Steht nichts in meiner Aura darüber?«

»Den zuständigen Beamten erreichte heute eine Anzeige eines gewissen Gabor Schoening die Familie Berger betreffend.«

»Ach das! Ja, das kommt von mir.«

»Sie führen unhaltbare Zustände an, die es erforderlich machen einzugreifen.«

»Falls es Ihnen nicht aufgefallen ist: Lisa spricht nicht. Und wenn ich als Haussklavin mit zwei Säufern unter einem Dach leben müsste, würde ich auch nicht sprechen. Aber wahrscheinlich habe ich mir das alles nur eingebildet, richtig?«

Kathrin atmete tief ein. »Mir ist durchaus klar, dass Lisa nicht optimal untergebracht ist.«

»Sehen Sie, da sind wir ja mal einer Meinung.«

»Dann nehmen Sie Lisa bei sich auf?«, fragte Kathrin unvermittelt.

»Ich? Nein, wie kommen Sie darauf?«

»Na, weil Sie doch der weiße Ritter auf dem hohen Ross sind! Sie retten doch gerne die Welt, da dachte ich, wenn Sie bei Lisa anfangen, wäre zwar nicht die Welt, aber zumindest ihre Welt gerettet. Also darf ich dem Jugendamt melden, dass Sie sich bereit erklären, Lisa als Pflegekind bei sich aufzunehmen?«

Gabor schwieg einen Moment – Diskussionen mit dieser Frau waren ja die Pest! Er beschloss, nicht auf Kathrins Provokationen einzugehen. »Wenn ich also einen Missstand melde, dann muss ich ihn auch beheben? Wenn wir jeden dazu verdonnern, ein erkanntes Problem auch zu beheben, dann werden wir sicher schnell Weltfrieden haben.«

»Dann werde ich Ihnen mal erklären, wie es in der richtigen Welt aussieht. Lisa schweigt nicht, weil sie bei den Bergers wohnt. Lisa ist durch die Hölle gegangen, sie hat mehr gelitten, als Sie sich vorstellen können. Und trotzdem ist sie nicht zerbrochen. Was soll ich jetzt tun, Gabor? Soll ich sie zusammen mit dem Jugendamt aus ihrem jetzigen Zuhause herausnehmen lassen? Irgendwo hinstecken und hoffen, dass es ihr da besser geht? Und was ist mit Lisa? Wie wird sie reagieren, wenn sie erneut alles verliert? Niemand würde sie fragen, ob sie das will. Es würde einfach gemacht. Und sie ließe wieder zwei Geschwister zurück, für die sie die Welt ist. Und umgekehrt. Sagen Sie mir also, Gabor: Was soll ich jetzt tun?«

Gabor antwortete kleinlaut: »Ich wusste nicht, dass es sich so verhält.«

»Nein, das wussten Sie nicht. Sie kommen nur hierher, sehen sich um und beschließen, alles zu ändern. Ich mache das schon über dreißig Jahre, Gabor. Glauben Sie nicht auch, dass ich mittlerweile weiß, was ich tue?«

»Sie machen es einem nicht leicht, das zu glauben.«

»Dann glauben Sie es jetzt. Ich weiß, dass die Bergers keine Musterfamilie sind, aber es funktioniert. Es funktioniert nicht so, wie ich mir das wünschen würde. Oder wie Sie sich das wünschen würden. Aber manchmal ist die zweitbeste oder drittbeste Lösung besser als die Alternative. Sehen Sie sich an, Gabor! Sie sind reich, vielleicht haben Sie eine Freundin oder Frau: Sie könnten Pflegekinder aufnehmen und das Jugendamt wäre entzückt. Warum tun Sie es nicht?«

Gabor schwieg.

»Sehen Sie? Viele denken so. Der Weltfrieden wird leider nie eintreten, Gabor, weil die Menschen nun mal sind, wie sie sind.«

Gabor nickte. Schwieg eine Weile. Dann sagte er: »Ich könnte die Anzeige ja zurücknehmen …«

»Das könnten Sie.«

»Sie wird trotzdem schlecht behandelt!«

»Das weiß ich, Gabor.«

»Und Vinnie steckt in Schwierigkeiten!«, beharrte er.

»Gut möglich, Gabor.«

»Kann natürlich sein, dass ich seiner Mutter unrecht getan habe.«

»Kann sein, Gabor.«

»Kann aber auch nicht sein!«

Kathrin nickte. »Auch das ist möglich, Gabor.«

Er räusperte sich und murmelte etwas in sich hinein.

Kathrin sah ihn aufmerksam an. »Hm? Ich habe Sie nicht verstanden.«

»Vielleicht sollte ich mich bei Camilla entschuldigen«, antwortete Gabor mürrisch.

»Vielleicht sollten Sie das, Gabor.«

Einen Moment sagte niemand etwas, dann stand sie auf und gab ihm die Hand. Das Gespräch war beendet. Gabor wandte sich zur Tür.

»Gabor?«

Er drehte sich zu ihr um. »Was denn noch?«

»Die Handys.«

Er gab ihr schlecht gelaunt die Handys und verließ das Büro. Was für ein beschissener Tag.

Und er war noch nicht zu Ende.

22.

Sie warteten schon ungeduldig auf ihn, halb befürchtend, er würde sie schon wieder vergessen haben. Diesmal standen alle fünf bereits auf der Bühne, hatten ihre Jacken und Taschen abgelegt und sahen ihn erwartungsvoll an: Wildes Tanzen war angesagt! Alles, was fehlte, war die Musik. Gabor gab ihnen die CDs und setzte sich nachdenklich in die erste Reihe, während die Kids über die Songs und deren Reihenfolge stritten. Das würde noch dauern.

Gabor betrachtete Lisa, die ein wenig verloren am Rand der Gruppe stand und mit ihren großen Händen auf Titel tippte, die sie gut fand, die aber von Marvin und Vinnie deutlich übertönt wurde. Überhaupt machte Vinnie den Eindruck, als hätte die Szene vorgestern niemals stattgefunden: Er war lebendig, vorlaut und gut gelaunt wie eh und je. Marvin nutzte seine Physis, um die CDs in den Händen zu halten und somit zu kontrollieren, wer mit ihm den Titel lesen konnte und wer nicht. Die anderen wagten nicht, ihm die CDs abzunehmen, sondern sprangen ein wenig um ihn herum, während er sehr langsam und leise mitformulierend von oben nach unten las, den Zeigefinger zu Hilfe nehmend. Felix stand blass daneben und lugte über Marvins Schulter. Allerdings war seine Meinung nicht gefragt, genauso wenig wie die Jennifers, die nach ersten Versuchen, etwas vorzuschlagen, dazu übergegangen war, erst ihr Haar zu bürsten und dann in einem Teenagermagazin zu lesen. Oder eher die Fotos von Stars anzusehen und sie dann und wann Lisa zu zeigen.

Was für eine Truppe, dachte Gabor. Welchen Weg würden sie gehen? Welcher stand ihnen überhaupt offen? Hatte jemand wie Lisa überhaupt eine Chance auf ein normales Leben? Es gab nichts, was ihr hätte Halt geben können, niemanden, der wirklich für sie da war. Stattdessen musste sie darauf hoffen, nicht weiter herumgeschubst zu werden. Was würde aus ihr werden? Was würde aus ihnen allen werden? Würden sie ihren Platz in einer Gesellschaft finden, in der niemand Zeit haben würde, ihnen die Regeln zu erklären? Und was war mit denen, die sich einen Spaß daraus machen würden, sie auszutricksen? Konnten sich die fünf jemals ihre Träume erfüllen? Tanzen wie Beyoncé? Oder tolle Sportler werden oder auch nur einen Beruf finden, der sie erfüllte?

Gabor stand auf und verließ das Theater, ohne dass sie das bemerkten, und kehrte nach einer halben Stunde mit jeder Menge Eis zurück, das er ein paar Straßen weiter gekauft hatte. Die fünf stellten gerade eine Playlist zusammen, die Vinnie zwar zu Papier brachte, Marvin allerdings bestimmte – wobei seine Titel zuerst gespielt werden mussten.

»Kommt mal her, ich hab was für euch!«, rief Gabor.

Sie zögerten nicht lange und sprangen von der Bühne herab, während Gabor das Verpackungspapier öffnete und verschiedene Eisbecher offerierte.

»Geil, Spaghetti-Eis!«, rief Vinnie und schnappte sich den entsprechenden Becher. Die anderen tänzelten um ihn herum, schnappten sich Becher und Löffel und verzogen sich dann mit ihrer Beute in eine Ecke des Theaters. Nur Jennifer blieb unschlüssig stehen. Ein Eisbecher war übrig.

»Der ist für dich!«, sagte Gabor und hielt ihn ihr hin.

»Ich darf nicht«, antwortete Jennifer, aber ihr Blick klebte förmlich an dem köstlichen Eis.

»Ist ohne Sahne«, lockte Gabor, der zu verstehen glaubte: Jennifer fürchtete die Kalorien.

»Schon, aber …«

»Kein Aber. Es ist alles okay, Jennifer. Du kannst das Eis ruhig essen!«

»Meinst du wirklich?«

»Na klar. Mach dir keine Sorgen. Hier!«

Einen Moment zögerte sie noch, dann griff sie lächelnd zu und setzte sich in die erste Reihe. Gabor sah ihr beim Löffeln zu, betrachtete auch die anderen, die allesamt glücklich aussahen, bis auf Vinnie, der über sein Eis herfiel wie Geier über einen Kadaver.

»Vinnie! Langsam! Nicht, dass du dir den Magen verdirbst. Deine Mutter ist eh schon … Sagen wir: Sie wäre nicht begeistert!«

Er blickte mit vollem Mund auf und grinste. »Daf ifft fuperlecker!«

»Langsam, okay?«

»Hast du noch was?«

»Nein.«

Er war enttäuscht und versuchte, langsamer zu essen, was gründlich misslang. Als alles weggeputzt war, sah er zu den anderen hinüber, die noch Eis hatten.

Nach einer Weile hatten alle ihr Eis gegessen. Die Zeit war mal wieder um, sie hatten wieder einmal nichts geschafft, dennoch blickte Gabor in zufriedene Gesichter. Die Theatertür öffnete sich vorsichtig, Felix' Großeltern traten höflich grüßend ein. Felix lief ihnen entgegen, umarmte sie kurz und winkte Gabor zum Abschied zu. Schon trafen die nächsten Eltern ein, Lisas Pflegemutter, deren Begrüßung gleichgültig verlief, und gleich hinter ihr Camilla. Ihrem Blick zufolge hatte sie nicht die geringste Lust, auch nur ein Wort mit Gabor zu wechseln, aber Gabor wollte weder sie noch sich selbst schonen. Was auch immer mit Vinnie geschehen war und möglicherweise auch weiterhin geschehen würde, er hätte sie nicht auf diese Art und Weise konfrontieren dürfen. So trat er vor sie und hob die Hände: »Ich komme in Frieden!«

Sie wandte sich von ihm ab und begüßte stattdessen Vinnie mit einem flüchtigen Kuss, der eilig an ihr vorbeilief, auf dem Weg nach draußen.

»Gabi hat uns Eis spendiert!«, rief er noch, dann war er schon durch die Tür.

»Ich möchte mich entschuldigen«, sagte Gabor.

»Schön«, antwortete sie knapp.

»Ich mag Vinnie sehr. Aber ich bin zu weit gegangen.«

Sie musterte ihn, als suchte sie nach einer Lüge oder einer Hinterlist. Da sie nichts zu finden schien, antwortete sie ruhig: »Ich habe schon mit Vinnie darüber gesprochen, aber er sagt, dass ihn niemand bedrohe. Er sagt, alles sei in bester Ordnung und ich bräuchte mir keine Sorgen zu machen.«

»Vielleicht hab ich mich geirrt. Ich hoffe, Sie können mir verzeihen. Es ging mir wirklich nur um den Jungen.«

Sie nickte langsam, ließ ihn nicht aus den Augen. Wenigstens sah sie nicht mehr wütend aus, fand Gabor.

Dafür sah jemand anderes sehr wütend aus. Jennifers Mutter stand jetzt vor ihm, einen Eisbecher in der Hand. Ihr Schmuck klimperte ein wenig unter ihren fuchtelnden Bewegungen, ein schweres, süßes Parfum schloss sie alle in eine kleine Kuppel ein. Ansonsten war sie sorgsam geschminkt, perfekte Strähnchenmuster in einer modernen Frisur. Ihre Augen waren auffallend blau, was sie mit entsprechendem Kajal noch betonte. Im Gegensatz zu ihrer Tochter war sie sehr schlank.

»Haben Sie Eis verteilt?«, blaffte sie.

Gabor zuckte mit den Schultern: »Ja, warum?«

»An Jennifer etwa auch?!«

»Es war ein Diäteis, wenn Sie das meinen.«

Jetzt wurde sie richtig wütend. »Was soll das denn heißen?«

»Ein Diäteis. Wegen der Kalorien!«, log Gabor.

»Was geht Sie denn die Kalorienration meiner Tochter an?«

Gabor verlor ein wenig die Geduld. »Es war ein Eis. Nur ein Eis. Wenn Sie sich um Jennifers Figur sorgen, dann liegt es bestimmt nicht an *einem* Diäteis.«

Sie beugte sich näher zu ihm und zischte: »Sie darf kein Eis essen!«

»Sie darf kein Eis essen? Welches Kind darf denn kein Eis essen?«

»Eins mit einer schweren Laktoseintoleranz, Sie Blödmann!«

Gabor schluckte, sah Jennifers wütende Mutter, Camillas ratloses Gesicht und drehte sich dann langsam zu Jennifer um, die in der äußersten Ecke des Theaters stand und sich mit einer Hand an den Bühnenrand klammerte. Sie stand verkrampft vornübergebeugt und hielt sich mit der anderen Hand den Bauch.

»Oh Gott, Jennifer!«, entfuhr es Gabor geschockt.

Vinnie steckte den Kopf zur Tür herein und rief: »Mama, kommst du endlich?«

Niemand beachtete ihn, alle starrten Jennifer an, ihr gerötetes Gesicht, die hervortretenden Augen, hörten das wilde Gluckern und Knurren in ihrem Bauch.

Eine Sekunde lang schien alles stillzustehen.

Dann explodierte förmlich eine gewaltige Flatulenz in Jennifers Jeans. Der Stoff färbte sich an den Beinen hellbraun ein, ein pestilenzartiger Gestank überwand das Niemandsland zwischen ihr und den Anwesenden, die sich daraufhin rasch entfernten.

Gabor hingegen konnte sich nicht rühren. Entsetzt starrte er auf Jennifer, konnte die Scham in ihrem Gesicht sehen, die geradezu vernichtende Blamage, die sie gerade erlitt. Dann verdrehte sie plötzlich die Augen und sank, ob aus Verlegenheit oder aus Anstrengung, ohnmächtig zu Boden.

23.

Für Gabor waren Krankenhäuser ein Gräuel, was nicht nur am aseptischen Geruch, sondern auch an dem Umstand lag, dass hier praktisch an jeder Ecke Krankheit und Tod lauerten. Er vermied Krankenhausbesuche, wo er nur konnte, selbst das Weiß der Kittel beunruhigte ihn. So brauchte er geschlagene zehn Minuten, um den Haupteingang zu überwinden und nach Jennifers Zimmer zu fragen.

Er fand sie in einem Bett am Fenster. Ihr Bauch hatte sich noch nicht ganz beruhigt, aber sie war einigermaßen schmerzfrei, zumindest was das Körperliche betraf. Den seelischen Schmerz konnte Gabor kaum ermessen, denn was gab es Schlimmeres für eine Fünfzehnjährige, als sich auf diese Art und Weise vor ihren Klassenkameraden zu entblößen.

»Hi, wie geht es dir?«, fragte er besorgt.

Jennifer antwortete nicht und drehte sich zum Fenster. Gabor setzte sich zu ihr ans Bett. Nach einer Weile sagte er: »Es tut mir so leid. Ich hab das einfach nicht gewusst.«

Jennifer rührte sich nicht.

»Es war meine Schuld, Jennifer. Wie kann ich das wiedergutmachen?«

»Es war nicht deine Schuld«, murmelte Jennifer.

»Natürlich war es meine Schuld. Ich hab dir das Eis doch richtiggehend aufgedrängt.«

Sie drehte sich zu ihm um, Tränen kullerten. »Ich darf kein Eis essen, Gabi. Ich wusste, dass das verboten ist. Und ich hab's trotzdem gemacht. Weil ich dumm bin!«

Sie drehte sich wieder von ihm weg, heulte jetzt in ihr Kissen. »Ich bin so dumm! Dumm! Dumm! Dumm!«

»Das ist keine Frage von Dummheit, Jennifer, wirklich nicht!«

»Was denn sonst?!«, rief Jennifer wütend und richtete sich auf. Dann ließ sie sich zurück in die Kissen fallen und schluchzte: »Meine Eltern haben schon recht …«

Eine Weile saßen sie nur da.

Dann begann Gabor: »Hast du jemals vom Darwin Award gehört?«

»Nein, was ist das?«, fragte Jennifer und zog die Nase hoch.

Gabor zückte ein Taschentuch und reichte es ihr. »Das ist ein Preis, der im Internet vergeben wird.«

»Ich darf nicht ins Internet.«

»Egal, ich erklär's dir. Der Darwin Award ist ein Preis, den Menschen dafür bekommen, wenn sie auf besonders dumme Art ums Leben kommen und selbst dran schuld sind.«

»Dann kann es ja nicht mehr lange dauern, bis ich ihn kriege.«

Gabor lächelte. »Na, sieh mal, du hast ja Humor …«

»Das war kein Witz, Gabi.«

»Oh.« Gabor räusperte sich und setzte neu an: »Was ich damit sagen will, Jennifer, diese Menschen, die sich da auf dumme Art und Weise ums Leben bringen, sind in Wirklichkeit nicht dumm. Genauso wenig wie du.«

»Wenn sie schlau wären, dann würden sie ja wohl noch leben, oder?«

»Nein. Sie haben für einen Moment die Kontrolle

verloren, ihr Verstand hat ihnen einen Streich gespielt – und schon war es vorbei. So was kann jedem passieren.«

»Dir auch?«

»Mir sind auch schon blöde Sachen passiert.«

»Was denn?«

»Ich hab mal selbst renoviert, obwohl ich das gar nicht kann, aber ich dachte, was andere können, krieg ich auch hin. Ich hab den Herd angeschlossen, die Spüle, den Boiler, so Sachen. Und ich war echt stolz auf mich. Dann hab ich Wasser ins Waschbecken einlaufen lassen und wollte ein paar Sachen sauber machen, als ich gemerkt habe, dass das Wasser im Becken unter Strom stand. Glaub mir, das tut verdammt weh, in ein Wasserbecken zu greifen, das unter Strom steht. Das zieht sich den ganzen Arm hoch bis zum Kopf.«

»Und?«, fragte Jennifer.

»Der Punkt ist, ich konnte einfach nicht glauben, dass das Wasser unter Strom steht, weil ich überzeugt war, dass ich bei den Stromanschlüssen keinen Fehler gemacht hatte.«

»Und dann?«

»Dann hab ich noch mal ins Wasser gegriffen und wieder einen Stromschlag bekommen. Und ich war so wütend darüber, dass ich noch mal reingegriffen habe, weil ich dachte, dass das irgendwie 'ne Täuschung gewesen sein musste.«

»Spinnst du? Davon kann man sterben!«

Gabor nickte. »Ja, und ich wäre bestimmt ein Kandidat für den Darwin Award gewesen deswegen. Aber bin ich deswegen dumm?«

Jennifer schwieg einen Moment. »Dann war das mit dem Eis nur ein Unfall?«

»Genau. Das war ein Unfall. Aber einer, den ich verschuldet habe, nicht du.«

»Danke, Gabi …«

»Nichts zu danken.«

Eine Weile knäuelte sie sein Taschentuch zusammen, bevor ihre Mundwinkel zuckten und ihr erneut Tränen übers Gesicht liefen: »Trotzdem komme ich nicht mehr zum Unterricht.«

»Wieso denn nicht?«

»Wieso? WIESO?! Hast du denn nicht gesehen, was passiert ist?«

»Schon, nur …«

»Ich hab mir vor den anderen in die Hose gemacht! Hast du dir schon mal vor jemandem in die Hosen gemacht, Gabi?«

Gabor schwieg.

»Stell dir doch mal vor, du machst dir da, wo du arbeitest, vor allen in die Hose. Wie würdest du dich da fühlen?«

»Das verstehe ich, Jennifer«, antwortete er kleinlaut.

»Dann verstehst du auch, warum ich nie wieder in

diesen Kurs kann. Und wenn die anderen das weitererzählen, dann kann ich auch nicht mehr auf die Schule zurück. Was glaubst du, was die sagen? Guck mal, die Fette hat so viel gefressen, dass sie es nicht mehr einhalten konnte. Das würden die sagen. Und noch viel schlimmere Sachen. Was glaubst du denn, was die heute schon zu mir sagen, Gabi? Wenn die mich nachmachen als fette Sau auf dem Schulhof oder hinter meinem Rücken lachen …«

»Verstehe«, murmelte Gabor.

»Nein, Gabi, das verstehst du nicht! Du bist cool! Du siehst toll aus und kannst super tanzen! Du verstehst das nicht!«

Gabor schwieg. Sie hatte recht. Er wusste nicht, wie das war, und er wusste nicht, was er tun sollte. Er hatte alles nur noch schlimmer gemacht. Sie löste sich geradezu auf in Verzweiflung und Demütigung, und es gab nichts, was er dagegen tun konnte.

»Ich kann ja mal mit den anderen darüber reden …«, begann er hilflos.

Sie heulte auf. »NEIN! Bloß nicht, Gabi! Bitte … nicht drüber reden. Bitte nicht … Vielleicht vergessen sie es ja irgendwann …«

Sie konnte kaum noch sprechen – Rotz und Wasser liefen in Strömen. Gabor sah sich um. Wo waren denn ihre Eltern? Die Lehrer! Oder ein Arzt mit einer Beruhigungstablette? Irgendjemand, der sich mit so was auskannte? Er griff nach ihrer Hand, um sie ein wenig zu trösten, aber sie zog sie zurück, rieb sich die Tränen aus den Augen und wirkte mehr denn je wie ein kleines Kind, das jetzt vor allem eines brauchte: Zuwendung. Trost. Zärtliche Worte.

»Soll ich lieber gehen?«, fragte er.

Keine Antwort.

Nur Verzweiflung. So große Verzweiflung, dass sie einfach jemandem von ihrem Leben erzählen musste.

24.

Irgendein Tag in Jennifers Leben.

Für Jennifer begann jeder Tag in einem wunderschönen rosa-weißen Prinzessinnenzimmer. Alles war sehr aufgeräumt, sehr gemütlich und sehr teuer. Das galt für ihren Prinzessinnenschrank, für die Prinzessinnenkommode, den Prinzessinnenteppich, das Prinzessinnenhimmelbett und den schönen, großen, verschnörkelten Prinzessinnenspiegel. Es war immer sehr sauber und roch besonders gut, jedenfalls so, wie ein Prinzessinnenzimmer riechen sollte: frisch, mit einer blumigen Note. Jennifer liebte ihr Zimmer, es war der Raum, in dem sie die meiste Zeit ihres Lebens verbrachte, denn eigentlich war ihr Prinzessinnenzimmer eher ein Rapunzelturm, aus dessen Fenstern sie hinaus auf eine Welt sah, die sie weitgehend nicht kannte.

Dort probte sie vor ihrem Spiegel die meiste Zeit mit einer Karaoke-Anlage Gesang und Tanz. Zuvor nahm sie sich ausgiebig Zeit und stylte sich an der Prinzessinnenkommode, die über und über mit Cremes, Lippenstiften, Pflegeserien und Parfums aller Art vollgestellt war, vieles davon sehr exklusive Produkte, die ihre Mutter von der Arbeit mitbrachte. Sie holte alles aus sich heraus, schminkte und frisierte sich, warf sich in Schale, zog ihre schönsten Outfits an, doch ganz gleich, wie oft sie das tat, wie sehr sie sich veränderte, was sie auch probierte, wann immer sie vor den Spiegel trat, sah sie doch nur eins: ein sehr dickes Mädchen.

Und wenn sie zur Musik sang, wenn sie sich Tanzschritte und sexy Bewegungen von Musikvideos abschaute, wenn sie hoffte, eines Tages so sein zu können wie Beyoncé, dann sah sie sich selbst im Spiegel und wusste, dass sie niemals einen Bikini tragen würde, dass sie niemals einen coolen Freund haben und dass sie immer nur die dicke, dumme Jennifer bleiben würde.

Jeder Tag in Jennifers Leben begann mit der stillen Hoffnung, dass sie heute einen Weg finden würde, die zu sein, die sie sein wollte. Einen genialen Schminktrick oder eine geniale Kleiderkombination finden würde, die aus ihr eine andere machen würde. Und doch musste sie Tag für Tag feststellen, dass es so einen Trick nicht gab. Eine bittere Erkenntnis, für die keinerlei Intelligenz vonnöten war.

Trotzdem blieb der Traum, sich eines Tages zu verwandeln! Sie würde sich das Fett absaugen lassen und jede Verbesserung operativ angehen, die denkbar war. Die finanziellen Möglichkeiten waren ja da – und ihre Mutter war unbedingt dafür! Sie würde endlich die werden, die sie immer sein wollte: eine echte Prinzessin. Sie hätte einen Freund, der sie anbeten würde, und Freunde, die sie superhübsch und vor allem cool finden würden. Vorerst hatte sie nichts von allem, weder Freund noch Freunde. Sie hatte nur sich, und das war traurig genug.

Darüber dachte sie nach, wenn sie in einem der vielen kleinen Verstecke hockte, in denen sie Bonbons und Butterkekse, Marzipan und Gummibärchen und noch vieles mehr bunkerte. Laktosefrei und köstlich. Sie stopfte es in sich hinein, und eine wunderbare Süße breitete sich in ihrem Mund aus, ein Gefühl, als ob man von jemandem Besonderen umarmt werden würde. Dann kam das schlechte Gewissen, der Schock darüber, wie viel sie wieder gegessen hatte. Sie packte alles wieder ein, verließ das Versteck, nur um zurückzukehren und sich nur noch eine klitzekleine Kleinigkeit zu gönnen und dann gar nichts mehr.

An jedem Tag in ihrem Leben kehrte sie zu ihren Verstecken zurück, und je öfter sie das tat, desto mehr hasste sie sich selbst dafür. Dann war es Zeit, sich die Zähne zu putzen und auf die Rückkehr ihrer Eltern zu warten.

Sie aßen gemeinsam, sprachen wenig und wenn nur über das Geschäft der Eltern. Und dann war der Tag auch schon wieder fast vorbei. Ihren Vater sah sie kaum, er hatte nach dem Abendessen noch viel zu tun, ihre Mutter telefonierte, denn beide Eltern waren auch sozial sehr engagiert.

Sie arbeiteten beide hart, hatten sich mehrere Frisörsalons aufgebaut, die sie sehr erfolgreich führten. Zu ihnen kamen die Reichen und Schönen und vertrauten ihr Haupthaar den besten Frisören der Stadt an. Das alles hatten sie gut im Griff, ihre Arbeit wurde belohnt, sodass sie sich einiges leisten konnten, ja, man konnte sagen, sie standen im ständigen Wettstreit mit ihren gut betuchten Kunden, die ihre Läden tagtäglich betraten. Daher achteten sie sehr auf Klasse, die sich in ihrer Kleidung spiegelte, in der Inneneinrichtung der Läden und ihres Zuhauses, ihrer Sprache und sogar in Gestik und Mimik. Nichts sollte Provinz verraten.

Umso mehr bekümmerte vor allem Jennifers Mutter die Fettleibigkeit ihrer Tochter, denn mit Jennifers Dummheit hätte sie noch leben können, aber Jennifers Figur war eine Katastrophe und viele, viele Arztbesuche hatten das nicht ändern können.

An jedem Tag in Jennifers Leben addierte Jennifers Mutter beim Frühstück und beim Abendessen im Kopf die Kalorien, wenn Jennifer Vollkornbrot, vegetarische Brotaufstriche und Obst zu sich nahm. Aber so sehr sie auch rechnete – am Essen konnte Jennifers Leibesfülle nicht liegen. Damit war die offizielle Lesart auch die, dass Jennifer an einer Stoffwechselstörung litt. Für den Fall, dass einmal jemand fragte.

Sonntags und montags spielten Jennifers Eltern Golf – sie brauchten diese Stunden einfach für sich. Und es war auch nicht nur Vergnügen und Erholung, denn dort trafen sie viele ihrer Kunden, dort wurden Charities geplant oder Anlagetipps gegeben. Dort musste man einfach sein, wenn man weiterhin im Geschäft bleiben wollte.

Jennifer verstand das. Sie blieb dann – wie sonst auch – mit ihrer einzigen Verbündeten im Haus, dem polnischen Hausmädchen, das ein großes Herz und vor allem Mitleid mit Jennifer hatte und auch nicht einsehen wollte, warum Süßigkeiten für ein eingesperrtes Mädchen so schlimm sein sollten. Und da sie nicht nur putzte, wusch und bügelte, sondern auch einkaufen ging, um mittags für Jennifer zu kochen, sorgte sie dafür, dass Jennifers Verstecke niemals leer waren.

Die einzige Abwechslung in Jennifers Alltag war, dass sie zweimal die Woche auf den Reiterhof durfte, wo sie bei der Pflege der Tiere und beim Voltigieren half. Sie liebte die Tiere, denen es egal war, ob sie dick oder dünn war, Beyoncé oder Jennifer hieß, und die Tiere vertrauten ihr.

Der Grund, warum sie ansonsten die meiste Zeit im

Haus verbrachte, war der: Ihre Eltern vertrauten ihr nicht, weil sie dumm war. Wie sollte Jennifer einschätzen können, ob es Menschen gut oder schlecht mit ihr meinten? Ob sie vielleicht nur ausgenutzt oder ausgetrickst wurde? Denn Jennifer war ein gutherziges Mädchen, aber die Welt draußen war grausam und ungerecht. Daher war es besser, wenn sie im Haus blieb, solange die Eltern nicht auf sie aufpassen konnten. Und das war wegen ihres Geschäfts praktisch immer. So jedenfalls erklärten sie es Jennifer.

Jennifer verstand auch das.

Für jeden Tag in ihrem Leben gab es daher eine ganze Reihe von Regeln, die einzig und allein dazu bestimmt waren, Jennifer auf sanfte Art in ein Erwachsenenleben zu führen. Die Regeln lauteten:

Mit Freunden alleine zu Hause sein: verboten.

Alleine Freunde besuchen: verboten.

Alleine in die Stadt gehen: verboten.

Ins Kino oder auf Partys gehen: verboten.

Mit Jungs alleine sein: total verboten.

Süßigkeiten: verboten.

Nikotin und Alkohol oder sonstige Drogen: verboten.

Internet und soziale Netzwerke: verboten.

Außerhalb vereinbarter Plätze sein: verboten.

Einen Ferienjob annehmen: verboten.

Und das waren nur die Hauptregeln. Natürlich gab

es immer Bereiche, die von den Hauptregeln nicht abgedeckt wurden, die spontan entschieden werden mussten. Im Zweifel galten jedoch Verbote. Mit Verboten ließ sich vieles, eigentlich alles regeln.

Jennifer fielen Entscheidungen jedenfalls schwer, denn sie hatte ja noch nie in ihrem Leben selbst welche getroffen. Ihr fehlte schlicht die Erfahrung, welche Folgen eine noch so kleine Entscheidung für sie haben konnte, daher hatte sie nur eine gute Orientierung durch die Regeln oder eher Verbote, die ihre Eltern ihr auferlegt hatten. Und ihre Einhaltung war für alle eine gute Sache: Ihre Eltern konnten sich auch weiterhin auf ihren Beruf konzentrieren, um ihnen allen den hohen Lebensstandard zu garantieren, und sie konnten sicher sein, dass ihre Tochter in keine Schwierigkeiten geriet, weil alles, was irgendwie Schwierigkeiten hätte machen können, verboten war. So kam es, dass Jennifer, abgesehen von ihren Träumereien, keine eigenen Gedanken hatte.

Sie war in Sicherheit.

Und daran war zur Abwechslung einmal nichts Verbotenes.

25.

Gabor hatte das Zimmer beinahe fluchtartig verlassen, war den Flur hinabgelaufen, nur weg von dem Zimmer und dem widerwärtigen Krankenhausgeruch, den Menschen am Tropf oder in Verbänden. Jennifer hatte ihm mit wenigen Strichen ihr Leben skizziert, das in Gabors Kopf zu einem bedrückenden Gemälde aus Einsamkeit, Not und Ausweglosigkeit angewachsen war. Anders als bei Lisa, aber ähnlich niederschmetternd. Er hatte das alles nicht hören oder lesen wollen, aber jetzt war es da, in allen Details, als ob er es selbst erlebt hätte.

Er kehrte zurück in die Firma, nicht eben bester Laune, und die besserte sich auch nicht, als er dort mit Fragen bombardiert wurde, die dank des Handyverbots in der Schule einem Trommelfeuer gleichkamen. Erstaunt stellte er fest, dass sein Team den Förderschülern nur insoweit überlegen war, dass es rein theoretisch in der Lage gewesen wäre, das Gehirn auch zu benutzen, es aber aus Angst, falsche Entscheidungen zu treffen, nicht tat. Stattdessen sicherten sich seine Kollegen ab, und egal, welchen Nonsens Gabor anordnen würde, sie würden ihn ausführen. Erst als seine Assistentin ihm den Anruf einer gewissen Kathrin Bendig ankündigte, scheuchte er die plappernde Meute aus seinem Büro und nahm den Hörer ab.

»Ich komme gerade aus dem Krankenhaus. Die Ärzte sagen, dass Jennifer morgen schon wieder okay ist.«

»Gott sei Dank.«

»Sagen Sie, Gabor, wollen Sie sich wirklich mit jedem anlegen?«

»Ist nicht gut gelaufen …«

»Haben Sie heute Nachmittag Zeit?«

»Hören Sie, Kathrin, ich kann hier nicht weg. Ob Sie's glauben oder nicht: Ich habe einfach keine Zeit.«

»Oh, ich komme zu Ihnen. Keine Bange. Ich denke, wir müssen uns mal unterhalten.«

»Worüber?«, fragte Gabor, aber er wusste natürlich, was Thema dieser Unterhaltung sein würde: seine Entlassung. Und sie würde es nicht weit haben zu Clausen. Nur die *Allee* hinab.

»Sagen wir um 17 Uhr? Prima. Bis dann!«, flötete sie und legte auf.

Gabor sah auf die Uhr: noch zweieinhalb Stunden Schonfrist. An konzentriertes Arbeiten war nicht zu denken, nur an das, was er verlieren würde. Seinen Job. Seinen Aufstieg in den beruflichen Olymp. Sein Boot … Sein herrliches Boot! Gedanklich ging er die Kontakte durch, denen er signalisieren musste, dass er bald einen neuen Job brauchen würde. Das Schlimmste war, dass alle wussten, dass er Partner werden sollte. Warum hatte er nur die Meldung an das Magazin durchsickern lassen? Alle würden sich fragen, warum er auf eine Partnerschaft verzichten wollte.

Wie lange würde es dauern, bevor publik wurde, was passiert war? Und wenn es erst durch die Branche geisterte, wie würde sich Clausen dann verhalten? Er war bestens vernetzt – ein paar Telefonate, ein paar eingeforderte Gefälligkeiten, und niemand würde Gabor mehr einstellen. Und er konnte es Clausen nicht einmal verübeln, an seiner Stelle würde er sich ganz genauso verhalten. Es war besser, einen Gegner zu vernichten, bevor der sich wieder erholen und sich einem erneut in den Weg stellen konnte.

Kathrin war pünktlich, pädagogisch vorbildlich, und ließ sich diesmal auch einen Tee servieren, bevor sie ihre Krücken zur Seite stellte und vor Gabors Schreibtisch Platz nahm. Eine Weile plänkelten sie herum, Kathrin lobte den Tee und Gabors reizende Assistentin, dann trank sie aus und kam zur Sache: »Also, wie geht es jetzt weiter, Gabor?«

»Sagen Sie es mir – Sie sind doch hier der Mafioso«, maulte Gabor. Was sollte er höflich bleiben, wenn das Ergebnis eh feststand?

Kathrin blieb ganz ungerührt. »Jennifers Mutter hat mich bekniet, Sie zu feuern.«

»Kann ich mir denken.«

»Vinnies Mutter ist auch kein Fan.«

»Keine Überraschung.«

»Lisas Eltern wissen noch nichts von Ihrer Anzeige.«

»Kommt noch. Sie müssen nur ausnüchtern.«

»Gabor, jetzt lassen Sie sich aber ein bisschen hängen …«, seufzte Kathrin.

Gabor beugte sich vor und antwortete: »Können wir diesen Quatsch nicht abkürzen, Kathrin? Wir wissen doch beide, warum Sie hier sind.«

Sie musterte ihn.

Schwieg.

Dann lächelte sie und sagte: »Ich habe Sie tanzen sehen!«

»Wann?«, fragte Gabor verwundert.

»Als Sie den Irrentanz aufgeführt haben. Das hat mir gefallen!«

»Kann ich mir vorstellen, Sie haben sie ja auch nicht mehr alle«, maulte er.

»Sie sind so knuffig, wenn Sie Panik haben!«, gurrte sie.

»Ich habe keine Panik«, behauptete Gabor.

»Natürlich haben Sie die, Gabor. Aber das ist gar nicht nötig. Als ich Sie da so vor den Kids tanzen gesehen hab, da wusste ich, dass Sie genau der Richtige für diese Gruppe sind.«

»Was soll denn das schon wieder heißen?«

»Das heißt, dass ich Sie nicht feuern werde.«

»Nein?«

»Nein, Gabor. Sie sollten Ihren Unternehmensberaterehrgeiz ein bisschen im Zaum halten, aber Sie haben Herz, Gabor. Auch wenn Sie das selbst vielleicht noch nicht wissen.«

»Ach Quatsch. Eine liegt im Krankenhaus. Einer hält

mich für schwul. Eine redet nicht. Einer beteiligt sich nicht. Und einer beteiligt sich zu sehr. Mal davon abgesehen, dass mir seine Mutter gerne einen Pflock durch das Herz jagen möchte. Seien wir doch ehrlich, Kathrin, ich kann diesen Kindern nicht helfen. Sie werden bei mir nichts lernen.«

»Natürlich werden sie das. Sie sehen zu Ihnen auf. Sie sind das, was die Kinder selbst gerne wären!«

Gabor starrte Kathrin an. »Hören Sie auf damit! Diese Kinder werden niemals so sein wie ich. Und ihnen das zu suggerieren, ist geradezu gemein.«

»Sie unterschätzen Ihre Fähigkeiten, Gabor. Sie können etwas bewirken. Seien Sie ihr Held, und Sie werden sehen, dass Sie das Schicksal der Kinder verändern können.«

Gabor atmete tief durch und antwortete: »Kathrin, lesen Sie es von meinen Lippen: Ich kann diese Kinder nicht retten, okay? Ich wünschte, ich könnte aurisch, elbisch oder energetisch sprechen, dann würden Sie das auch endlich kapieren!«

Kathrin lächelte ihn selig an: »Sie sollten sehen, wie Ihre Aura gerade aufleuchtet. Spektakulär!«

Gabor schloss genervt die Augen. »Ich geb's auf. Also, wenn Sie aus dem Büro gehen: rechts. Sie gehen einen langen Gang entlang und finden am Ende eine Tür. Da klopfen Sie, und Ferdinand Clausen wird ganz Ohr sein.«

Kathrin rührte sich nicht. Sie musterte Gabor eine Weile. Dann sagte sie: »Ich möchte Ihnen einen Vorschlag machen.«

»Soll ich in einen Stein pusten?«

»In zwei Monaten haben wir das große Sommerfest unserer Schule. Sie werden dort mit Ihrer Gruppe auftreten.«

»Ein Auftritt?«

»Ja.«

»Mit meiner Truppe?«

»Ja.«

Gabor lehnte sich skeptisch zurück. »Ihnen ist klar, dass einige von denen schon jetzt traumatisiert sind?«

»Wenn Sie das schaffen, sind Sie frei.«

Der Satz stand plötzlich im Raum, und Gabor brauchte ein paar Sekunden, um seine ganze Tragweite zu begreifen. Plötzlich tat sich ein Spalt in der Mauer auf. Zwei Monate! Das war eine Perspektive.

»Zwei Monate?«, hakte er misstrauisch nach.

»Zwei Monate.«

»Nur ein Auftritt?«

»Nur ein Auftritt.«

»Und das ist ganz sicher kein grausamer Scherz?«

Sie verzog den Mund zu einer Schnute. »Gabor, Gabor, warum so argwöhnisch?«

Zufrieden lehnte Gabor sich zurück und verschränkte lächelnd die Arme hinter dem Kopf. »Okay, Deal!

Zwei Monate, einmal auftreten. Und danach bin ich weg. Für immer!«

Kathrin nippte an ihrem Tee und sagte: »Natürlich gibt es da ein paar Bedingungen …«

Ein Satz, der wie ein Kristallglas klirrend zu Boden fiel und Gabor daran erinnerte, wem er gegenübersaß.

»Sie genießen das richtig, oder?«, antwortete er kalt.

Sie gluckste: »Sie sind so süß, wenn Sie hoffen, alles würde ganz leicht. Wie meine Kinder in der Schule. Verzaubern Sie uns, Gabor! Führen Sie uns in eine andere Welt. In eine schönere Welt. Seien Sie unsere Inspiration!«

»Reden wir noch vom Tanzen, oder haben die Elfen Ihnen gerade den Sauerstoff abgestellt?«

»Natürlich rede ich vom Tanzen, Gabor. Zeigen Sie, dass das Schicksal der Kinder nicht vorbestimmt ist. Beweisen Sie den anderen Kindern und Eltern, dass alles möglich sein kann, wenn man nur will.«

»Mit Tanzen?«

»Aber natürlich, Gabor. Die anderen Kinder werden die Gruppe sehen und denken: Die haben mit nichts begonnen! Und jetzt stehen sie auf der Bühne und begeistern alle. Und sie werden denken: Wenn die das können, kann ich das auch! Weil Sie ihnen eine Vision von einem anderen Leben schenken werden, Gabor. Sie werden die Kinder inspirieren, es auch zu versuchen, weil sie mit eigenen Augen gesehen haben, dass niemand zu dumm ist, etwas Außergewöhnliches zu schaffen!«

»Das müsste dann aber schon ein richtiger Showact sein«, gab Gabor zu bedenken.

Kathrin klatschte erfreut in die Hände. »Sehen Sie, jetzt reden wir die gleiche Sprache. Ein richtiger Showact!«

»In zwei Monaten?!«, krächzte Gabor. »Mit denen?«

»Keiner hat gesagt, dass es leicht wird«, tröstete Kathrin.

»Und wenn ich das nicht schaffe?«

»Nun, dann gibt es noch das Winterfest Ende des Jahres …«

Gabor hob abwehrend die Hände. »Stopp! Konzentrieren wir uns erst mal auf das Sommerfest!«

Kathrin nickte und stand auf. »So ist es recht, Gabor. Sie sind ein Kämpfer, das wusste ich gleich.«

»Wollen Sie wissen, was Sie sind?«, fragte Gabor gereizt.

Kathrin gab ihm die Hand zum Abschied. »Das weiß ich doch, Gabor. Nur Sie wissen noch nicht, wer Sie wirklich sind. Aber das finden wir noch heraus. Wiedersehen, Gabor.«

Sie humpelte hinaus – Gabor hörte sie noch eine Weile über den Flur klickern.

Eine Weile saß er einfach nur da, doch dann kehrte sein Optimismus zurück. Er behielt seinen Job, seine

Karriere, sein Boot. Alles, was es dazu brauchte, war ein einziger fantastischer, inspirierender Showact mit einer Bande grobmotorischer, unwilliger, vorlauter, homophober Teenager.

Das war ein Selbstläufer.

Quasi.

TANGO

26.

Die Nachricht vom großen Auftritt beim Sommerfest traf nicht auf ungeteilte Begeisterung. Eigentlich war nur einer von der Idee angetan: Vinnie. Der Rest, so er anwesend war, denn Jennifer war erwartungsgemäß nicht erschienen, war skeptisch. Gabor erzählte ihnen nicht, dass es nicht nur irgendein Auftritt werden musste, sondern einer, über den die Leute noch Jahre sprechen würden, und zwar, weil sie vor Rührung geweint, und nicht, weil sie sich vor Lachen gebogen hatten. Er erzählte ihnen nur, dass sie von nun an ernsthaft an einer Choreografie arbeiten mussten und dass sie allen beweisen würden, dass sie tanzen konnten. Und es gelang ihm tatsächlich, Szenen zu beschreiben, die den Kids gefielen: tosender Applaus. Licht! Musik! Rhythmik und Emotion! Sie sahen ihren Auftritt vor sich und waren davon entzückt. Sie würden das Publikum entflammen und zum Träumen bringen. Ja, sie würden tanzen! Wie noch nie Förderschüler vor ihnen getanzt hatten! Ein Triumph!

Gabor ballte die Fäuste und rief: »Ja, Freunde, das ist die richtige Einstellung! Lasst uns keine Zeit verschwenden. Legen wir los! Vinnie und Marvin bilden ein Paar. Felix und Lisa das andere!«

Marvin verschränkte die Arme vor der Brust, präsentierte in gut geübter Pose seinen strammen Bizeps. »Ich werde auf keinen Fall mit Vinnie tanzen. Und auch nicht mit Felix.«

»Es geht doch nur um die Grundschritte!«

»Das ist mir scheißegal. Ich tanze nicht mit 'nem Jungen. Diese blöde Tanzerei ist so schon schwul genug.«

»Gut, dann tanz mit Lisa.«

»Moment mal!«, rief Vinnie. »Und ich muss jetzt die ganze Zeit mit Felix tanzen?«

»Es geht doch nur um die Schritte«, begann Gabor wieder mit einer Mischung aus Verzweiflung und Genervtheit.

»Hab ich schon kapiert. Aber ich will auch nicht nur mit Jungs tanzen!«

»Ich auch nicht«, schaltete Felix sich ein.

»Dann müsst ihr euch abwechseln!«

Marvin schüttelte den Kopf: »Vergiss es, Gabi. Ich tanze nur mit Lisa. Mit den beiden Homos da tanze ich nicht!«

Vinnie und Felix starrten wütend zu ihm rüber.

»Wer ist hier ein Homo?!«, fauchte Vinnie.

»Du!«

»Gabi, der hat Homo zu mir gesagt!«

Gabor rieb sich die Schläfen.

Dann rief er: »Marvin! Es gibt Regeln! Eine davon ist, dass wir andere nicht beleidigen, klar?«

»Das war keine scheiß Beleidigung. Nur ’ne Meinung!«

»Und du bist ein Arschgesicht!«, schrie Vinnie wütend.

Marvin machte ein paar schnelle Schritte auf Vinnie zu, der die Flucht ergriff, von der Bühne sprang und sich hinter Gabor versteckte. Marvin folgte ihm und baute sich vor Gabor auf.

»Lass mich durch, Gabi!«, forderte er.

Gabor machte einen Schritt auf ihn zu, starrte ihm in die Augen. »Geh zurück auf die Bühne.«

»Mach ich, aber vorher hau ich dem scheiß Opfer eine rein …«

»AUF DIE BÜHNE! JETZT!«

Marvin machte einen Schritt zurück. Für einen Moment sah es so aus, als schätze er seine Chancen gegen Gabor ein, der größer und schwerer war als er selbst. Aber vor allem sah er so wütend aus, dass Marvin beschloss, sich zurückzuziehen, und nach kurzem Zögern wieder auf die Bühne sprang. Allerdings zu stolz, um den Vorgang nicht doch noch zu kommentieren: »Die Sache ist noch nicht durch«, rief er in Vinnies Richtung.

Vinnie spinkste hinter Gabors Schulter und rief großspurig zurück: »Ach ja? Dann komm doch, du Schwuli!«

Marvin zuckte schon wieder gefährlich, als Gabor Vinnie packte und ebenfalls zur Bühne zurückzerrte.

»Schluss jetzt! Es wird nicht gedroht, geprügelt, geflucht oder beleidigt! Ich hör jetzt keinen einzigen scheiß Ton mehr, sonst …«

»Scheiß ist aber auch geflucht«, wandte Felix ein.

Gabor hielt inne. Er versuchte, tief zu atmen, weil sein Blut rauschte wie ein Novembersturm an der Nordsee. Ein paar Momente war es ganz still, dann sagte Gabor mit betont ruhiger Stimme: »Okay Freunde, so geht das nicht weiter. Wir müssen hier miteinander auskommen, und das geht nur, wenn wir uns mit Respekt behandeln. Marvin, du wirst dich jetzt bei Vinnie entschuldigen. Und Vinnie, du wirst dich bei Marvin entschuldigen. Ihr gebt euch jetzt die Hände wie Männer, und dann ist die Sache erledigt. Okay?«

Die beiden sahen sich unschlüssig an, dann jedoch machte Vinnie einen Schritt auf Marvin zu und streckte ihm die Hand entgegen. »Gut, machen wir das wie echte Männer.«

Marvin nahm an.

Die vier stellten sich wieder nebeneinander – Gabor nickte zufrieden. Das war doch gar nicht so schlecht gelaufen. Und wer weiß, vielleicht unterrichtete er ja auch heute noch? Das wäre doch einmal eine schöne Abwechslung.

»Okay, das war sehr erwachsen. Gut gemacht. Dann können wir ja anfangen. Also bilden wir Pärchen. Vinnie und Lisa. Felix und Marvin …«

»Ich tanze nicht mit Marvin!«, rief Felix plötzlich. »Der ist mir zu aggressiv!«

Marvin zischte wütend: »Schwuli!«

»Du kannst nur prügeln, du blöder Hammel!«, rief Felix.

Marvin machte einen Schritt auf Felix zu. »Dann fang ich gleich mit dir an, du Missgeburt!«

Gabor stieß Marvin zurück in die Reihe. »SCHLUSS JETZT! VERDAMMT NOCH MAL!«

Marvin starrte ihn wütend an. »Wisst ihr was? Ihr könnt mich mal! Ihr könnt euer schwules Gehopse alleine machen. Ich bin raus!«

Wütend stapfte er von der Bühne Richtung Ausgang.

»Marvin, komm zurück!«

»Leck mich, Gabi!«

Und schon war er durch die Tür, die er so hart hinter sich zuschlug, dass der ganze Rahmen wackelte. Gabor wandte sich Felix zu. »War das nötig, Felix? Die ganze Zeit sagst du kaum ein Wort, und wenn, dann klugscheißerst du rum, und jetzt diese Nummer?«

»Marvin ist aggressiv«, beharrte Felix. »Den kann keiner leiden.«

»Ja und? Wir hatten es gerade geklärt! Warum musstest du da jetzt reingrätschen?«

»Ich hab nur meine Meinung gesagt.«

»Die interessiert hier aber keinen!«, rief Gabor wütend.

Felix schossen die Tränen in die Augen, und Gabor bereute sofort, dass er sich von dem pubertären Gezänk so hatte provozieren lassen, dass er sich auf die gleiche Ebene begeben hatte wie seine Schüler. Jetzt stand dieser blasse, dürre Junge vor ihm, sah ihn mit feuchten Augen und zuckenden Mundwinkel an und nestelte ungeschickt an seiner Hosentasche rum.

»Felix, tut mir leid. Das war echt blöd von mir«, entschuldigte er sich.

Felix nickte kurz. »Ist schon gut. Ist vielleicht besser so.«

Dann ging auch er von der Bühne und beeilte sich, den Raum zu verlassen. Da waren es nur noch zwei, und Gabor wusste, dass sein Handel mit Kathrin nicht gelten würde, wenn er ihr heute eröffnete, dass sie nicht nur keinen Unterricht gehabt hatten, sondern dass auch noch drei von fünf Teilnehmern nichts mehr mit ihm zu tun haben wollten. Übrig geblieben waren nur noch die, deren Eltern Gabor am liebsten kreuzigen würden.

Er drehte sich zu Vinnie und Lisa um, die unschlüssig auf der Bühne standen.

Vinnie grinste und zeigte auf sich und Lisa. »Alles klar, Gabi. Ein Mann, eine Frau. So wie Gott das gewollt hat. Womit fangen wir an?«

Gabor seufzte und sagte: »Kommt. Wir sammeln sie wieder ein.«

Eine längere Suche blieb ihnen erspart, sie fanden

beide in verschiedenen Ecken auf dem Schulhof. Gabor sah die Jungs, die weder ihn noch den jeweils anderen eines Blickes würdigten, und es erinnerte ihn an seine eigene Jugend. Wie verletzlich man in diesem Alter war.

Immerhin schaffte er es, die Gruppe um sich zu versammeln. Sie standen im Kreis, Vinnie leicht vorgebeugt, als erwartete er eine Ansprache des Mannschaftskapitäns, die der Gegner nicht hören durfte. Gabor blickte von einem zum anderen und sagte: »Okay, wir haben uns gefetzt, jetzt müssen wir sehen, wie wir das wieder hinkriegen, richtig?«

Keine Antwort. Nur Vinnie nickte zustimmend.

»Marvin? Felix?«

Sie sahen ihn an.

»Es tut mir leid. Ich hab's versaut. Nehmt ihr meine Entschuldigung an?«

Vinnie verzog anerkennend die Mundwinkel und haute Gabor auf die Schulter. »Verdammt anständig von dir, Gabi! Weiter!«

Gabor verkniff es sich, mit den Augen zu rollen, und bot stattdessen Marvin und Felix die Hand. Sie waren überrascht, dass Gabor alle Schuld auf sich nahm, ihre Gesichter entspannten sich.

Sie akzeptierten.

»Also, irgendwie muss es weitergehen. Wir haben zu wenig Mädchen in der Gruppe. Das hab ich jetzt kapiert. Das bedeutet aber auch: Wir müssen Jennifer zurückholen.«

»Die kommt nicht«, sagte Marvin.

»Glaub ich auch nicht«, stimmte Felix zu.

»Ich weiß nicht, Gabi. Das ist echt beschissen gelaufen …«, meinte Vinnie.

»Voll beschissen!«, grinste Marvin.

»Bis oben hin!«, vollendete Felix.

Sie kicherten. Auch Lisa.

»Das ist jetzt nicht sehr hilfreich«, sagte Gabor. »Sagt mir lieber, wie wir sie wieder in den Kurs kriegen.«

»Vergiss es!«, winkte Marvin ab. »Ich an ihrer Stelle hätte da auch kein Bock drauf.«

»Dann müssen wir sie überreden. Das schaff' ich aber nicht alleine. Ohne euch wird das nichts.«

Gabor sah von einem zum anderen, konnte aber keinerlei Begeisterung in den Gesichtern feststellen. Er brauchte jetzt eine Idee, wie er eine unmotivierte Gruppe in eine motivierte verwandeln konnte. Etwas, bei dem Kathrin mit der Zunge schnalzen würde. Eine pädagogische Supernova, die ihm den Respekt aller Erziehungsprofis einbringen würde. Er fragte: »Wer will mal Porsche fahren?«

Alle Hände schossen in die Höhe.

Gabor nickte. »Alles klar, wenn wir es schaffen, Jennifer zurückzubringen, darf jeder von euch mal mit meinem Porsche fahren. Deal?«

Er streckte seine Hand in die Mitte.
Die Kids türmten ihre darauf.

27.

Der Cayenne war zwar kein Sportflitzer, dennoch hatte keiner aus der Gruppe je in einem so teuren Auto gesessen. Ehrfürchtig strichen ihre Hände über die Ledersitze, und genießerisch atmeten sie den Geruch des Wagens ein. Kurz darauf brach eine Diskussion aus, wer denn jetzt zuerst fahren durfte, gefolgt von einer Diskussion darüber, ob ein 911er oder ein Testarossa das bessere Auto war, gefolgt von einer Diskussion, wer zuerst fahren würde. Einig war man sich nur, dass Lisa das nicht sein konnte, weil eine Frau das Auto sicher kaputt machen würde, bevor es die anderen fahren konnten. Vinnie sollte aber auch nicht zuerst, weil dann alle bei einem schrecklichen Unfall sterben würden, Marvin nicht aus gleichem Grund. Felix blieb übrig, aber der fuhr sicher wie eine Oma, und alle würden vor Langeweile sterben, da wäre ein Unfall besser. Gabor schlug ein Losverfahren vor – es wurde überraschenderweise ohne weitere Diskussion angenommen.

Vinnie beugte sich aus dem Fond zwischen die beiden Vordersitze und fragte: »Gehört das Auto wirklich dir, Gabi?«

»Es gehört der Firma«, antwortete Gabor.

»Und du darfst es fahren, wann du willst?«

»Ja.«

»Und bezahlen die auch das Benzin?«, fragte Vinnie erstaunt.

»Die zahlen alles.«

Vinnie war schwer beeindruckt – wie alle anderen im Auto auch. »Und wie heißt das, was du machst?«, hakte Vinnie nach.

»Unternehmensberater.«

»Und was macht man da so?«

»Wir helfen Firmen, wenn sie in Schwierigkeiten sind.«

»Wie denn?«

»Wir sehen uns die Firma an und sagen ihnen, wo sie besser werden können. Wo sie Verluste machen, wo sie Gewinne machen könnten. So was in der Art.«

»Und das können die nicht selbst?«, fragte Vinnie.

Gabor zuckte mit den Schultern. »Manchmal verlieren sie den Überblick. Dann ist es gut, wenn jemand von außen kommt.«

Vinnie haute dem vorne sitzenden Marvin auf die Schulter: »Die sind genauso doof wie wir, was Marvin?«

»Hört sich so an!«

Gabor lächelte.

»Also das ist alles? Dafür kriegt man einen Porsche für umsonst?«, fragte Vinnie Gabor.

»Ein bisschen komplizierter ist es schon.«

»Hört sich aber nicht kompliziert an!«, rief Felix aus dem Fond.

»Man muss lange studieren. Viel arbeiten …«

»Mein Alter sagt immer: Wenn einer studiert hat, dann findet er seinen Arsch mit den eigenen Händen nicht!«, maulte Marvin.

Allgemeines Gelächter.

Gabor stöhnte. Wie schön, dass sie wieder so gute Laune hatten.

»Ich werde auch Unternehmensberater!«, beschloss Vinnie.

»Letztens wolltest du noch Tänzer werden!«, sagte Marvin.

»Und davor Fußballer!«, rief Felix von hinten.

Vinnie störte das wenig: »Das war gestern. Heute werde ich Unternehmungsberater. So wie Gabi das erklärt hat, ist das genau mein Ding. Ich erklär doofen Leuten, was sie besser machen sollen. Und fertig. Ich brauch nur einen Anzug und einen Porsche … Kann ich jetzt mal fahren, Gabi?«

»Erst Jennifer, dann Porsche. Wir sind da.«

Sie hielten vor dem Einfamilienhaus von Jennifers Eltern, ein schicker Neubau mit eigenem Garten auf der Rückseite, stiegen aus, klingelten, trafen aber nur das polnische Hausmädchen an, das ihnen erklärte, dass Jennifer auf dem Reiterhof war. So stiegen alle wieder ein und fuhren ein paar Kilometer weiter zu einem Gehöft auf dem Land, das im Zentrum großer Koppeln stand und dessen Ställe einer ganzen Menge Tiere Herberge boten. Es gab auch ein Verwaltungsgebäude und eine große Reithalle mit gastronomischem Betrieb. Alles machte einen sehr gepflegten Eindruck, was vermuten ließ, dass hier nicht nur Familienponys standen, sondern auch Pferde, die so teuer waren, dass sie als Anlageobjekt gewertet werden konnten.

Sie betraten einen der großen Ställe und fanden Jennifer in einer der Boxen, in der sie einen eleganten Rappen striegelte, so versunken in ihre Arbeit, dass sie gar nicht bemerkte, wie sich Gabor und die Tanzgruppe am Eingang aufbauten. Gabor klopfte gegen die offen stehende Tür der Box. Jennifer drehte sich zu ihnen um und wurde ganz starr vor Schreck.

»Hallo, Jennifer. Wir wollten dich mal besuchen«, begann Gabor.

Er konnte ihrem Gesicht ansehen, dass sie damit überhaupt nicht einverstanden war, denn wie sie da so vor ihren Schulkameraden stand und spürte, wie rot sie dabei wurde, wäre sie am liebsten im Erdboden versunken. Sie wandte sich schnell ihrem Pferd zu, um die Truppe nicht ansehen zu müssen.

»Warum lasst ihr mich nicht einfach in Ruhe?«

Sie klang verschämt, hoffte wohl, dass sie genauso schnell wieder verschwinden würden, wie sie gekommen waren.

»Jennifer, wir müssen mal mit dir reden«, sagte Gabor.

»Ich will aber nicht!«

Gabor sah zu den anderen, nickte ihnen auffordernd zu. Er brauchte jetzt Hilfe.

»Weißt du, Jennifer«, begann Vinnie, »wir haben uns heute voll gefetzt, weil du nicht da warst.«

Jennifer unterbrach ihre Arbeit, drehte sich zögernd um und sah Vinnie an. »Ihr habt euch wegen mir gefetzt?«

Vinnie nickte eifrig. »Wir haben einfach zu wenig Mädchen, weißt du. Und keiner will mit Marvin tanzen.«

»Halt bloß die Klappe, du Arschkopp!«, brummte Marvin.

Gabor stieß Marvin an, der daraufhin schwieg.

»Du fehlst uns einfach, Jennifer«, sagte Vinnie.

Jennifer zögerte mit der Antwort, dann begann sie wieder, das Pferd zu striegeln. »Ich kann das nicht, Vinnie.«

Eine Weile sprach niemand.

Dann sagte Felix plötzlich: »Wir haben keinem was gesagt.«

Jennifer verharrte in der Bewegung. Ohne die Gruppe anzusehen, sagte sie: »Ist das wahr? Keinem?«

»Keiner weiß was«, entgegnete Felix. »Nur wir. Und von uns sagt keiner was, nicht?«

Er sah von einem zum anderen – sie alle schworen, niemandem etwas zu sagen. Lisa nickte heftig.

»Keiner in der Schule weiß davon?«, fragte Jennifer und drehte sich wieder zur Gruppe.

»Keiner. Wir sind doch ein Team, oder?«, meinte Vinnie.

Sie sah immer noch verlegen aus, aber auch beruhigt. »Und ihr wollt wirklich, dass ich zurückkomme?«

»Ohne dich geht es nicht«, bestätigte Felix.

Sie sahen sie alle gespannt an.

Jennifer dachte nach. Dann lächelte sie. »Okay, dann komm ich wieder!«

Marvin schüttelte die Fäuste: »YES!«

Auch die anderen jubelten, Jennifer freute sich.

Vinnie stürmte aus dem Stall und rief: »Ich bin Erster!«

Der Rest folgte im Laufschritt und schrie: »Es wird gelost, Vinnie! Gabi hat gesagt, es wird gelost!«

»Looooooser!«, krähte Vinnie zurück und stürmte aus der Stalltür, gefolgt von den anderen.

Jennifer hatte keine Ahnung, worum es ging. Sie freute sich einfach, dass die Gruppe, ihre Gruppe, sich so um sie bemüht hatte. Das hatte noch niemand für sie getan. Und es fühlte sich toll an. Wie Freundschaft.

Gabor stand noch in der Stalltür und lächelte. »Ich bin froh, dass du wieder dabei bist, Jennifer.«

»Danke, Gabi.« Sie ging auf ihn zu und umarmte ihn. »Für alles!«

Gabor war so überrascht, dass er nicht wusste, wie er sich verhalten sollte. Er fragte sich, ob es angemessen wäre, eine Fünfzehnjährige ebenfalls zu umarmen. Schließlich tat er es, streichelte ihr sogar über den Kopf und fand, dass das schon in Ordnung ging. Ja, für einen Moment fühlte er sich sogar für Jennifer und auch für die anderen verantwortlich. Er war tatsächlich so etwas wie der Kapitän, von dem die fünf hofften, dass er sie in einen sicheren Hafen führen würde, und Gabor musste feststellen, dass ihm das sogar gefiel. Jennifer so gerührt zu sehen, weil sie alle was Gutes getan hatten, erfüllte ihn sogar mit einem gewissen Stolz, wenn ihre Motive auch nicht ganz so edel gewesen waren, wie Jennifer wohl annehmen musste. Aber das spielte keine Rolle: Ihr hatte es gut getan. Und das zählte. Den Rest musste sie ja nicht unbedingt wissen.

Sie verließen zusammen den Stall.

Als sie über den Hof gingen, schaute Jennifer zu einem Jungen hinüber, der gerade ein Pferd für einen Ausritt vorbereitete. Sie lächelte verlegen, sah weg, schielte erneut zu ihm hinüber. Gabor nahm es amüsiert wahr.

»Der gefällt dir, was?«, flüsterte er ihr zu.

Jennifer sah ihn ganz empört an. »Gabi!«

»Schon gut, ich finde auch, dass er gut aussieht.«

Sie grinste verschämt, schielte wieder zu dem Jungen. »Findest du?«

»Absolut. Ein hübscher Junge.«

»Jetzt sieh da nicht dauernd rüber!«, zischte Jennifer.

»Okay.«

Sie gingen weiter zu Gabors Auto, an dessen Fahrertür Vinnie, Felix, Marvin und Lisa rangelten.

»Und? Sieht er zu noch uns rüber?«, flüsterte Jennifer.

»Weiß nicht. Ich soll doch nicht gucken.«

»Unauffällig …«

Gabor sah noch mal zu dem Jungen rüber. Er war vielleicht siebzehn oder achtzehn Jahre alt, blond, sanfte Züge, der Kleidung nach aus wohlhabendem Haus.

»Ja, er guckt wieder«, flüsterte Gabor.

Jennifer kicherte leise. Dann befahl sie: »So, jetzt nicht mehr gucken!«

»Okay.«

Sie hatten den Cayenne erreicht. Die vier anderen sahen ihn mit großen Augen an. Gabor seufzte. »Unter einer Bedingung!«

»Welcher?«, fragte Vinnie.

»Kein Wort zu euren Eltern!«

28.

Zurück in der Firma schien es Gabor, als wären ihm von der großen Lebensuhr zehn Jahre abgezogen worden. Es gab nur zwei positive Dinge über die Fahrversuche zu sagen. Erstens: Sie hatten sie überlebt. Und zweitens: Der Wagen war heil geblieben, bis auf zwei Beulen an der hinteren Stoßstange, die Vinnie reingefahren hatte, als er zweimal hintereinander Vorwärts- und Rückwärtsgang verwechselt hatte. Abgesehen davon hatte sich Gabor wie auf einem Raketenstuhl gefühlt, der mit ihm direkt ins Irrenhaus raste.

Zwar beherrschte Marvin die Grundzüge des Autofahrens, was er aber nicht beherrschte, war eine gewisse Zurückhaltung beim Gaspedal. Das nämlich trat er bis aufs Bodenblech durch, zwang damit den Cayenne zu kreischenden Motorgeräuschen, gefolgt von quietschenden Reifen, Schlingerkurs und einer Vollbremse nur wenige Zentimeter vor einer fünf Meter hohen Mauer.

Die hintere Seitentür flog auf – Jennifer übergab sich.

Vinnie ließ das Auto hüpfen wie ein Känguru, er behandelte das Getriebe so zuvorkommend wie ein Baby seine Windeln, sodass Gabor vor seinem geistigen Auge die Kolben wie Feuerwerkskörper durch die Motorhaube zischen sah. Anweisungen gegenüber war Vinnie völlig resistent, bis er dann das Auto zweimal rückwärts gegen eine Parkbank setzte, die danach allenfalls noch Liebhaberwert hatte.

Lisas Versuch war schräg: Sie standen einfach fünfzehn Minuten auf der Stelle. Und obwohl ihr die Jungs gut zuredeten, legte sie keinen Gang ein, sondern saß einfach hinter dem Steuer, imitierte Lenkbewegungen und schien dabei recht glücklich zu sein. Sie machte sogar das Radio an und stierte anschließend aus der Frontscheibe, als ob sie auf einem Wochenendausflug über Land unterwegs wäre.

Jennifer wollte nicht fahren, sie war sich sicher, dass es verboten war, obwohl es von ihren Eltern dazu keine explizite Anweisung gab. Sie nahm es nur an und verhielt sich entsprechend.

Felix war der Letzte, und er fuhr, wie von den beiden anderen angenommen, wie eine Oma. Zunächst. Dann jedoch fasste er Mut, wurde schneller und schneller und ließ sich auch nicht von Gabor davon abhalten, zweimal mit voll eingeschlagenem Lenkrad einen Kreis in Höchsttempo zu fahren, bevor er auf einer Geraden beschleunigte und an deren Ende die Handbremse zog. Der Cayenne brach im Heck aus, schlitterte quer über Schotter und kam schließlich zum Stillstand.

Die hintere Seitentür flog erneut auf – Jennifer übergab sich zum zweiten Mal.

Dann übernahm Gabor das Auto wieder, diskutierte mit Vinnie, der es zutiefst bedauerte, als einziger Junge Jennifer nicht zum Kotzen gebracht zu haben, und brachte alle wieder zurück.

Jetzt, bei *Clausen & Wenningmeier*, zitterten ihm nicht nur die Hände, er reagierte auch gereizt auf seine Mitarbeiter, die ihn wie immer mit allerlei Anliegen bestürmten, auch wenn er wusste, dass sie das alles nicht taten, um ihn zu quälen, aber das taten seine Tanzkids auch nicht. Und Henning Bauer, der Mann, dessen Karriere nicht weitergehen würde, seit er Vater geworden war, hatte das Pech, vor Gabors schlechte Laune zu laufen wie ein Reh vor einen Lkw. Es war seine Krawatte, die das Fass überlaufen ließ. Dabei war es im Prinzip eine sehr schöne Krawatte, dunkles Blau, Seide, perfekt abgestimmt auf Anzug und Hemd, allein: Es war ein Spinatfleck drauf.

Gabor packte Bauer am Arm und zog ihn in ein Büro.

»Was ist das, Herr Bauer?«

Bauer sah an sich hinab und entdeckte den winzigen Fleck auf der Krawatte. Er rieb seufzend daran: »Spinat, fürchte ich.«

»Ich nehme an, das neue Baby?«

Bauer nickte. »Ja, meine Frau konnte heute Morgen nicht …«

Gabor unterbrach ihn gereizt. »Das ist mir egal, Herr Bauer. Die *Reos*-Leute kommen heute Nachmittag.«

»Ich hab's nicht gesehen, Herr Schoening. In letzter Zeit ist es ein wenig chaotisch …«

»Wollen Sie das *Reos* sagen? Dass Sie chaotisch sind?«

»Nein, natürlich nicht. Es tut mir leid.«

»Mir auch. Haben Sie eine Ersatzkrawatte hier?«

Bauer schwieg verlegen.

»Verdammt noch mal, Bauer!«

Bauer schwieg.

Gabor atmete tief durch und murmelte: »Manchmal habe ich das Gefühl, nur noch von Schulkindern umgeben zu sein. Warum haben Sie keine Ersatzsachen hier?«

Bauer wollte antworten, aber Gabor schnitt ihm mit einer Handbewegung das Wort ab. Hinter ihnen öffnete sich die Tür. Linda Johannsen.

»Die *Reos*-Leute sind da!«

Zwei Stunden zu früh.

Gabor schloss genervt die Augen. Dann öffnete er rasch seinen Krawattenknoten und gab sie Bauer. »Los, anziehen. Linda? Führen Sie sie in den Konferenzraum. Ich bin in zwei Minuten da.«

Gabor eilte in sein Büro, nur um dort feststellen zu müssen, dass er zwar Ersatzkrawatten hatte, aber keine, die zu seinem Anzug passte. Er hatte damit die Wahl: Aussehen wie ein Clown oder ohne Krawatte erscheinen, gerade so, als wäre er zu einem Barbecue eingeladen.

Er entschied sich für den Clown.

Im Konferenzraum begrüßte er die *Reos*-Manager, sah in ihren Augen, was sie über seine Krawatte dachten, ärgerte sich über Bauer, dem Gabors Krawatte ausgezeichnet stand, bevor er sich setzte und schnell das Sakko ablegte. Nach ein paar Minuten waren sie in ein konzentriertes Gespräch verwickelt, das Gabor bestimmte, denn hier konnte er seine Stärken ausspielen: ein tiefes

Verständnis für komplizierte, abstrakte Unternehmensverhältnisse bei gleichzeitiger Fähigkeit, selbst schwierigste Zusammenhänge auf den wesentlichen Punkt herunterzubrechen. Das war Mathematik – und die war logisch, folgte Gesetzen, und es gab immer eine Lösung. Hier war Gabor in seinem Element, denn hier gab es nur rationale Vorgänge, die zu lösen waren, und niemand konnte das besser als Gabor. Und je länger sie sich mit Gabor unterhielten, desto demütiger nahmen sie zur Kenntnis, dass sie zwar insgeheim gedacht hatten, sie hätten das Schiff als Kapitän betreten, es aber von Minute zu Minute offensichtlicher wurde, dass sie es als Matrose wieder verlassen würden, denn hier gab es nur einen, der die Brücke kommandierte, und das war Gabor. Wen interessierte da noch eine unpassende Krawatte?

Über Stunden zog sich die Konferenz hin, und je erschöpfter die Teilnehmer wurden, desto mehr drehte Gabor auf: Das hier war alles leicht. Das machte Spaß!

In der Nacht hielten sie ein vorläufiges Ergebnis in den Händen, das jetzt dem Vorstand vorgestellt werden musste, respektive Wim de Vries, der letztlich die Entscheidungen treffen und auch verantworten musste. Man verabschiedete sich mit dem Versprechen, sich schnellstmöglich zu melden, ein Treffen mit de Vries war unumgänglich, und da die Aktionärsversammlung nicht mehr weit war, lief ihnen ein wenig die Zeit davon.

»Jederzeit!«, versprach Gabor.

Eine Bemerkung, die sich rächen sollte, denn der Mann, der niemals eine Zahl, eine technische oder geschäftliche Information vergaß, hatte mal wieder seine Tanztruppe vergessen.

29.

Zunächst lief es vergleichsweise gut mit der Gruppe. Gabor hatte tatsächlich eine erste Tanzstunde geben können. Zumindest hatte es für eine halbe Stunde halbwegs konzentrierte Arbeit gereicht, ohne Geschrei, Diskussionen oder Gemaule. Dann ließ die Aufmerksamkeit nach, die Bewegungen wurden erst fahrig, dann lustlos, und schließlich begannen auch wieder die alten Animositäten.

Aber Gabor war stolz darauf, dass ihm tatsächlich so etwas wie eine Lernhalbestunde gelungen war, und es gab eine weitere Erkenntnis, die ihn optimistisch stimmte: Die Kids begriffen besser, wenn sie spielerisch in das Thema eingeführt wurden, analytisches Lernen dagegen war eine Katastrophe.

So hatte Gabor von seiner Vorliebe für Bollywoodfilme berichtet, die er sich dann und wann auf DVD ansah. Er schilderte den fünf die farbenfrohen Bilder, den wilden Genre-Mix bei den Geschichten und die schrägen Tanzeinlagen vor oftmals europäischer Kulisse wie den Schweizer Alpen oder deutschen Touristenstädtchen. Er tanzte ihnen unter allgemeinem Gelächter ein paar Bewegungen vor, die in Formation mächtig Eindruck machen würden, und erreichte immerhin, dass es alle einmal versuchen wollten. Sie stellten sich auf, folgten seinen Schritten, gerieten aus dem Takt, lachten. Und schon ging alles über in einen Irrentanz, begleitet von Tabla, Sitar und Bansuri, unterlegt mit modernen Bassfolgen und Arrangements. Gabor beschloss, den *Wilden Tanz* langsam, aber sicher in einzelne Schrittfolgen zu gießen. Kurz gesagt war es, als versuchte er, ein Überschwemmungsgebiet trockenzulegen, indem er hier und da den Fluss begradigte.

Zur nächsten Stunde brachte er jedem die DVD eines Bollywoodfilmes mit, den sie zusammen ansahen. Damit endete auch dieser Tag ohne jeden Lernerfolg, aber immerhin konnten sich die Kids für den Film und auch für die Tanzeinlagen begeistern. Sie suchten sich zusammen eine Sequenz heraus, und jeder bekam als Hausaufgabe, diese Sequenz zu Hause anzusehen und die Schritte einfach mal auszuprobieren. Allein, ohne dass jemand zusah. Gabor hielt das für einen genialen Kniff, aber es kam anders.

Natürlich kam es anders.

Denn schon zur nächsten Stunde schien niemand außer Vinnie, irgendetwas tanzen zu wollen. Was in Marvins Fall wieder einmal Totalverweigerung hieß, mit dem ewigen Hinweis darauf, das Bollywood im Allgemeinen und Tanzen im Besonderen schwul sei. Felix war gar nicht da, offenbar war er krank. Jennifer hatte nicht geübt. Und Lisa hatte ihre DVD nicht einmal ausgepackt.

Gabor seufzte enttäuscht. »Mann, Lisa! Du hättest wenigstens so tun können, als würde es dich interessieren …«

Lisa senkte verschämt den Blick und nestelte hinter ihrem Rücken mit ihren übergroßen Händen herum. Wie sie so dastand, hätte man vermutet, dass ihr die Aktion überaus leidtat, aber da sie niemals sprach, konnte Gabor letztlich nur ahnen, was in ihr vorging. Es war alles so schwierig mit den Kids! Eben noch glaubte man, dass sie sich für etwas begeisterten, und dann stellte man fest, dass sie nicht mal Lust hatten, eine Verpackung zu öffnen. Wie ging man damit um? Wann konnte man sich sicher sein, dass etwas auch wirklich aufrichtig gemeint war? Lisa verzog sich jedenfalls in eine Ecke der Bühne, Marvin saß in einer der ersten Reihen und wirkte miesepetrig. Jennifer kämmte ihr Haar und setzte sich dann zu Lisa.

Nur Vinnie stand neben ihm und grinste: »Alles klar, Meister: Musik bitte!«

Und tatsächlich konnte Vinnie sogar ein paar Schritte mit Gabor tanzen, und mit seiner Hilfe erinnerte er sich auch an weitere Schritte, sodass die beiden zu den wummernden Bässen eines Bollywoodsongs eine hübsche Einlage auf die Bretter legten, was Jennifer und Lisa zu Applaus veranlasste. Selbst Marvin sah weniger mürrisch aus, und dass er sich die obligatorischen Beleidigungen sparte, konnte durchaus als Anerkennung ausgelegt werden.

Gabor und Vinnie klatschten sich ab. »Das war richtig gut, Vinnie!«

»Weiß ich!«, bestätigte Vinnie großzügig. »Hab mit meiner Mama geübt!«

Dann drehte er sich zu den anderen um. »Habt ihr das gesehen? Ein bisschen üben, und schon läuft die Sache! Wollt ihr nicht doch noch einsteigen?«

Marvin sagte nichts, was in seinem Fall kein schlechtes Zeichen war. Lisa wagte Gabor nicht anzusehen, nur Jennifer stand auf und fragte: »Kann ich dich mal sprechen, Gabi?«

Jennifer packte ihn am Arm und zog ihn ein wenig von den anderen fort. Sie winkte ihn näher zu sich heran, damit niemand mitbekam, was sie zu sagen hatte. »Tut mir leid, dass ich nicht geübt habe, aber …«

»Wäre aber schön gewesen, Jennifer.«

Sie nickte verlegen und flüsterte: »Ich weiß, aber … Weißt du noch, der Junge aus dem Stall?«

»Ja.«

Sie grinste, wurde rot, dann flüsterte sie: »Er heißt Tim.«

»Okay, verstehe ich. Willst du denn überhaupt noch mitmachen?«

»Klar, ich versprech's. Ich war nur so aufgeregt, weißt du?«

Gabor lächelte. Sie war verknallt! Vielleicht sogar zum ersten Mal. Gabor erwischte sich dabei, wie er an seine eigene erste Liebe zurückdachte, an dieses neue, überwältigende Gefühl, das jeden Gedanken an den anderen knistern ließ. Nichts war so beängstigend schön wie dieses erste Mal, wenn sich das eigene Herz wie eine Diskokugel über der Tanzfläche der Verliebten drehte. Alles war möglich! Es gab keine Grenzen, keine Hindernisse, keine Verbote. Wie verwirrend musste es für jemanden sein, dem alles zu seinem eigenen Besten verboten war, wenn im Inneren eine Kraft aufflammte, die alles Verbotene zu verbrennen drohte? Und warum fühlte sich das alles so gut an, wenn es doch nicht richtig war? Wie konnte Jennifer an Tanzunterricht denken, wenn ihr das gerade widerfuhr?

Sie sah sich um, aber niemand belauschte sie. »Und was Lisa betrifft … Sie hat zu Hause keinen DVD-Player. Sie kann das gar nicht sehen. Und jetzt ist sie ganz verzweifelt, weil sie doch so gerne tanzen lernen möchte.«

»Oh … Okay. Kein Problem, danke für die Info«, flüsterte Gabor zurück.

Sie kehrten zu den anderen zurück.

Gabor bat dann noch zum freien Tanzen, was so einigermaßen angenommen wurde, dann war die Stunde mal wieder ohne nennenswerte Ergebnisse zu Ende gegangen. Bei diesem Tempo würden sie in zwei, drei Jahren so weit sein, einen Auftritt hinzulegen. Das konnte alles nicht wahr sein!

Da Lisa wieder einmal nicht abgeholt wurde, nutzte Gabor die Chance, sie nach Hause zu fahren, diesmal jedoch mit einem kleinen Umweg: Er hielt vor seinem Penthouse und kehrte ein paar Minuten später mit einem DVD-Player wieder zurück. Den legte er Lisa mit den dazugehörigen Kabeln in den Schoß und sagte: »Hier, nimm meinen.«

Sie sah ihn mit großen Augen an.

»Nimm ruhig. Ich hab noch einen zweiten.«

Das stimmte zwar nicht, aber Lisa schien es zu beruhigen. Nach kurzem Zögern nickte sie, und fast glaubte Gabor, so etwas wie Vorfreude in ihrem Gesicht zu erkennen. Wenn auch nur für einen Moment.

Er setzte Lisa zu Hause ab und freute sich für sie.

Jetzt musste er nur noch Marvin auf Kurs bringen, dann konnten sie endlich richtig loslegen.

Dachte er.

30.

Der Anruf aus London erreichte ihn am Nachmittag. Wim de Vries selbst war am anderen Ende der Leitung.

Seine Leute hätten ihm ein Dossier mit den erforderlichen Maßnahmen geschickt, die Gabor und die *Reos*-Manager erarbeitet hatten.

»Das ist nicht wenig, Herr Schoening«, sagte de Vries. Er war schlecht zu verstehen, im Hintergrund waren Stimmgewirr und Durchsagen zu hören. Flughafen.

»Ja, ich denke, wir werden *Reos* neu ausrichten müssen. Wir brauchen ein klares Signal für die Aktionäre und auch für die Märkte.«

»Ich bin nicht abgeneigt, möchte das aber mit Ihnen besprechen. Ich bin morgen für ein paar Stunden in der Stadt, muss am Nachmittag weiter. Haben Sie Zeit?«

»Natürlich.«

»Gut, was halten Sie von einem Lunch?«

»Sehr gerne. Ich werde alles vorbereiten und Ihnen eine SMS schicken.«

»Danke. Bringen Sie ihr Team mit.«

Aufgelegt.

Gabor musste schmunzeln. Ihr *Team* … Natürlich meinte er Linda Johannsen. Er reservierte einen Tisch im besten Restaurant der Stadt, lehnte sich mit hinter dem Kopf verschränkten Armen in seinen Schreibtischstuhl zurück und seufzte zufrieden. Stimmte de Vries der Restrukturierung zu, begann die eigentliche Arbeit: die Zusammenlegung von Firmen und Abteilungen, gleichzeitig zwei Übernahmen, eine davon möglicherweise feindlicher Natur. Und alles musste neu eingepasst werden. Sie wären Jahre damit beschäftigt. Danach würde ein dauerhaftes Beratungsmandat folgen. Es lief perfekt. Fast schon zu perfekt. Konnte da noch etwas schiefgehen? Gab es einen Fehler in den Berechnungen? Hatte er etwas übersehen?

Gabor ging in Gedanken noch einmal alles durch, aber er fand nichts. Seine Berechnungen waren makellos und würden jeder Prüfung standhalten. Nichts konnte sich zwischen ihn und seine Partnerschaft bei *Clausen & Wenningmeier* … Innerhalb einer Sekunde stand er kerzengerade vor seinem Schreibtisch, sein Stuhl war nach hinten gekippt.

Morgen war Tanzunterricht!

Er griff so schnell zum Telefonhörer, dass der vom Schreibtisch fiel. Fluchend zog er ihn an der Schnur zu sich hinauf und rief Kathrin an. Diesmal musste sie nachgeben. Sie musste einfach einsehen, dass es für ihn um alles ging, dieser kleine, feuerspeiende Drachen.

In der Schule sagte man ihm, dass sie zwar da wäre, aber nicht an ihr Telefon ginge, sodass Gabor nichts anderes übrig blieb, als zu ihr zu fahren. Er war sich fast sicher, dass sie das absichtlich machte. Sie hatte bestimmt Anweisung gegeben, seine Anrufe nicht durchzustellen.

Vor ihrer Bürotür hörte er laute, eigenartige Geräusche, er trat ein, nachdem auf sein Klopfen nicht reagiert worden war, und fand Kathrin scheinbar schlafend im Schreibtischstuhl vor, das Gipsbein auf den Schreibtisch gelegt. Aus den Boxen eines mobilen Sounddocks quiekte es sphärisch, Laute wie aus einer anderen Welt, und in gewisser Weise waren sie das auch: Walgesänge. Gabor räusperte sich, Kathrin öffnete nur kurz die Augen, bot ihm mit einer Geste einen Sitzplatz an und lauschte weiterhin den Walen.

Da saßen sie nun.

Sie gab sich den Gesängen ganz und gar hin, während Gabor weder Zeit noch Muße hatte, diesem Quatsch beizuwohnen. »Ich muss mit Ihnen sprechen. Jetzt!«

Kathrin seufzte und stellte mit einer Fernbedienung die CD leiser. Die Unterwasserrufe liefen jetzt in einer erträglichen Lautstärke. »Ist das nicht herrlich?«, fragte sie versonnen.

»Was?«

»Die Gesänge. Ich stelle mir diese wunderschönen Tiere vor, wie sie majestätisch durch lichtlose Tiefen tauchen und sich über viele Kilometer unterhalten, ganz nah und doch so fern. Wie bei der Balkonszene von Romeo und Julia. Finden Sie nicht auch?«

Die hat sie doch nicht alle, dachte Gabor, aber er nickte brav und antwortete: »Stimmt.«

Kathrin sah zu ihm rüber und kicherte. »Ach Gabor, Sie sind ein furchtbarer Lügner. Also, was kann ich für Sie tun?«

»Ich habe ein Problem mit dem Termin morgen.«

»Was für ein Problem?«

»Ich versuche, es kurz zu machen: Morgen entscheidet sich bei einem Lunchtermin, ob unser Klient unseren Empfehlungen folgt. Der Vorstandsvorsitzende hat sich angekündigt, dementsprechend wichtig ist dieses Treffen.«

»Verstehe.«

Gabor war überrascht. »Sie verstehen das?«

»Aber natürlich verstehe ich das. Morgen entscheidet sich offenbar das Wohl und Wehe Ihrer Firma, richtig?«

»Ja, ganz genau.«

»Sehen Sie: Ich verstehe Sie, Gabor. Ich verstehe Sie viel besser, als Sie glauben.«

Gabor konnte sein Glück kaum fassen. »Dann sind Sie damit einverstanden, dass der Unterricht morgen ausfällt?«

»Aber selbstverständlich, Gabor. Ich bin doch kein Unmensch.«

Einen Moment sah Gabor Kathrin an und fragte dann ein wenig misstrauisch: »Das war alles? Sie erlauben es? Einfach so?«

»Warum nicht, Gabor?«

»Weil Sie für mich bisher in etwa so viel Verständnis hatten wie Kim Jong-Un für Coca-Cola.«

Kathrin verzog ein wenig die Mundwinkel: »Also jetzt sind Sie aber sehr hart, Gabor. Ich mag Sie. Wirklich! Ich kann mich gar nicht daran erinnern, dass ich in den letzten Jahren jemanden so ins Herz geschlossen habe wie Sie, Gabor.«

Gabor starrte sie einen Moment an, dann sagte er: »Wow, die Walgesänge scheinen Ihnen wirklich gutzutun. Ich könnte Ihnen noch mehr davon besorgen.«

»Wollen Sie mich etwa bestechen, Gabor?«

»Aber nein! Also gut, dann hätten wir ja alles besprochen.« Er stand auf, wandte sich zur Tür und dachte noch: Das war ja leicht.

»Bis morgen dann!«, rief Kathrin ihm freundlich nach.

Gabor war schon halb aus der Tür raus, bevor er in einer fließenden Bewegung wieder zum Schreibtisch zurückkehrte: »Haben Sie nicht gerade noch gesagt, dass der Unterricht morgen ausfällt?!«

»Das stimmt ja auch.«

»Und was soll ich dann morgen hier?«, fragte Gabor.

»Na, die Kinder abholen. Die werden Sie natürlich begleiten.«

Für einen Moment glaubte Gabor, sich verhört zu haben, aber an Kathrins Miene konnte er ablesen, dass dem nicht so war. Er schwankte leicht, dann setze er sich.

Kathrin sah ihn besorgt an. »Sie sehen blass aus, Gabor. Wollen Sie vielleicht ein Glas Wasser?«

Gabor nickte.

»Steht da im Schrank! Bringen Sie mir ein Glas mit?«

Vor lauter Wut zuckte Gabors Augenlid.

Kathrin deutete entschuldigend auf ihr Gipsbein. Gabor stand auf, trottete zum Schrank, holte Wasser und Gläser und stellte sie auf den Tisch. Und immer noch diese Walgesänge! Gabor hatte das Gefühl, dass ihm gleich vor lauter Dreißig-Tonnen-Romeo-und-Julia ein paar Gefäße im Schädel platzen würden. Da Kathrin keine Anstalten machte, sich zu bewegen, goss Gabor zwei Gläser Wasser ein und reichte ihr eines.

Sie trank in kleinen Schlucken, animierte Gabor, ebenfalls zu trinken. »Es wird in der Arktis gewonnen und ist vielleicht schon Millionen Jahre alt. Genießen Sie es! Es reinigt Körper und Seele.«

»Es ist voller Walscheiße«, antwortete Gabor gereizt.

»Gabor!«, mahnte Kathrin.

»Was glauben Sie, wo die fetten Viecher fressen? Und was reingeht, muss auch wieder raus.«

»Ach Gabor, Sie arbeiten schon zu lange in Ihrem Job. Ihnen fehlt wirklich der Blick für das Wesentliche.«

»Dann werde ich ja bald 'ne Menge Zeit dafür haben. Das wird so toll für mich werden! Frühstück bei McDonald's, danach hänge ich ein bisschen mit meinen Kumpels am Hauptbahnhof ab, am Nachmittag sammele ich Flaschen, und abends sehe ich aus meinem hübschen Kartonhaus auf die Lichter der Stadt und denke: Ist das romantisch! Hätte ich doch nur jemanden, mit dem ich das teilen könnte! Und dann kommt eine bucklige Alte mit ihrem Einkaufswagen vorbei und teilt ihren letzten Rest Lambrusco mit mir. Wir werden einfach nur dasitzen und auf den Fluss sehen, über uns eine schöne klare Januarnacht. Es wird zu kalt sein, um uns zu lieben, aber das macht nichts: Wir werden auch so glücklich sein! Außer natürlich in der Nacht, wenn uns ein paar Skinheads aufmischen. Aber auch das kann uns nichts anhaben, denn sie wird immer meine schöne Capulet sein und ich ihr zahnloser Montague, denn das ist doch das Wesentliche …«

Kathrin lächelte versonnen. »Eine schöne Geschichte, Gabor. Aber ich finde, sie sollte Weihnachten spielen, dann wäre sie noch dramatischer.«

»Stimmt«, bestätigte Gabor, um dann finster hinzuzufügen: »Sind Sie sich im Klaren darüber, dass Sie gerade mein Leben ruinieren?«

Sie atmete tief durch, dann sagte sie ruhig: »Das ist doch Unsinn, Gabor. Ich erinnere Sie nur daran, dass Sie eine Verpflichtung eingegangen sind und …«

»ICH?!«

»Natürlich Sie!«

»Ich bin hier nicht freiwillig, Kathrin! Schon vergessen?«

Kathrin zuckte mit den Schultern: »Details, Gabor, Details. Wichtig ist doch nur, dass wir alle für unsere Handlungen verantwortlich sind. Und Sie versuchen immer wieder, sich aus dieser Verantwortung herauszustehlen. Aber ich verspreche Ihnen, dass es besser wird, sobald Sie das akzeptiert haben.«

Hart wie ein Felsen. Da half nur Dynamit, aber das hatte Gabor nicht. Er versuchte es auf die altmodische Tour: betteln.

»Hören Sie, es ist nur dieses eine Mal. Ich verspreche es! Nur dieses eine Mal!«

»Wissen Sie eigentlich, wie viele Versprechen ich in den letzten dreißig Jahren gehört habe? Wenn ich jedes Mal fünf Euro für ein gebrochenes Versprechen bekommen hätte, wäre ich jetzt reicher als Krösus.«

»Ich bin aber nicht einer Ihrer Schüler, Kathrin!«

»Und warum benehmen Sie sich dann so?«

Schweigen.

Dann versuchte es Gabor erneut. »Es geht nicht Kathrin. Es ist einfach zu wichtig.«

Sie sahen sich an.

Dann nickte sie verständnisvoll. »Ich sehe, dass es schwer auf Ihnen lastet, Gabor.«

»Das tut es.«

»Und ich möchte Ihnen helfen …«

Gabor atmete erleichtert durch. »Danke.«

Sie griff in ihre Schreibtischschublade, nahm den seltsam geformten Stein heraus und schob ihn Gabor zu. »Pusten Sie! Sie werden sehen: Es hilft!«

Er war nicht einmal mehr zu einer Gewalttat fähig.

Gegen diese kleine Frau kam er einfach nicht an. Vielleicht hatte sie ja recht, und er musste einfach aufhören, gegen sie anzukämpfen. Vielleicht wurde es dann ja wirklich besser? Er verließ das Büro und es war ihm, als hörte er einen besonders langen, lauten, klagenden Walton.

Das ist keine Welt für Romeos, dachte Gabor, weder über noch unter Wasser.

31.

Er hatte keine ruhige Nacht gehabt. Träume, an die er sich nicht erinnern konnte, die ihm wie wilde Affen auf die Brust getrommelt hatten. Er wachte mehrmals auf, schwitzend und mit klopfendem Herzen: Angst.

Was war denn nur los mit ihm?

Seit er diese Tanztruppe übernommen hatte, schlief er von Tag zu Tag schlechter. Er ging kaum noch aus, tanzte kaum noch, hatte keine Affären. Sein ganzes Leben war in Schieflage geraten, seit er mit beruflichem Triumph und Desaster gleichermaßen jonglieren musste. Und doch spürte er, dass ihm nicht dieser Druck zusetzte – es war etwas anderes.

Seine Vergangenheit stieg aus tiefster Dunkelheit auf, und je sichtbarer sie wurde, desto mehr schreckte er davor zurück. Er wollte das nicht sehen! Nichts davon! Sein Leben war perfekt! Er hatte alles, was er wollte, es gab einfach keinen Grund für eine Veränderung. Er musste diese Zeit einfach durchstehen, Augen und Ohren schließen und hindurchfliegen, bis er eines Tages aufwachen würde, herrlich erfrischt von einem traumlosen Schlaf. Und mittwochs, freitags und samstags würde er vor seinem Spiegel tanzen und feststellen, dass sein Badabing! einfach großartig war. Seine Nachbarin würde ihm wieder zuprosten, und er würde wieder wissen, was wirklich zählte, nämlich einzig und allein das Badabing!

Durchhalten!

Später brach er zeitig von *Clausen & Wenningmeier* auf, um die Truppe von der Schule abzuholen. Sein Magen kitzelte, ja, man konnte sagen, dass er vor lauter Nervosität Brechreiz hatte. Sein unbezwingbarer Vater, seine schweigende Mutter klopften an die Tür seines Bewusstseins: Lass uns rein, Gabor! Lass uns! Das Seitenfenster surrte herab, der Fahrtwind zerrte an seinen Haaren. Er musste das alles loswerden. Die Tanzschüler, seine Erinnerungen, alles. Es musste alles verschwinden!

Sie standen bereits auf dem Schulhof und warteten auf ihn, auch Felix, und fast wäre Gabor herausgerutscht, dass er zwar nicht zum Tanzen erschien, zum Essen aber schon. Er verkniff es sich, auch weil er nicht glauben konnte, wie Vinnie aussah: Ihm fehlte ein Ärmel seines Hemdes.

»Was ist denn hier passiert?«, rief Gabor entgeistert und deutete auf Vinnies nackten Arm.

»Er hat sich mit Marvin angelegt«, sagte Felix.

Gabor sah Marvin wütend an, der so unschuldig, wie er konnte, auf die Turnhalle starrte.

»Wo ist der verdammte Ärmel?«, fragte Gabor.

»Den hat Marvin versteckt!«, antwortete Vinnie.

»Der kann einfach nicht sein Maul halten«, fluchte Marvin.

»Dein Kopf ist voller Scheiße!«, rief Vinnie wütend, was Marvin gleich wieder zum Angriff übergehen ließ. Gabor war mit einem Schritt zwischen beiden. »Stopp! Kein Wort mehr! Wo ist der Ärmel …« Gabor blickte auf seine Uhr, dann schob er Marvin in Richtung seines Autos. »Vergesst den Ärmel. Los, Abmarsch!«

Sie setzten sich in Bewegung.

Ein Schritt.

Zwei Schritte.

Drei Schritte.

Ein geöffneter Joghurtbecher klatschte Marvin ins Kreuz. Rechts und links flogen dicke Spritzer von Erdbeerjoghurt auf Felix' und Gabors Kleidung, während Marvins T-Shirt aussah, als wäre dort ein Nacktmull geschlachtet worden.

»Sorry, Gabor!«, rief Vinnie, der hinter ihnen stand und geworfen hatte. »Aber *jetzt* sind wir quitt, Marvin!«

»SEID IHR EIGENTLICH TOTAL BESCHEUERT!«, brüllte Gabor.

»Schon«, antwortete Vinnie ungerührt.

»ICH … ICH …« Gabor griff sich an die Brust. »LUFT! Ich kriege keine … Luft …«

Gabor ging in die Knie und war sofort von seiner besorgten Gang umringt.

»Gabi! Was ist mit dir?!«, rief Jennifer erschrocken.

So musste sich ein Infarkt anfühlen, dachte Gabor wirr, aber weder das Herz noch sein linker Arm schmerzten, vielleicht war es auch nur eine Panikattacke. Sein Hals zog sich zu, sein Kopf war ganz kalt. Mit zitternden Händen löste er die Krawatte.

Eine Minute verging.

Eine weitere.

Langsam bekam er wieder Boden unter die Füße. Aus einer angstbesetzten Schnappatmung wurden wieder kontrollierte Luftzüge.

Das Zittern ließ nach.

Die Wärme kehrte zurück.

Mit wackligen Knien stellte er sich wieder auf, schüttelte den Kopf: Es war vorbei.

»Ich bin okay …«, beruhigte er seine besorgte Truppe, obwohl er sich noch sehr blass fühlte.

»Vielleicht sollten wir heute nicht ins Restaurant«, sagte Jennifer vorsichtig.

Gabor hob abwehrend die Hand. »Wir gehen heute

ins Restaurant. Und ihr werdet euch da vorbildlich benehmen, ist das klar?«

Sie nickten.

»Marvin: T-Shirt auf dem Klo auswaschen. Vinnie: Jacke überziehen. Der Rest: Klappe halten!«

»Soll ich …«, begann Vinnie.

»Klappe halten! Klappe! Klappe! Klappe! Keinen Mucks! Nichts!«

Sie schwiegen.

Mit einiger Verspätung machten sie sich auf in die Innenstadt.

Die Kinder waren ruhig, niemand sprach, was Gabor entspannte. Vielleicht ging ja doch noch alles gut. Auch das *Maître* tat sein Übriges. Niemand von den fünf hatte je ein solches Lokal betreten, keiner war je von ebenso elegant gekleideten wie skeptisch dreinsehenden Kellnern in Empfang genommen worden. Das wirkte so einschüchternd, dass sie verlegen im Eingang standen und sich wie Erdmännchen umeinanderdrängten. Sie gaben, bis auf Vinnie, ihre Jacken ab, Gabor begleitete sie mit dem Chefkellner zu ihrem Tisch, der so weit wie irgendwie möglich vom *Clausen & Wenningmeier*-Tisch entfernt war.

Gabor wies jedem seinen Platz zu und bedeutete dem Kellner, dass er im Moment nicht mehr gebraucht werden würde. Der Mann zog sich leise zurück, während Gabor von einem zum anderen sah. »Das sind die Regeln: Die Tischdecke bleibt so weiß, wie sie ist. Die Gläser landen nicht auf dem Boden, genauso wenig wie das Besteck. Ihr redet nur leise und streitet euch nicht. Ihr könnt bestellen, was ihr wollt, aber mit dem Essen wird nicht rumgespielt, und der Erste, den ich dabei erwische, dass er es jemand anderem an den Kopf wirft, hat sein Leben verwirkt. Alles klar so weit?«

Sie nickten stumm.

»Ich werde am anderen Ende des Restaurants sein und eine Besprechung haben. Diese Besprechung ist ungeheuer wichtig für mich. Was ich nicht gebrauchen kann, sind Schreie, lautes Gelächter, Feuer oder Aufruhr. Sollte jemand doch der Meinung sein, dem anderen eine Gabel in den Schädel rammen oder sich selbst einen Finger abschneiden zu müssen, so wird derjenige still sitzen bleiben und ohne einen Mucks vor sich hin bluten. Ist das klar?«

Wieder nickten sie.

Gabor nickte ebenfalls, atmete tief durch, ging zu seinem Tisch, blickte dabei an die Restaurantdecke und flüsterte: »Sei wenigstens heute mal auf meiner Seite!«

Gemeint war Gott, und es war ihm egal, dass er eigentlich nicht an ihn glaubte. Seiner Meinung nach war er es ihm einfach schuldig. Nicht lange, und sein Team tauchte auf, kurz darauf Wim de Vries und die *Reos*-Männer. Es gab ein freundliches Hallo, Händeschütteln, während de Vries sich neben Linda setzte, Gabor gegenüber. Der Aperitif bestand aus freundlichem Small Talk, doch schon bei der Vorspeise kam de Vries zur Sache und klopfte konzentriert die wichtigsten Punkte des Strategiepapiers ab. Es gab an dem Tisch jetzt nur noch zwei Personen: Gabor und de Vries. Der Rest schwieg.

Gabor blieb fokussiert, erläuterte seine Maßnahmen, warb geschickt für seine Idee einer neuen *Reos*-Holding, gab sich auch in Detailfragen keine Blöße. De Vries erwies sich als ebenbürtiger Gesprächspartner. Doch hinter der höflichen Fassade, den kleinen Scherzen und den herzlichen Worten lauerte ein Mann aus Stahl, ein Mensch, dem man besser nicht in die Quere kam. Schwäche war etwas, was de Vries verachtete, er interessierte sich weder für die Meinung noch für das Leben von jemandem, der nicht mit ihm mithalten konnte. Und das waren seiner Meinung nach alle am Tisch – außer Gabor. Der gefiel ihm, nicht nur, weil er wie de Vries selbst aus einfachen Verhältnissen kam, sondern weil er ohne Schwächen war. Ein Mann aus Stahl – wie er selbst.

Gabor erläuterte gerade die Aufstockung von Eigenkapital durch Vorzugsaktien, als Felix an seinem Ärmel zupfte. »Kann ich dich mal sprechen, Gabi?«

Alle Augen ruhten jetzt auf Gabor.

Der blasse, dünne Junge, der schüchtern neben ihm stand, wagte nicht, irgendjemand anzusehen. Gabor war so konzentriert gewesen, dass er ein paar Sekunden brauchte, um zu registrieren, was gerade geschah: Gott hatte grinsend den Fernseher lauter gestellt und stopfte sich genüsslich Kräcker in den Mund.

»Felix! Was gibt es denn?«, fragte Gabor ruhig.

Felix wagte einen kurzen Blick in die Runde, bemerkte, wie ihn die eleganten Herren und die schöne Dame fixierten, und suchte schnell wieder Halt in Gabors Augen. »Die anderen haben … mich geschickt … Sie wissen nicht, was sie essen sollen. Der Kellner sagt, sie haben keine Fischstäbchen. Und auch keine Pommes.«

Gabor räusperte sich, dann wurde er plötzlich ganz ruhig und sagte mit einem Lächeln: »Dann hol sie doch alle mal her!«

Felix kehrte zu seinem Tisch zurück, während Gabor sich umwandte und die geschockten Gesichter seiner Leute sah, die verwunderten der *Reos*-Männer und das völlig undurchsichtige von de Vries.

»Haben wir zwei Minuten?«, fragte er freundlich in die Runde, obwohl nur de Vries die Frage beantworten konnte.

Der blickte Gabor unverwandt an.

Es war zu spüren, dass er nach einer Unsicherheit suchte, einer Schwäche. Dann nickte er kurz. »Ich schätze, Sie haben schon für uns entschieden, Herr Schoening.«

Gabors Gruppe trippelte heran, stolperte fast übereinander, blieb schüchtern zusammengedrängt am Tisch stehen, während Gabor sich erhob und in festem Ton sagte: »Darf ich vorstellen? Das ist meine Tanztruppe.«

Wie definierte man Stille, wenn sie neue Maßstäbe in der Wahrnehmung setzte? Denn alles war erstarrt, sogar die übrigen Gäste regten sich nicht mehr, Kellner standen still, niemand aß. Es war, als schwebten Gabor, die Kids und der ganze Rest wie verloren gegangene Astronauten durch die Ewigkeit des Universums. Und nur wenn man ganz genau hinsah, konnte man in unendlicher Ferne einen Punkt kleiner als die Spitze einer Stecknadel sehen: die Erde. Und damit das, was einmal Heimat gewesen war.

De Vries sagte kalt: »Ich verstehe nicht, Herr Schoening.«

Gabor antwortete ungerührt: »Nun, ganz einfach, ich bringe den Kids in meiner Freizeit das Tanzen bei.«

Niemand sagte etwas.

Gabor stellte die fünf mit einer Handbewegung vor: »Das hier ist Felix, der junge Mann mit dem nassen T-Shirt ist Marvin, der Junge, dessen T-Shirt nur einen Ärmel hat und der seine Jacke ausgezogen hat, obwohl ich ihm gesagt habe, er soll sie anlassen: Vinnie. Und die beiden jungen Damen hier sind Lisa und Jennifer.«

Sie nickten oder winkten scheu.

»Was hat das alles zu bedeuten, Herr Schoening?«, fragte de Vries

»Sehen Sie, Herr de Vries, das Leben war gut zu mir. Ich bin in eine Gesellschaft geboren worden, die mir alle Möglichkeiten geboten hat. Und deswegen trage ich mich schon lange mit dem Gedanken, wie ich etwas zurückgeben kann. Also habe ich etwas gesucht, und ich habe es auch gefunden: diese Truppe hier.«

»Warum spenden Sie nicht?«, fragte De Vries ein wenig spöttisch.

»Das tue ich. Aber es war mir nicht genug. Sehen Sie, die Kids hier gehen alle auf die städtische Förderschule für Lernbehinderte. Sie haben es schwerer als andere.«

»Ein Sozialprojekt?«, fragte de Vries.

»Ganz genau, *mein* Sozialprojekt. Und heute wäre eigentlich Unterricht gewesen, aber ich wollte die Kids nicht hängen lassen. Ich habe ihnen mein Wort gegeben, und das halte ich auch. Im Beruf wie im Privatleben. Loyalität ist wichtig. Und ich möchte es ihnen vorleben.«

De Vries nickte.

Gabor winkte einen Kellner heran. »Die junge Dame dort ist laktoseintolerant. Wer von euch mag Steak?«

Alle hoben die Hände.

»Gut, dann Steak medium. Bei den Beilagen nichts Exotisches.«

»Krieg ich ein Bier?«, fragte Vinnie.

Gabor lächelte seine Geschäftspartner an, dann wandte er sich zu Vinnie und zischte leise: »Ich reiß dir gleich deinen zweiten Ärmel ab, Freundchen!«

Er bestellte beim Kellner Getränke nach Wahl, aber keinen Alkohol. Mit einer kurzen Geste bat er die fünf wieder an ihren Tisch. Dann setzte er sich wieder. »Ich bitte, die kurze Unterbrechung zu entschuldigen.«

»Sie stecken voller Überraschungen, Herr Schoening!«

De Vries klang amüsiert, was den ganzen Tisch schlagartig entspannte. Sie waren beeindruckt von Gabor, dem Mann aus Stahl, der doch ein großes Herz hatte. Und für einen Moment regte sich bei dem einen oder anderen sogar der Gedanke, selbst viel zu wenig soziales Engagement zu zeigen. Die meisten schafften es nicht einmal, ihre eigenen Kinder zu erziehen, und dieser Schoening halste sich gleich fünf zusätzliche auf. Und dann auch noch behindert! Was sie tatsächlich nicht waren, aber sie hatten Gabor ohnehin nicht wirklich zugehört, sondern nur darüber gestaunt, wie souverän er mit der Situation umgegangen war. Wie spielerisch er Beruf und Privatleben verband! So als wäre es das Leichteste auf der Welt. Dieser Mann war ein Heiliger!

Oder wenigstens Batman.

»Sie tanzen?«, fragte de Vries amüsiert.

Gabor trank gerade, sodass Linda Johannsen für ihn antwortete, die genau wie alle anderen eine andere Seite an Gabor kennengelernt hatte. Einen Umstand, den sie weiter befeuern wollte, und so antworte sie euphorisch: »Wie ein Gott!«

Ein Fehler.

Sie wusste es noch im selben Moment.

Becke und Kaltenbach grinsten schmierig, ein paar von den *Reos*-Leuten auch. Sie hatte mal was mit Gabor, es war in ihren Gesichtern zu lesen. Ganz gleich, ob es wahr war oder nicht. Aber vor allem hatte sie gerade ihren stärksten Trumpf verspielt. Wim de Vries war nicht der Mann, der sich für Gabors abgelegte Freundinnen interessierte, denn insgeheim scheute er den Vergleich.

Darüber hätte sie glücklich sein können, tatsächlich aber war es fatal: Wenn er darauf bestand, sie auszutauschen, würde sich das herumsprechen. Und sicher nicht mit dem Argument einer enttäuschten, nie stattgefundenen Romanze, sondern wegen erwiesener Überforderung im Job. Eben noch auf dem Weg nach oben, drohte jetzt der Absturz.

Das war ungerecht.

Das war falsch.

Das war ihr Geschäft.

Das Essen ging ohne weitere Pannen zu Ende. Gabor verabschiedete Wim de Vries und die *Reos*-Leute. Sein

Strategiepapier würde jetzt in die Wirklichkeit umgesetzt werden, de Vries' Änderungen dazu waren marginal. Linda Johannsen bat ihn um ein Gespräch, aber Gabor bemerkte ihre Sorge genauso wenig wie die kühle Verabschiedung der Kids, die er reihum nach Hause brachte. Er war zu euphorisch, ließ im Auto laute Salsamusik laufen, wippte gut gelaunt dazu. Dass sein Grüppchen schweigend dasaß und nicht wippte, zappelte, sich stritt oder auch nur in der Nase bohrte – Gabor bemerkte von all dem nichts.

Er hatte unter Druck gestanden, eine Panikattacke erlitten, aber er hatte alles beiseitegeschoben und sich durchgeboxt. Alles, was ihn belastet hatte, war jetzt weg, sein Blut rauschte und er würde diesen Erfolg so bald wie möglich im *Milonga* feiern. Und wie er ihn feiern würde! Sein Leben war wieder so, wie es vor dem verdammten Tanzkurs gewesen war: großartig!

32.

Am nächsten Tag parkte Gabor vor der Förderschule, im Gepäck noch mehr Bollywoodfilme, die sie ansehen konnten, falls es mal wieder zu keinem vernünftigen Unterricht kommen würde. Das Wochenende stand vor der Tür, und er war gewillt, es richtig krachen zu lassen, einfach weil er der Meinung war, er hätte es nach all dem Stress der letzten Zeit verdient. Zwar hatte Nadja Dienst, stand also nicht zur Verfügung, aber Gabor spürte, wie ihm der Sommer das Blut erhitzte: Heute war sein Tag!

Er eilte ins Gebäude, bald schon beschrieben seine Füße erste Schrittfolgen, er schlitterte gekonnt am Hausmeisterkabuff vorbei, störte sich auch nicht an dem irritiert aufschreckenden Mann, der sich dort wie so oft zu verstecken schien. Die Leichtigkeit war zurück, wie wunderbar! In seinem Kopf tobten die Rhythmen, die Bässe, die Bilder von schwitzenden Tanzpaaren auf karibischen Tanzflächen. Durch die halbe Schule swingte und trippelte er, bis er schließlich mit Schwung die Tür zum kleinen Theater öffnete: Heute hielt ihn nichts und niemand auf!

Der Raum war stockduster.

Die Musik in seinem Kopf brach ab: keine schwitzenden Tänzer mehr, keine Mojitos und keine wippende Band. Nichts. Jeden Tag etwas anderes, dachte er ärgerlich, und immer war er der Letzte, der es erfuhr.

Er fand Kathrin in ihrem Büro, diesmal ganz ohne Unterwasserzauber, sondern in eine Akte vertieft, die ihr, dem Gesichtsausdruck nach zu urteilen, keinen Spaß machte. Gabor trat ein und setzte sich. »Müssten Sie nicht eigentlich zu Hause sein?«

»Würden Sie zu Hause bleiben, wenn Sie sich ein Bein brechen?«, fragte sie zurück.

»Nein, wahrscheinlich nicht.«

»Sehen Sie, nur weil ich eine Beamtin bin, heißt das nicht, dass Arbeit einfach liegen bleiben kann.«

»Was halten Sie denn davon, mich mal anzurufen, wenn der Unterricht ausfällt?«

»Ich hab's eben erst erfahren.«

»Und warum fällt der Unterricht heute aus?«

Sie sah von ihrer Akte auf. »Wissen Sie, Gabor, dasselbe wollte ich Sie auch gerade fragen.«

»Ich habe keine Ahnung«, sagte Gabor leichthin.

Kathrin verzog den Mund. »Ich auch nicht. Ich hörte nur, dass das Essen nicht besonders gelaufen sei.«

»Verstehe ich nicht. Das Essen lief super!«

»Ach Gabor, soll ich wieder die Walgesänge einschalten, und wir unterhalten uns noch mal über das Wesentliche?«

»Nein danke.«

»Dann würde ich an Ihrer Stelle mal drüber nachdenken, was schiefgelaufen ist. Denn irgendetwas muss es gewesen sein, weil sie alle nicht mehr zum Unterricht wollten.«

»Es ist nichts schiefgelaufen!«, beharrte Gabor. »Sie haben sich zwar anfangs die größte Mühe gegeben, aber am Ende war alles bestens.«

»Für Sie oder für die Kinder?«

Gabor zögerte, denn jetzt wurde ihm die seltsame Stille im Auto auf dem Heimweg bewusst. »Und jetzt?«, fragte er.

»Jetzt sollten Sie sehen, dass die fünf wieder in den Unterricht kommen. Kein Unterricht, kein Showact. Kein Showact, kein Handel.«

Feinfühlig und charmant wie eh und je.

Gabor stand auf, doch auf dem Weg zur Tür drehte er sich noch einmal um: »Leihen Sie mir Ihren Puste-Stein?«

»Für Sie oder für die Kinder?«

»Für die Kinder.«

»Wiedersehen, Gabor.«

Frustriert verließ er das Büro. Was immer er auch unternahm, es gab nichts als Probleme. Er löste eines und bekam gleich drei neue. Nahm das denn nie ein Ende? Warum konnten sie denn nicht einfach Unterricht machen, und alle waren glücklich? Warum musste das alles so kompliziert sein?

Instinktiv fuhr er als Erstes zu Vinnie, auch wenn er dazu erst an seiner Mutter vorbeimusste, die alles andere als begeistert war, ihn an der Haustür zu sehen. Doch es gab keine Anfeindungen, sie ließ ihn herein.

»Ich würde gerne mit Vinnie sprechen«, sagte Gabor.

»Um was geht es denn?«, fragte Camilla, ein wenig misstrauisch im Ton. Gabor konnte es ihr nicht verübeln.

»Ehrlich gesagt weiß ich das nicht so genau, aber wenn es einer weiß, dann Vinnie.«

Sie nickte, klopfte an Vinnies Tür und kündigte Gabor an.

»Kann reinkommen!«, hörte er Vinnie rufen.

Gabor musste schmunzeln: ganz im Stile eines Vorstandsvorsitzenden. Er trat ein und fand ein für einen Jungen recht ordentliches Zimmer vor, an dessen Wänden Plakate von deutschen und amerikanischen Comedystars hingen, aber auch ein paar Fußballer und sogar eines von *Dirty Dancing*.

Vinnie lag auf dem Bett und sah sich eine Comicserie im Fernsehen an. Er kicherte über einen Gag, dann schaltete er den Fernseher aus, während Camilla die Tür hinter sich schloss – sie waren allein.

»Was gibt's, Gabi?«, fragte er neugierig.

»Ich dachte, du könntest mir das sagen. Ihr seid heute alle nicht zum Unterricht gekommen.«

»Oh, das …« Er schien nach den richtigen Worten zu suchen, was Gabor alarmierte, denn Vinnie gehörte nicht zu den Menschen, die vorher abwägten, was sie der Welt im nächsten Moment mitzuteilen hatten. Dann sagte er: »Weißt du, Gabi, ich dachte eigentlich, wir wären Freunde.«

Es fühlte sich an, als würde ein Zwerg auf seinem Bauch Trampolin springen. Gabor konnte förmlich dessen Bart aufflattern sehen, während er sadistisch grinsend Schwung für einen neuen Absprung nahm. Gabor suchte sich einen Sitzplatz und sah Vinnie aufmerksam an.

»Wir haben ja verstanden, dass das Essen mit den Typen total wichtig ist, und kann sein, dass wir vorher ein bisschen daneben waren …«

»Ein bisschen?«, fragte Gabor.

»Aber im Restaurant haben wir uns gut benommen!«, protestierte Vinnie.

»Ja, das stimmt«, gab Gabor zu.

Wieder Pause.

»Weißt du, und dann sollten wir zu dir an den Tisch kommen, und … als du uns deinen Freunden da vorgestellt hast …«

»Das waren nicht meine Freunde, Vinnie.«

»Egal. Jedenfalls … das war echt nicht nett von dir.«

Gabor schwieg, versuchte, sich an den Wortlaut zu erinnern und an das, was die Kids verletzt haben könnte.

Vinnie schien es zu lange zu dauern, denn er half ihm auf die Sprünge: »Weißt du nicht mehr? Dein *Sozialprojekt*? Mit den *Lernbehinderten*?«

Gabor nickte nachdenklich. Es hatte lange gedauert, aber jetzt verstand er.

»Du hast gesagt, wir wären dein *Sozialprojekt* … Das hat ganz schön wehgetan, weißt du? Du bist voll cool, Gabi. Du hast einen Porsche und voll viel Geld. Du kannst gut reden, gut tanzen. Und wir dachten … Ich dachte … du findest uns auch cool. Jedenfalls ein bisschen. Ich glaube, dafür würden alle in der Gruppe was geben, wenn du uns ein bisschen cool finden würdest.

Dann könnten wir Freunde sein, weil nur coole Typen Freunde sein können. Coole Typen und Nerds werden nie Freunde, is'n Gesetz, weißt du? Und ich dachte …«

Er stockte.

»Was dachtest du?«, fragte Gabor vorsichtig.

»Weißt du, ich bin vielleicht doof, aber ich weiß, wann ich jemanden mag. Und dich mag ich. Und ich dachte, du magst mich auch. Wenigstens ein bisschen.«

Der Zwerg war gerade von seinem Bauch geklettert und verpasste ihm eine gewaltige Kopfnuss in die Eier. Gabor schluckte hart. Dann antwortete er: »Du bist nicht doof, Vinnie. Ich bin doof.«

Für einen Moment sagte niemand etwas, dann grinste Vinnie plötzlich. »Na ja, wenn wir beide doof sind, dann könnten wir ja auch Freunde sein, oder?«

»Ja, könnten wir.«

Vinnie streckte ihm die Hand entgegen »Willkommen, mein doofer Freund! Wollen wir uns zur Feier des Tages einen Hemdsärmel abreißen oder so was?«

Gabor lachte.

Dieser Bursche war nicht kleinzukriegen – wie konnte man ihn nicht lieben? Er schlug ein. »Lieber nicht. Da gibt es noch vier andere, bei denen ich mich entschuldigen muss. Da brauch ich alle Ärmel. Das macht einen besseren Eindruck.«

»Alles klar. Das Härteste hast du hinter dir.«

»Okay.«

Vinnie begleitete ihn ins Wohnzimmer, wo Camilla in einer Zeitschrift blätterte und beide neugierig ansah.

»Alles klar, Mama«, verkündete Vinnie. »Gabi und ich haben das wie Männer geklärt. Jetzt sind wir wieder Freunde.«

Camilla konnte sich ein Grinsen nicht verkneifen. »Verstehe.«

»Willst du noch einen Kaffee oder Whisky?«, fragte Vinnie Gabor.

»Nein danke. Ich muss jetzt los.«

Vinnie nickte, brachte ihn zur Haustür und verabschiedete ihn mit einer männlichen Umarmung. Dabei flüsterte er: »Sag mal, die scharfe Braut an dem Tisch gestern … hat die einen Freund?«

Gabor zuckte mit den Schultern und flüsterte zurück: »Keine Ahnung. Soll ich mal vorfühlen?«

Vinnie dachte einen Moment nach, dann winkte er großzügig ab. »Nee, lass mal, ich warte noch ein bisschen. Das muss die so lange aushalten.«

Dann war die Tür zu, und es tat Gabor fast schon leid, dass sie sich die Hemdsärmel doch nicht gegenseitig abgerissen hatten.

33.

Er fuhr zu Felix, aber niemand öffnete. Er lebte am Ende einer Sackgasse in einem kleinen Einfamilienhaus in der Vorstadt, mit kleinem Garten vorne und einem größeren hinten, beide liebevoll gepflegt. Sogar eigenes Gemüse wurde angebaut. Die ganze Gegend war Gabor nicht urban genug, aber er fand dennoch, dass es ganz idyllisch aussah.

Nächste Station war Lisas Fachwerkhäuschen. Gabor hatte Glück, denn bevor er bei den Bergers klingeln musste und möglicherweise in eine Diskussion verwickelte wurde, warum er die beiden Säufer beim Jugendamt angeschwärzt hatte, verließ Lisa gerade mit einem großen Müllbeutel das Haus und packte alles in die große Tonne. Das Gespräch mit Lisa war wie üblich ein Monolog, in dem sich Gabor für seine Bemerkung entschuldigte und hoffte, dass Lisa ihm verzeihen konnte. Sie konnte offenbar und tat es mit einem Lächeln. Dann huschte sie wieder ins Haus.

Jennifer hingegen war nicht einmal besonders sauer auf Gabor. Er fand sie nicht Zuhause, sondern in einer der Stallboxen. »Eigentlich bin ich nicht wegen dir nicht zum Tanzen gekommen, Gabi.«

»Nicht?«

Jennifer schüttelte den Kopf, verließ mit Gabor die Box und verriegelte sie. »Nein. Ich wollte lieber hier sein … weil … Es ist Freitag!«

Das Wort *Freitag* hatte sie mit einem verschwörerischen Unterton gesagt, als ob das alles erklären würde. Tat es aber nicht.

»Und was hat das mit Freitag zu tun?«, fragte Gabor.

Jennifer verzog das Gesicht. »Freitag! Verstehst du … *Freitag*!«

»Ich versteh kein Wort, Jennifer. Was ist denn Freitag?«

Sie betraten den Hof.

Sie sah sich um, grinste plötzlich und machte einen halben Schritt hinter Gabor. »Freitag ist Tim immer da. Verstehst du?«

Gabor folgte ihrem Blick und sah den jungen Mann, den Jennifer so anhimmelte, in einiger Entfernung auf einer Koppel auf dem Rücken eines Pferdes.

»Ah das. Habt ihr euch schon unterhalten?«, fragte Gabor.

»Ja. Tim ist voll schlau. Der geht aufs Gymnasium, aber er gibt überhaupt nicht damit an. Voll der gute Charakter!«

»Und hast du ihn mal gefragt, ob er mit dir ausgeht?«, fragte Gabor.

Jennifer riss die Augen auf. »Neeeiiin, spinnst du, Gabi?!«

»Na ja, ich dachte so an Kino oder vielleicht mal auf eine Cola.«

Sie starrte zu ihm rüber und sagte versonnen: »Das wäre schön, aber ich frag ihn auf keinen Fall … und … ich hoffe, er fragt mich auch nicht …«

»Warum?«, rief Gabor. »Ich dachte, er gefällt dir?«

»Schon, aber meine Eltern würden das nie erlauben. Nie!«

Einen Moment standen sie beide einfach nur da. Jennifer hatte nur Augen für Tim auf dem Pferd, während Gabor sie nachdenklich ansah. Dann schlug er vor: »Und wenn ich deine Eltern für dich frage?«

Jennifer starrte ihn überrascht an: »Das würdest du machen?«

»Klar.«

Sie umarmte ihn heftig und hüpfte an ihm herum. »Das wäre so super, Gabi!«

Er umarmte sie ebenfalls, dann löste er sich und sagte: »Beim nächsten Tanzunterricht frag ich sie. Kann aber sein, dass ich bei dem Date dabei sein muss.«

»Egal!«, rief sie begeistert. »Ooooh, hoffentlich sagen sie Ja! Hoffentlich sagen sie Ja!«

»Ich geb mein Bestes.«

»Danke, Gabi, danke!«

Lächelnd verließ Gabor den Hof und dachte, dass es gar nicht so schwer war, Kinder glücklich zu machen. Unglücklicherweise war es aber auch gar nicht so schwer, sie unglücklich zu machen. Doch im Moment freute sich Gabor, dass er die Kids wieder auf seine Seite gebracht hatte. Ganz ohne Hintergedanken, und das war sogar das Beste daran.

Der Tag neigte sich dem Ende zu. Gabors Navigationsgerät führte ihn in eine Gegend, in die er niemals freiwillig gefahren wäre, schon gar nicht mit einem Porsche. Hochhäuser, nackt und kahl, wuchtige Balkone, die der Fassade ein eckiges, grobes Profil gaben. Dazwischen triste Freiflächen, ein wenig Grün, hier eine Trinkhalle, dort ein Kiosk. Und einen runtergekommenen Supermarkt gab es auch.

Gabor klingelte an einem endlos großen Klingelbrett und hörte über die Gegensprechanlage eine knarzige junge Stimme, die ihm auf Nachfrage erklärte, dass Marvin im Schrebergarten wäre. Dann nichts mehr.

Gabor fand den Schrebergarten, er war fußläufig von den Hochhäusern gelegen, und fragte sich dort nach Marvin durch, bis er eine Parzelle fand, in der nicht viel angebaut wurde, das meiste schlicht Rasen war. In der hinteren Ecke stand das Häuschen. Schon im Näherkommen hörte Gabor bekannte Musik: indisch, aufgepeppt mit westlichen Beats. Neugierig schlich er um das Häuschen herum und spinkste durch das hintere kleine Fenster in den Raum.

Marvin saß auf einem Sofa, vor einem alten Fernseher und einem DVD-Player, auf dem gerade sein Bollywoodfilm lief. Er hatte die Fernbedienung in der Hand, spulte eine Tanzszene zurück, beobachtete die ersten Schrittfolgen, drückte auf Pause, stand auf und versuchte vorsichtig, die Schritte nachzumachen. Dann spulte er erneut zurück und versuchte es wieder.

Gabor lächelte. Von wegen schwul! Er übte! Es ging

langsam voran, da er ständig die Schritte vergaß, aber er übte recht konzentriert, sodass Gabor sich fragte, ob er ihn jetzt wirklich unterbrechen sollte? Möglicherweise erreichte er damit nur, dass Marvin sich ertappt fühlte und automatisch in Opposition ging. Dann hätte er das zärtlich wachsende Pflänzchen zertreten.

Die Entscheidung darüber wurde ihm abgenommen.

Die Tür des Gartenhäuschens flog auf, im Rahmen stand Marvins Vater, offenbar gerade von der Arbeit zurückgekommen, denn Putz und Staub klebten noch an seinem Shirt und in den Haaren.

»Was wird das denn hier?«, herrschte er Marvin an.

Er war kleiner als Marvin, aber stämmiger, über fünfzig, und seinem Gesicht war kein Funken Intelligenz zu entnehmen. Ein menschliches Reiz-Reaktions-Modell. Marvin versteckte die Fernbedienung hinter seinem Rücken, aber er hatte vergessen, den Film anzuhalten, sodass immer noch die Tanzeinlage lief: Lipgloss, wehende Haare und schmachtende Blicke.

»Das macht ihr? Das da!«, rief Marvins Vater wütend und zeigte auf den Bildschirm. »Und was ist deine Rolle? Die Prinzessin?«

Marvin schwieg.

»Was ist, Marvin? Bist du eine Prinzessin? Ja? Wollen wir dir ein Röckchen anziehen, und dann tanzt du uns allen vor? Ja?«

Marvin schwieg.

»Die Fernbedienung! Los!«

Marvin gab ihm die Fernbedienung, sein Vater drückte auf *Open*, entnahm die DVD und zerbrach sie vor Marvins Augen. »Was ist, du kleine Schwuchtel! Weinst du jetzt?«

Marvin schüttelte den Kopf.

»Gott, Junge, was ist nur los mit dir? Doof ist eine Sache. Aber auch noch schwul? Schwul *und* doof?«

»Es war für den Unterricht«, antwortete Marvin kleinlaut.

»Scheiß auf den Unterricht, okay?! SCHEISS AUF DEN UNTERRICHT! Und deinen Lehrer nehme ich mir auch noch irgendwann vor. Wenn der euch beibringt, wie Stricher mit dem Arsch zu wackeln, wird's höchste Zeit, dass sich mal einer drum kümmert!«

Marvin schwieg.

»Komm jetzt, deine Mutter hat Essen gemacht. Und über die Scheiße hier reden wir kein Wort mehr. Ich will nicht, dass alle glauben, mein Sohn ist 'ne Schwuchtel!«

Er packte Marvin am Arm und führte ihn raus.

Es sah nicht nach Freundschaft aus.

34.

Irgendein Tag in Marvins Leben.

Wann immer Marvin auch an sein Leben zurückdachte, fielen ihm eigentlich nur Stöße ein. Oder Kopfnüsse. Oder Schubser. Oder Tritte. Morgens beim Zähneputzen, wenn seine drei älteren Brüder um Spiegel und Waschbecken kämpften und er mit brennendem Zahnpastaschaum im Mund nicht mal ausspucken konnte und wenn dann nur ins Klo. Wenn da nicht schon einer draufsaß, um die anderen mit einem morgendlichen Schiss zu terrorisieren.

Mittags beim Essen, wenn die anderen ihn zwangen, Brote zu schmieren oder Cola zu bringen, und ihn in den Hintern traten, wenn er nicht schnell genug war oder es wagte, sich zu beschweren. Nachmittags, wenn er den Älteren nachlief, die immer etwas viel Interessanteres vorhatten, und er nur mitkommen durfte, wenn er als Dienstbote gebraucht wurde. Und schließlich abends, wenn er ein anderes Fernsehprogramm gucken oder im Internet surfen wollte und die anderen ihn nicht ließen, weil er, der Zwerg, keinerlei Rechte hatte.

Stöße, Kopfnüsse, Schubser, Tritte.

Als Jüngster von vieren wurde er im besten Fall nicht zur Kenntnis genommen, im schlechtesten Fall badete er ihre Launen aus. Er musste ihre Klamotten auftragen, sein Taschengeld bei ihnen abliefern oder wurde einfach bestohlen. Gleichzeitig erhoffte sich Marvin ihren Respekt, ihre Anerkennung, die er sich dann und wann, dachte er jedenfalls, durch niedere Dienste erwarb. Ein Umstand, der sich noch verschärfte, als seiner Grundschullehrerin seine Lernschwäche auffiel.

Seine Brüder und vor allem sein Vater, selbst nicht die hellsten Sterne am Firmament der Erkenntnis, wussten nun, was sie zuvor allenfalls als Beleidigung formuliert hatten: Marvin war ein Schwachkopf.

An einem ganz bestimmten Tag in Marvins Leben, im Alter von neun Jahren, endete seine Kindheit. Denn sein Vater, überzeugter Darwinist, war der Meinung, dass man Kinder am besten auf das Leben vorbereitete, wenn man sie lehrte zu kämpfen. Nicht im übertragenen Sinn, sondern ganz buchstäblich: Es gab verabredete Faustkämpfe. Man traf sich auf einem Spiel- oder Parkplatz und kämpfte. So lange, bis einer zu Boden ging. Ganz fair und unter Zeugen. Man schlug sich einen Zahn aus oder brach sich einen Finger, aber danach gab man sich die Hand.

So war Marvins Vater Ralf groß geworden, so hatte er sich den Respekt seiner Umwelt verdient. Und dieses Wissen gab er nun auch an seine Söhne weiter, denn einem guten Kämpfer gehörte die Straße. Ihm würde niemals die Welt gehören, aber die Straße vor seinem Haus, die gehörte ihm. Und das war allemal besser als all die Verlierer, denen gar nichts gehörte.

So hatte Ralf auch Marvins Mutter kennengelernt. Sie sah ihn kämpfen und war eine heimliche Bewunderin von *Ralle, Ralle, Todeskralle*. Ralle kannte keine Schmerzen, er nahm sich, was er wollte. Sie war blutjung, und die Hübscheste im Viertel war sie auch. Ralf hielt sich nicht lange mit Freien auf, er sprach sie an und vögelte sie dann hinter dem Kiosk durch. Laut genug, dass es alle hören konnten. Und ohne explizit auf ihre Zustimmung zu warten. Als sie schwanger wurde, heirateten sie.

Sie bekamen vier Jungs. Und weil Ralf wusste, was gut für seine Jungs war, brachte er ihnen das Kämpfen bei, wenngleich das auch nicht so ganz stimmte, denn tatsächlich zwang er sie zum Kämpfen.

An vielen Tagen in Marvins Leben trafen sich die Kinder zum Kampf, vor Zeugen und zu fairen Bedingungen. Sie droschen mit Fäusten aufeinander ein, wobei es nur eine Regel gab: niemals aufgeben! Alles konnte geschehen, aber niemals durfte jemand aufgeben, es sei denn, er war nicht mehr in der Lage, sich zu verteidigen. Da den Kids die körperliche Kraft und ihren Schlägen die finale Wucht fehlte, konnte es sein, dass Kämpfe eine halbe Stunde und länger andauerten, weil die Kontrahenten immer wieder aufeinander losgingen oder dazu genötigt wurden.

Es flossen Tränen, aber niemand weinte.

Und Sieger wie Besiegter wurden von ihren Eltern und der Umgebung gefeiert, denn natürlich wurde der Sieg bevorzugt und der Sieger stolz umhergereicht, aber auch eine Niederlage, ein tapferer Kampf, obwohl aussichtslos geführt, nötigte Respekt ab. Die Jungs lernten von ihren Vätern und Brüdern, was es hieß, sich ehrenvoll zu schlagen. Gewalt war ihre Religion, Ehre das Zepter des armen Mannes. Feigheit hingegen war schwul. Aufgabe war schwul. Und Schwulsein war das Schlimmste.

Marvin hatte es also schwer, aber er verschaffte sich Respekt, denn er war zu dumm, um Furcht zu empfinden. Das jedenfalls dachten die anderen, aber tatsächlich empfand Marvin Angst und Schmerz wie jeder andere. Vielleicht sogar noch ein wenig mehr, denn im Grunde seines Herzens war er ein sanftmütiges Kind mit ganz anderen Interessen als seine Brüder oder sein Vater.

Aber er bezwang seine Angst mit Jähzorn und stellte bald fest, dass Jähzorn auch gegen seine Brüder eine gute Waffe war, denn nach und nach wagten sie nicht mehr, ihn als Diener zu missbrauchen. Ja, in gewisser Weise waren sie sogar stolz auf den Kleinen, der seine Kämpfe gewann und sich in der Gegend einen guten Ruf machte, sodass man sich um ihn keine Sorgen mehr machen brauchte, denn instinktiv spürten sie, dass man sich um Marvin vielleicht doch Sorgen machen musste. Vielleicht weil er ein Nachzügler war, denn während die ersten drei im Abstand von vier Jahren zur Welt gekommen waren, war Marvin fünf Jahre jünger als der jüngste seiner Brüder. Vielleicht weil ihn seine Mutter zu sehr verwöhnt hatte, mit ihm romantische Filme geguckt und auf dem Sofa gekuschelt hatte, während die anderen sich bereits draußen herumtrieben und Ärger suchten. Vielleicht weil Marvin gut zeichnen und basteln konnte, während die anderen an so etwas kein Interesse hatten. Und vielleicht auch, weil er nicht über ihre derben Späße lachte und kein übermäßiges Interesse an Pornografie hatte.

Das alles jedoch schien sich in ihren Augen mit Marvins Heranwachsen gebessert zu haben: Er kämpfte, er fluchte, er witzelte über Sex. Kurz: Er war einer von ihnen. Eigentlich. Denn sein Vater traute Marvin nicht. Für ihn war Marvin immer noch von seiner Mutter verzärtelt, hatte immer noch Interesse an Dingen, an denen Männer kein Interesse haben sollten. Wie beispielsweise das Tanzen. Im Grunde seines Herzens wagte Ralf nicht, auszusprechen, ja nicht einmal zu denken, was seine größte Befürchtung war: Marvin könnte schwul sein. Richtig schwul. Interessiert an Männern.

Stöße, Kopfnüsse, Schubser, Tritte.

An jedem Tag in seinem Leben kämpfte Marvin dagegen an, ohne zu ahnen, dass dieser Kampf völlig vergeblich war. Er würde sich so nicht finden, sondern nur wütend sein. Auf sich. Auf seinen Vater. Auf die Welt. Er würde so lange kämpfen, bis er jedem bewiesen hatte, dass er nicht schwul war. Und vielleicht würde dann der Tag kommen, an dem er es endlich zugeben konnte, weil ihm niemand mehr im Weg stehen würde.

Nicht mal er selbst.

35.

Gabor hatte noch eine Weile fassungslos am Fenster gestanden, nicht weil ihn Marvins Vater irgendwie überrascht hätte, schließlich kannte er Marvins Akte, sondern weil es wie das Klicken eines Schlosses war, das er für immer verschlossen geglaubt hatte. Ständig hatte er sich eingemischt und hatte sich nichts als Ärger dafür eingehandelt. Diesmal nicht. Diesmal würde er sich raushalten, sich nicht einmischen, nicht versuchen, die Welt zu retten. Diesmal würde er nicht zulassen, dass sich die hässliche kleine Kiste tief in seinem Inneren einen Spalt öffnete, um Gespenster hinauszuschicken.

Diesmal nicht.

Er würde sich jetzt ins Wochenende verabschieden. Sich amüsieren. Keinen Gedanken verschwenden. Tanzen! Das *Milonga* wartete auf ihn – er hatte es sich verdient.

Er fuhr nach Hause, und am Abend tanzte endlich wieder sein blanker Po vor dem barocken Spiegel, Musik hämmerte durch sein Penthouse, und seine Nachbarin öffnete zur Feier des Tages eine Flasche Veuve Clicquot. Alles war so wie immer, nein, es war besser, es war wie ein kühles Bad in frischem Wasser, nachdem man vorher auf allen vieren durch die Wüste gekrochen war.

Selbst das *Milonga* duftete nach Vergnügen, Erwachsene, wohin man auch sah, kein einziger Jugendlicher, kein gipsbeiniger Zwergdrachen, sondern nur wunderschöne Frauen in wunderschönen Kleidern auf wunderschönen hohen Absätzen.

Gabor tanzte mit vielen, entschied sich dann für eine, die wie eine Feder in seinem Arm lag und sich ihm ganz anvertraute. Wäre er in diesem Moment mit ihr nach Hause gegangen, hätte es ein perfektes Wochenende werden können. Aber Gabor hatte den Abend noch nicht ausgereizt, er wollte tanzen, alles auskosten, es hinauszögern. Also blieb er.

Die *Reos*-Manager hatte er nicht kommen sehen, aber als er das nächste Mal an die Bar kam, waren sie alle da, offenbar im Gegensatz zu de Vries nicht auf eiliger Durchreise. Wie sie das *Milonga* hatten finden können, war Gabor zunächst ein Rätsel, doch dann fielen ihm Becke und Kaltenbach ein, die beiden Idioten, die ihren Mund nicht halten konnten. Selbst hatten sie es nicht gewagt, hier noch mal aufzutauchen, aber offenbar hatten sie den *Reos*-Männern einen Tipp gegeben.

Sie empfingen Gabor lachend und begrüßten ihn herzlich: »Frau Johannsen hat nicht gelogen!«, rief einer von ihnen. »Sie tanzen wirklich großartig!«

Gabor entschuldigte sich bei seiner Tanzpartnerin, machte gute Miene zum bösen Spiel und fragte freundlich: »Bleiben Sie länger in der Stadt?«

»Morgen geht es wieder zurück«, antwortete ein anderer.

Gabor war erleichtert.

»Kommen Sie, Herr Schoening, trinken wir etwas!«

Sie hatten alle schon ordentlich geladen, bestellten Whisky und Gin Tonic, was Gabor hoffen ließ, dass sie bald schon genug haben und wieder verschwinden würden.

Er trank mit der Gruppe, lachte pflichtbewusst, schielte dann und wann zu seiner Begleitung hinüber, die sich ihre Wartezeit mit dem einen oder anderen lustlosen Tanz vertrieb. Gabor leerte sein Glas und wollte sich verabschieden, als eine weitere Runde geordert wurde.

»Nein, meine Herren, nur noch dieses Glas. Dann ist Schluss!«

Man stieß an, trank.

Sie waren großspurig, überheblich, lachten viel und zu laut. Testosteron schwängerte die Luft, offenbar war der Geruch so abstoßend, dass sich um die Gruppe ein Abstand bildete. Gabor wollte nicht einer von ihnen sein, wollte nicht dazugehören, nicht mitlachen, mittrinken und schon gar nicht übers Geschäft sprechen. Oder über Boni. Oder Frauen, die eigenen oder die, die es da noch gab. Er wollte, dass sie verschwanden und niemals zurückkehrten, aber da sie keine Anstalten machten zu gehen, würde er es eben tun. Er suchte gerade den

Blick seiner Tanzpartnerin, als plötzlich die Rede auf seine Tanzschüler kam.

»Jetzt mal ehrlich, Herr Schoening, woher haben sie diese Truppe?«, rief einer.

»Gefunden«, gab Gabor trocken zurück.

Gelächter.

»Wo findet man denn so was?«, lachte einer.

»Wie die aussahen! Ärmel ab, nasses T-Shirt …«, meinte wieder ein anderer.

»Wenn die Girls wenigstens nasse T-Shirts getragen hätten!«, rief ein Dritter.

»Die Fette? Ehrlich, geh mal zum Arzt, du Perversling!«

Lautes Gelächter.

»Was wollten die noch mal? Fischstäbchen?«

»Und Fritten!«

»Wenn der Chefkoch das gehört hätte, hätt's ein Blutbad gegeben. Der Mann hat zwei Michelin-Sterne und dann Fischstäbchen!«

»Was hast du erwartet? Fünfmal Dachschaden, fünfmal Currywurst mit Pommes im *Maître*!«

Wieder Gelächter.

»Bei dem Tanzunterricht wär ich gern mal dabei!«

Er imitierte einen tanzenden Roboter.

Gelächter.

Einer haute Gabor auf die Schulter. »Ist nicht leicht mit den Spastis, was?!«

»He, mach noch mal den Roboter!«, rief einer.

Wieder der Roboter, diesmal noch lauteres Gelächter.

Gabor war, als sähe er sich selbst mit diesen Männern an der Theke stehen, die sich vor Lachen bogen, und er fragte sich, warum er nicht mitlachte. Er trug den gleichen Anzug wie sie, hatte die gleichen Schuhe an, die gleiche Krawatte, manikürte Finger. Er war einer von ihnen, aber er lachte nicht, denn er war der Kapitän der fünf, die hier gerade verspottet wurden, und er fühlte, dass er wütend wurde, und gleichzeitig erwischte er sich bei dem Gedanken, dass er vor dem Unfall wahrscheinlich genauso gelacht hätte.

Hätte er das wirklich?

Es kam ihm so hässlich vor, dass er reflexartig annahm, er wäre anders gewesen als die Männer hier an der Theke, aber war er das wirklich? Hätte er wirklich nicht über jemanden mit nur einem Ärmel gelacht? Oder über eine Dicke, eine Bohnenstange, ein dürres Gespenst oder über einen Kraftmeier mit nassem Shirt? Wie unangenehm die Fragen wurden. Es war leichter, einfach nur dazustehen und zu lachen.

Er verabschiedete sich knapp, nahm seine Tanzbegleitung an die Hand und verließ das *Milonga*. Die Leichtigkeit des Abends war dahin, auch die Aussicht auf ein wildes Abenteuer brachte sie nicht zurück. Dabei war sie schön, er mochte sie, aber selbst die ersten Küsse im

Eingang seines Penthouses konnten die Stimmung nicht vertreiben. So stolperten sie küssend in sein Penthouse, aber die Wahrheit war: Er spürte nichts. Warum war er nicht früher gegangen? Warum hatte er wieder einmal versucht, dass maximale Vergnügen herauszuholen? Er hörte ihren schweren Atem, spürte die Hitze, die Hingabe, aber es kam ihm alles fahl vor. Er hatte im Sturm erobert, was er gar nicht haben wollte. Sie schliefen miteinander, allein weil er es konnte.

Und dann überkam ihn plötzlich die Wut.

Warum hatte er nichts gesagt? Warum hatte er den *Reos*-Männern nicht gesagt, dass sie sich zum Teufel scheren sollten? Warum hatte er Marvins Vater nicht gesagt, dass er gar nicht warten musste, um sich Gabor mal vorzunehmen, denn er war ja da und würde sich nur zu gerne mal mit ihm über seine Erziehungsversuche unterhalten! Warum hatte er die Faust nur geballt, statt sie auch zu nutzen?

Der Sex wurde ruppig. Sein Atem geriet außer Kontrolle, sein Herz hämmerte … Er spürte, eine weitere Panikattacke aufsteigen. Was war denn nur los?

Abrupt löste er sich von ihr und schubste sie von sich weg. »Verschwinde!«

Sie war völlig irritiert. »Was?«

»Du sollst abhauen!«, rief er.

»Sag mal, geht's noch? Was ist denn nur los mit dir?«

»HAU AB!«

Erschrocken, gedemütigt und wütend raffte sie ihre Klamotten zusammen, stürmte aus dem Penthouse und knallte die Wohnungstür hinter sich zu.

Er bekam keine Luft mehr, sein Herz schien ihm aus der Brust zu springen, alles drehte sich plötzlich. Das war übel, das war ganz übel. Viel schlimmer noch als die erste Attacke.

Dann verlor er das Bewusstsein.

36.

Silvester.

Eine große Party bei Bekannten. Viele Erwachsene, sehr viele. Kaum Kinder. Gabor war zehn Jahre alt. Sein Vater zog ihn gegen zehn Uhr abends zur Seite und sagte: »Wenn Mitternacht ist, stellst du dich auf den Tisch und zählst die letzten zehn Sekunden herunter.«

»Warum?«

»Weil ich dir das sage.«

Gabor schüttelte zaghaft den Kopf. »Das traue ich mich nicht.«

»Stell dich da vorne hin! Dann sagst du: *Meine Damen und Herren, gleich beginnt das neue Jahr!* Und dann zählst du ganz laut runter!«

»Aber warum denn?«

»Weil ich das sage!«

»Bitte nicht, Papa.«

»Ich geb dir ein Zeichen.«

Dann schubste er ihn zu den wenigen anderen Kindern.

Zwei Stunden Höllenqualen.

Dann, kurz vor Mitternacht, nickte ihm sein Vater zu. Gabor sah zu dem Tisch, konnte sich nicht bewegen. Sein Vater nickte eindringlicher. Gabor setzte sich in Bewegung, langsam, kletterte auf den Tisch, sah auf die vielen Menschen, die ihn noch nicht beachteten. Stimmengewirr. Musik. Sein Vater zeigte ihm an: Jetzt! Er wollte rufen, aber es kam kein Wort heraus. Stattdessen riefen die Gäste von ganz alleine den Countdown aus. Neujahr! Alles jubelte, lag sich in den Armen.

Gabor stand auf dem Tisch – niemand hatte ihn beachtet.

Nur einer sah ihn verächtlich an.

Bilder spulten rasch vor oder zurück, als ob man sein Leben auf Film gebannt hätte und jemand mit einer Fernbedienung scheinbar wahllos vor- und zurücksprang. Die Bilder stoppten: Schulausflug.

Play.

Ein Tagesausflug im Sommer, zusammen mit seiner Klasse. Lauter Pubertierende, die sich viel zu laut unterhielten. Eine Gartenparty. Herumalberei, gute Laune.

Da war ein Pool.

Gabor und zwei seiner Kumpels flüsterten, kicherten, dann näherten sie sich unauffällig einer Klassenkameradin, und ehe die sich versah, hatten die drei sie gepackt und in den Pool geworfen. Gejohle. Gelächter. Selbst das Mädchen im Pool lachte, aber sie schimpfte auch. Niemand hatte sich dabei etwas gedacht, aber der Klassenlehrer rief die Eltern an: Die drei Täter sollten abgeholt werden.

Gabors Vater kam.

Auf der ganzen Rückfahrt kein Wort.

Gabor dachte: Es war ein Streich. Nichts Schlimmes. Das Mädchen würde sich zu Hause umziehen, der Tagesausflug weitergehen. Sein Lehrer hatte völlig überreagiert – sein Vater verstand das. Er war schließlich auch mal jung. Hatte Streiche gespielt.

Zu Hause angekommen sagte er nur: »Setz dich auf dein Fahrrad, und kauf Blumen.«

»Warum?«, fragte Gabor.

»Weil ich es dir sage! Du fährst zurück, wirst dem Mädchen die Blumen überreichen und dich entschuldigen.«

»Vor allen? A-aber … das geht nicht …«

Gabor hatte die Ohrfeige gar nicht kommen sehen, aber sie explodierte förmlich in seinem Gesicht. »Los!«

Er setzte sich auf sein Fahrrad, fuhr die ganze Strecke zurück, kaufte Blumen und betrat erneut den Garten. Sie waren noch alle da. Bis auf die beiden anderen, die ebenfalls nach Hause geschickt worden waren. Alle starrten ihn an.

Wortlos überreichte Gabor dem völlig überraschten Mädchen die Blumen, dann lief er davon. Den ganzen Weg zurück weinte er vor Scham. Er war vierzehn Jahre alt und weinte immer noch wie ein kleines Kind.

Wieder rasten die Bilder, wieder rauschten die Töne. Er sah nur einzelne Bilder. Wie er seine Hände schützend vor den Kopf hielt. Wie seine Mutter schwieg. Die Bilder stoppten: Elternsprechtag.

Play.

Die Grundschulzeit neigte sich ihrem Ende zu, sein Klassenlehrer hatte darauf bestanden, mit beiden Elternteilen zu sprechen. Gabor saß zwischen Vater und Mutter, sah auf den Boden, knibbelte an den Fingern, hoffte, dass alles vorbeigehen würde.

»Seine Leistungen sind durchwachsen«, sagte sein Lehrer.

»Er ist faul«, antwortete sein Vater.

»Er ist ein netter Junge, aber dann und wann stört er den Unterricht«, sagte sein Lehrer.

»Er ist frech, auch zu Hause«, antwortete sein Vater.

»Seine Hausaufgaben sind auch nicht immer ordentlich«, sagte sein Lehrer.

»Er hat keine Disziplin«, antwortete sein Vater.

Ob sein Klassenlehrer Mitleid hatte, wusste Gabor nicht, aber er begann plötzlich, Gabors Vorzüge aufzuzählen, ihn zu loben, während sein Vater ihn weiterhin kritisierte.

»Seine Leistungsfähigkeit in Mathematik ist außergewöhnlich.«

»Das Rechnen hat er von mir«, antwortete darauf sein Vater.

Und plötzlich sagte sein Lehrer, dass Gabor hochbegabt sei. Dass ihn der Unterricht langweile, vor allem in Mathematik.

Sein Vater lachte nur. »Glauben Sie mir, der ist nicht hochbegabt!«

Sein Lehrer war anderer Meinung und empfahl eine besondere Schule, um Gabors Talente zu entwickeln. Seine Mutter hatte bisher noch nichts gesagt, jetzt fragte sie vorsichtig: »Wir können es uns ja mal ansehen, Frank?«

Sein Vater grinste hämisch, aber er antwortete nicht.

Sie verließen das Klassenzimmer und überquerten den Schulhof.

»Hast du gemerkt, wie er dich verteidigt hat, Junge?«, fragte ihn sein Vater.

Gabor nickte.

Er grinste selbstzufrieden. »Das war die Taktik. Ich hab dich schlechtgemacht, damit er dich lobt. Ist ein alter Trick. Hat funktioniert, denn jetzt bist du ja schon hochbegabt!«

Sie erreichten das Auto. Dann sah ihn sein Vater an

und tippte ihn schmerzhaft auf die Brust. »Du wirst niemals auf diese Schule gehen! Ich werde deine Faulheit ganz sicher nicht auch noch belohnen.« Er stieg ins Auto und lachte höhnisch auf: »Hochbegabt!«

Wieder rasten die Bilder davon, rauschten Töne, Laute. Da war die Stimme seines Vaters, die rief: *He, Schlaukopf, hast du den Mist fabriziert?* Weiterspulen, weiterspulen. Da war eine Klassenarbeit und sein Vater sagte: *Schreiben Hochbegabte nämlich mit h?* Weiterspulen, weiterspulen. Da war ein Kegelabend, an dem Gabor die Würfe addierte und sein Vater rief: *He Cleverle, brauchst du einen Taschenrechner?* Weiterspulen, weiterspulen. Bilder, Worte, er hörte nur Fetzen: *Intelligenzbestie! Schlaumeier! Blitzbirne!* Weiterspulen, weiterspulen. Die Bilder stoppten: das Wohnzimmer.

Play.

Gabor war sechzehn Jahre alt und stand kurz vor dem Erreichen der mittleren Reife. Im Fernsehen verlas Karl-Heinz Köpcke die Nachrichten, sein Vater hatte sich ein Bier aufgemacht.

Gabor sagte: »Kann ich dich einen Moment sprechen?«

Sein Vater nickte widerwillig, dimmte den Ton.

»Ich möchte gern Abitur machen«, sagte Gabor.

Sein Vater griff wieder nach der Fernbedienung. »Ich hab eine Lehrstelle für dich.«

»Ich will nicht zu deiner Versicherung.«

»Verstehe, der junge Herr ist was Besseres.«

»Mein Lehrer sagt, ich soll auf jeden Fall Abitur machen.«

»Und ich sage, du sollst eine Lehre machen. Dann kannst du dich mal am Haushalt beteiligen. Der junge Prinz lebt hier nämlich wie in einem Luxushotel.«

Gabor spürte, wie sein Blut kochte. Wie schon so oft in den letzten Wochen und Monaten. Er war gewachsen, überragte seinen Vater mittlerweile, und all das, was ihn über die Jahre nachts nicht hatte schlafen lassen, was seine Träume beherrscht hatte, brach sich in letzter Zeit immer wieder Bahn. Er spürte seine Kraft, aber auch seine tiefe Unsicherheit – er spürte alles, was ihn unglücklich machte, aber er sah noch keinen Ausweg. Noch. Denn jetzt straffte er sich und bestimmte: »Ich werde Abitur machen.«

»Nein.«

»Glaubst du wirklich, ich fange in deiner Versicherung an? Mache, was du machst? Rumlaufen und Versicherungen verkaufen?«

Sein Vater stand auf, es wurde bedrohlich. »Ist dir wohl nicht fein genug.«

Gabor nickte. »Richtig, ist mir nicht fein genug.«

»Dann wird es Zeit, dass du da anfängst. Ein bisschen Demut tut dir ganz gut.«

»Noch mehr Demut?«, fauchte Gabor. »Wie viel demütiger soll ich denn noch werden?«

Sein Vater konterte wütend: »Offenbar reicht es noch nicht.«

»Doch es reicht! Ganz sicher! Es ist mehr als genug!«

Er kam jetzt nahe an Gabor heran. »Du fängst da an. Ich stehe im Wort!«

Gabor wich nicht zurück. In diesem Moment wusste er, er würde nie wieder zurückweichen. »Und was passiert dann? Wirst du dann wieder zusammengefaltet von deinem Chef?«

Er konnte die Überraschung in seinem Gesicht sehen, ein schwerer Treffer. Gabor gab es Sicherheit, zum ersten Mal hatte er seinen unbezwingbaren Vater mit irgendetwas verwundet.

»Was?«

»Ich hab dich gesehen. Vor ein paar Jahren, als Mama aus Versehen die Küche abgefackelt hat und wir dich nicht erreichen konnten. Ich bin in dein Büro, um auf dich zu warten. Ja, dein kleines Vertreterbüro! Da, wo wir nie auftauchen durften! Was war los, hm? Hast du faule Verträge abgeschlossen? Haben sich die Leute beschwert? So klein warst du …« Er zeigte den Abstand mit Finger und Daumen. »SO KLEIN!«

»HALT DEIN FRECHES MAUL!«

Gabor ging jetzt selbst nah an seinen Vater heran. »WAS SONST?! WAS?!«

Sie maßen einander mit hasserfüllten Blicken. Zum ersten Mal wagte sein Vater nicht, ihn zu ohrfeigen, denn zum ersten Mal hätte Gabor zurückgeschlagen. Seine Mutter stürmte ins Wohnzimmer und erstarrte im Türeingang.

Sie sagte nichts.

Gabor trat einen Schritt zurück. »Ich werde Abitur machen.«

Sein Vater zischte: »Raus aus meinem Haus! RAUS!«

Einen Moment war Gabor erschrocken, doch schon, als er aus dem Wohnzimmer ging, um seine Sachen zu packen, spürte er die Erleichterung. Zwanzig Minuten später hatte er eine Sporttasche übergeworfen und verließ das Haus. Sein Vater sah fern, seine Mutter stand im Flur und sah ihn entsetzt an.

Gabor nickte ihr zu. »Schon gut, Mama. Mach dir keine Sorgen.«

Er verließ das Haus.

Stromerte durch die Stadt.

Kam an einer Tanzschule vorbei.

Sah ein Schild: *Aushilfe gesucht*.

Er betrat die Tanzschule und fragte nach der Stelle. Die Besitzerin musterte ihn. Bemerkte die Sporttasche. Und auch seinen Gesichtsausdruck. Gabor war sich sicher, dass sie sofort verstand.

»Kannst du tanzen?«, fragte sie.

»Nein«, antwortete Gabor.

Sie lächelte. »Dann wirst du es lernen.«

37.

Wie lange er auf dem Boden gelegen hatte, wusste Gabor nicht, aber es war noch Nacht, als er wieder zu sich kam. Er hatte hämmernde Kopfschmerzen, übergab sich in die Toilette und kroch dann unter die Bettdecke. Er schlief sofort ein und träumte nicht.

Gegen Mittag erwachte er. Er konnte sich nicht erinnern, wann er das letzte Mal so lange geschlafen hatte, dennoch fühlte er sich nicht erfrischt, sondern eher entkräftet. Er beantwortete keinen Anruf und schaltete das Handy ab. Stattdessen orderte er online Filme, die er immer schon mal hatte sehen wollen, aber für die er nie die Zeit gefunden hatte. Er legte sich aufs Sofa, schaute Filme, bestellte beim Pizzadienst und dachte nicht daran, heute irgendetwas anderes zu machen. Nichts konnte sinnvoller sein als das, was er gerade tat, und er spürte, wie er sich im Lauf des Tages entspannte. Erst spät in der Nacht löschte er zufrieden das Licht.

Es ging ihm besser.

Der Sonntag brachte mieses Wetter, dennoch wollte Gabor keinen weiteren Tag im Bett verbringen, obwohl es sich beinahe aufdrängte. Ihn kitzelte eine Unruhe im Magen: Er musste etwas tun. Und alles, was ihm dazu einfiel, war das Büro. Dort wollte er die Dinge nacharbeiten, die in den letzten Tagen und Wochen liegen geblieben waren.

Er war nicht alleine.

Es gab immer Mitarbeiter von *Clausen & Wenningmeier*, die sonntags im Büro anzutreffen waren, die Kinderlosen, die im Sozialkontakt Schiffbrüchigen, die Ehrgeizigen … Sie alle suchten das ewig brennende Licht des Büros, denn nichts war schlimmer als die häusliche Dunkelheit.

Linda Johannsen klopfte an – Gabor winkte sie zu sich ins Büro.

»Was kann ich für dich tun?«, fragte er.

Sie zögerte kurz, dann fragte sie: »Ziehst du mich von dem Projekt ab?«

Gabor seufzte. »Du weiß, dass das letztlich nicht meine Entscheidung ist.«

Sie nickte wortlos.

»Hast du Blumen bekommen?«, fragte Gabor.

Sie schüttelte den Kopf.

Gabor dachte nach.

»Soll ich etwas tun?«, fragte sie.

»Nein. Wenn du jetzt ein Zeichen von Schwäche zeigst, bist du raus.«

»Okay.«

Einen Moment wägte Gabor ab, dann sagte er: »Halt dich von Becke und Kaltenbach fern.«

Sie sah ihn verwundert an. »Warum?«

Die Idee hatte sich schon vor einiger Zeit aufgedrängt, jetzt schien ihm der Moment günstig, noch etwas Gutes damit zu bewirken. »Ich werde sie opfern und dich retten. Leider wirst du dich dann um eine Bande Wildschweine kümmern müssen, aber ich will lieber selbst entscheiden und nicht auf de Vries warten.«

»Danke.«

»Schon gut. Wenn das alles vorbei ist, gehen wir noch mal tanzen …«

Sie lachte. »Ich werde es keinem sagen, versprochen.«

Dann ging sie.

Gabor schrieb de Vries eine SMS, dass es eine personelle Veränderung in seinem Team geben würde, ihre Arbeit aber ohne Verzögerung weiterginge. Eine halbe Stunde später antwortete de Vries: *Okay*. Gabor war zufrieden. Sollte er nur denken, er habe Linda rausgekickt. Bis sich seine Annahme aufklären würde, wäre seine heimliche Enttäuschung verraucht. Draußen regnete es immer noch, aber Gabor war nicht mehr melancholisch. Becke und Kaltenbach bei nächster Gelegenheit zu feuern, hob seine Stimmung.

Es war die richtige Entscheidung.

Dachte er.

38.

Mit dem Wochenende zog auch das schlechte Wetter vorbei und machte einem strahlend schönen Montag

Platz, an dem man gar nicht anders konnte, als gute Laune zu haben.

Gegen Mittag erschien Gabor in der Schule und fand immerhin vier seiner fünf Tanzschüler vor – nur Felix fehlte. Gabor nahm sich vor, ihn zu Hause aufzusuchen, denn möglicherweise hatten die anderen ihn nicht überreden können, wieder an den Tanzstunden teilzunehmen, möglicherweise wollte er aber auch, dass Gabor sich persönlich bei ihm entschuldigte, wie bei den anderen auch.

Immerhin konnten zum ersten Mal Pärchen gebildet werden, ohne dass jemand zusehen oder mit jemand Gleichgeschlechtlichem tanzen musste. Allerbeste Voraussetzungen also für einen konzentrierten, zielführenden Unterricht.

»Also wer von euch hat sich denn am Wochenende die Tänze im Film angesehen und schon etwas geübt?«, fragte Gabor gut gelaunt.

Lisa brach in Tränen aus und lief von der Bühne. Im nächsten Moment schon hatte sie das kleine Theater verlassen.

»W-was zum Teufel …« Gabor war völlig verwirrt.

Vinnie hob die Hand und sagte: »Ich hab geübt.«

»War mir zu schwul«, maulte Marvin.

Jennifer sagte nichts und trug etwas Lippenbalsam auf. Gabor stand ratlos da, und fragte sich, was er jetzt tun sollte. Ihr nachzulaufen, wäre kein Problem, sich mit ihr zu unterhalten schon. Er winkte Jennifer zu sich und fragte leise: »Sag mal, kannst du vielleicht mit Lisa sprechen? So von Frau zu Frau?«

»Okay, ich seh mal, was ich machen kann«, antwortete Jennifer betont erwachsen und verließ das Theater.

Sie warteten.

Lange.

Was auch immer die beiden zu besprechen hatten, es dauerte ewig. Vielleicht verweigerte Lisa auch bei Jennifer jegliche Auskunft, aber gerade als Gabor auf die Uhr sah und feststellte, dass es heute wieder einmal keinen Unterricht geben würde, kehrte Jennifer zurück, stieg ein paar Treppen in die Zuschauerränge hinauf und winkte Gabor zu sich.

»Also, das ist ein bisschen kompliziert«, flüsterte sie. »Obwohl, so kompliziert nun auch wieder nicht, es geht nur darum, dass du das mit Lisa verstehen musst …«

»Was muss ich verstehen?«, fragte Gabor.

Jennifer sah noch mal zur Bühne, auf der sich die beiden anderen langweilten, aber immerhin nicht anfeindeten.

»Ihr Vater hat ihr den DVD-Player abgenommen und verkauft. Und jetzt soll ich dich fragen, was das Gerät gekostet hat, weil sie es bezahlen will. Sie hat ein bisschen was gespart.«

Gabor stöhnte auf. »Vergiss es. Sie muss nichts bezahlen. Sie soll nur zum Unterricht kommen, dann ist alles okay.«

»Aber sie schämt sich. Sie will nicht wieder herkommen, bis das mit dem Gerät geklärt ist. Das musst du verstehen, Gabi.«

»Das verstehe ich ja auch. Aber sie muss sich nicht schämen, denn sie hat nichts Falsches getan. Bitte sag ihr, dass es in Ordnung für mich ist. Sie kann nichts für ihren Vater, und ich dreh ihr daraus sicher keinen Strick. Sie soll einfach wiederkommen, und wir machen weiter, als ob nichts passiert wäre, ja?«

»Gut, ich sag's ihr«, sagte Jennifer und lief wieder hinaus.

Gabor war wütend. Der besoffene Scheißkerl! Das Schlimmste aber war, dass er Lisa büßen ließ. Das kam Gabor allzu bekannt vor, dafür musste er eine Lösung finden. Nach ein paar Minuten kehrte Jennifer tatsächlich mit Lisa zurück, die verheult aussah und nicht wagte, Gabor anzusehen. Er rief sein Trüppchen zusammen und kündigte eine mögliche Veränderung des Unterrichts an, die er aber noch mit Kathrin besprechen musste. Gabor hatte da eine Idee, wollte sich aber noch nicht dazu äußern, ganz gleich, wie oft Vinnie auch nachfragte.

Die ersten Eltern kamen in das Theater, um die Jugendlichen abzuholen. Camilla grüßte freundlich, was Gabor freute, denn offenbar entspannte sich ihr Verhältnis zueinander. Lisas Pflegemutter und Jennifers

Mutter kamen gleichzeitig an, beide nicht besonders freundlich.

Gabor sprach Jennifers Mutter an: »Hätten Sie vielleicht eine Sekunde für mich?«

Jennifers Mutter beäugte ihn misstrauisch. »Worum geht es denn?«

»Um Jennifer. Ich würde Sie da gerne was fragen.«

Jennifer wich zwei, drei Schritte zurück.

»Hat sie was angestellt?«, fragte Jennifers Mutter.

»Nein, überhaupt nicht.«

»Worum geht es denn dann?«

Gabor überlegte kurz, wie er sich dem Thema nähern sollte. »Nun, gut möglich, dass wir in nächster Zeit auch mal Tagesausflüge unternehmen …«

»Tagesausflüge? Wohin?«

»Unter Aufsicht natürlich. Wir besuchen vielleicht Tanzschulen oder sehen uns Tanzveranstaltungen an, damit die Kinder aus nächster Nähe sehen, wie Bewegungen, die sie hier lernen, in Perfektion aussehen. Ich glaube, das wirkt sich sehr günstig auf die Motivation aus.«

»Wenn Sie dabei sind, klingt das ganz vernünftig.«

»Ich wäre dabei, aber in dem Alter sind die Kids ziemlich selbstständig, und sicher wollen sie mich nicht ständig auf den Fersen haben. Wäre es in Ordnung, wenn Jennifer sich mit den anderen ein wenig freier bewegen kann? Vielleicht eine Cola trinken oder tanzen?

»Was soll das heißen?«, fragte Jennifers Mutter skeptisch.

»Nun ja, in Tanzschulen wird man zum Tanzen aufgefordert. Da muss ich nicht direkt danebenstehen. Die Jugendlichen sollen sich selbstständig ausprobieren.«

»Das kommt nicht in Frage! Jennifer kann mit der Gruppe unter Ihrer Aufsicht sein. Aber auf keinen Fall alleine. Haben Sie mich da verstanden?«

»Ja, habe ich. Aber ich gebe zu bedenken, dass sie bald sechzehn Jahre alt wird. Wenn sie sich später mal zurechtfinden soll, dann muss sie irgendwann auch mal damit anfangen.«

»Ach tatsächlich? So wie letztens beim *Eis essen* vielleicht?«

»Das war ein Unfall. Von mir verschuldet.«

»Und wie viele Unfälle soll es noch geben? Jennifer ist ein besonderes Kind. Und besondere Kinder brauchen besondere Aufmerksamkeit. Und wenn Sie die nicht garantieren, dann wird sie auch nicht mehr zum Tanzunterricht kommen!«

Das hatte Jennifer gehört. Sie rief erschrocken: »Oh nein, bitte nicht!«

Gabor machte eine kleine, beschwichtigende Handbewegung in ihre Richtung und antwortete: »In Ordnung. Aber ich denke, es ist immer gut, wenn man diese Dinge anspricht, finden Sie nicht auch?«

Sie musterte ihn argwöhnisch, nahm das Friedensangebot aber an: »Gut, wir haben drüber gesprochen. Und Sie werden sich bitte an meine Anweisungen halten. Wir wissen am besten, was gut für unsere Tochter ist und was nicht. Das werden Sie bitte respektieren.«

Gabor nickte.

Sie wandte sich um und verließ energisch das Theater. Jennifer kam bedröppelt auf ihn zu. »Kann man nichts machen.«

»Ich hab's versucht, Jennifer.«

»Ja, ich weiß. Danke. Ist vielleicht auch besser so.«

Sie verließen alle das Theater.

39.

Gabor hatte mit mehr Widerstand gerechnet, wenigstens aber mit Skepsis, wie sonst auch, wenn er Kathrin Vorschläge unterbreitete, wobei diese zugegebenermaßen meist egoistischer Natur gewesen waren. Diesmal jedoch versuchte er nicht, für sich selbst etwas rauszuholen, sondern nur für Marvin und Lisa, was möglicherweise auch der Grund war, dass sie gleich zusagte, sich für die beiden einzusetzen und die Eltern anzurufen.

Unter dem Vorwand *Erlebnisreisen* würde es Extra-Unterricht für Marvin und Lisa in Gabors Penthouse geben, damit die beiden dort die Chance hatten, die DVDs zu sehen und Schritte nachzutanzen. Gabor schlug vor, die beiden nach Hause zu fahren, wann immer dieser Sonderunterricht länger lief, sodass sich keines der Elternteile bemühen musste.

Auch damit war Kathrin einverstanden. Zu Gabors großer Verwunderung hatte sie keinerlei pädagogische Einwände, was die Lüge betraf. Im Gegenteil: Sie war ganz angetan. Eine Schwester im Gemauschel. Und Gabor fand einmal mehr, dass Kathrin ihr pädagogisches Diplom entweder in Palermo oder Pjöngjang gemacht haben musste.

Zurück im Büro rief er Becke und Kaltenbach zu sich und eröffnete ihnen, dass ihre Verträge nach Ende der Probezeit nicht verlängert würden. Sie fielen beide aus allen Wolken, was Gabor in seiner Entscheidung nur bestätigte. Berater, die eine Gefahr nicht einmal wahrnahmen, waren völlig fehlbesetzt in ihrem Gewerbe. Er begründete seinen Entschluss nicht besonders ausführlich, sondern verwies schlicht darauf, dass er mit den Leistungen nicht zufrieden war und darüber hinaus glaubte, dass sie woanders besser aufgehoben wären. Er würde ihnen jedenfalls keine Steine in den Weg legen und ihnen ein gutes Zeugnis ausstellen, was, wie alle Beteiligten wussten, eine Farce war, denn sie mussten nach der Probezeit gehen – welches wohlformulierte Zeugnis sollte diesen Umstand kaschieren?

Sie verließen Gabors Büro wütend. Machten sich Gedanken darüber, was sie jetzt tun konnten. Welche

Kontakte sie hätten, um vorzeitig zu wechseln, haderten mit dem Umstand, dass David Fitz nicht mehr da war, denn der hätte sie geschützt.

Am Abend betranken sie sich, und als der Pegel den Mut wie eine Boje aus dem Niedrigwasser gehoben hatte, schworen sie Rache. Sie wussten zwar nicht wie, aber wenn es eine Chance gab, Gabor zu schaden, würden sie diese nicht ungenutzt lassen.

Und ihre Chance sollte kommen.

Den nächsten Unterrichtstag verlegte Gabor kurzerhand in sein Penthouse. Der Luxus, die Weite des Raumes, die tolle Aussicht und die totale Sauberkeit, für die Gabors Putzfrau zweimal die Woche sorgte, machten gewaltigen Eindruck. Selbst bei Jennifer, die zwar aus wohlhabendem Elternhaus kam, deren Zuhause aber bei Weitem nicht so stylish war wie das von Gabor. Das war eine Wohnung, in der auch Beyoncé hätte leben können, jedenfalls eine, in der sie auch mal leben wollte.

Gabor zeigte alles her und erreichte bei Vinnie, dass er auf jeden Fall Unternehmensberater werden wollte, bei Jennifer, dass sie einen heiraten wollte, und bei Marvin immerhin, dass Unternehmensberater vielleicht doch nicht schwul waren. Lisa schwieg wie immer, aber an ihren Augen war abzulesen, wie unglaublich aufgeräumt sie das Penthouse fand. Sie, die Tochter der Müllkönigin und jetzige Bewohnerin eines kleinen Hexenhauses, hatte sich nicht vorstellen können, dass man auch *so* leben konnte.

Das Bad, dessen polierter Feinstein nur so blitzte, mit der ebenerdigen Dusche, dem riesigen Spiegel, den beiden Waschbecken und dem Whirlpool, blieb nicht ohne körperliche Wirkung bei Marvin. Kurz entschlossen, nestelte er an seinem Gürtel herum und sagte: »Ich muss mal scheißen!«

Vinnie blickte Gabor an und sagte schnell: »Ich muss auch mal scheißen!«

»Wirklich?«, stöhnte Gabor genervt.

»Ich zuerst!«, bestimmte Marvin.

Und schon gab es Gedrängel in der Tür, und Vinnie rief: »Wir losen!«

»Hier scheißt keiner rein, klar?«, sagte Gabor.

Aber Marvin ließ sich nicht beirren und watschelte bereits auf Toilette und Bidet zu, während er die geöffnete Hose mit den Händen festhielt. Er drehte sich um und sagte: »Wenn ihr da stehen bleiben wollt … bitte. Mir ist es egal. Ich kann auch mit Publikum.«

Die Kids wandten sich angewidert ab. Niemand zweifelte an Marvins Worten, auch wenn niemand seine Brüder kannte, die sich aus solchen Situationen stets einen besonderen Spaß gemacht hatten.

»He, Marvin, das da links ist ein Bidet«, erklärte Gabor.

Marvin sah ihn sauer an. »Ich bin zwar doof, Gabi, aber ich weiß, wie ein Klo aussieht, okay?«

»Okay.«

Gabor schloss die Tür, dann klopfte er noch mal betont hektisch an die Tür und rief dramatisch: »Nimm das rechte, Marvin! Das rechte!«

Aus dem Inneren donnerte es: »Halt's Maul, Gabi!«

Gabor grinste seine Tanzkids an und sagte: »Das war's wert!«

Die vier grinsten zurück.

Während Marvin stille und sehr zufriedene Minuten auf dem schönsten Klo der Welt verbrachte und nicht darüber nachdenken musste, sich mit seinen verrückten Brüdern auseinanderzusetzen, nahmen Gabor und die Kids vor dem großen Flatscreen Platz, tranken Cola, während Gabor ein paar seiner DVDs durchforstete in der Hoffnung, etwas zu finden, was seiner Truppe vielleicht Spaß machen könnte.

Aus einem Impuls heraus legte er eine DVD ein, die er eine ganze Weile gern gesehen hatte und die er immer noch mochte, bei der er aber wenig Hoffnung hatte, dass sie bei den Kids gut ankommen würde. Zu altmodisch erschien ihm der Tanz, zu erwachsen, vielleicht auch zu gewagt, aber die Vorstellungen der fünf waren so verschieden, dass er dachte: Warum nicht?

Er schaltete den Fernseher ein und ließ die Musik über die Sourroundanlage laufen. Zu sehen war ein

Paar. Ein Mann im Anzug, eine Frau im Kleid und mit hohen Absätzen, beide sehr schön. Sie tanzten in einer leer geräumten Werkhalle vor einer riesigen Fensterfront, durch die milchiges Licht einfiel und Schatten auf ihre Gesichter warf, während Bass und Akkordeon den typisch abgehakten Rhythmus eines Tangos spielten. Die beiden Tänzer umschlichen sich, kamen sich sehr nah, um im nächsten Moment wieder wie gleich gepolte Magnete voneinander abzuprallen. Und doch suchten sie sich, spielten mit Anziehung und Ablehnung gleichermaßen.

Die Kids starrten gebannt auf den Fernseher.

Alles war in Schwarz-Weiß gedreht, sodass die Tänzer mal sehr gut zu sehen waren, mal ganz im Schatten verschwanden. Es wirkte einstudiert und gleichsam improvisiert, da war eine große Vertrautheit zu spüren, sodass man einfach annehmen musste, dass die beiden auch über den Tanz hinaus ein Paar waren. Immer wieder suchten ihre Lippen die seinen, doch zum Kuss kam es nie. Sie wirbelte davon, er jagte ihr nach, holte sie ein. Ihr Bein strich an seinem entlang, umschlang es, doch schon im nächsten Moment wandte sie sich ab, wurde von ihm fast schon harsch wieder herumgedreht, lag in seinem Arm. Und wieder stießen sie sich ab und suchten sich aufs Neue.

Das Video verklang und startete wieder, diesmal jedoch mit einer ganz anderen Musik. Sehr modern, mit schnellen Bassläufen, aber dennoch als Tango zu erkennen, denn das Akkordeon setzte auch bei diesem Stück die typischen Akzente. War die erste Musik noch langsam, dramatisch, hatte vielleicht sogar einen Hang zur Traurigkeit, so kehrte sich das neue Stück ins Gegenteil: Die Musik war fröhlich, dynamisch und hatte sehr schnelle Beats.

Der Tanz hingegen war derselbe geblieben – es war das gleiche Video der beiden Tänzer in der Werkhalle, doch zur allgemeinen Überraschung passte ihr Tanz auch zur schnellen Melodie. Vielleicht sogar noch besser, denn Gabor sah die vier vor dem Fernseher jetzt nicht nur gebannt zuschauend, sondern auch mitwippen. Wer hätte gedacht, dass sie sich von einem Tango so einfangen ließen?

Das Lied verklang, Gabor stoppte die Aufnahme und hörte hinter sich Marvin sagen: »Das war ja cool!«

Gabor drehte sich zu ihm um. »Gefällt es dir?«

Marvin nickte.

»Und was ist mit euch?«, fragte er die anderen.

»Sah das toll aus!«, meinte Jennifer. »Und diese Frau da kann tausend Mal besser tanzen als Beyoncé.«

»Kannst du uns das beibringen?«, fragte Vinnie.

»Ja klar, wenn ihr wollt?«, antwortete Gabor.

Sie stimmten alle zu.

Gabor sah zu Marvin. »Was ist mit dir? Ist Tango okay für dich? Ist ziemlich macho, weißt du?«

»Tango ist okay«, antwortete Marvin.

Gabor klatschte zufrieden in die Hände. »Alles klar, Freunde. Dann also Tango!«

40.

Es hatte noch für ein paar Grundschritte gereicht, ein wenig DVD gucken, ein wenig Cola trinken und in Vinnies Fall: eine lange Sitzung. In jedem Fall hatte er ein beschwingtes Grüppchen zurück in die Schule gefahren, selbst Marvin hatte sich nicht nur weitere Tanzschmähungen verkniffen, sondern war angetan von dem Supertänzer, der die Kleine ganz schön durch den Raum gewirbelt hatte. Gabor war sicher, dicsmal das Richtige für die Truppe gefunden zu haben. Diesmal konnten sie tatsächlich so etwas wie einen Unterricht aufbauen und vielleicht auch bald schon Lernerfolge erzielen.

Im Büro angekommen ließ er leise über den Computer Tangomusik laufen, schwamm wie eine Ente auf einem See voller Arbeit und tauchte dann und wann hinab, um mit Excel-Tabellen, Strategieentwürfen oder Firmen- und Aktienrecht wieder hochzukommen. Seine Beute speicherte er als Datei ab, tauchte, kehrte mit noch mehr Daten zurück. Die Musik lief bereits das dritte Mal hintereinander durch, als plötzlich Ferdinand Clausen vor seinem Schreibtisch stand – er hatte ihn überhaupt nicht reinkommen gehört.

»Sie sind fleißig?«, fragte Clausen freundlich.

»Einer muss es ja sein«, sagte Gabor und lächelte. »Setzen Sie sich. Was kann ich für Sie tun?«

Clausen machte eine unbestimmte Handbewegung. »Nichts, ich dachte, ich schau mal vorbei und frage, wie es so läuft.«

»Einen Drink?«, fragte Gabor.

Clausen nickte. Gabor stand auf und öffnete eine kleine in einem Schrank versteckte Bar. Etwas stimmte nicht, und er nutzte die Zeit, die es brauchte, zwei Drinks vorzubereiten, um darüber nachzudenken, was es sein konnte. Clausen schaute nicht einfach mal so vorbei. Er war auch nicht der Mann, der sich mit einer kleinen Plauderei die Zeit vertrieb oder freundschaftlich Kontakt pflegte.

Gabor servierte ihm und sich einen trockenen Martini, weil er wusste, dass Clausen ihn mochte. Dann setzte er sich wieder und prostete ihm zu. Sie tranken beide einen kleinen Schluck und stellten die Getränke wieder ab.

»Ich wollte heute mit Ihnen zum Lunch«, begann Clausen.

»Und ich war nicht da.«

»Richtig. Ein Auswärtstermin?«

»Ja. Warum fragen Sie?«

»Nun, ich wollte letzte Woche auch schon mit Ihnen zum Essen, aber da waren Sie auch nicht da. Und Ihre Assistentin konnte mir nicht sagen, wo Sie stecken.«

»Das war Pech, Herr Clausen.«

Der nickte und musterte Gabor genau. »Ich kam nicht umhin zu bemerken, dass es im Kalender Ihrer Assistentin eine ganze Reihe von Mittagsterminen gibt, die Sie geblockt haben …«

Gabor hielt dem Blick stand. Schwieg einen Moment. Dann fragte er: »Worum geht es, Herr Clausen? Sind Sie mit meinen Leistungen nicht mehr zufrieden?«

»Nicht doch, Herr Schoening. Verzeihen Sie mir. Ich bin nur ein alter Mann, der Sie zweimal verpasst hat. Denken Sie nicht weiter drüber nach.« Er erhob sich. »Danke für den Drink. Wie wäre es morgen mit einem Lunch?«

Gabor war auch aufgestanden und sagte: »Sehr gerne, Herr Clausen.«

Er verschwand ebenso leise, wie er gekommen war. Die Warnung war unüberhörbar gewesen – Gabor musste auf der Hut sein. Er rief seine Assistentin zu sich. »Sonja, Sie entfernen sofort meine Mittagstermine aus Ihrem Kalender. Behalten Sie sie im Kopf, und seien Sie bitte vorsichtig, wen Sie in Ihre Unterlagen reinschauen lassen.«

»Was sage ich Herrn Clausen, wenn er fragt?«

»Nichts«, beschied sie Gabor.

Der Tag verging, ein neuer kam.

In Gabors Terminkalender und in dem seiner Assistentin gab es nichts Verdächtiges mehr zu sehen. Es fand ein morgendliches Meeting statt, um sich wechselseitig in Sachen *Reos* auf den neusten Stand zu bringen. Becke und Kaltenbach fehlten, Linda Johannsen, Henning Bauer und ihr Prokurist Dr. Meixner gingen zügig die wichtigsten Punkte durch. Probleme gab es keine, es lief sogar überraschend rund, denn alle arbeiteten mit höchstem Einsatz, sogar Bauer, der seine Kinder nur noch schlafend zu sehen bekam.

Gegen 13 Uhr stand Clausen in Gabors Büro, wieder so leise, dass Gabor erschrak und Clausen bat anzuklopfen, es sei denn, er wolle Gabors Posten bald neu besetzen, weil der in ein frühes Grab gefahren war. Clausen verstand den scherzhaften Wink und versprach, sich in Zukunft frühzeitig bemerkbar zu machen.

Der Lunch selbst verlief harmonisch, wie immer bei Clausen, dessen Manieren vorbildlich waren. Das Essen war exquisit, der Wein passend – beide sahen siegessicher in die Zukunft. Diese *Reos*-Sache lief fantastisch, möglicherweise, bemerkte Clausen, könnte er sich doch schon früher aus der Firma zurückziehen. Daran glaubte Gabor nun nicht, aber es freute ihn, dass Clausen viel von ihm hielt. Und er hatte recht: Was sollte jetzt noch schiefgehen?

Gabors Handy klingelte.

Gabor kannte die Nummer nicht, aber er nahm das Gespräch an. »Schoening?«

»Gabi? Bist du das?«

Gabor sah erschrocken zu Clausen, der an seinem Nachtisch pickte, und räusperte sich verlegen. »Ja?«

»Ich bin's, Jennifer!«

Woher hatte sie denn seine Nummer? Dann dachte er grimmig: Dieser gipsbeinige Zwergteufel! Er rief ein wenig zu laut: »Oh, wie schön von Ihnen zu hören!«

»Warum redest du denn so komisch?«

»Was kann ich für Sie tun?«, fragte Gabor.

Clausen betrachtete ihn mittlerweile aufmerksam.

»Du musst mich doch nicht siezen, Gabi!«, protestierte Jennifer.

»Aber natürlich, darüber können wir reden«, antwortete Gabor.

»Worüber können wir reden?«, fragte Jennifer.

»Warum rufen Sie mich nicht gleich im Büro an?«, fragte Gabor.

»Warum? Du bist doch dran«, antwortete Jennifer.

Gabor wurde langsam sauer. Wie konnte man denn nur so begriffsstutzig sein? »Ah, verstehe. Kann ich Sie denn gleich zurückrufen?«, fragte er.

»Wenn du willst. Ich kann's dir aber auch gleich sagen.«

»Dann sag es!«, zischte Gabor. Es war ihm so plötzlich wie der Korken einer geschüttelten Champagnerfalsche über die Lippen gesprungen. Jetzt lächelte er Clausen verlegen an. Der runzelte die Stirn. Was war denn das für ein Ton?

Gabor sprang auf und verließ den Tisch. »Herrgott, Jennifer! Ich sitze hier mit meinem Chef zusammen! Was gibt es denn?«

»Er hat mich gefragt!«, jubilierte sie.

Gabor konnte sie geradezu hüpfen sehen.

»Wer? Dieser Junge?«

»Tim, ja, der! Er hat mich gefragt, ob wir mal einen Kaffee trinken gehen! Wahnsinn, nicht?«

Jetzt musste Gabor lächeln. »Sehr schön. Gratuliere.«

»Was mache ich denn jetzt?«, fragte Jennifer hektisch.

»Was sollst du schon machen, Jennifer? Du musst ihm leider absagen. Du hast deine Mutter gehört.«

Einen Moment Schweigen am anderen Ende der Leitung.

»Ja, stimmt …« Sie klang extrem enttäuscht. »Hab ich vergessen.«

»Nimm es als Kompliment!«

»Hmm.«

Zwei unbestimmte Laute, aber er konnte hören, wie ihre Hoffnung von einem Sturm der Frustration hinweggefegt wurde. »Ich finde es aber gut, dass du mich angerufen hast. Wirklich«, versuchte Gabor, sie zu trösten.

Wieder Schweigen.

»Jennifer? Es gibt bestimmt noch andere Gelegenheiten.«

»Ach Gabi, mich hat noch nie jemand gefragt … Ich

hab mich so gefreut. Mein Herz rast immer noch, weißt du?«

Gabor seufzte leise.

Dann sah er sich kurz um, als fühlte er sich beobachtet, und flüsterte: »Okay, pass auf, Jennifer … Sag zu! Aber es muss unser Geheimnis bleiben, okay?«

Kreischen am anderen Ende. Wahrscheinlich auch Hüpfen – die Geräuschentwicklung war enorm. Gabor grinste von einem Ohr zum anderen.

»DANKEDANKEDANKE! DU BIST DER ALLERCOOLSTE!«

»Ja, ja, schon gut. Wann soll denn das Date sein?«, fragte Gabor, stellte das iPhone laut und rief die Kalenderfunktion auf.

»In einer halben Stunde!«, kreischte Jennifer.

Gabor wirbelte herum, sah Clausen Espresso trinken und dachte nur: Ach du Scheiße!

41.

Ferdinand Clausen war nicht mal überrascht, als Gabor bat, ihn zu entschuldigen. Einen Moment lang fragte sich Gabor, ob er ihm eine Erklärung schuldete, entschied sich aber dagegen. Clausen ahnte bereits, dass es privat war, dabei wollte er es belassen. Ärgerlich war es in jedem Fall, denn Gabor spürte, dass Clausen ihn trotz aller Wertschätzung im Auge behalten würde.

Gabor fuhr zum Reiterhof, wo eine sehr ungeduldige Jennifer bereits auf dem Parkplatz erwartete.

»Wo bleibst du denn?«, fragte sie und stieg gleich ins Auto.

»Entschuldigung, ich musste erst noch meinen Chef versetzen, damit ich dir voll und ganz zu Diensten sein kann!«, antwortete Gabor.

»Egal, wir müssen los. Kennst du das Strandcafé am Fluss?«, fragte sie hektisch.

»Ja. Aber warum trinkt ihr nicht hier eine Cola zusammen? Hier gibt es doch auch ein kleines Café.«

Jennifer sah ihn an, als hätte Gabor den Verstand verloren. »Spinnst du? Vor allen Leuten?!«

»Na gut, nächster Halt: Strandcafé.«

Er legte den Gang ein und fuhr los. Jennifer schaute auf die Uhr und sagte besorgt: »Nur noch fünf Minuten. Sind wir in fünf Minuten da?«

»Nein.«

»Wann denn?«

Gabor verzog das Gesicht. »Weiß nicht. In zwanzig Minuten?«

»WAS? Dann komme ich ja voll zu spät!«

»Eine Dame darf das«, antwortete Gabor ruhig.

»Wenn er weg ist, nur weil ich zu spät komme, dann ist das *deine* Schuld!«

Gabor seufzte, verkniff sich aber eine Antwort. Jennifer klappte den Schminkspiegel herunter und legte neues Lipgloss auf, eine weitere Schicht von wenigstens fünf, die mit Sicherheit schon drauf waren.

»Du siehst gut aus«, versuchte Gabor, sie zu beruhigen.

»Findest du? Ich ess seit zwei Tagen nur noch Rohkost. Findest du, dass man das schon sieht?«

Gabor blickte kurz zu ihr hinüber. Sie sah aus wie immer.

»Oh ja, jetzt, wo du es sagst.«

»Echt?«

»Hmm.«

»Was glaubst du, wie schnell man ungefähr … vierzig Kilo loswird?«

»Weiß nicht. Zwei Jahre?«

»WAS?! Ich dachte zwei Monate!«

»Jennifer, jetzt beruhige dich mal. Er hat dich auf eine Cola eingeladen. So wie du bist. Das heißt, er mag dich so, wie du bist. Alles andere sehen wir später, okay?«

»Okay.«

Sie erreichten schließlich das Strandcafé am Fluss, aber ohne ein weiteres Gespräch, weil Jennifer voll und ganz damit beschäftigt gewesen war, das Beste aus sich herauszuholen. Sie parkten und konnten ihn von ihrer Position in einer Ecke der Terrasse sitzen sehen: Tim. Er tippte auf seinem Smartphone herum.

»Das ist er«, flüsterte Jennifer ehrfürchtig.

»Siehst du, er hat gewartet. Viel Spaß!«, antwortete Gabor.

»Was soll ich denn sagen?«, fragte Jennifer.

»Lass ihn reden. Und entschuldige dich nicht fürs Zuspätkommen.«

»Nein?«

Gabor nickte. »Vertrau mir. Geh hin, lass ihn plaudern. Der soll sich ruhig ein bisschen anstrengen, schließlich hat er dich gefragt und nicht umgekehrt. Lach nicht über jeden Witz, nur über die guten. Und sollte er dich länger ansehen, fährst du dir einfach mal mit der Hand durchs Haar. Langsam. Wenn er noch ein Date will, sagst du: Du überlegst es dir. Lass ihn tanzen!«

»Er soll tanzen?«, fragte Jennifer.

»Ich meine, er soll die Initiative ergreifen. Du bleibst ruhig und siehst dem Spiel einfach zu.«

»Okay. Danke, Gabi!«

»Schon gut. Jetzt mal los. Ich warte hier.«

Sie zögerte mit dem Aussteigen, wandte sich Gabor wieder zu und umarmte ihn hektisch. Dann stieg sie schnell aus dem Auto und lief los.

Gabor schaltete Musik ein, ließ sie leise laufen, während er eine Weile Jennifer und Tim auf der Terrasse beobachtete. Irgendwann fuhr Jennifer sich mit der Hand durchs Haar. Viel hatte Gabor von diesem Jungen noch nicht gesehen, aber es schien Gabor, dass er nicht besonders nervös war. Vielleicht hatte er größere Erfahrung mit Dates, vielleicht aber auch nur einen Mentor, der ihm vorher ein paar Tipps gegeben hatte.

Gabors Blick löste sich von den beiden, streifte die Uferböschung, Wellen und Strömung schaukelten seine Aufmerksamkeit davon, bis ihn die Erinnerungen in ein weites Land davontrugen, in eine Zeit, in der er ein anderer war, auf eine Insel nördlich des Polarkreises, ein kleines Dorf mit nicht einmal neunzig Einwohnern: Grímsey. An schönen Tagen konnte man das nördliche Festland von Island sehen, die schneebedeckten Gipfel, die grauschwarze arktische See und feuerrote Sonnenuntergänge, deren orangerotes Licht auch im Hochsommer faszinierend kalt leuchtete.

Er sah sich selbst auf einem kleinen Fischerboot in den Hafen einlaufen, Bryndis winkte ihm vom Steg zu und machte ein Foto, als sie anlegten. Jón, ihr Mann, war noch nicht lange tot, Gabor hatte gerade sein Abitur in der Tasche und packte mit an. An der Kaimauer standen die wenigen Kinder der Bewohner mit Handangeln und zogen fast minütlich große Steinbeißer aus dem Hafenbecken. Hässliche schwarze Fische, die sie abends essen würden und die köstlich waren.

Man konnte mit dem Boot oder der Fähre nach Akureyri übersetzen, wenn die See es zuließ, und wenn nicht, dann wartete man. Es gab Zeit auf Grímsey. Es schien, als wäre das der Ort, an dem Trolle und Feen unentwegt Stunden, Minuten und Sekunden anfertigten, die sie heimlich über die ganze Insel verstreuten, sodass sommers wie winters immer genügend davon da waren. Niemand hatte es eilig, niemand musste noch irgendwohin oder etwas tun, was nicht auch an einem anderen Tag hätte erledigt werden können.

Stille und Weite.

Sterne und Nordlichter.

Seevögel und Fischreichtum.

Gabor sprang vom Boot, vertäute es am Steg, nahm Bryndis lachend in den Arm und rief auf Englisch: »Wir haben viel rausgeholt!«

Bryndis lächelte und streichelte ihm kurz über die Wange. »Der Winter kommt bald, Gabor.«

»Ja, ich weiß. Viel Zeit, die Netze zu flicken.«

»Aber du musst wieder zurück nach Deutschland …«

Es war, als hätte Gabor eine von diesen Wellen erwischt, die an der Bordwand brachen und in einer weißen Gischtwolke über das Boot rauschten. Er schüttelte trotzig den Kopf. »Nein, es gibt noch so viel zu tun!«

»Im Winter gibt es nicht viel zu tun. Du musst zurück.«

»Aber warum denn?«, fragte Gabor enttäuscht.

»Weil dein Weg ein anderer ist, Gabor.«

»Woher weißt du das?«, beharrte Gabor. »Ich könnte hierbleiben. Es gefällt mir hier!«

Bryndis nahm seine Wangen in beide Hände. »Du bist kein Fischer. Du gehörst nicht auf ein Fischerboot.«

Gabor schwieg. Er wollte nicht zurück. Er wollte für immer auf Grímsey bleiben. Bryndis gab ihm einen Kuss auf die Wange. »Es bricht mir das Herz, Gabor, aber wenn du hierbleibst, verspielst du deine Zukunft.«

»Ich will nicht.«

»Geh, Gabor, bitte. Eines Tages wirst du mir dankbar dafür sein. Nur eines musst du mir versprechen: Vergiss mich nicht. Vergiss Grímsey nicht.«

Gabor schreckte auf, als die Beifahrertür ins Schloss fiel. Er blickte in Jennifers glänzende Augen. Einen Moment war er wie benommen, dachte Bryndis würde ihn so anlächeln, aber dann fand er zu sich.

»Hast du geträumt?«, fragte Jennifer fröhlich.

»Ja, so ähnlich.«

»Weinst du etwa?«

»Ist 'ne Erkältung. Da tränen mir ständig die Augen.«

Aber Jennifer war an Gabors Ausreden nicht weiter interessiert, denn gerade ging Tim an ihrem Auto vorbei. Sie winkte ihm zu – er winkte zurück. Gabor sah ihn zum ersten Mal aus der Nähe, und dieser Tim gefiel ihm nicht. Er sah sehr gut aus, und da war ein so arroganter Zug um seinen Mund, dass Gabor sich instinktiv fragte, was er mit einem Mädchen wie Jennifer vorhatte. Der Junge war ein Teenieschwarm. Gabor war sich sicher, dass der keinen Mentor für Dates brauchte.

Jennifer sah ihm nach. Er stieg auf eine Vespa und brauste davon. Dann grinste sie Gabor an und sagte:

»Ist er nicht süß? Und weißt du was? Der ist schon achtzehn!«

Gabor nickte und sagte streng: »Versprichst du mir etwas?«

»Klar.«

»Triff dich niemals mit ihm, ohne dass ich davon weiß. Niemals, okay?«

Jennifer war ein bisschen erschrocken, dann aber lächelte sie wieder glücklich und sagte: »Alles klar. Versprochen.«

42.

Am nächsten Tag schien sich alles gegen Gabor verschworen zu haben: Ein Telefonat jagte das nächste, seine Mitarbeiter sägten mit Fragen aller Art an seinem Zentralnerv, und zu allem Überfluss stürzte ein Programm ab und zerstörte die Arbeit von vier Stunden. Gabor war hungrig, gereizt und wollte nur noch eines: raus aus diesem Irrenhaus.

Zum ersten Mal war ihm der Tanzunterricht eine willkommene Abwechslung, denn die nächsten knapp zwei Stunden hatte er es zwar auch mit Begriffsstutzigen zu tun, aber die hatten wenigstens einen guten Grund dafür, ihn mit Dingen zu quälen, die sie eigentlich wissen sollten. Er dachte an Vinnie und seinen Wunsch, Unternehmensberater zu werden, und schmunzelte. Mit ihm als Mitarbeiter wäre es auch nicht schlimmer. Nur lustiger.

Auf dem Weg zur Schule hielt er an einer Bäckerei und kaufte ein belegtes Baguette. Er biss zweimal während der Fahrt hinein, packte es aber wieder weg, als er beinahe jemandem hinten reingefahren wäre.

Er war früh dran, machte Licht im kleinen Theater und legte eine Tango-CD ein: ein Mix aus Modernem und Traditionellem, damit die Kids am eigenen Leib spürten, dass der Tanz, wie sie ihn auf der DVD gesehen hatten, auch für sie in verschiedenen Melodien möglich war.

Jennifer war die Erste, gleich hinter ihr kam Vinnie dazu. Sie winkte Gabor aufgeregt zu und verzog sich mit ihm in die hinteren Zuschauerreihen. Ihre Augen glänzten immer noch wie am gestrigen Tag. Gabor hatte das Gefühl, das Licht im Theater löschen zu können und man würde sie immer noch sehen.

»Er hat mir eine SMS geschickt!«, flüsterte sie aufgeregt.

»Aha. Und was schreibt er so?«

Jennifer blickte sich noch mal im Raum um, um sicherzugehen, dass sie auch niemand beobachtete, dann zückte sie ihr Smartphone und zeigte ihm die SMS.

Hallo, Jennifer, war ein toller Nachmittag mit dir! Sollten wir mal wiederholen. Tim.

»Er will sich noch mal treffen!«, jubilierte Jennifer.

Gabor nickte stumm. Er wusste, wenn er ihr jetzt sagte, dass er Tim nicht traute, dann würde er nur erreichen, dass sie ihn vehement verteidigte. Und sie würde wütend auf ihn sein. Wie sollte er ihr außerdem beibringen, dass er glaubte, dass er zu gut für sie aussah? Denn Jennifer war eigentlich ein hübsches Mädchen, sie war nur eben ziemlich dick. Und als er jung war, gingen Teenieschwärme nicht mit dicken Mädchen aus.

Oder sah er nur Gespenster? Er hatte keine Ahnung, wie junge Leute heutzutage so drauf waren. Zuweilen las man über sie, dass sie treuer waren, ernsthafter, viel konsequenter ihre Zukunft planten. Es waren andere Zeiten – so viel stand fest. Aber gab es nicht Dinge, die sich niemals änderten?

»Das ist gut«, antwortete Gabor schließlich.

»Ja, finde ich auch!«, rief Jennifer. »Was mache ich jetzt?«

»Du solltest herausfinden, ob er es ernst meint«, sagte Gabor vorsichtig.

»Okay, und wie mache ich das?«

»Nicht antworten. Warten wir ab, ob noch mehr kommt.«

»Nicht antworten?«, fragte Jennifer enttäuscht.

»Ja, lass ihn ein wenig zappeln.«

»Und wenn er sich dann nicht mehr meldet?«

»Dann weißt du, dass er es nicht ernst gemeint hat.«

Jennifer schwieg einen Moment – sie wirkte verlegen.

»Was?«, fragte Gabor.

»Ich hab schon geantwortet.«

»Und was hast du geschrieben?«, fragte Gabor.

»Dass ich den Nachmittag auch schön fand«, sagte Jennifer.

»Das war alles?«

»Ja, das war alles. Ich schwöre!« Sie hob zur Bekräftigung zwei Finger ihrer rechten Hand.

»Okay, nicht so wild. Dann halt dich ab jetzt mal zurück.«

Sie nickte. »Okay. Danke, Gabi.«

»Ach was, geht aufs Haus.«

»Hä?«

Gabor winkte ab. »Egal, komm, wir tanzen.«

Sie kehrten zur Bühne zurück. Mittlerweile waren auch Lisa und Marvin da und hatten sich auf die Bühne gesetzt. Gabor suchte die Papiertüte mit seinem angebissenen Baguette und fand sie leer vor. Stirnrunzelnd sah er sich um. Dann blickte er von Lisa zu Vinnie, zu Marvin und wieder zurück zu Vinnie: Auf seinem Shirt waren jede Menge Krümel verteilt. Dazu wippte er auffällig unauffällig zur Musik und betonte mit dem Gesichtsausdruck eines Musterschülers seine totale Unschuld.

»Vinnie?«

»Ja?«

»Ich suche mein Baguette.«

»Welches Baguette?«, fragte Vinnie immer noch mit Engelsmiene.

Gabor hielt die leere Tüte hoch. »Das, was hier drin war.«

»Da war ein Baguette drin?«, fragte Vinnie.

»Ja, zweimal angebissen.«

»Also ein gebrauchtes«, stellte Vinnie fest, als ob das irgendetwas an dem Umstand änderte, dass er es gegessen hatte.

»Hast du es gegessen?«

»Was denn?«

»Das Baguette.«

»Das gebrauchte?«

»Ja.«

»Nein.«

Gabor seufzte. Er hatte Hunger. Genau wie Vinnie offenbar. Es war nicht das erste Mal, dass er wie ein Wolf über das Essen hergefallen war. In dem Alter hatte man ständig Hunger, aber bei Vinnie schien es ihm ziemlich auffällig, dass er jedes Mal, wenn er ihn sah, völlig ausgehungert zu sein schien. Bekam er nicht genug zu Hause?

Gabor verbot sich den Gedanken. Er hatte sich bei Vinnies Mutter schon einmal gewaltig in die Nesseln gesetzt. Und doch: Hier stimmte etwas nicht! Gabor zerknüllte die Papiertüte. »Na gut, dann wollen wir mal. Wo ist Felix?«

»Felix kommt nicht mehr«, sagte Vinnie.

Jetzt wurde Gabor langsam sauer. »Ehrlich, wie kann man nur so empfindlich sein? Ihr habt mir doch auch verziehen, warum kann Felix das nicht? Ich glaube, der hat einfach keinen Bock mehr, dieser … Verpisser!«

Vinnie schüttelte den Kopf. »Deswegen nicht, Gabi.«

»Weswegen dann?«

»Der nippelt bald ab.«

Für einen Moment dachte Gabor, er hätte sich verhört, doch dann sah er auch die anderen nicken. »W-was?«, fragte Gabor konsterniert.

»Frau Bendig hat es uns heute gesagt«, antwortete Vinnie. »Felix kommt nicht mehr zurück.«

TRICKS

43.

Wieder ein Krankenhaus. Zwar ein anderes als das, in dem Jennifer gelegen hatte, es sah sogar freundlicher aus, weil es ein Gebäude aus der Zeit der Jahrhundertwende und kein Stahl-, Glas- und Betonmonster aus den Siebzigern war, aber es blieb ein Krankenhaus. Und schon im Eingang wusste Gabor, warum er das alles so sehr hasste: Siechende, Schleichende, Verbandagierte, Lethargische und Heulende. Dazwischen Besorgte, Ignorante, Wartende, Suchende und Eilende. Und wieder dieser Geruch. Schon hier im Foyer – was für eine Überwindung das kostete!

Er fragte beim Empfang nach Felix, erhielt Stockwerk und Zimmernummer und eilte die Treppen hinauf, weil er den Aufzug mit all den Kranken noch weniger ertragen konnte als einen strammen Fußmarsch in den obersten Stock. Oben angekommen fand er die Abteilung und las auf dem Schild zum Eingang *Kardiologie.*

Gabor fand, dass es harmlos klang, öffnete dennoch vorsichtig die Tür, als könnte er sich an ihr anstecken, und blickte einen langen Flur hinab, auf dem hier und da ein Patient herumstand oder von einer Schwester geführt wurde. Alles alte Männer, was also hatte jemand wie Felix hier zu suchen? Etwa in der Mitte des Gangs lag das Schwesternzimmer, aus dem ein wenig Licht auf den Flurboden fiel. Gabors Herz klopfte, er fürchtete sich vor diesem Flur, betrat ihn leise und hoffte, niemanden auf sich aufmerksam zu machen. Wie den Tod zum Beispiel.

Zimmer 407 lag auf der rechten Seite. Da er keine Antwort auf sein Klopfen hörte, öffnete er die Tür und schlüpfte schnell ins Zimmer. Felix saß in seinem Bett, davor auf Stühlen seine Großeltern. Sie spielten gut gelaunt Karten, Felix strich gerade grinsend einen Stich ein. Ansonsten war niemand da, es gab noch ein zweites Bett, aber das war nicht belegt. Ein wenig überrascht sahen sie zu Gabor herüber, der sich wie ein Eindringling vorkam, aber Felix winkte fröhlich und rief: »Gabi!«

Sie lächelten ihn alle an – Gabor erwiderte es gequält. Er ging bis an das Kopfende des Bettes. »Ich hab … In der Schule hieß es …« Dann atmete er tief durch und sagte fest: »Ich soll dich von allen grüßen! Wir vermissen dich!«

»Danke«, sagte Felix und bot ihm einen Platz auf dem Bett an. »Was gibt es denn Neues?«

»Wir wollen Tango tanzen«, antwortete Gabor steif.

»Tango?«, fragte Felix' Großmutter erstaunt. »Ist das nicht sehr … wie soll ich sagen … erotisch?«

»Ja, stimmt«, erwiderte Gabor. »Er entstand Ende

des vorletzten Jahrhunderts in den Hafenvierteln der Städte am Rio de la Plata. Vor allem in Buenos Aires. Kriminelle, Prostituierte, Arme. Sie haben ihn erfunden.«

»Na, das passt ja«, antwortete Felix' Großvater. Es klang nicht böse, ein verschmitzter Zug lag um seinen Mund.

»Herbert!«, schimpfte Felix' Großmutter halbherzig.

Gabor hatte keine Ahnung, worauf er anspielte, und die drei schienen ihn nicht in ihr Geheimnis einweihen zu wollen.

»Tango …«, Felix blickte kurz aus dem Fenster, als würde dort das ausgesprochene Wort wie ein bunter Vogel davonfliegen. Dann wandte er sich Gabor wieder zu. »Das ist toll!«

»Stimmt. Aber da alle was anderes wollten, hat es eben seine Zeit gedauert.«

Felix grinste. »Beyoncé.«

»Breakdance!«, erwiderte Gabor.

»Hip-Hop!«

»Capoeira.«

Eine Pause entstand. Für einen Moment glaubte Gabor einen Schatten über Felix' Gesicht huschen zu sehen, doch dann winkte er großzügig ab. »Ach, da dachte ich noch, kämpfen wäre gut.«

Gabor schluckte schwer. Er hatte sich damals schon gewundert, woher ein Förderschüler die hier eher seltene Kampfkunst kannte. Hätte Gabor schon damals stutzig werden sollen? Der blasse, schmale Junge, der unbedingt gegen sein Schicksal ankämpfen wollte? Der den Tod treten, schlagen und in die Schranken weisen wollte?

Jetzt wollte er offenbar nicht mehr kämpfen, und das traf Gabor so hart, dass ihm davon schlecht wurde. Er war doch noch so jung. Er *musste* kämpfen! Gabor stand auf und öffnete das Fenster ein Stückchen. Er brauchte Luft. Wieso war es hier nur so stickig?

»Haben Sie Lust mitzuspielen?«, fragte Felix' Großmutter.

Gabor drehte sich zu ihr um und schüttelte den Kopf. »Ich fürchte, ich muss mich schon wieder verabschieden.«

»Sie sehen gar nicht gut aus«, stellte Felix' Großvater fest. »Setzen Sie sich doch lieber noch einen Moment hin.«

Gabor wankte in Richtung Tür. »Ist eine verschleppte Erkältung. Tschüs, Felix! Ich schau ein anderes Mal vorbei, ja?«

»Ja, gerne. Ich freu mich!«, rief Felix ihm nach.

Gabor hatte nicht angehalten, riss die Tür förmlich auf und lief davon. Schon wieder. Genau wie bei Jennifer. Er schaffte es bis vor das Krankenhaus, bevor er sich übergab.

Er blickte hinauf zum obersten Stock.

Und dachte: Ich kann hier nicht mehr hin.
Ich kann einfach nicht.

44.

Gabor wollte tanzen, mehr denn je. So besuchte er am Abend das *Milonga*. Und tatsächlich gelang es ihm, für ein paar Stunden alles zu vergessen. Er führte wechselnde Partnerinnen über das Parkett, tänzelte die Tonleitern hinauf und hinab, bis er das Gefühl hatte, wieder ganz bei sich zu sein. Ein gutes Gefühl. Es ließ die kalte, hässliche Welt draußen und befeuerte die innere. Die Musik erschuf ihr eigenes Universum, und das war perfekt.

Er kehrte alleine nach Hause zurück, schlief gut und erwachte am Morgen voller Tatendrang. Im Büro arbeitete er konzentriert. Wenn er nicht gerade telefonierte oder Besprechungen abhielt, ließ er leise Musik über seinen Computer laufen und versank in eine Art Trance, die ihn fehlerfrei seiner Arbeit nachgehen ließ. Abends war er rechtschaffen müde und ging früh ins Bett.

Doch schon der nächste Morgen verlief nicht mehr so problemlos, es war, als ob es einzelne Missklänge im Orchester gäbe. Anfangs war es nur eine kurze Irritation, wie durch jemanden, der sich heimlich dazugeschlichen hatte und falsch spielte, dann jedoch immer häufiger, bis es unüberhörbar war. Als er das Büro verließ, um Tanzstunden zu geben, wusste er auch warum: Seine Gedanken kreisten wieder um Felix.

Er traf seine Truppe im kleinen Theater der Schule, und sie nur zu viert zu sehen, schmerzte ihn. Zwei Pärchen, bereit zum Tanzen, so wie es sein sollte, ohne Diskussionen und Streitereien, und doch waren sie nicht komplett. Jetzt, wo numerisch alles so war, wie es sein sollte, sehnte sich Gabor nach dem Schiefstand zurück, nach dem ständigen Ärger, nach den Diskussionen, der großen Zeitverschwendung, denn das hätte bedeutet, dass Felix zurückgekehrt wäre. Aber Felix war nicht da. Und Felix hatte auch keine Zeit zu verschwenden. Was war die Jugend wert, wenn man nicht nach Lust und Laune Zeit verschwenden konnte?

Gabor stellte die Pärchen Marvin und Lisa sowie Vinnie und Jennifer zusammen, zeigte ihnen wieder die Grundschritte und ließ sie tanzen. Dabei saß er in der ersten Reihe des Theaters, sah zwar auf die Bühne, aber sein Blick erfasste weder die Tänzer noch sonst irgendetwas im Raum. Er saß einfach nur da und starrte ins Leere. Korrigierte nicht, half nicht, lenkte nicht ein, zeigte nichts Neues. Er hatte schlicht und einfach keine Lust und machte dies so deutlich, dass die vier auf der Bühne irgendwann aufhörten zu tanzen. Sie unterhielten sich, später dann sagte niemand mehr etwas. Die Musik lief, sie saßen herum. Mehr nicht.

Irgendwann kamen die Eltern und holten ihre Kinder

ab. Man verabschiedete sich ohne viel Aufsehens und weniger lebendig als sonst. Nicht mal Vinnie präsentierte sich mit einem Spruch, und seine Mutter nickte ihm nur kurz zu. Als sie gegangen waren, saß Gabor noch einen Moment in der ersten Reihe, dann raffte er sich auf: Das Büro rief. Er packte die Musik-CDs zusammen und war im Begriff, das Theater zu verlassen, als Felix' Großeltern in der Tür standen und ihn unsicher anlächelten.

»Hallo, Herr Schoening«, grüßte Felix' Großvater, nahm den Hut ab und gab ihm die Hand.

»Hallo«, gab Gabor ein wenig verdutzt zurück und schüttelte auch Felix' Großmutter die Hand.

»Haben Sie eine Minute?«, fragte der Großvater.

Sie setzten sich in die Publikumsränge.

»Sicher fragen Sie sich gerade, was wir hier machen«, begann Felix' Großvater vorsichtig. »So ohne Felix.«

Gabor nickte.

»Nun, er hat, seit Sie den Tanzunterricht geben, zu Hause viel von Ihnen gesprochen.«

»Wirklich? Hier war er recht still.«

»Die Zurückhaltung hat er wohl von uns«, bestätigte Felix' Großmutter. Wir sind in Erziehungsdingen vielleicht ein bisschen altmodisch.«

»Und gestern haben Sie ihn im Krankenhaus besucht. Er hat sich unglaublich darüber gefreut.«

»Das hab ich gern gemacht.«

Das Gespräch geriet ins Stocken.

»Darf ich fragen, woran Felix leidet?«, sagte Gabor.

Felix' Großvater antwortete mit belegter Stimme: »Die Ärzte nennen es eine dilatative Kardiomyopathie. Sein Herz hat sich krankhaft erweitert, warum, weiß niemand so genau. Vielleicht eine verschleppte Vireninfektion. Es ist lange nicht entdeckt worden, es ging ihm eigentlich gut, aber jetzt nicht mehr. Die Erkrankung ist sehr ernst und leider auch weit fortgeschritten.«

Zum Schluss war er kaum noch zu hören – es fiel ihm schwer, darüber zu reden.

»Er hat nichts davon gesagt …«, antwortete Gabor hilflos.

»Felix wollte seine Zeit so normal wie möglich verbringen. Als er hörte, es gäbe einen Tanzkursus, hat er gleich gesagt: ›Das mach ich!‹«, antwortete seine Großmutter.

Der Großvater grinste. »Felix hat uns im Überschwang die Nummer mit dem Porsche erzählt …«

Gabor stöhnte leise auf.

»Zu sechst in einem Auto, das nur für fünf gemacht ist. Das war sehr leichtsinnig von Ihnen, Herr Schoening«, sagte Felix' Großmutter.

Gabor kam gar nicht dazu, sich zu rechtfertigen, denn Felix' Großvater winkte ab. »Ach, hören Sie nicht auf sie. In Felix' Alter bin ich auch heimlich Auto gefahren. Felix war völlig aus dem Häuschen, und ihn so strahlen zu sehen, hat mich glücklich gemacht. Sehen Sie, Herr Schoening, Felix sieht zu Ihnen auf. Dabei sind Sie für ihn weniger ein Vater als so etwas wie ein großer Bruder.«

»Was ist denn mit seinen Eltern?«, fragte Gabor.

Die beiden sahen sich kurz an, dann nickte Felix' Großmutter ihrem Mann zu, der sich wieder an Gabor wandte. »Felix' Eltern sind tot. Ein Unfall.«

Felix' Großmutter zuckte zusammen. Vielleicht weil sie die Lüge ihres Mannes missbilligte, vielleicht aber auch, weil sie keine gute Schauspielerin war. Wie auch immer die beiden zu Tode gekommen waren: Felix war jedenfalls Waise.

»Seitdem haben wir die Vormundschaft über ihn. Aber letztlich sind wir nur seine Großeltern. Sie, Herr Schoening, sind jünger, moderner, viel näher an ihm dran, als wir es je sein könnten. Darum hätten wir eine Bitte an Sie …«

»Welche?«, fragte Gabor, der die Antwort im Grunde schon kannte.

»Bitte besuchen Sie Felix. Es würde ihm so viel bedeuten.«

Gabor räusperte sich, spürte, wie es ihm die Kehle verschloss. Wie konnte er diese Bitte abschlagen, nur weil er mit Tod und Krankheit nicht zurande kam? Am liebsten wäre er wieder davongelaufen, am liebsten hätte er dieses Gespräch niemals geführt. Aber wie würde er denn dann dastehen? Selbstmitleidig, schwach, larmoyant. Undenkbar. Das war nicht der schillernde Gabor Schoening, den alle kannten. Und was würde Felix sagen? Der Junge war gerade einmal fünfzehn Jahre alt und musste sich mit seinem baldigen Tod auseinandersetzen. Und er ging deutlich souveräner damit um als Gabor. Wer war hier eigentlich der große Bruder für wen?

Gabor räusperte sich erneut und antwortete: »Natürlich besuche ich ihn.«

Sie waren beide erleichtert. Offenbar war ihnen nicht entgangen, wie er beim ersten Besuch aus dem Zimmer geflüchtet war und warum er das getan hatte.

»Vielen Dank, Herr Schoening. Vielen Dank.«

Sie standen auf und schüttelten sich die Hände.

»Ich heiße Gabor.«

Erfreut stellten sie sich mit Herbert und Lotte vor. Dann gingen sie wieder und ließen Gabor zurück. Eine Weile stand er einfach nur da und dachte verwirrt: Ich habe jetzt einen kleinen Bruder.

Wie das wohl sein würde?

45.

Auf dem Heimweg rief er Nadja an und lud sie zum Abendessen ein. Sie versprach zu kommen, warnte ihn aber vor, dass es spät werden würde. Gabor war es gleich.

Er würde warten und den Caterer entsprechend instruieren.

Den Rest des Abends verbrachte er am Computer und durchsuchte das Internet nach *dilatativer Kardiomyopathie*. Sein Beraterehrgeiz war geweckt, denn er wollte nicht wahrhaben, dass etwas, das in den Ohren eines Laien relativ harmlos klang, solche Folgen haben sollte. Ja, er nahm sogar an, dass sich die Ärzte nicht genügend ins Zeug gelegt hatten. Missstände im Gesundheitswesen waren aus der Presse hinlänglich bekannt, und nicht jeder, der einen weißen Kittel trug, besaß auch das nötige Talent. Gabor war sich sicher, dass es irgendwo auf der Welt einen Spezialisten gab, der die Lösung wusste, und er nahm sich vor, ihn zu finden.

Er fand heraus, dass es tatsächlich unbekannte Ursachen der dilatativen Kardiomyopathie gab, was ihn schlicht und ergreifend ärgerte: Wieso war das so? Wie sollte man denn jemanden retten, wenn man nicht mal wusste, woher seine Krankheit stammte? Gabor nahm sich einen Block und notierte alles, was ihm wichtig erschien.

Bei den Symptomen lernte Gabor, dass Menschen wie Felix an Luftnot litten. Ja, war der Junge denn verrückt geworden? Wie kam er denn nur auf die Idee zu tanzen? Er musste sich schonen! Nicht tanzen! Zumal es bei fortgeschrittenem Verlauf zu einem dritten Herzton kam, weil das Herz falsch arbeitete beziehungsweise seine Arbeit nicht schaffte. Ein galoppierendes Herz, das einen über kurz oder lang in den Tod ritt.

Dann entdeckte er zwei Punkte, die ihn aufmerken ließen: Es gab offensichtlich Forschungen mit Stammzellentransplantationen. Ihre Wirksamkeit wurde erforscht, die Ergebnisse konnten für Felix zu spät kommen. Und es gab die Möglichkeit einer Herztransplantation. Natürlich. Felix brauchte ein neues Herz. Das war doch mal eine reelle Möglichkeit!

Am Abend erschien Nadja, kurz nachdem der Caterer das Essen gebracht und einen romantischen Tisch hingezaubert hatte. Gabor fand, dass sie hinreißender denn je aussah, obwohl sie kein Kleid trug und nur wenig Make-up. Im Hintergrund lief leise Musik, und sie ließen es sich nicht nehmen, ein wenig zu tanzen.

Langsam.

Behutsam.

Mit vorsichtigen Drehungen und sanften Bewegungen.

Sie lächelte. »Was ist los mit dir, Gabor?«

»Was soll los sein?«

»Du bist so romantisch.«

»Gefällt es dir nicht?«

Sie musterte ihn und antwortete schließlich: »Doch.«

Später saßen sie am gedeckten Tisch, aßen zusammen und tranken Wein.

»Sag mal, kennst du einen guten Kardiologen?«, fragte Gabor.

Sie grinste. »Hat dir jemand das Herz gebrochen?«

»Nein, ist für einen Freund.«

Er hatte es ganz spontan gesagt und war erstaunt, dass er es auch so meinte: Er wollte einem Freund helfen. Ja, so war es wirklich.

»Was hat denn dein Freund?«

»Dilatative Kardiomyopathie.«

Sie verzog das Gesicht. »Au, nicht gut.«

»Kennst du dich damit aus?«

»Genug, um zu wissen, dass es eine ernste Sache ist. Wenn er Pech hat, braucht er ein neues Herz.«

»Ja, sehr wahrscheinlich sogar.«

»Dann kommt es darauf an, an welcher Stelle er auf der Warteliste steht. Und ob es ein passendes Herz für seine Blutgruppe gibt.«

»Wie lange dauert so etwas?«

Nadja verzog skeptisch den Mund. »Normalerweise bis zu zwei Jahre. In dringenden Fällen zwischen acht Wochen und acht Monaten.«

Gabor nickte und pickte in seinem Essen herum. Acht Monate klang verdammt lang. Selbst acht Wochen waren zu lang, wenn einem die Zeit davonlief. Er musste unbedingt mit Felix' Arzt sprechen.

Sie nahm seine Hand und sagte: »Aber das wird jetzt nicht unser Thema sein …«

»Nein, du hast recht.«

Sie stand auf und zog ihn ins Schlafzimmer.

Sie hatten auch zuvor schon wilde Nächte gehabt, doch diesmal schien es Gabor anders zu sein. Sie waren beide förmlich ausgehungert und konnten nicht voneinander lassen: mal sehr ruhig, mal sehr leidenschaftlich, mal Sinfonie, mal Rugbyspiel. Sie fühlte sich so vertraut an. Es gab nichts, was er nicht mochte, was ihn nicht erregte, und so ließ er nicht von ihr ab, bis sie beide erschöpft aufgeben mussten, weil sie einfach nicht mehr konnten, nicht weil sie genug voneinander hatten.

Sie legte ihren Kopf auf seinen Bauch und sagte: »Du lieber Himmel, Gabor. Ich sollte dich öfter besuchen. Sonst kommt noch der Tag, an dem du mich im Bett umbringst.«

»Wäre das so schlimm?«

Sie lächelte und küsste seinen Nabel. »Nein, wenn schon sterben, dann so.«

Eine Weile lagen sie nur da, genossen die aufkommende Müdigkeit. Gabor fühlte sich wohl. So wohl wie lange nicht mehr, und er erkannte in diesem Moment, dass es an Nadja lag. Sie waren sich nahegekommen, nicht nur körperlich. Er liebte ihren Verstand, ihren Körper, ihren Geruch. Ja, man hätte sagen können: Er liebte sie. Warum war ihm das nie zuvor aufgefallen?

Er setze sich auf.

»Kann ich dich mal was fragen?«

»Hmm.« Sie klang bereits sehr schläfrig und rollte sich neben ihm wie eine Katze ein.

»Hast du schon mal an eine feste Beziehung gedacht?«

Einen Moment glaubte er, sie wäre bereits eingeschlafen, doch dann setzte sie sich auf und sah ihn belustigt an. »Was?«

»Eine feste Beziehung«, wiederholte Gabor.

Sie sah ihn an.

Dann plötzlich lachte sie. Ein sehr aufrichtiges, befreiendes Lachen, wie bei der überraschenden Pointe eines geschickt erzählten Witzes. Es war so ansteckend, das Gabor darin einstimmte. Bald schon hielten sie sich die Bäuche, und selbst im Zwielicht konnte Gabor sehen, dass ihr vor Vergnügen die Tränen übers Gesicht liefen.

»Wirklich Gabor, eben dachte ich noch, du hättest *mir* das letzte bisschen Verstand aus dem Schädel gevögelt.«

Zeit seines Lebens hatte Gabor gute Gründe gehabt, sich niemandem in einer Art und Weise zu offenbaren, dass er völlig schutzlos dastand. Jetzt hatte er es getan – und er bereute es zutiefst. Er flüchtete sich in einen Witz. »Wenn ich was mache, dann mache ich das auch richtig.«

Wieder lachte sie.

Gabor auch.

Aber es tat weh.

Schließlich wischte sie sich die Tränen aus den Augenwinkeln und sagte versöhnlich: »Darling, du bist kein Mann für eine feste Beziehung. Du bist Gabor!«

»Was meinst du damit?«, fragte er.

»Du bist Gabor. Du bist der Luxus, den sich jede Frau wünscht. Nicht der Alltag.« Sie gab ihm einen Kuss. »Bleib, wie du bist, denn so wie du bist, bist du perfekt!«

»Bin ich das?«

Sie nickte. »Ja, und dafür hast du dir eine Belohnung verdient …«

Sie wanderte langsam küssend an seinem Hals hinab hin zur Körpermitte.

Er sah an sich hinab und sagte sich, dass sie recht hatte. Alles war perfekt. Sein Leben. Sein Zuhause. Seine Liebschaften. Einfach alles. Und da wusste er plötzlich, wie es sich anfühlte, wenn man den untersten Kreis der Hölle erreicht hatte.

46.

Sie war nicht über Nacht geblieben, das tat sie so gut wie nie, sondern hatte sich in den frühen Morgenstunden davongeschlichen. Gabor fühlte im Halbschlaf die leere Stelle neben sich und drehte sich zufrieden um. Er wollte nicht mit ihr über Dinge sprechen, die ihr nicht besonders lagen. Wie Felix zum Beispiel.

Er erwachte vor der Zeit, duschte und rasierte sich, machte sich fertig für den Tag, fuhr aber nicht ins Büro, sondern ins Krankenhaus. Zwar war es immer noch sehr unangenehm für ihn, es überhaupt zu betreten, aber es half, wenn man alles, was einem missfiel, einfach ignorierte. Man konnte sogar den Geruch ignorieren, fand Gabor.

Die Schwestern räumten gerade das Frühstück ab, man sah sie aus den Zimmern huschen und Tabletts in einen Rollwagen schieben. Gabor fragte eine von ihnen nach Felix' behandelndem Arzt und erhielt zur Antwort, dass später Visite sei. Gabor schüttelte mit dem Kopf: Er musste *jetzt* mit dem Arzt sprechen.

»Sind Sie ein Verwandter?«, fragte die Schwester.

Gabor zögerte einen Moment, dann antwortete er: »Der große Bruder.«

Sie glaubte es ihm sofort, vielleicht auch, weil sie noch so jung war. Sie verschwand im Arztzimmer, tauchte kurz darauf wieder auf und winkte Gabor heran. »Aber bitte nur kurz.«

Gabor begrüßte den Arzt, einen freundlich aussehenden Grauhaarigen mit gepflegtem Dreitagebart, der ihm einen Platz anbot. Dr. Bendtner stand auf seinem Namensschild. Er sah ihn halb skeptisch, halb amüsiert an: »*Sie* sind Felix' Bruder?«

Gabor zuckte mit den Schultern. »Die Schwester hat es geglaubt.«

»Marie ist Schwesternschülerin und sechzehn Jahre alt.«

»Ich bin einer seiner Lehrer. Gabor Schoening.«

»Der Tanzlehrer?«, fragte Dr. Bendtner.

»Ja, stimmt«, entgegnete Gabor überrascht.

»Felix hat mir erzählt, dass Sie ihn besucht haben. Er war ganz stolz deswegen.«

»Wie geht es Felix?«

»Nicht gut. Sie wissen, woran er leidet?«

»Seine Großeltern haben es mir gesagt, ja.«

»Das Heimtückische an seiner Krankheit ist, dass sie lange unbemerkt bleiben kann. Wie bei Felix. Als ich sein Echokardiogramm gesehen habe, dachte ich, mich trifft der Schlag. Dabei war er die ganze Zeit munter.«

Gabor schöpfte Hoffnung. »Dann ist es also nicht so schlimm?«

»Doch, das ist es. Die Kinder können in einem Moment noch besten Mutes sein, und Minuten später erleiden sie einen Zusammenbruch. Gerade geht es ihm verhältnismäßig gut. Hoffen wir, dass es so bleibt, bis …«

»Bis er ein neues Herz bekommt?«, vollendete Gabor.

»Ja, darauf läuft es hinaus.«

»Steht er auf der Warteliste?

»Ja.«

»An welcher Stelle?

»Herr Schoening«, begann Dr. Bendtner geduldig. »Das ist ein kompliziertes Thema. Felix braucht ein Herz, aber dafür muss erst jemand anderes sterben. Und dieser Jemand muss seine Blutgruppe haben. Felix hat Blutgruppe Null, was für eine Transplantation nicht gut ist. Zudem gibt es neben Felix andere Menschen, die ebenfalls Blutgruppe Null haben und auf ein Herz hoffen.«

»Er ist erst fünfzehn!«

»Ich sorge mich genau wie Sie. Felix ist fünfzehn, richtig, aber ein anderer ist Anfang dreißig und hat zwei kleine Kinder. Und wieder jemand anderes ist schwanger. Wer soll gerettet werden? Wir bekommen ein Herz von Eurotransplant zugeteilt. Und ich bin froh, dass ich diese Entscheidung nicht treffen muss.«

Eine Weile sagte keiner von beiden mehr etwas.

Dann stand Gabor auf und gab Dr. Bendtner die Hand. »Danke für Ihre Offenheit.«

»Nur Mut. Im Moment sieht es gar nicht so schlecht aus. Mit ein bisschen Glück bekommen wir in den nächsten Wochen ein Herz, und alles wird gut.«

Gabor verließ den Arzt, klopfte an Zimmer 407 und trat ein. Felix lag im Bett und winkte ihm freudig zu. »Hallo, Gabi!«

»Hallo, Felix. Na, wie geht's?«

»Heute ist es okay. Was macht der Tango?«

Gabor setzte sich zu ihm ans Bett. »Deswegen bin ich hier. Hat Frau Bendig dir von dem Sommerfest erzählt?«

»Ja.«

»Also, wir werden da auftreten.«

»Ehrlich? Krass!«

Gabor lächelte. »Ich könnte da ein bisschen Hilfe brauchen. Ich wollte dir ein paar Filme vorbeibringen. Kannst du dir die ansehen und mal aufschreiben, was dir so gefällt? Dann könnten wir zusammen eine Choreografie erarbeiten.«

»Ich?«, fragte Felix erstaunt. »Willst du das nicht machen?«

»Wir machen das zusammen. Du sagst mir, was dir gefällt, und ich übe das dann mit den anderen.«

»Das wäre supercool. Kann ich das dann auch mal sehen?«

»Na klar. Ich nehme es auf Video auf, dann können wir uns das zusammen ansehen. Und wenn es dir bald wieder besser geht, dann weißt du auch, was du tanzen musst.«

Felix mied Gabors Blick: »Da würde ich nicht drauf bauen, Gabi.«

»Quatsch, du schaffst das. Wenn es einer schafft, dann du!«

Ein Lächeln huschte über seine Lippen. »Na ja, okay, ich kann mir ja alles angucken …«

Es klopfte kurz an der Tür, die Schwesternschülerin vom Flur betrat das Zimmer, einen Tablettenportionierer in der Hand.

»Oh, dein Bruder ist noch zu Besuch …«

Felix sah Gabor verwirrt an.

»Erklär ich dir später«, flüsterte Gabor.

Sie füllte ein Glas mit Wasser und gab Felix die Medikamente für den Vormittag. Felix ließ sie dabei keine Sekunde aus den Augen, was Gabor amüsiert zur Kenntnis nahm. Marie gefiel ihm. Sehr sogar.

Sie hingegen achtete nicht besonders auf Felix, ging ihrer Aufgabe nach, blieb professionell, wahrte Distanz. Gabor war sich sicher, dass sie Felix' Blicke sehr wohl wahrnahm. Welche Frau bemerkte das nicht? Sie reagierte nur nicht darauf.

Als sie das Zimmer wieder verließ, sah Felix ihr so lange nach, bis sie die Tür hinter sich zugezogen hatte.

Dann wandte er sich Gabor zu und fragte: »Seit wann sind wir Brüder?«

47.

Es ging ernster zu als üblich.

Sitzungen bei *Clausen & Wenningmeier* waren selten spaßig, nicht einmal wenn sie Stunden dauerten und die Teilnehmer langsam müde wurden und weniger darauf achteten, was sie sagten. Alle paar Wochen jedoch gab es einen Jour fixe, an dem auch Ferdinand Clausen teilnahm, um sich auf den neuesten Stand zu bringen. Dann ging es noch ernster zu als üblich, denn jeder hatte Angst, bei Clausen in Ungnade zu fallen.

Der große Konferenzraum war proppenvoll, die Teamleiter saßen am Tisch, der Rest musste dahinter auf Stühlen Platz nehmen und notierte fleißig mit, ganz gleich, ob es den eigenen Bereich betraf oder nicht. Später, nach der Sitzung, begann dann das große E-Mail-Gewitter, in dem jeder jedem Memoranden schickte, die nur einen einzigen Zweck erfüllen sollten: sich selbst aus der Schusslinie bringen. Denn hatte man jemandem etwas schriftlich mitgeteilt, konnte sich derjenige später nicht herausreden, von nichts gewusst zu haben. Auch in der Schuldpyramide fielen die Felsbrocken immer abwärts und demjenigen auf den Kopf, der Nachrichten nicht weitergeleitet hatte.

So schossen täglich Hunderte von Mails quer über die Flure in das nächste Büro und zurück. Wie bei einer Pingpong-Weltmeisterschaft. Irgendwann hatte Gabor in einem Tobsuchtsanfall jedem in der Firma mit einer Abmahnung gedroht, wenn auch nur noch eine sinnlose Mail in seinem Account aufschlug. Es mochte ja sein, dass alle das Mailing als Befreiung empfanden, für Gabor war es ein Stellungskrieg, dessen Trommelfeuer jeden selbstständigen Gedanken wie ein Sieb durchlöcherte. Sie hielten es immerhin eine Woche durch, dann setzten sie sich wieder hinter ihre Mail-MGs und der Beschuss begann von Neuem.

Im Moment referierte ein Kollege, der nicht mit *Reos* beschäftigt war. Seine Abteilung beriet einen mittelständischen Unternehmer, und die eigenen Erfolge wurden mit so vielen markigen Worten beschrieben, dass der Mann jedes Bullshit-Bingo in Rekordzeit gewonnen hätte. Quintessenz seines Vortrages war jedoch, dass alles, was so erfolgreich unternommen worden war, nichts Besonderes war. Absolutes Standardverfahren. Gabor lächelte in sich hinein. Er wusste das. Clausen wusste das. Nur der Referent wusste es offenbar nicht und glaubte tatsächlich, er würde gerade Pluspunkte sammeln.

Das Display seines Handys flammte auf – eine SMS. Jennifer. Gabor nahm das Handy unter den Tisch und rief die SMS auf: *Hallo, Gabi, treffe mich gleich mit Tim. Liebe Grüße, Jennifer.*

Was zum Teufel …? Gabor tippte unter dem Tisch die Antwort: *Wir hatten ausgemacht, dass du dich nicht ohne mich mit dem Jungen triffst, Jennifer!*

Senden.

Gabor überlegte, ob es nicht besser wäre, einfach anzurufen. Er blickte auf, sah den Kollegen immer noch reden, wenn es auch so klang, als käme er gerade zum Schluss. Und der Nächste in der Reihe war er selbst.

Gabor starrte auf das Display.

Los, antworte!

In einer Minute würde er anrufen.

Noch vierzig Sekunden.

Eine neue SMS blinkte auf.

Wir hatten abgemacht, dass ich nichts mache, ohne dir Bescheid zu sagen. Und jetzt sage ich Bescheid. LG Jennifer.

Dieses Aas! In der Schule konnten sie sich nichts merken, beim Tanzunterricht musste man ihr alles zehnmal zeigen, aber semantische Finessen beherrschte sie, wenn es ihr in den Kram passte. Sauer tippte Gabor die Antwort. *Du kannst dich jetzt nicht mit ihm treffen. Warte, bis ich bei dir bin!*

Der Referent beendete seinen Vortrag und erntete zustimmendes Klopfen auf dem Tisch. Ferdinand Clausen dankte für die Ausführungen und leitete zum wichtigsten Projekt der Firma über: *Reos*.

Jennifers Antwort kam: *Zu spät. Bis später. LG Jennifer.*

Gabors Lippen verzogen sich zu einem Strich. Er tippte zurück: *Das kommt nicht in Frage! Ich verbiete das!*

Er starrte auf das Display.

Von irgendwoher hörte er seinen Namen – sah auf. Alle im Konferenzraum blickten ihn an.

»Gabor?«, fragte Clausen erneut. »Wollen Sie uns auf den neuesten Stand bringen?«

Gabor nickte und legte das Handy vor sich auf den Tisch. Dann ein paar einleitende Sätze zum Stand der Umstrukturierung von Reos, immer mit einem Auge auf dem Display. Und schon kam die nächste SMS rein. *Du bist nicht mein Vater! LG Jennifer.*

Gabor schnappte sich das iPhone und zischte sauer: »Na warte, Frollein …«

Blitzschnell drückte er auf Jennifers Nummer und hörte die Tonwahl. Dass ihn alle mit weit aufgerissenen Augen anglotzten, dass Clausen völlig irritiert dreinblickte, störte ihn nicht im geringsten, denn Gabor war stinkwütend, und das wurde auch nicht besser, als ihm eine automatische Ansage mitteilte, dass Jennifer im Moment nicht verfügbar war. Die hatte ihr Handy glatt abgeschaltet!

Jetzt reichte es aber!

Er stand auf und machte sich auf den Weg nach draußen. »Verzeihung, Herr Clausen. Ein Notfall! Herr Bauer? Übernehmen Sie das!«

Henning Bauer war zusammengezuckt, aber er nickte pflichtschuldig und sah Gabor ebenso fassungslos hinterher wie alle anderen. Dann war Gabor auch schon durch die Tür und auf dem Weg zum Reiterhof. Er hatte nicht lange gebraucht für den Weg, aber dort angekommen, musste Gabor feststellen, dass Jennifer wie vom Erdboden verschluckt war. Was Gabor wirklich nervös machte, denn jetzt fand er seine Idee, Jennifer in ihrer ersten Liebe zu bestärken und sie nicht mit herrischen Verboten davon auszuschließen, gar nicht mehr so gut. Warum konnte sie sich nicht irgendeinen netten, verhuschten Typen aussuchen, der realistischerweise zu ihr passte? Warum diesen Teenieschwarm, dessen Gesicht sich Gabor ins Gedächtnis rief und der ihm immer weniger gefiel, je länger er an ihn dachte? Jennifer hatte keinerlei Erfahrung, weder mit der Liebe noch mit dem Leben. Und wenn er daran dachte, wie er ihr das Eis trotz Laktoseintoleranz aufgeschwatzt hatte, mochte er sich gar nicht vorstellen, was dieser kleine Scheißkerl ihr alles aufschwatzen konnte.

Er war die Pferdeboxen abgegangen, hatte auf jeder Koppel nachgesehen, in der Reithalle jeden Raum durchsucht – nichts. Schließlich hatte er sich ins Auto gesetzt und Musik eingeschaltet. Irgendwann musste sie ja mal erscheinen, denn sie wurde von ihrer Mutter oder der Haushälterin abgeholt.

Und nach einer ganzen Weile kam sie dann auch.

Auf dem Rücksitz von Tims Motorroller, der ihr seinen Helm überlassen hatte. Sie klammerte ihre Arme um seine Hüften. Gabor stieg aus dem Auto und ging den beiden entgegen, die sich recht vertraut verabschiedeten.

»Jennifer, kann ich dich mal sprechen?«, rief Gabor.

Er konnte bereits aus der Entfernung sehen, dass sie mit den Augen rollte, was Tim mit einem Lächeln quittierte. Der Junge machte keine Anstalten, sich aus dem Staub zu machen, was Gabor nur darin bestätigte, dass er ein abgebrühtes Bürschchen sein musste. Jennifer gab ihm einen schnellen Kuss auf die Wange, dann zog sich Tim den Helm auf und startete die Vespa. Gabor hatte die beiden mittlerweile erreicht und zog Jennifer am Arm von Tim weg.

»Was sollte denn das?«, fragte Gabor sauer.

»Was sollte was?«, fragte Jennifer zickig zurück.

Tim nickte Gabor zum Gruß zu und rauschte davon. Jennifer sah ihm versonnen nach.

»Wo wart ihr?«, fragte Gabor.

»Weg.«

»Und was habt ihr gemacht?«

»Nichts.«

»Jennifer, wir hatten eine Abmachung! Und jetzt hab ich das Gefühl, dass du mich ausgetrickst hast.«

Sie verschränkte die Arme vor der Brust und schwieg trotzig.

»Also, wo wart ihr, und was habt ihr gemacht?«

»Das geht dich überhaupt nichts an!«

»Oh doch, das geht mich sehr wohl was an!«

»Du bist hier nicht der Bestimmer!«

Es war laut geworden. Sie stand jetzt vor ihm und funkelte ihn wütend an. Gabor war ratlos. Wie ging man am besten mit einer solchen Situation um? Im Büro hätte keiner gewagt, so bockig zu sein. Aber hier konnte er schlecht mit einer Abmahnung drohen … oder doch?

»Wenn du dich so benimmst, kann ich dir nicht mehr erlauben, dich mit Tim zu treffen!«

»Das kannst du mir nicht verbieten!«

»Kann ich doch!«

»Kannst du nicht!«

Gabor zog seinen letzten Trumpf. »Wenn du nicht mit mir zusammenarbeitest, dann muss ich das deinen Eltern sagen!«

Blankes Entsetzen.

Sie wurde blass, die Augen weiteten sich. Sie wirkte so verletzt, dass Gabor sie am liebsten in den Arm genommen hätte. Das war ein Fehler. Er wusste es in der Sekunde, als er es ausgesprochen hatte. Jetzt tat es ihm leid, aber es war zu spät: Tränen kullerten bereits über ihre Wangen. »Ich dachte, du wärst anders, Gabi. Aber in Wirklichkeit bist du genauso wie alle anderen.«

Dann drehte sie sich um und lief weinend weg.

»Jennifer, warte!«

Sie drehte sich nicht um und hielt auch nicht an. »DU BIST SO GEMEIN!«

Dann war sie auch schon im Stall verschwunden.

Abmahnung war wohl nicht das Mittel der Wahl, dachte Gabor frustriert. Erpressung auch nicht. Befehl und Gehorsam gleich gar nicht.

Wieso war das denn alles nur so kompliziert?

48.

Noch ahnte Gabor nicht, dass sein überhasteter Ausbruch aus dem Jour Fixe für ihn ziemlich unangenehme Folgen haben würde. Aber er hätte es ahnen können, als er am nächsten Tag zur Arbeit ging und eine seltsam gedimmte Stimmung wahrnahm. Zwar grüßte man ihn freundlich, so wie jeden Tag, aber kaum einer wagte, ihn länger anzusehen oder gar auf ein paar Worte stehen zu bleiben. Jeder huschte an ihm vorbei, als ob er eine ansteckende Krankheit hätte.

Dass Clausen einen solchen Auftritt nicht dulden konnte, hätte Gabor wissen müssen, aber er machte sich im Moment wenig Gedanken um Etikette oder strategisches Verhalten, sondern allenfalls darum, dass er Jennifer gestern nicht mehr hatte beruhigen können. Sie wollte einfach nicht mehr mit ihm reden. Und dann war da ja auch noch Felix. Nichts als Ärger hatte man mit den Blagen – nichts als Ärger!

Den Nachmittag über arbeitete Gabor konzentriert und ohne weitere Störung. Keiner rief an, keiner schrieb ein blödes Memorandum, es war so ruhig, dass Gabor stutzig wurde und irgendwann sogar mal einen Blick aus seinem Büro den Gang hinunterwarf: niemand zu sehen. Aber die meisten Bürotüren standen offen, und leises Tastaturgeklapper war zu hören oder undeutliches Telefongemurmel. Seine Assistentin Sonja hatte sich heute früher verabschiedet, sodass es tatsächlich niemanden gab, der irgendetwas von ihm wollte. Da dachte er noch lächelnd: Wenn es doch nur jeden Tag so wäre.

Am frühen Abend packte er ein paar Unterlagen ein, die er zu Hause noch aufarbeiten wollte, fuhr in einen Elektronikmarkt, kaufte ein paar Tango-DVDs und einen DVD-Player und erreichte zur Essenszeit das Krankenhaus.

Felix hatte sich in seinem Bett aufgesetzt und aß mit Appetit, als Gabor eintrat und ihm seine Mitbringsel zeigte. Er verband den DVD-Player mit dem Fernseher, und zusammen sahen sie sich den ersten Film an. Eine Dokumentation über den Tango Nuevo, das meiste davon in Buenos Aires gedreht. Felix zeigte immer wieder auf einzelnen Stellen im Film, fragte nach Tanzfiguren und tippte Gabor an, wenn ihm bestimmte Moves besonders gut gefielen. Gabor notierte alles auf einem Block und versprach, aus dem, was Felix gefiel, eine Choreografie zu basteln, die das Publikum auf dem Sommerfest von den Sitzen reißen würde. Felix stieg in die Fantastereien ihres Auftritts ein, und bald hatten beide vergessen, dass sie gerade im Krankenhaus waren und Gabor Krankenhäuser eigentlich nicht ausstehen konnte.

Sie waren voller Enthusiasmus, und Felix' blasse Wangen vor Aufregung plötzlich leuchten zu sehen, gefiel Gabor gut. Zeit seines Lebens hatte er gedacht, dass Hoffnung keine gute Sache sei. Dass Hoffnung gleichbedeutend mit Schmerz sei. Weil man darauf warten musste, dass etwas geschah, was man selbst nicht herbeiführen konnte. Weil man sich etwas so sehr wünschte, dass einem das Herz davon wehtat, und wenn es dann nicht eintrat – oder wie bei Gabor *erwartungsgemäß* nicht eintrat –, schlug man so hart auf, dass einem so ein bisschen Herzschmerz geradezu harmlos vorkam. Irgendwann wusste Gabor, dass Hoffnung nur etwas für Schwache war, und er wollte nie wieder schwach sein.

Aber jetzt sah er Felix und war sich nicht mehr so sicher. Dieser Junge hatte viel verloren, aber ihn so aufblühen zu sehen: Wie konnte Hoffnung da falsch sein? Er vertraute auf die Zukunft, er vertraute auf ihn, Gabor. Und Gabor wusste in diesem Moment, dass er Felix niemals aufschlagen lassen würde.

Es klopfte, und Schwesternschülerin Marie trat ein, um das Tablett vom Abendessen wieder einzusammeln. Hatte Felix eben noch mit leuchtenden Augen auf ein tanzendes Paar gezeigt, himmelte er jetzt Marie an, für die er sofort alle Reste ordentlich aufräumte, damit sie weniger Arbeit hatte. Gabor schmunzelte. Felix war zu schüchtern, um sie anzusprechen, also musste er ein wenig nachhelfen.

»Hallo, du bist Marie, nicht?«, fragte Gabor und streckte ihr die Hand hin. »Ich bin Gabor.«

»Ach richtig, Felix' *Bruder*.«

Sie hatte es mit deutlicher Ironie gesagt, lächelte dabei aber herzlich und gab ihm die Hand.

»Na ja, okay, sagen wir Tanzbrüder.«

Sie blickte neugierig vom einen zum anderen. »Tanzbrüder?«

»Absolut. Felix und ich bereiten eine Tangochoreografie vor. Kannst du tanzen?«

»Nicht *so*«, antwortete Marie und nickte in Richtung Fernseher.

»Sieh dir mal das hier an …«

Gabor spulte ein Stück zurück und zeigte ein junges Paar, das im Regen Tango tanzte. Die Bilder waren absolut umwerfend, die beiden Tänzer eine einzige Augenweide.

»Wie findest du das?«

»Das ist so schön!«, rief Marie. »Und das studieren Sie ein?«

»Ja, Felix und ich haben eine Gruppe, die in ein paar Wochen auftreten soll. Und eigentlich sollte Felix mittanzen, aber es fehlt ihm noch die richtige Partnerin.«

Marie schüttelte heftig den Kopf. »So was kann ich nicht tanzen!«

Gabor stand auf und reichte ihr seine Hand. »Natürlich kannst du. Wollen wir?«

Sie wandte sich unsicher zur Tür und wieder zurück. »Jetzt?«

Gabor ließ sich nicht beirren. »Dauert nicht lange. Ich will dir nur beweisen, dass alles geht, wenn man nur will. Nimm meine Hand, und leg die andere auf meine Schulter.«

Sie war überrumpelt und folgte seinen Anweisungen.

»Jetzt hör auf die Musik. Stell dir die Situation aus dem Film vor: Du und Felix, ihr seid in Buenos Aires. Es regnet, und ihr tanzt miteinander … Schließ die Augen … Hör die Musik. Ich starte mit rechts, du mit links … Und jetzt folge mir …«

Sie machten ein paar Schritte und tatsächlich folgte sie instinktiv Gabors kleinen Aufforderungen. Es ging ganz leicht. Sogar eine kleine Drehung bekamen sie hin.

Felix applaudierte. »Das war super! Ihr saht aus wie die beiden da im Film.«

Marie schaute ein wenig verlegen zu Felix, dann zu Gabor, der sie anlächelte. »Siehst du. Ganz leicht. Du und Felix, ihr würdet ein tolles Paar abgeben.«

Sie nickte scheu und machte sich wieder an ihre Arbeit. Doch diesmal lächelte sie Felix an, der wie eh und je an ihren Augen hing. Sie verabschiedete sich sogar mit einem kleinen *Tschüs*, dann war sie wieder aus dem Raum.

»Siehst du, sie mag dich«, sagte Gabor und setzte sich zu Felix aufs Bett.

Felix wirkte verlegen und flüsterte sogar, als fürchtete er, Marie könnte ihn noch vom Flur aus hören. »Aber ich kann doch gar nicht tanzen.«

»Aber natürlich kannst du tanzen – bald.«

»Schon, aber jetzt nicht!«, beharrte Felix.

»Das spielt keine Rolle. Weißt du, was gerade passiert ist?«

Felix zuckte mit den Schultern.

»Ich habe mit ihr ein paar Schritte getanzt, aber ich habe dabei nur von dir gesprochen. In ihrer Vorstellung hat sie mit dir auf den Straßen von Buenos Aires im Regen getanzt. Und das, was sie dabei gefühlt hat, hat ihr gefallen.«

»Aber …«

»Kein aber. Das nennt man Übertragung. Sie hat sich mit mir bewegt, aber sie hat mit *dir* getanzt. Ein kleiner Trick von mir.«

Felix schwieg einen Moment, dann fragte er: »Aber ist das nicht Betrug?«

»Bist du in sie verliebt?«, fragte Gabor zurück.

Felix senkte den Blick und wurde rot.

Gabor klopfte ihm auf die Schulter. »Siehst du? Dann ist es auch kein Betrug.«

»Meinst du wirklich?«

Gabor nickte. »Hast du nicht bemerkt, wie sie dich angesehen hat? Vorher hat sie dich nicht so angesehen.«

»Stimmt schon …«

»Vertrau mir, Felix. Ich verstehe ein bisschen was von diesen Dingen. Und ich verspreche dir eines: Sie wird sich in dich verlieben!«

Er reichte Felix die Hand, so als ob sie einen Pakt

schlössen. Felix war erstaunt, voller Vorfreude, auch ein wenig verunsichert. Irgendwie klang es doch nach Betrug. Ein bisschen. Dann jedoch schüttelte er leicht den Kopf und ergriff Gabors Hand. Er vertraute Gabor. Wenn Gabor sagte, es war kein Betrug, dann war es auch keiner. Schließlich waren sie so etwas wie Brüder.

49.

Als Gabor am nächsten Morgen das Büro betrat, spürte er, dass sich etwas verändert hatte. Dabei sah alles gleich aus: die *Allee*, die Büros mit den offen stehenden Türen, die Geräusche, der Geruch. Alles gleich – und doch war etwas anders. Er starrte den Flur hinab und suchte nach dem Fehler im Bild, und gerade als er sich wieder umdrehen wollte, entdeckte er es: Eine Tür stand ebenfalls auf, die in den letzten Wochen stets verschlossen gewesen war. Und beinahe zeitgleich roch er frischen Kaffee, den jemand hinter ihm in den Händen hielt. Gabor wandte sich um und wusste, wer ihn dort angrinsen würde: Fitz.

»Hallo, Gabor, 'ne Weile nicht gesehen …« Fitz grinste breit.

»Hallo, David. Du bist begnadigt worden?«

Fitz zuckte mit den Schultern. »Ich hatte gesagt, dass ich zurückkommen würde. Und was soll ich sagen? Da bin ich!«

»Freut mich.«

»Und mich erst.«

Sie standen einander gegenüber und musterten sich. Aus der Entfernung hätte man wohl gesagt, dass sich dort zwei unterhielten, die sich mochten. Doch bei aller Freundlichkeit schwang ein drohender Ton in jedem Wort mit.

Zu Gabors Überraschung jedoch bot Fitz ihm plötzlich die Hand. »Weißt du, wir hatten so unsere Differenzen, aber wir waren doch auch mal Freunde. Ich finde, dahin sollten wir wieder zurück. Was denkst du?«

Gabor schlug ein. »Einverstanden. Lassen wir die Vergangenheit ruhen und sehen in die Zukunft.«

Fitz schien erfreut. »So ist es recht. Bringen wir die *Reos*-Sache in einen sicheren Hafen. Und dann werden wir wieder die sein, die wir vorher waren.«

»*Reos*?«, fragte Gabor.

»Ja, mein Lieber. Ich weiß nicht, was du angestellt hast, aber der Alte war in Sorge, dass du der Firma nicht mehr bedingungslos ergeben bist.«

»Das hat er gesagt?«

»Nicht in dem Wortlaut, du weißt, dass er selten deutlich wird. Aber wir sind beide lange genug im Geschäft, um zu wissen, was er meint.«

Clausen hatte ihn gewarnt. Seine ständige Abwesenheit, das verpatzte Mittagessen, die Flucht aus dem Jour fixe. Es war Clausens Firma. Und er würde stets alles dafür unternehmen, dass niemand vergaß, was man ihr und ihm schuldig war.

»Was hat er noch gesagt?«, fragte Gabor.

»Nichts, außer dass wir wieder beide für *Reos* verantwortlich sind. So wie früher.«

»Und der alte Deal gilt dann auch wieder?«

»Du meinst, wer neuer Partner von *Clausen & Wenningmeier* wird?«, fragte Fitz unschuldig zurück.

»Ja.«

Betont lässig antwortete Fitz: »Ja, aber mach dir keine Sorgen. Diesmal arbeiten wir als Team, Seite an Seite. Soll sich der Alte doch den Kopf zerbrechen, wem er die Nachfolge anvertraut.«

Gabor nickte und schenkte Fitz ein Lächeln. »Also dann, wie in alten Zeiten?«

»Wie in alten Zeiten!«, bestätigte Fitz.

Wieder schüttelten sie sich die Hände. Dann wandte sich Gabor um und ging in sein Büro. Er sollte sich keine Sorgen machen? Nie war es nötiger, sich Sorgen zu machen als jetzt. Fitz hatte nicht vergessen, und er wollte vor allem eines: Rache.

Nachdenklich verschwand er in seinem Büro und wurde von Sonja informiert, dass Ferdinand Clausen ihn zu sprechen wünschte. Ihrer Miene war zu entnehmen, dass sie Fitz auch schon gesehen hatte und bereits ahnte, worum es in diesem Gespräch gehen würde. Gabor ging die *Allee* hinab und besprach sich mit Clausen.

Es war kein interessantes Gespräch, da er den Inhalt ja schon kannte. Das wirklich interessante Gespräch fand ein paar Büros weiter bei Fitz statt – Becke und Kaltenbach traten ein und schlossen die Tür hinter sich.

»Was gibt es?«, fragte Fitz kühl.

»Herr Schoening legt keinen Wert mehr auf unsere Mitarbeit«, klagte Kaltenbach.

»Und?«

»Vielleicht legen *Sie* ja Wert darauf, Herr Fitz«, sagte Becke in einem Ton, der Fitz aufhorchen ließ.

»Was könntet ihr mir denn bieten?«, fragte er interessiert.

Kaltenbach antwortete: »Herrn Schoenings Sozialprojekt.«

Fitz musterte die beiden.

Dann bot er ihnen mit einer Geste einen Sitzplatz an.

Er sagte lauernd: »Bin ganz Ohr.«

50.

Gegen Mittag machte Gabor sich auf den Weg aus der Firma. Er nahm sich aus der Büroküche ein Puddingteilchen mit, das von einer Vormittagsbesprechung übrig geblieben war, warf einen Blick in den Flur, ob Fitz sich dort möglicherweise herumtrieb. Das würde in den nächsten Wochen ein nerviges Versteckspiel werden.

In der Schule fehlte Jennifer, die ihn ganz offensichtlich immer noch gemein fand. Ob sie je einen geregelten Unterricht haben würden, der Grundvoraussetzung für einen großen Auftritt beim Sommerfest war? Marvin und Lisa waren motiviert, aber was nutzte das, wenn er für Vinnie keine Partnerin hatte? Gabor stellte seine Sachen ab und marschierte schnurstracks zu Kathrin ins Rektorenzimmer, die gerade Räucherstäbchen entzündete.

»Reinigt die Luft«, erklärte sie, »Das müssen Sie unbedingt mal zu Hause …«

Sie kam nicht weiter, weil sich Gabor die qualmenden Stäbchen packte, das Fenster aufriss und sie rauswarf. Kathrin seufzte unbeeindruckt. »Sie haben aber schlechte Laune, Gabor.«

Gabor setzte sich und verschränkte die Arme vor der Brust. »Ich kann so nicht arbeiten!«

Kathrin lachte herzlich. »Wir hatten mal einen Vater, der war Werbefachmann, der hat das an jedem Elternsprechtag gesagt, und wissen Sie was? Der konnte wirklich nicht arbeiten.«

»Schön, dass Sie so viel Freude an Ihrem Beruf haben.«

»Och Gabor, so schlimm ist das doch nicht. Wollen Sie einen Tee?«

»Meinetwegen.«

Sie machte eine Geste zu einem Regal in dem neben

dem Arktis-Wasser auch eine Teekanne auf einem Stövchen stand, unter dem ein Teelicht flackerte. Seufzend erhob sich Gabor und schenkte ihnen beiden Tee ein.

»Sie sind ein Schatz, Gabor!«, lobte Kathrin. »Was kann ich denn für Sie tun?«

»Die Kids kommen nicht zum Unterricht. Ständig ist einer beleidigt oder verliebt oder genervt. Und andauernd muss ich sie irgendwo einsammeln.«

»Willkommen in meiner Welt«, antwortete Kathrin trocken.

»Wir wollen doch beide einen richtigen Showact, oder? Einer, der alle begeistert, der zeigt, dass für alle alles möglich ist. Wenigstens sollen sie das glauben, richtig?«

»Richtig.«

»Dann müssen die Kids mehr trainieren. Viel mehr trainieren.«

»Und was soll ich jetzt tun?«, fragte Kathrin.

»Marvin und Lisa krieg ich hin. Jetzt brauchen wir noch Jennifer und Vinnie. Können Sie auf Jennifers Eltern einwirken, dass sie sich mit Vinnie zum Tanzen treffen kann? Nicht nur zu den offiziellen Stunden, sondern auch darüber hinaus?«

»Das heißt, Sie geben darüber hinaus noch weitere Stunden?«, fragte Kathrin.

»Nein, das heißt es nicht. Das heißt, dass sie sich vielleicht bei Vinnie treffen oder bei Jennifer, um zu üben.«

Kathrin wiegte nachdenklich den Kopf hin und her. »Ich weiß nicht, ob ich damit Erfolg habe. Jennifers Eltern sorgen sich sehr um ihre Tochter.«

»Einen Scheiß sorgen die sich!«, fauchte Gabor. »Ihre Tochter interessiert sie einen Dreck. Alles, was sie tun, ist, ihr alles zu verbieten, damit sie sich nicht weiter kümmern müssen. *Das* ist ihr ganzes beschissenes Erziehungsmodell!«

Kathrin blickte ihn erstaunt an. »Sie reden ja schon wie ein richtiger Pädagoge! Bis auf das Fluchen natürlich.«

»Treiben Sie es nicht auf die Spitze, Kathrin«, gab Gabor wütend zurück. »Der Tag hat nicht gut angefangen, und ich will nicht, dass er mit einem Blutbad endet!«

Sie konnte sehen, dass er es ernst meinte, ohne dazu noch seine Aura bemühen zu müssen, es war auch so erkennbar, dass nicht nur die weiß glühte.

Jemand klopfte vorsichtig an die Tür und steckte kurz den Kopf herein. »Kathrin? Wir haben da ein Problem mit dem Stundenplan für nächste Woche. Kannst du mal kommen?«

Gabor drehte sich nur kurz um – ein Lehrer, den er schon mal über die Flure hatte schlurfen sehen. Dass der Probleme mit Plänen hatte, glaubte er unbesehen. Kathrin nahm noch einen Schluck Tee, stand dann auf und sagte: »Ich will es versuchen, Gabor. Wenn ich einen Vorschlag machen darf?«

»Bitte.«

»Ich glaube, wir hätten mehr Erfolg, wenn der Zusatzunterricht bei Vinnies Mutter stattfindet. Ihr werden sie Jennifer anvertrauen.«

»Okay. Ich frage Vinnies Mutter und Sie die von Jennifer. Die sollen sich nach der Schule bei Vinnie treffen und üben.«

Gabor stand auf und begleitete Kathrin zur Tür. Auf dem Flur sah sie ihm einen Moment nach. »Gabor?«

Er drehte sich zu ihr um. »Ja?«

»Steht Ihnen gut, Ihr Engagement.«

Gabor seufzte, immer musste sie das letzte Wort haben.

Sie humpelte davon. Gabor machte sich auf den Weg, doch als er ihre Krücken nicht mehr hören konnte, drehte er um und eilte rasch zurück in ihr Büro. Sie hätte abschließen sollen, fand er, aber sie hatte ja lieber das letzte Wort. Er schlich zu einem der Aktenschränke und fand die Akten, die er gesucht hatte: die von Vinnie. Und die von Felix.

51.

Irgendein Tag in Felix' Leben.

Früher war Felix selten alleine zu Hause. Das Haus seiner Eltern war ein gastfreundliches, es schauten viele Menschen auf einen Besuch herein oder blieben auch mal über Nacht. Es wurde viel gelacht, gespielt, geflucht, getrunken und getanzt. Es gab immer Musik, immer schien jemand zu singen oder zu summen, und nie fiel ein hässliches Wort, das auch so gemeint war.

Früher war Felix der kleine Prinz, dem alle über den Kopf streichelten und den alle fragten, wie es in der Schule lief, ob er schon eine Freundin habe, den alle lachend warnten, nie so zu werden wie seine Eltern. Er durfte die Drinks servieren und den Gesprächen lauschen, die immer spannend und unterhaltsam waren. Er lauschte und lachte, und manchmal steckte ihm heimlich jemand einen kleinen Geldschein zu, damit er sich was Schönes kaufen konnte.

Früher war so viel los bei ihnen zu Hause, dass Felix' Großeltern nie vorbeikamen.

An vielen Tagen in Felix' Leben gab es nicht so etwas wie Pläne, sondern immer nur Ideen, die, wenn sie gut genug erschienen, sofort in die Tat umgesetzt wurden. Einmal, und das war eine von Felix' Lieblingserinnerungen an seine Eltern, quälten sie sich mit dem Auto durch den Feierabendverkehr, als Alex vorschlug, dass sie einen Würfel bestimmen lassen sollten, wohin sie fahren würden. Caro und Alex waren begeistert. Seine Eltern nannte Felix nie Mama oder Papa, sondern immer Caro und Alex. Jedenfalls legten sie die Spielregeln fest: Eins und Drei geradeaus. Zwei und Vier links. Drei und Sechs rechts. Sie fuhren stundenlang durch die Stadt, fieberten dem nächsten Abzweig entgegen, quälten sich immer noch durch den Feierabendverkehr, aber diesmal war alles anders. Spannender, denn niemand wusste, wann sie nach Hause kommen würden und ob überhaupt, denn niemand wollte das Spiel unterbrechen.

So fuhren sie durch Straßen und Viertel, die sie noch nie zuvor gesehen hatten und in die sie auch nie gekommen wären. Sie hielten an und ließen auch Passanten würfeln, und manchmal plauderten sie sogar mit ihnen. Sie fragten sie, wie sie die Idee fänden, und ernteten fast immer ein Lächeln, aber nur bis zu dem Punkt, an dem die drei beteuerten, dass nicht geplant war, das Spiel zu unterbrechen. Es würde so lange andauern, bis sie wieder heim fanden. Oder auch nicht. Dann würde es eben weitergehen. Immer weitergehen.

Dafür hatte niemand Verständnis. Der Gedanke, nicht mehr nach Hause zu kommen, war für alle nicht nur unvorstellbar, er war beängstigend. Einige schüttelten missbilligend den Kopf, andere appellierten an Alex' und Caros Gewissen, weil sie für das Kind im Auto verantwortlich wären, aber selbst Felix erschreckte die Vorstellung nicht, dass sie, wenn es schlecht lief, nicht mehr nach Hause kamen. Felix mochte sein Zuhause, aber wenn die Würfel nicht wollten, dann würden sie eben weiterfahren.

Es kam anders. Ob es vielleicht einen heimlichen

Wunsch gab, der die Würfelhand führte, oder ob es schlicht und ergreifend ein großer Zufall war, der die richtigen Zahlen fallen ließ – spät in der Nacht erreichten sie ihr Zuhause. Sie waren müde und aufgekratzt in einem und beschlossen, das Spiel nie wieder zu spielen, nicht weil sie einen anderen Ausgang fürchteten, sondern weil alle der Meinung waren, dass es einmalig bleiben sollte. Die Idee und die Erinnerung an ihr eingegangenes Risiko sollten nicht verwässert werden.

Es gab viele Tage in seinem Leben mit solchen Erinnerungen, wenn sie auch nicht so spektakulär waren. Aber Felix dachte gerne daran. Rückblickend gab es aber auch andere Momente, die nicht so schön waren, die sich dann und wann wie eine Patina auf die Bilder in Felix' Erinnerung legten. Wenn Alex und Caro nur mal kurz in eine Kneipe gingen und ihn im Auto ließen – über Stunden, weil sie ihn bei diversen Cocktails und dem lauten Gelächter einfach vergessen hatten. Wenn er morgens immer allein aufstand, um sich vor der Schule das Frühstück zu machen, weil die beiden noch im Bett lagen, denn die Nächte waren meist lang. Oder wenn sie ihn in ihre Arbeit einspannten, ohne dass er begriff, was das eigentlich war: ihre *Arbeit*.

Als Kind hatte sich Felix nie Gedanken darüber gemacht, was seine Eltern eigentlich von Beruf waren. Für kein Kleinkind spielte die Arbeit seiner Eltern eine Rolle. In der Schule hörte er überhaupt zum ersten Mal von den anderen Kindern, das deren Eltern zur Arbeit gingen, dass sie sich manchmal freinehmen mussten, um bei Schulfesten oder Sprechtagen anwesend zu sein. Wurde er nach seinen Eltern gefragt, konnte er keinen Beruf nennen. Und fragte er seine Eltern, blieben sie vage, erklärten nur, dass sie manchmal wegmussten oder jemanden trafen oder etwas verschickten beziehungsweise annahmen. Das klang nicht nach Arbeit, aber Felix kümmerte es wenig. Solange sie da waren, war alles in Ordnung, auch wenn ihre Familie anders funktionierte als andere.

Etwa zu der Zeit, als man feststellte, dass er langsamer lernte als andere Kinder, dass er Dinge nicht so schnell begriff und sich auch nicht so gut merken konnte, fanden Alex und Caro, dass er ihnen ein wenig helfen konnte, auch weil sie ihm damit das Gefühl geben wollten, dass er schon viel erwachsener war als seine Mitschüler. Felix erfüllte dieses Vertrauen mit Stolz, und so übernahm er gerne Botendienste oder harrte versteckt in der Nähe eines unauffälligen Hauses und beobachtete, wer ein- und ausging. Darin war er sehr gewissenhaft.

Seine Eltern freuten sich über jeden gelungenen Auftrag und machten ihm teure Geschenke. So besaß er schon früh teures elektronisches Spielzeug und genoss die bewundernden Blicke seiner Schulkameraden.

Dann kam der Sommer, der alles änderte.

Sie fuhren in den Süden, machten ein paar Tage Urlaub an der türkischen Ägäis in einem sehr teuren Hotel und fuhren dann tief ins Inland, bis sie ein Dorf erreichten, in dem sie übernachteten. Alex und Caro lachten viel, aber Felix hatte das Gefühl, das sie nervös waren.

In einer ganz bestimmten Nacht in seinem Leben erwachte Felix von einem Geräusch, und als er verschlafen von seinem Bett aufblickte, sah er Caro, die sich, vollständig angezogen, eine offenbar prall gefüllte Tasche umhängte und sich zu ihm ans Bett setzte. Sie streichelte seine Stirn und küsste ihn. Dann flüsterte sie: »Schlaf, mein Süßer. Schlaf.« Es waren die letzten Worte, die er von von seiner Mutter hörte.

Er schlief wieder ein, glücklich, doch als er am Morgen aufwachte, waren seine Eltern nicht da. Noch machte er sich keine Sorgen. Sie verschwanden öfter, aber sie kamen immer zurück, doch auch am Nachmittag war er immer noch alleine. Die Familie, in deren Haus er schlief, sorgte freundlich für ihn, aber ihren Gesichtern sah er an, dass sie beunruhigt waren. Er begann, nach Alex und Caro zu fragen, aber er erhielt keine Antwort.

Er durfte auf dem Sofa im Wohnzimmer schlafen. Irgendwann rüttelte jemand an ihm: ein Polizist. Was sie sprachen, wusste er nicht, aber alle waren in heller Aufregung, sodass Felix schließlich vor Angst und Einsamkeit weinte.

Sie fuhren mit ihm zurück an die Küste, setzten ihn in einen Flieger, und in Deutschland warteten bereits seine Großeltern auf ihn. Sie wussten nicht, was sie ihm sagen sollten, außer dass Alex und Caro fort waren. Und dass sie nicht mehr zurückkehren würden. Felix fragte, ob er etwas falsch gemacht hätte. Da nahmen ihn die beiden in den Arm und trösteten ihn: Nein, er hatte nichts falsch gemacht. Seine Eltern hätten etwas falsch gemacht und dafür den Preis bezahlt.

Er wusste nicht, was sie meinten, aber er erfuhr es aus einem Nachrichtenbeitrag im Fernsehen: Dort waren Fotos von Alex und Caro zu sehen. Und der Mann im Fernseher sagte, dass sie wahrscheinlich einem Verbrechen zum Opfer gefallen waren. Sie galten als vermisst. Felix fragte seine Großeltern, aber die erklärten es ihm nicht. Sie sagten lediglich, dass er jetzt bei ihnen leben würde und dass sie immer an Alex und Caro denken würden, aber er musste akzeptieren, dass sie für immer fort waren. Getötet von bösen Menschen.

Als Felix groß genug war, um mit einem Computer umzugehen, fand er den ganzen Fall in den diversen Nachrichtenarchiven im Internet. Seine Eltern waren offenbar bei einem Drogendeal umgebracht worden. Ihre Leichen hatte man nie gefunden, wohl aber ihr Blut. Die Täter wurden nie ermittelt. Und je mehr Felix über seine Eltern las, desto klarer wurde ihm, warum sie nie einen richtigen Beruf gehabt hatten. Warum sie so viele Freunde hatten, von denen er nie wieder jemanden gesehen hatte. Und warum er dumm war, denn Caro hatte auch Drogen genommen. Immer schon. Auch während der Schwangerschaft.

Für Felix war jetzt klar: Seine Eltern waren liebevoll, spontan und lustig gewesen, aber sie hatten gelogen, betrogen und versucht, sich mit Tricks durchs Leben zu schlagen. Tricks hatten sie getötet und ihn dumm gemacht.

Tricks töteten.

Alles.

52.

Gabor verließ Kathrins Büro unbemerkt und eilte zurück ins Theater, wo er auf die drei Wackeren traf, die auf der Bühne herumlümmelten.

»Aufwachen, ihr Tangohelden!«

Sie sprangen auf und klaubten ihre Sachen zusammen. Gabor suchte das Puddingteilchen, das er sich als Mittagessen eingepackt hatte, doch es war verschwunden. Automatisch wanderte sein Blick zu Vinnie, der mal wieder die Unschuld selbst gab und doch an seinen klebrig süßen Fingern leckte. Er war ständig hungrig, er war ein miserabler Schauspieler und ein noch schlechterer Dieb.

Er fuhr Marvin und Lisa nach Hause und nutzte den

Moment, um kurz mit deren Eltern zu sprechen, weil er für die kommenden Wochen immer wieder mal Ausflüge plante. Er würde beide abholen und wieder zurückbringen, es gab also keinen Grund, sich Sorgen zu machen. Lisas Eltern war das alles völlig gleichgültig, Marvins Mutter stimmte gerne zu.

Dann rief er Vinnies Mutter Camilla an und kündigte seinen Besuch an. Sie ließ ihn eintreten und machte dabei sogar ein recht freundliches Gesicht. Für einen Moment erwischte sich Gabor bei dem Gedanken, ob sie wohl tanzen konnte. In einem Kleid und auf hohen Schuhen wäre sie im *Milonga* eine Erscheinung.

Vinnie verschwand in seinem Zimmer, ließ es sich aber nicht nehmen, noch einmal zu erwähnen, dass seine Mama keinen Freund hatte, als ob er Gabors Gedanken erraten hätte. Camilla trug es mit Fassung. Sie machte Kaffee, dann unterhielten sie sich über den Unterricht. Gabor erklärte ihr, dass Vinnie und Jennifer miteinander üben mussten, wenn der Auftritt beim Sommerfest keine Blamage werden sollte. Camilla war einverstanden.

Das Telefon klingelte, und Camilla ging ran. Offenbar eine Freundin. Gabor gab mit Gesten zu verstehen, die Toilette aufsuchen zu wollen, und verschwand.

Gabor ging nicht auf die Toilette. Stattdessen bog er vorher in die Küche ab, sah sich kurz um und öffnete den Kühlschrank: Milch, Aufschnitt, Käse, Gemüse. Brot gab es in einem Brotfach. Alles da. Und doch: Etwas stimmte nicht. Ganz gleich, ob die Wohnung ordentlich war und Camilla ganz reizend, Vinnie brauchte Hilfe.

Er schlich leise aus der Küche und kehrte ins Wohnzimmer zurück. Camilla beendete das Gespräch und fragte Gabor, ob er noch einen Kaffee haben wollte. Der schüttelte den Kopf und verabschiedete sich.

Er würde herausfinden, was hier ablief.

Ganz sicher.

53.

Später nach der Arbeit fuhr er noch zum Krankenhaus, ganz automatisch, ohne dafür einen Entschluss zu fassen. Als ob ihn ein inneres Navigationsgerät leitete, dem er gedankenfrei folgte. Felix sah gut aus, weniger blass, weniger müde als in den letzten Tagen. Er hatte die DVDs aufmerksam durchgesehen und die Stellen markiert, die ihm besonders gut gefielen. Sie diskutierten darüber, was man den anderen an Choreografie zumuten konnte und was sie realistischerweise nicht in der kurzen Zeit erlernen konnten. Schon bald hatten sie eine Sammlung von Schritten, Drehungen und Posen, die Gabor jetzt noch in eine geeignete Reihenfolge bringen musste. Sie waren beide sehr zufrieden damit.

»Wie läuft es sonst so?«, fragte Gabor.

»Eigentlich ganz gut«, antwortete Felix.

»Ich meinte eigentlich Marie …«

Felix lächelte verlegen. »Wieso?«

»Hast du sie heute schon gesehen?«

»Klar.«

»Und?«

»Nichts und!«

Er sah verschmitzt aus, und das freute Gabor.

»Habt ihr miteinander reden können?«

Felix' Grinsen wollte gar nicht mehr verschwinden. »Ja. Das war toll!«

»Und über was?«

»Sie hat gefragt, wie es mir geht!«

»Mehr nicht?«

»Reicht das denn nicht?«, fragte Felix erstaunt zurück.

Gabor seufzte ein wenig. »Also wenn wir euch zusammenbringen wollen, musst du schon ein bisschen aktiver werden, Felix.«

»Was soll ich denn machen?«

Gabor strich über seine Hand »Du musst eine Bindung aufbauen, damit sie sich für dich interessiert.«

»Und wie mache ich das?«

»So wie ich es gerade bei dir mache …«

Felix sah ihn verdutzt an, dann auf Gabors Hand, die ruhig auf seiner lag. So als ob sie dahingehören würde. Felix hatte es gar nicht bemerkt.

»Ich kann doch nicht einfach ihre Hand halten!«, empörte sich Felix. »Das traue ich mich nicht.«

»Das musst du auch gar nicht. Pass auf, ich zeig dir einen kleinen Trick, damit es nicht peinlich wird.«

Gabor bemerkte nicht, dass Felix bei dem Wort Trick zusammenzuckte. Er sagte aber nichts, blickte Gabor nur neugierig an.

»Wenn sie das nächste Mal reinkommt, dann biete ihr einfach an, aus ihrer Hand zu lesen.«

»Und wie macht man das?«

»Du nimmst einfach ihre Hand und sagst ihr was Nettes.«

Felix zog seine Hand unter der Gabors weg. »Das ist doch Betrug! Ich kann überhaupt nicht aus der Hand lesen.«

Gabor nahm Felix' Hand wieder in seine und antwortete: »Das ist kein Betrug. Du sollst ihr nicht die Zukunft voraussagen, sondern nur ein paar Sachen über ihren Charakter.«

»Ich kenne ihren Charakter doch gar nicht!«

»Natürlich kennst du ihn. Sie ist das, was du in ihr siehst. Und das sagst du ihr. Und damit das nicht peinlich oder aufdringlich wird, nehmen wir den Umweg über die Hand.«

»Und das klappt?«

Gabor schnaubte. »Glaub mir, Frauen stehen auf so einen Scheiß.«

Felix zog seine Hand wieder zurück. »Also doch Betrug …«

Gabor ärgerte sich über sich selbst. In Felix' Ohren musste die Bemerkung geradezu niederträchtig geklungen haben. Und eigentlich klang es nicht nur in seinen Ohren so.

»Pass auf, lass mich etwas erklären: Frauen *und* Männer hören es gerne, wenn jemand etwas Positives über sie sagt. Jeder möchte etwas Einzigartiges sein, ein ganz besonderer Mensch, und jeder fühlt im Inneren, dass er das auch ist, nur sagt es nie einer. Und darum ist es so verführerisch, wenn es dann doch jemand tut. Dann willst du mehr davon hören, weil da endlich jemand ist, der erkennt, wie besonders du bist, verstehst du?«

»Schon, aber dann kann ich das doch auch so sagen, ohne den ganzen Betrug!«

»Felix, es ist kein Betrug. Wenn du das einfach so sagst, ganz direkt, ohne Vorwarnung, erreichst du in der Regel das Gegenteil. Dein Gegenüber misstraut dir. Es fragt sich: Was will der von mir? Warum sagt er das? Was verspricht er sich, wenn er sagt, dass ich etwas Besonderes bin? Darum müssen wir uns alle an ein paar Spielregeln halten. Denn genau das ist es: ein Spiel. Und wer es gut spielt, erreicht, was er erreichen will.«

Felix musterte ihn, schien noch nicht überzeugt, obwohl ihm die Argumente sinnvoll erschienen. »Das ist kompliziert.«

»Ja, das ist es.«

»Und ich kann ihr nicht einfach sagen, dass ich in sie verliebt bin?«

»Nein, denn du weißt nicht, ob sie dich will. Alles, was wir jetzt machen, ist, dafür zu sorgen, dass sie dich will. Danach kannst du ihr alles sagen, aber vorher müssen wir spielen. Gut spielen. Verstehst du?«

Felix nickte.

Sie mussten nicht lange warten, bis Marie ins Zimmer trat und die nächste Fuhre Medikamente brachte. Felix war nervös, das konnte Gabor erkennen, aber zu seiner eigenen Überraschung stellte Gabor fest, dass er selbst noch nervöser war. Hatte er Felix genügend vorbereitet? Hätten sie nicht wenigstens einmal alles durchspielen sollen? Was, wenn er ins Stottern geriet und Marie spürte, dass Felix einem Plan folgte? Dann wäre alles aus! Gabor rieb sich die Hände an der Hose. Gott, bekam er gerade wirklich schwitzige Hände? Das konnte doch nicht wahr sein!

»Hallo, Marie«, grüßte Felix.

Gabor fand, dass Felix' Stimme ruhig klang – das war gut! Ein guter Anfang. Er stand auf, um auf der Toilette ein Glas Wasser für die Medikamente zu holen. Er wollte die beiden alleine lassen. Außerdem war ihm mittlerweile schlecht vor Aufregung. Marie grüßte genauso freundlich zurück und nahm die Medikamente aus dem Tablettenspender.

»Du hast aber einen schönen Ring«, sagte Felix und tippte leicht auf Maries Hand.

»Hab ich von meinen Eltern zu Weihnachten bekommen.« Sie lächelte.

Gabor lauschte und dachte: Nimm ihre Hand. Jetzt!

Jetzt hörte er Felix fragen: »Weißt du, was ich zu Weihnachten bekommen habe?«

»Nein?«

»Ein Handlesebuch.«

»Ehrlich?«

»Ja, du glaubst nicht, was man da alles über jemanden rausfinden kann«, stellte Felix fest.

»Ehrlich?«

»Ja, in deiner Hand steht alles drin. Alles, was du bist.«

»Kannst du auch aus meiner Hand lesen?«, fragte Marie.

»Klar, wenn du möchtest«, entgegnete Felix leichthin.

Gabor war die Kinnlade runtergeklappt: dieses geniale kleine Bürschchen! Was für eine Spieleröffnung! Ein bisschen Geheimnis hier, ein bisschen Neugier dort, und sie musste dringend wissen, was es Faszinierendes über sie zu berichten gab. Gabor trat wieder in den Raum und sah, wie Marie ihre Hand in die von Felix legte und der sie grübelnd studierte.

»Und was siehst du?«, fragte Marie.

»Ehrlich gesagt hab ich so was noch nie gesehen …«, gab Felix zurück, was sogar noch der Wahrheit entsprach, denn er hatte ja auch noch nie in einer Hand gelesen.

»Ehrlich? Ist es gut?«, fragte Marie.

»Es ist total außergewöhnlich«, antwortete Felix beeindruckt.

Dann schloss er ihre Hand zu einer Faust und hielt sie in seinen Händen. »Du darfst nichts an dir ändern. Nichts!«

Felix hatte mit Nachdruck gesprochen, worauf sie ein wenig erschrocken nickte.

Er hielt ihre Hand immer noch fest. »Es ist einfach perfekt.« Gabor stellte das Glas auf das Tischchen neben Felix' Bett und brach den Bann. Marie gab ihm die Tabletten. Felix nahm sie mit einem großen Schluck ein.

»Entschuldigst du uns, Marie?«, sagte Gabor. »Felix und ich müssen noch ein paar Dinge besprechen.«

»Ja, klar.«

Sie verließ den Raum. Als sie die Tür hinter sich schloss, platzte Gabor heraus: »Darf ich dich Meister nennen?«

»Warum?«

»Weil du einer bist. Diese mysteriösen Aussagen … Wie bist du nur darauf gekommen?«

Gabors Euphorie schien nicht auf Felix abzufärben, er saß ruhig in seinem Bett, die Hände über dem Schoß gefaltet. »Ich glaube, das war nicht richtig, Gabi«, sagte er.

»Aber warum denn nicht?«

»Ich hab das Gefühl, ich hab sie betrogen. Ich habe ja auch kein Handlesebuch geschenkt bekommen.«

Gabor setze sich zu ihm. »Du hast sie glücklich gemacht, weil sie jetzt weiß, dass sie etwas Besonderes ist. Wie kann das falsch sein?«

»Es fühlt sich wie ein Trick an«, antwortete Felix.

Gabor schüttelte den Kopf: »Es ist das Spiel, Felix. Nur das Spiel.«

»Und wir tun nichts Böses?«, fragte Felix.

»An der Liebe ist nichts Böses, solange sie böse Menschen nicht als Waffe einsetzen. Und du, Felix, bist ein guter Mensch.«

Felix nickte: »Okay, dann glaub ich dir. Du bist nämlich auch ein guter Mensch.«

Gabor lächelte.

Eigentlich freute er sich über Felix' Kompliment, aber warum fühlte er sich gerade wie ein Betrüger?

54.

Der nächste Morgen war wie ein Versprechen auf einen perfekten Tag: milde Luft, ein perfektes Blau am Himmel und Vogelgezwitscher selbst dort, wo sonst der Verkehr jeden schönen Ton unter einer aspahltgrauen Lärmdecke begrub.

Kurz vor halb acht Uhr sprang Vinnie die Treppen hinunter und verließ das Haus mit dem ihm eigenen

Optimismus. Eine Weile gestaltete er seinen Schulweg ein wenig interessanter, indem er versuchte, keine Ritzen auf dem Bürgersteig zu berühren, bis er eine alte Coladose in einem Mülleimer fand und fortan nach ihr kickte, um dann und wann in wilden Torjubel auszubrechen. Er war versunken in seine eigene Welt, sodass er nicht bemerkte, wie er sich einer Bushaltestelle näherte, von der sich drei Jugendliche lösten und ihm ein paar Meter entgegenkamen.

Mit einem letzten Schuss landete die Büchse vor den Füßen der drei. Erst jetzt schaute Vinnie auf und erstarrte, wich zwei Schritte zurück, aber sie hatten sich schon um ihn herum aufgebaut. Sie grinsten, und nichts daran war freundlich.

»Na, du Spast!«

Der Kräftigste von den dreien stand direkt vor Vinnie. Er war mindestens einen Kopf größer und um einiges schwerer als der schmächtige Junge vor ihm.

»Hallo, Nico«, antwortete Vinnie kleinlaut. »Wie geht's?«

Nico grinste die beiden anderen an. »Was für ein höflicher Spast, was?«

Die anderen nickten.

Dann wandte sich Nico wieder Vinnie zu. »Dann mal los, du Spast!«

Vinnie nickte schwach, nahm seinen Rucksack ab, kramte sein Pausenbrot heraus und gab es Nico. Der warf einen Blick darauf und sagte: »Wie gesund! Sogar mit Salat!«

»Hat meine Mama gemacht«, antwortete Vinnie leise.

»Hat meine Mama gemacht!«, äffte Nico ihn nach. Dann klappte er das Brot auf, zog geräuschvoll Rotz hoch und spuckte hinein. Die anderen grinsten breit, als er es Vinnie zurückgab.

»Was ist mit der Kohle?«, fragte Nico.

»Meine Mama hat mir heute nichts mitgegeben …«

Nico schubste Vinnie, sodass der zurücktaumelte und gleich wieder von den beiden hinter ihm zurückgeschubst wurde. Wie ein Papierschiffchen im reißenden Strom eines Rinnsteins schaukelte Vinnie mal in die eine Richtung, mal in die andere.

»Ich sag's nicht gern zweimal: Wo ist die Kohle?«

»Ich hab wirklich kein Geld heute … wirklich nicht, Nico.«

Nico packte ihn am Kragen und holte mit der rechten Faust zum Schlag aus. Vinnie hob schützend die Arme über den Kopf, stand verdreht und steif unter der Drohung da und wagte nicht aufzusehen.

»Das ist mir scheißegal, ob deine Fotze von Mutter dir Geld mitgibt oder nicht. Du kannst es genauso gut selbst aus ihrem Portemonnaie nehmen. Also, wo ist meine Kohle?«

»Ich hab doch nichts«, antwortete Vinnie, der mit den Tränen rang.

»Nimm doch meins.«

Nico blickte auf.

Gabor stand hinter der Gruppe und zog sich in aller Ruhe sein Sakko aus.

»Wer bist du denn?«, herrschte ihn Nico an.

Immerhin ließ er von Vinnie ab, der die Gelegenheit nutzte, um sich ein paar Schritte von den dreien zu entfernen.

»Gabi!«, rief Vinnie erleichtert.

Nico grinste seine Kumpels höhnisch an. »Gabi … Was können wir denn für dich tun … *Gabi*?«

Gabor gab Vinnie sein Sakko. »Hältst du mal?«

Vinnie nahm das Sakko entgegen.

»So wie ich die Sache sehe«, sagte Gabor, »ziehst du meinem Freund jeden Morgen Geld ab. Richtig?«

»Was geht dich das an?«, sagte Nico und verschränkte die Arme vor der Brust.

»Weißt du, was ich an deiner Stelle nicht getan hätte?«, fragte Gabor und machte einen weiteren Schritt auf Nico zu.

»Was denn, Homo?«

Gabor trat ihm hart in die Weichteile, sodass Nico vornüber zusammenklappte. Bevor seine Kumpels reagieren konnten, hatte einer von beiden Gabors Faust im Gesicht und taumelte zurück. Der zweite blickte von Nico, der nach Luft schnappte, zu dem, dessen Nase blutete, und entschied sich dann für die Flucht. Auch der mit der blutenden Nase floh, sodass nur noch Nico übrig blieb.

»Ich hätte an deiner Stelle nicht die Arme vor der Brust verschränkt!«, fauchte Gabor, dann stürzte er sich auf Nico und schlug zu.

»Na, wie fühlt sich das an?!«, schrie er außer sich vor Wut. »Wie fühlt sich das an, wenn man sich nicht wehren kann? Komm, sag mal, wie fühlt sich das an?!«

Er schlug weiter auf Nico ein, der sich zu schützen versuchte, aber Gabor ließ nicht nach, bis ihn jemand von ihm herunterzog.

Ein Polizist.

Eine Streife war zufällig an der Bushaltestelle vorbeigefahren und hatte die Schlägerei beobachtet. Jetzt warfen ihn zwei Beamte auf den Boden und drehten ihm die Arme auf den Rücken.

»Ruhig, Mann!«, warnte einer. »Ruhig!«

Gabor gab jede Gegenwehr auf.

Er blickte rüber zu Vinnie, der sein Sakko hielt.

Er war ganz blass.

55.

Irgendein Tag in Vinnies Leben.

Eigentlich hätte Vinnies Leben ganz anders verlaufen sollen. Er hätte in einem großen Haus in der Vorstadt leben sollen, mit Garten und Swimmingpool. Er hätte jede Menge teures Spielzeug haben, auf eine Privatschule gehen sollen, wäre oft mit einem Porsche oder einem Lamborghini gefahren und hätte von Förderschulen nicht einmal gewusst, dass sie existieren.

Er hätte einen Studienfonds gehabt, wäre nach dem Abitur ins Ausland gegangen und hätte einen Abschluss in Jura oder Betriebswirtschaft gemacht. Er wäre ein erfolgreicher Anwalt oder Unternehmensberater geworden, hätte wiederum selbst ein Haus in einer Vorstadt gehabt, mit Garten und Swimmingpool. Seine Kinder wären auf eine Privatschule gegangen und hätten teures Spielzeug gehabt. Und seine Frau wäre so schön gewesen wie seine Mutter.

An vielen Tagen in seinem Leben fragte sich Vinnie, was passiert war, denn zumindest in seinen Träumen sah er all das noch vor sich, wenn die Erinnerung daran auch mehr und mehr verblasste. Er sah sich und seinen Vater in diesem Garten, im Swimmingpool und in dessen Porsche auf dem Weg zur Grundschule. Er sah den Mann mit den tollen Anzügen, der immer gut roch, und er sah seine Mutter in dem großen Haus, die all das tat, was Mütter eben so taten. Sie frühstückten zusammen, und sie aßen zusammen zu Abend. Er hatte ein wunderschönes Kinderzimmer mit vielen Spielsachen, und jeden Abend wurde ihm eine Geschichte vorgelesen.

Es waren schöne Erinnerungen, und doch blieb das

Gefühl, etwas falsch gemacht, etwas getan zu haben, was all diese schönen Pläne zerstört hatte. Nichts Gemeines oder Ungehorsames, denn das entsprach Vinnie nicht. Es hatte einen anderen Grund, und Vinnie kannte ihn nur zu genau, auch wenn er sich das selbst nicht eingestehen wollte: Er war zu dumm für dieses Leben. Zu dumm für ein schönes Haus in der Vorstadt, einen Porsche, ein Studium und eine schöne Frau an seiner Seite.

An einem ganz bestimmten Abend in Vinnies Leben drückte ihm sein Vater ein schmales Buch in die Hände: Vinnie sollte ihm die Gute-Nacht-Geschichte vorlesen. Einfach mal umgekehrt. Nur ein paar Worte. Vinnie mühte sich, aber er konnte es nicht. Selbst die einfachsten Worte waren zu schwierig, er blieb im Anlaut hängen und brauchte für einen Drei-Wort-Satz fünf Minuten. Das alles war Vinnie unangenehm, aber zu dem Zeitpunkt hatte er noch keine Ahnung, wie unangenehm das alles noch werden sollte. Denn ab diesem Zeitpunkt hatte er das Gefühl, unter Beobachtung zu stehen, doch wenn er sich manchmal umdrehte, war da nur sein Vater, der in der Zeitung las oder auf seinem Laptop tippte.

Vinnie begann, die Zeit mit ihm zu fürchten, denn so sehr er versuchte, es ihm recht zu machen, so sehr versagte er darin. Denn es hieß plötzlich nicht mehr: *Vinnie, bau doch mal ein Haus!*, sondern: *Wie sah das Klötzchen von deinem Haus aus, das ich gerade weggenommen habe?* Und je öfter sie solche Spiele spielten, desto öfter versagte Vinnie.

Dann kam der Tag, an dem er aus seiner Schule musste.

Seine Eltern stritten schon seit einiger Zeit, auch wenn sie es immer nur leise taten, ohne dass er verstehen konnte, was sie sagten, aber er wusste, dass sie es seinetwegen taten. Und selbst wenn er sie nicht leise zischen hörte, spürte er, dass sie sich voneinander entfernten, jeden Tag ein bisschen mehr. Und an allem war nur er schuld, weil er so dumm war.

Doch das allein war es nicht.

Natürlich war seinem Vater seine Lernschwäche aufgefallen, und natürlich missfiel ihm der Umstand, dass sein Sohn nicht das Leben würde führen können, das er für ihn vorgesehen hatte. Doch Vinnies Behinderung war nicht der einzige Grund, dass sich die Stimmung so verschlechterte, denn er hatte Camilla zu einem Zeitpunkt kennengelernt, als sie noch einen festen Freund hatte. Eines Tages erreichte Vinnies Vater ein Brief, in dem stand, dass er gar nicht Vinnies Vater sei. Was Camillas Exfreund dazu veranlasst hatte, diesen Brief zu schreiben, blieb sein Geheimnis, es durfte aber angenommen werden, dass es der pure Neid auf Camillas neues Leben war, denn er selbst war nichts als ein großmauliger Nichtsnutz, der weder eine feste Arbeitsstelle noch irgendein nennenswertes Talent für irgendetwas hatte. Ja, man hätte sagen können, dass er strohdumm war.

Vinnies Vater nun wollte dieser Behauptung keinen Glauben schenken, doch mit jedem Tag nagte der Zweifel ein wenig mehr an ihm: War Vinnie wirklich sein Sohn? Sah er ihm ähnlich? Gab es in seiner Familie jemanden mit einer Lernschwäche oder einer Behinderung? Oder in Camillas Familie? Und je länger er sich das fragte, desto wahrscheinlicher schien ihm die Möglichkeit, dass Vinnie vielleicht doch nicht sein Sohn war. Er hielt sich selbst für aufgeklärt, aber die Vorstellung, das Kind eines anderen großzuziehen, erschien ihm Tag für Tag absurder. Er rechnete nach und fand heraus, dass Camilla und ihr Exfreund bereits seit einiger Zeit getrennt gewesen waren, bevor sie mit Vinnie schwanger wurde. Also eigentlich so, wie es hätte sein sollen, und doch: Hatte Camilla ihn betrogen? Und ihm als Ergebnis dieses Betruges dieses Kind ins teure Nest gelegt?

Der Gedanke wurde so beherrschend, dass er einen Privatdetektiv beauftragte. So erfuhr er, dass Camilla ihrem Exfreund lange Zeit auf unerklärliche Weise verfallen gewesen war, was niemand aus ihrem direkten Umfeld je verstanden hatte, denn ihr Exfreund erschien ihnen zu dumm, zu roh, zu ungebildet für sie. Sie war sehr jung gewesen, als sie mit ihm zusammenkam, stand lange unter seinem Einfluss. Eifersucht quälte Vinnies Vater, Bilder der beiden geisterten durch seinen Kopf, bis sie so drängend wurden, dass er nicht mehr schweigen konnte.

Der Streit eskalierte.

Er forderte einen Vaterschaftstest und führte als Beweis Vinnies offensichtliche Dummheit ins Feld. Camilla, zutiefst verletzt, verweigerte den Test. Sie tat dies in dem Wissen, dass die Vorwürfe falsch waren und auf Lügen ihres Exfreundes basierten, und sie verlangte von ihrem Mann, dass er Vinnie so liebte, wie er war und nicht wie er hätte sein sollen. Denn Vinnie war sein Sohn, und dass er nicht so schlau war wie andere Kinder, war allenfalls eine Laune der Natur. Die Fronten verhärteten sich, und irgendwann ließen sie sich auch nicht mehr aufbrechen.

Das Paar trennte sich.

An diesem Tag endete Vinnies Leben, so wie es hätte sein können, und sein jetziges begann. Und das war nicht schlecht, doch in Vinnie nagte die Sehnsucht, so zu sein, wie es sein Vater gerne gehabt hätte. Und obwohl er ihn nach der Trennung zunächst selten, später dann gar nicht mehr sah, wollte er bereit sein für den Tag, an dem er zurückkehrte und feststellen musste, dass Vinnie gar nicht so dumm war, wie er immer gedacht hatte. Vinnie wollte witzig sein, schlagfertig, er wollte so viele Dinge so gut wie irgend möglich können und begann praktisch tausend Sachen gleichzeitig, was schon für einen nicht lernbehinderten Jungen eine Überforderung gewesen wäre.

Vinnie stürzte sich voller Energie auf jedes Projekt, und er verbrachte jeden Tag damit, Witze auswendig zu lernen, Sprüche von Comedians. Er merkte sich alles, so gut er konnte, damit er sie im richtigen Moment zum Besten geben konnte. Und es funktionierte sogar, denn Vinnie galt bei seinen Mitschülern als beliebt, eben weil er so gut auf Situationen reagieren konnte. Seine schulischen Leistungen hingehen blieben mäßig, so große Mühe er sich auch gab.

A*n irgendeinem Tag in Vinnies Leben* würde es seinem Vater leidtun, dass er ihn falsch eingeschätzt hatte. Und dann würde er ihn in seiner Firma anstellen, und er würde genauso schöne Anzüge tragen, genauso viel Geld verdienen und ein Haus in der Vorstadt kaufen, mit Garten und Swimmingpool. Und seine Kinder würden alle schlau sein. Viel schlauer als er selbst, und sie würden ihn nie verlassen, weil er witzig und schlagfertig war. Und genau das würde er ihnen auch beibringen. Dann konnte sie keiner mehr aufhalten, und er würde stolz auf sie sein. Genau wie sie stolz auf ihn waren. Eines Tages würde sein Leben wieder so sein, wie es eigentlich hätte verlaufen sollen. Er musste nur fest genug daran glauben.

56.

Im Nachhinein war Gabor selbst von seinem Gewaltausbruch schockiert. Vor allem jetzt, da er in einem Büro der Polizeiwache ruhig dasaß und sich völlig leer fühlte. Was für ein Glück für Nico, dass gerade eine Polizeistreife unterwegs gewesen war, aber auch für ihn selbst, denn er hätte wohl nicht aufgehört, auf ihn einzuprügeln. Und wer weiß, was dann passiert wäre. So ging die Schlägerei einigermaßen glimpflich aus, das Letzte, was Gabor gehört hatte, war, dass Nico eine gebrochene Nase, einen fehlenden Zahn und jede Menge Prellungen hatte.

Gabor blickte sich um, sah die Uniformierten, die telefonierten oder Auskunft gaben. Niemand nahm groß Notiz von ihm, sie taten Dienst wie immer, es schien sogar ein besonders ruhiger Tag für sie zu sein. Ohne besondere Vorkommnisse. Gabor rieb sich über die Finger. Weiche Hände, dachte er. Die Knöchel seiner rechten Hand schmerzten – wahrscheinlich ein Kapselriss im Gelenk des rechten Zeigefingers. Das heilt von alleine, hatte der Arzt gesagt und ihm Pflaster über die Schürfwunden geklebt.

Dabei hatte alles so friedlich begonnen: Es war nicht mal sieben Uhr morgens gewesen, als er mit einem Espresso in der Hand vor der großen Panoramascheibe seines Penthouses gestanden und sich gefragt hatte, warum er zumindest im Sommer nicht öfter früh aufstand, denn selbst mitten in der Stadt war das Erwachen eines Tages wie heute spektakulär. Es ließ einen die vielen an die eigene Person gestellten Erwartungen weniger bedrohlich erscheinen, es stellte das Rauschen der vielen Stimmen leise und reduzierte alles auf ein paar Minuten des Friedens, in denen nichts störte und alles gut war.

Nun, sollte er sich je gefragt haben, ob er ein ausgeglichener Mensch war, ob er zufrieden oder gar glücklich war, so hatte er jetzt die Antwort darauf bekommen: Er war es nicht. Er hatte sein Unglück nur gut versteckt, aber verschwunden war es nie. Er fragte sich, wie er es wieder loswurde. Alles vergessen? Zudecken und so tief versenken, dass er es nie wieder sehen musste? Das hatte offensichtlich nicht funktioniert, aber vielleicht hatte er es auch nicht tief genug untergehen lassen? Er könnte noch viel weiter rausrudern, sich von allem zurückziehen, die Augen schließen, die Sonne genießen und warten, bis seine letzte Stunde gekommen war.

Was war falsch daran? Warum musste man sich jeder Schwierigkeit stellen? Warum musste man den schwierigen Weg gehen, wenn der leichte viel weniger Aufregung und viel mehr Freude versprach?

Ein Uniformierter rief in heran und ließ ihn seine Aussage unterschreiben. Jetzt hatte er nach dem Unfall mit Kathrin ein zweites, möglicherweise viel ernsteres

Problem, nämlich eine Anzeige wegen Körperverletzung. Ein prügelnder Unternehmensberater bei *Clausen & Wenningmeier*? Dazu noch Fitz, der genau auf solche Informationen lauerte?

Herrgott, was war denn nur passiert in den letzten Wochen? Ein kleiner Fehler, einmal falsch abgebogen, und schon steckte sein Leben im Schleudergang. Und es wurde immer schlimmer! Entscheidungen, die früher richtig waren, waren jetzt falsch. Er war herausgestoßen aus seiner Welt, und was er auch tat, er verlor immer mehr die Kontrolle. Auf was sollte er jetzt setzen? Oder auf wen?

Er verließ die Polizeiwache.

Draußen warteten Camilla und Vinnie.

»Gabi!«, rief Vinnie, lief zu ihm und umarmte ihn.

»Hey, Partner«, antworte Gabor schwach und tätschelte seine Schulter.

Vinnie drehte sich zu seiner Mutter um. »Das hättest du sehen sollen, Mama! Das war wie Godzilla gegen Pinocchio! BAMM, BAMM! Immer voll in die Fresse! BAMM, BAMM, BAMM!«

»Vinnie!«, mahnte Camilla.

»Nix da!«, wehrte Vinnie ab. »Gabi war toll! Bamm, Bamm …« Er begann, wie ein Boxer zu tänzeln, und ließ die Fäuste fliegen. »Na, Nico? Wie schmeckt dir das? Bamm, Bamm! Sieh auf meine Füße! Sieh auf meine Füße! Tänzeln, tänzeln und dann BAMM, BAMM!«

»Ist ja gut«, lächelte Gabor.

Vinnie hielt ihm die Hand hin – Gabor schlug ab. »Du bist der Größte, Gabi! Mann, hab ich Hunger …« Er drehte sich um und stapfte in Richtung einer Eisdiele.

Camilla musterte ihn.

»Tut mir leid. Gewalt ist keine Lösung«, sagte Gabor, weil er glaubte zu wissen, was der Blick bedeutete.

»Allerdings, Cowboy.«

»Tja, jetzt ist es zu spät.«

Camilla hatte sich keinen Millimeter bewegt und ließ ihn nicht aus den Augen. Dann fragte sie: »Es waren wirklich drei?«

»Ja.«

»Und die haben Vinnie jeden Tag abgepasst?«

»Sieht so aus.«

»Und Sie haben ihm wirklich in die Fresse gehauen?«

»Ja«, seufzte Gabor.

»Wie haben Sie ihm in die Fresse gehauen?«

»Wie bitte?«

»Beschreiben Sie es mir!«

Gabor zögerte kurz, dann antwortete er: »Na, er hat die Arme verschränkt, und dann hab ich ihm eine reingehauen …«

»Geht das auch genauer?«

»Für jemanden, der gegen Gewalt ist, sind Sie aber ganz schön an den Details interessiert.«

»Für jemanden, dem das alles hätte auffallen müssen, bin ich jemandem ganz schön dankbar, dem es aufgefallen ist.«

Gabor musste lächeln. Dann berichtete er von Vinnies ständigem Appetit, von der Auseinandersetzung mit Nico, von jedem Wort, das dabei gefallen war, von jedem Schlag, den er ausgeführt hatte. Camilla blieb die ganze Zeit über unbewegt, nur hier und da forderte sie Gabor auf, etwas noch genauer zu beschreiben, bis sie zufrieden zu sein schien.

»Wissen Sie«, sagte Camilla, »ich dachte eigentlich immer, dass Sie ein gut aussehender, verantwortungsloser, gedankenloser Schnösel sind …«

»Und?«

»Nichts und. Ich war fertig.«

»Oh.«

Vinnie war wieder im Anmarsch, leckte an seinem Eis und versuchte gleichzeitig, nicht auf die Ritzen des Bürgersteiges zu treten. Er wirkte zufrieden, schien die ganze Aufregung um ihn wieder vergessen zu haben.

»Aber …«, begann Camilla erneut, »es hat noch nie irgendjemand etwas für meinen Sohn getan. Und schon gar nicht, was Sie getan haben, Gabor … Warum?«

Gabor dachte einen Moment nach. Dann sagte er: »Weil ich da war.«

57.

Seine Antwort schien ihm die ehrlichste zu sein, ohne wieder in der großen Kiste mit all den hässlichen Erinnerungen und den tiefen Verletzungen seiner eigenen Jugend wühlen zu müssen. Und sie half auch vorerst, einen Strich unter den Vorfall zu ziehen, denn jetzt brauchte er seine ganze Konzentration, um die Anzeige gegen ihn zu regeln. Schon auf dem Weg ins Büro rief er seinen Anwalt an. Sie waren sich rasch einig über die Strategie, und die konnte nur Angriff heißen. Sein Anwalt würde eine Gegenanzeige erwirken: Erpressung, Nötigung, Körperverletzung. Was Gabors Mitwirken in dem Fall betraf, würden sie auf Nothilfe plädieren, die leider etwas aus den Fugen geraten war, auch wenn der Gesetzgeber vorsah, dass so lange geholfen werden durfte, bis man die Gefahr sicher abgewehrt hatte.

Damit jedenfalls würde der Anwalt bei den Eltern des Opfers vorstellig werden und ihnen einen außergerichtlichen Vergleich zu beiderseitigem Vorteil vorschlagen: kein Prozess, keine Prozesskosten, keine Verurteilung. Und ein angemessenes Schmerzensgeld für das Arschloch Nico. Gabors Anwalt kannte Nicos Eltern: Geschäftsleute. Sehr reich. Sie hatten sicher kein Interesse an einem öffentlichen Prozess, in dem offenbar wurde, was ihr wohlstandsverwahrlostes Söhnchen in seiner Freizeit so trieb. Insgesamt beurteilten Gabor und dessen Anwalt die ganze Sache optimistisch. Ein paar Tausender extra in den Studienfonds des kleinen Arschlochs, und die Sache wäre geregelt. Geld war nicht nur in ihren Kreisen die universelle Sprache der Elternliebe.

Natürlich war im Büro die Neugier groß, warum Gabors Hand verpflastert war, es war den Blicken seiner Kollegen anzumerken, aber Gabor tat, als würde er es nicht bemerken, und trieb sein Team an, denn je mehr Arbeit sie hatten, desto weniger konnten sie sich Gedanken über Dinge machen, die sie nichts angingen. Fitz begegnete er den ganzen Tag nicht, er schien nicht einmal anwesend zu sein. Was Gabor eigentlich freuen sollte, machte ihn ein wenig misstrauisch, denn grundsätzlich war es ihm lieber, seine Feinde im Blickfeld zu haben.

Gegen Abend packte er schließlich seinen Kram zusammen und holte Marvin und Lisa ab. Vielleicht wäre ja ohne das gewohnte Umfeld und damit ohne die üblichen Zwischenfälle ein intensiver Unterricht möglich. Es wäre schön, fand Gabor, die Kids endlich einmal richtig tanzen zu sehen. Das musste doch möglich sein!

Sie betraten zusammen das Treppenhaus, das zu Gabors Penthouse führte, als Gabor zu den beiden sagte: »Ich zeig euch vorher noch ein paar Filme, damit ihr selbst seht, was ihr tun müsst.«

Just in diesem Moment stieg Gabors Nachbarin aus dem ersten Stock die Treppen hinab und warf einen misstrauischen Blick auf die beiden Teenager. Sie verstand nur *Filme*, sie sah nur Badabing-Gabor, doch statt eines seiner üblichen Flittchen hatte er jetzt zwei Unterschichtkinder bei sich! Vor lauter Empörung vergaß sie sogar zu grüßen, so fiel es auch nicht auf, dass Gabor es aus Gewohnheit nicht tat.

Im Penthouse legte Gabor die DVD ein, und sie sahen sich das wunderschöne Tangopaar an, das sie beim letzten Mal schon bewundert hatten. Doch diesmal stoppte Gabor immer wieder den Tanz, spulte vor und zurück und erklärte, was ihn so besonders machte.

»Seht sie euch an! Zu jeder Zeit sind ihre Körper und Gesichter einander zugewandt. Sie legt ihre Hand auf seine Schulter, er seine auf ihren Rücken, aber seht genau hin: Er berührt sie dabei kaum. Nur wenn sie sich zu schnell dreht, wenn sie in ihren Bewegungen aus seinen Armen auszubrechen droht, hält er sie. Aber nur so lange, wie es unbedingt nötig ist. Dann gibt er sie wieder frei.«

Marvin tippte auf das Standbild und fragte: »Woher wissen die, was sie tanzen?«

»Gute Frage, Marvin. Im Tango führt immer der Mann, aber er folgt dabei keinen festen Regeln, sondern macht der Dame Bewegungsvorschläge.«

»Und wenn sie das nicht will?«

Gabor lächelte. »Nun, es sind Vorschläge, aber sie darf sie nicht ablehnen. Das bedeutet für beide, dass sie während des Tanzes sehr aufmerksam sein müssen, denn er muss sich immer neue Figuren und Schritte ausdenken, um sie nicht zu langweilen. Und sie muss erahnen, was er im nächsten Moment von ihr will, und folgen. Das erfordert Vertrauen und Konzentration.«

»Woher weiß sie, was er von ihr will?«, fragte Marvin.

»Es sind winzige Bewegungen im Körper, die die Richtungen vorgeben. Sie muss spüren, nach welcher Seite sich sein Körper neigt oder dreht. Und er muss ihr den Raum geben, dass sie ihm folgen kann.«

Gabor spulte weiter vor zu einer Passage, in der die Tänzerin in wilden, verführerischen Figuren um ihren Tänzer herumtanzte. Sie flog förmlich um ihn herum, während er ihr Feld mit Armen und Körper eingrenzte. »Seht nur: Es ist, als würde sie in einem goldenen Käfig tanzen, und doch ist sie frei.«

»Das verstehe ich nicht«, sagte Marvin.

»Das ist auch schwer zu verstehen«, bestätigte Gabor. »Aber das macht den Tango aus: Sie ist ihm verfallen, und doch tanzt sie ihm förmlich auf der Nase herum. Er ruht in diesem Tanz, aber sie macht ihn strahlend hell. Sie suchen einander, sie stoßen einander weg. Er beherrscht sie, aber nur solange er sie nicht langweilt. Der Mann ist macho, seine Posen sind stark, aber sie hat alle Macht über ihn. Und gleichzeitig wäre sie ohne ihn verloren. Beide Partner bleiben erkennbar, beide wollen dasselbe, aber sie behalten sich immer eigene Entscheidungen vor. Das erzeugt die Spannung, die wir in den Körpern sehen und die wir bei guten Tangopaaren fühlen.«

Marvin stöhnte auf. »Das lernen wir nie.«

Gabor stoppte die DVD und winkte ab. »Natürlich lernt ihr das. Es braucht viele, viele Jahre, um so zu tanzen wie diese beiden, aber es ist auch nicht nötig, so zu tanzen. Tango kann auf viele Arten schön sein. Ihr müsst keine Profis sein, um euch auszudrücken. Also los, fangen wir an …«

Er legte Tangomusik ein und kehrte zu den beiden zurück, die ein wenig verloren im Raum standen.

»Wir beginnen mit Etikette. Ein Tänzer stellt sich nicht vor eine Dame und zerrt sie auf die Tanzfläche. Er nimmt Blickkontakt auf und wartet auf ein kleines Zeichen, dass sie gewillt ist, mit ihm zu tanzen. Das kann ein längerer Blick sein, ein winziges Nicken. Ganz wie ihr wollt. Möchte die Dame nicht tanzen, schaut sie weg. Sollte eine Dame im Gespräch sein, wird sie durch Blickkontakt signalisieren, ob sie tanzen möchte oder nicht. Aber man latscht nicht einfach in ein Gespräch hinein und fordert sie zum Tanz auf. Sollte es durch ein Missverständnis so sein, dass er sie zum Tanzen auffordert, sie aber nicht will, darf der Tänzer niemals die Damen an ihrer Seite um einen Tanz bitten.

Niemals! Niemand möchte zweite Wahl sein, eine solche Aufforderung wäre im Tango eine Unverschämtheit. Sollte die Dame in Begleitung sein, wartet der Mann, bis die Dame frei ist. Oder er holt sich das Einverständnis des anderen Mannes mit einem Blick ein. Aber niemals geht man zwischen ein Paar und klatscht ab. Ist sich ein Paar einig, legt er den weiteren Weg zurück. Sie kommt ihm erst auf den letzten Metern entgegen. Muss aber nicht. Sie darf auch sitzen oder stehen bleiben, vor allem bei schlechter Beleuchtung oder Kurzsichtigkeit wartet die Dame, bis er bei ihr ist, dann weiß sie auch, dass sie gemeint ist. Nach dem Tanz bringt er sie an ihren Platz zurück. Alles klar?«

»Muss das mit der Etikette sein? Das ist voll altmodisch«, maulte Marvin.

»Manieren sind nie altmodisch. Gerade Sie, Johann, gerade Sie!«

»Warum siezt du mich denn jetzt? Und wer ist dieser Johann?«

»Das ist aus einem Film … Vergiss es, ein Scherz. Okay, aufgepasst: Im Tango gibt es nur drei Richtungen: vorwärts, rückwärts, seitwärts. Wenn wir mal auf eine Milonga gehen, eine Tangoveranstaltung, dann wird dort gegen den Uhrzeigersinn getanzt. Lisa, komm mal zu mir …«

Sie stellte sich vor ihn, wie immer mit schlechter Körperhaltung, den Blick abgewandt.

»Als Erstes: Stolz, Lisa, Stolz! Du stehst ganz gerade, Brust raus, Bauch rein. Sieh mich an!«

Sie blickte zu ihm hoch, wenn auch zaghaft.

Gabor fühlte, wie angespannt sie war, die Muskeln steinhart, und ihre viel zu großen Hände krallten sich schon fast um seine Hand und die Schulter. So wird das nichts, dachte Gabor.

»Schließ die Augen, Lisa!«, forderte er sie sanft auf.

Sie sah ihn fragend an.

»Schließ die Augen. Ich sehe für dich!«

Sie schloss die Augen, nur um sie im nächsten Moment wieder halb zu öffnen.

»Vertrau mir, Lisa. Du bist in Sicherheit.«

Sie schloss die Augen.

Gabor verlagerte sanft das Körpergewicht von einem Bein aufs andere. Eine ganze Weile tat er das, bis er spürte, dass Lisa begonnen hatte, seine Bewegungen aufzunehmen.

»Hör auf die Musik, nur die Musik …«

Sie folgte den leichten Bewegungen, ihr Griff wurde weicher, ihre Hand lag leicht auf Gabors Schulter.

»Die Augen geschlossen, vertrau mir, auf links …«

Mit einem kleinen Impuls im Oberkörper machte Gabor den ersten Schritt vorwärts, Lisa den entsprechenden Schritt rückwärts. Sie blieben stehen. Dann wieder ein kleiner Impuls, und wieder folgte sie mit geschlossenen Augen. Sie stand jetzt ganz gerade, Gabor spürte, wie sie auf einen weiteren Schritt wartete. Wie schnell sie das Wesen dieses Tanzes begriffen hatte! Nie wusste man genau, ob sie gerade zuhörte oder was sie empfand, aber sie bekam alles mit und konnte es offenbar auch umsetzen. Bald schritten sie durch das Penthouse. Sie ließ die Augen die ganze Zeit geschlossen, wartete aufmerksam auf Impulse und reagierte bald so natürlich, als hätte sie die ganze Zeit nichts anderes getan, als erste Tangoschritte zu tanzen. Ja, es schien, als hätte sie sogar plötzlich Gefallen an ihrer Körpergröße gefunden, sie stand gerade und war leicht wie eine Feder.

Als Lisa die Augen öffnete, sah sie Gabor strahlen. »Das war toll«, sagte er. »Wirklich. Aus dir wird eine tolle Tangotänzerin.«

Sie konnte sich ein kleines geschmeicheltes Lächeln nicht verkneifen.

Gabor nickte Marvin zu. »Komm! Aber mit Etikette!«

Marvin nahm Blickkontakt auf, dann ging er auf sie zu. Die letzten Meter kam sie ihm entgegen, dann nahmen sie die Grundposition ein. Gabor stand bei ihnen und half bei den ersten Schritten.

Dann sah er ihnen zu und fand beide sehr verändert vor: Lisa, die niemandem vertraute, hatte sich Marvin zugewandt und reagierte sensibel auf jede Bewegung. Und er, der prügelnde Grobian, behandelte sie sanft, respektvoll, ja beinahe übervorsichtig.

Sie tanzten nur die Grundschritte, aber nach einer Weile fanden sie in den Rhythmus, spielten sich aufeinander ein, vertrauten einander. Und zum ersten Mal hatte Gabor das Gefühl, dass das mit dem Showact beim Sommerfest doch noch funktionieren könnte.

Zwei Stunden später waren sie ordentlich ins Schwitzen geraten, ihre Gesichter vor Anstrengung gerötet. Aber von Erschöpfung keine Spur! Lisa grinste unentwegt, als sie das Penthouse wieder verließen, während Marvin Gabor mit Fragen löcherte, was er besser machen konnte, wann sie wieder trainieren würden, wie viele Schritte es gab und wann sie sie endlich lernen würden. Gabor ließ sich von so viel guter Laune anstecken und versprach, so oft mit ihnen zu tanzen, wie es eben ging.

Sie passierten gerade den ersten Stock, als er sagte: »Das nächste Mal nehmen wir alles auf Video auf. Dann seht ihr selbst, wo die Bewegungen noch natürlicher werden müssen.«

»Geil!«, rief Marvin. »Ich hab mich dabei noch nie auf Film gesehen, du Lisa?«

Lisa schüttelte lächelnd den Kopf.

Dann waren sie schon die Treppen heruntergelaufen und verließen das Haus. Die Haustür fiel ins Schloss, die Tür im ersten Stock öffnete sich einen Spalt. Ein Auge spähte nach draußen. Die Kinder waren fort und dieser Lude aus dem Penthouse auch. Er hatte aus ihrem Haus ein Bordell gemacht! Die Tür schloss sich wieder.

58.

Gabor erwachte gut gelaunt am nächsten Morgen und eilte noch vor der Arbeit zu Felix ins Krankenhaus, um von den Fortschritten mit Lisa und Marvin zu berichten. Das Frühstück war noch nicht abgeräumt, Felix hatte kaum gegessen, wirkte aber optimistisch und bester Laune.

»Hätte nicht gedacht, dass Prügel-Marvin mal irgendetwas gut finden würde«, staunte er.

»Nenn ihn nicht so. Eigentlich ist er ganz okay. Ohne seinen Vater oder seine verrückten Brüder.«

»Na gut. Und er will wirklich Tango lernen?«

»Ja, er findet es nicht schwul, und er macht seine Sache nicht schlecht. Lisa wird ihm helfen. Sie ist ein Bewegungstalent.«

»Wow, hätte ich nicht gedacht. Sie wirkt immer so still.«

»Ja, erstaunlich nicht? Ich hab viele Tanzschüler betreut, aber selten war jemand wie Lisa dabei, der so schnell versteht, worum es wirklich geht.«

»Du hattest schon vor uns Tanzschüler?«, fragte Felix.

»Ich hab mir damit mein Studium verdient. Zuerst hab ich nur in einer Tanzschule ausgeholfen: die Bar betreut, Musik aufgelegt, geputzt, solche Sachen. Währenddessen bekam ich Stunden von der Besitzerin. Irgendwann war ich so gut, dass ich selbst als Tanzlehrer angefangen habe.«

»Und gibt es die Tanzschule noch?«, fragte Felix.

»Ja, aber sie hat jetzt andere Besitzer. Die damalige Besitzerin hat sie verkauft und ist mit einem Mann nach Argentinien ausgewandert. Soweit ich weiß, lebt sie immer noch dort und ist sehr glücklich.«

»Und hast du nie Lust gehabt auszuwandern?«, fragte Felix.

Gabor zögerte mit der Antwort, dann sagte er: »Na ja, da gab es einmal einen Moment … Aber … was ist eigentlich mit Marie?«

Er hatte schon mal eleganter das Thema gewechselt, aber Felix machte keine Anzeichen nachzuhaken. Im Gegenteil: Marie schien das interessantere Gesprächsthema für ihn zu sein.

»Läuft toll. Gestern Abend ist sie extra länger geblieben und hat sich mit mir unterhalten. Extra länger geblieben wegen *mir*!«

Er war sichtlich stolz.

»Was habe ich dir gesagt? Sie sieht dich!«

Felix nickte.

Gabor freute sich. Vielleicht war die Zeit der Pleiten jetzt vorbei, und es begann die Zeit der Glücksgriffe. Wenn das der Beginn einer Strähne war, dann mussten sie jetzt dranbleiben. Glück war zu flüchtig, als dass man darauf hoffen durfte, es könnte von alleine verweilen.

»Pass auf, wir sind auf einem guten Weg, jetzt müssen wir sehen, dass wir die Kuh vom Eis kriegen.«

»Welche Kuh?«

Gabor seufzte. Redewendungen, Ironie und Wortspiel. Ganz schwierig. Er versuchte es anders. »Ich meinte damit, dass wir jetzt in die nächste Phase übergehen sollten.«

»Welche Phase?«, fragte Felix ein wenig misstrauisch.

»Du musst in ihren Gedanken bleiben. Sie muss sich weiter mit dir beschäftigen.«

»Aha.«

»Okay, pass auf. Marie ist ein wirklich hübsches Mädchen. Das heißt aber auch, dass sie aus diesem Grund viele Komplimente hört. Sie *weiß*, dass sie hübsch ist. Verstehst du?«

»Ja. Und?«

»Wenn du ihr jetzt sagst, dass du sie hübsch findest, wirst du nur einer von vielen sein. Du sollst aber etwas Besonderes sein, so wie sie etwas Besonderes ist. Deswegen wirst du ihr ein Kompliment machen, das sie nicht vergisst.«

»Das hört sich gut an.«

»Marie hat ja diesen klitzekleinen Silberblick. Ihr linkes Auge rutscht manchmal ein Stück nach innen. Sprich sie darauf an. Sag ihr, dass du ihren Silberblick ganz entzückend findest.«

Felix schüttelte den Kopf. »Das mache ich nicht. Das ist gemein.«

»Das ist nicht gemein. Du sagst es nicht böse, und ihr Silberblick ist wirklich ganz entzückend.«

»Warum sollte ich ihr so was sagen?«

»Weil wir nicht so sein wollen wie alle anderen. Es wird sie einen Moment verunsichern. Sie ist nicht makellos, aber genau deswegen magst du sie. Sie wird später drüber nachdenken und sich fragen, ob sie hübsch genug für dich ist.«

»Das sag ich nicht!«

»Vertrau mir doch, Felix. Du tust nichts Böses.«

»Doch, das tue ich. Ich bin gemein zu ihr, und das ist böse.«

»Du bist nicht gemein, Felix. Du bist doch verliebt in sie, wie könntest du da gemein sein?«

»Dann ist es ein Trick! Das ist es doch?«, fauchte Felix.

Gabor versuchte, ihn an der Hand zu berühren. »Bitte reg dich nicht so auf, Felix.«

»Ach? Ich soll mich nicht aufregen? ICH SOLL MICH NICHT AUFREGEN?!«

Die Tränen schossen ihm in die Augen. »ICH REG MICH ABER AUF!« Er begann zu weinen.

Gabor war aufgesprungen und versuchte, ihn in den Arm zu nehmen, doch Felix wehrte sich, stieß ihn fort.

»Das ist gemein, das ist alles so gemein, Gabi!«

Gabor war bleich geworden vor Schreck. »Felix! Schhh, bitte beruhige dich!«

»Warum ist alles so gemein, Gabi? Warum? Ich hab doch niemandem etwas getan …«

Gabor schluckte hart. »Hast du nicht Felix. Bestimmt nicht.«

»Aber warum bin ich so krank, Gabi? Das ist doch nicht fair.«

Gabor konnte sich nicht bewegen, saß starr, wie gelähmt. Vor ihm Felix, dem die Tränen nur so über die Wangen liefen. Ein kleines Häufchen Elend.

»Nein, Felix. Das ist nicht fair«, antwortete Gabor tonlos. »Das ist gemein. Das ist wirklich gemein.«

59.

Der Tag hatte so gut begonnen, jetzt war davon kaum noch etwas übrig. Gabor hatte Felix getröstet, so gut er konnte, und war gegangen, als seine Großeltern zu ihrem täglichen Besuch kamen und für den Rest des Tages bei ihm blieben.

Er fühlte sich reichlich unzulänglich und fragte sich, was er hätte anders machen können, ja, machen müssen? Er wollte doch nur das Beste für Felix, den Jungen, der fast alles in seinem Leben verloren hatte. Wäre es nicht fair, wenn er wenigstens einmal etwas gewinnen würde? Hatte er die Liebe Maries nicht einfach verdient?

Felix war ein guter Mensch, was war denn so schlimm daran, wenn man dem Schicksal mit ein paar harmlosen Tricks ein wenig auf die Sprünge half? Wäre das wirklich so schändlich? Sollte Gabor auf die Chance, etwas für Felix zu erreichen, verzichten und einfach zusehen, wie es für Felix wieder einmal kein Happy End geben würde? Einfach danebenstehen, mit den Schultern zucken und sagen: Pech gehabt, Felix, aber kleine Tricks sind einfach nicht anständig? Auch wenn jeder sonst auf der Welt kleine Tricks anwendete, um den Partner seiner Wünsche zu beeindrucken, ganz gleich, ob Frau oder Mann?

Gabor erreichte sein Büro und wurde von seiner Assistentin in Kenntnis gesetzt, dass in ein paar Minuten eine Teamleitersitzung begann, auf die er wirklich gerne verzichtet hätte, denn es gab wie so oft nicht allzu viel zu besprechen, außer dass jeder die Gelegenheit nutzen würde, sich vor den anderen noch mal in Szene zu setzen.

Gabor las gerade seine Mails, als jemand an seine offene Tür klopfte. Er blickte auf, sah in Sonjas irritiertes Gesicht, die zwei uniformierte Polizisten hineinführte und sagte: »Herr Schoening? Haben Sie einen Moment Zeit für die Herren?«

»Was ist denn jetzt schon wieder?«, fragte Gabor.

Der Größere der beiden stellte sich als Polizeiobermeister Fink, der andere als Polizeimeister Richards vor.

Fink antwortete dann: »Gegen Sie liegt eine Anzeige vor, Herr Schoening …«

Gabor seufzte und nickte seiner Assistentin zu: »Lässt du uns alleine?«

Sie zog sich zurück und schloss die Tür hinter sich.

»Ich weiß, dass eine Anzeige gegen mich vorliegt!«, antwortete Gabor sauer. »Das haben wir nun wirklich gestern geklärt. Können Sie mir vielleicht erklären, warum Sie hier in voller Montur auftauchen? Das ist meine Arbeitsstelle – was glauben Sie eigentlich, wie ein solcher Besuch auf die Mitarbeiter wirkt, hm? Ich bin Unternehmensberater, okay? Wie vertrauenswürdig ist ein Unternehmensberater, wenn bei ihm die Polizei einmarschiert?«

Fink musterte ihn. »Sie wissen von der Anzeige, Herr Schoening?«

»Ja. Körperverletzung. Ich war gestern bei Ihnen auf dem Revier, anschließend ist der ganze Vorfall zu den Anwälten gegangen.«

»Deswegen sind wir nicht hier, Herr Schoening«, antwortete Polizeimeister Richards.

»Weswegen sind Sie dann hier?«, fragte Gabor irritiert.

»Gegen Sie wurde Anzeige wegen Unzucht mit Minderjährigen und Verdacht auf Pornografie gestellt«, gab Fink zurück.

Gabor fühlte sich, als hätte er gerade einem Clown eine Tür geöffnet, der ihm einen Eimer Eiswasser ins Gesicht kippte.

»Was?«

Mehr brachte Gabor nicht heraus.

»Sie sollen gestern Abend zwei Jugendliche mit zu sich nach Hause genommen haben, um dort einen Film pornografischen Inhalts zu drehen«, antwortete Polizeimeister Fink ungerührt. »Ein Zeuge will sie dabei beobachtet haben.«

»Ein Zeuge? Wer behauptet denn den Mist?«, zischte Gabor.

»Möchten Sie sich zu den Vorwürfen äußern?«, fragte Fink ungerührt.

»Wir haben doch keinen Porno gedreht! Ich leite eine Tanz-AG mit lernbehinderten Schülern. Wir haben gestern bei mir zu Hause Tanzunterricht gehabt. Das ist auch alles mit der Schule und den Eltern der Kinder besprochen. Wenn Sie wollen, gebe ich Ihnen gerne die Telefonnummer der Schuldirektorin. Und die beiden Jugendlichen können Sie natürlich auch befragen.«

»Und wie erklären Sie die Aussage des Jungen, dass er sich *dabei* noch nie gefilmt habe?«

»Wir wollen für die nächsten Stunden eine Kamera mitlaufen lassen, damit die Jugendlichen ihre Bewegungen einmal selbst sehen können. Man lernt viel besser, wenn man sieht, was man falsch oder richtig macht.«

»Und die Jugendlichen können das bestätigen?«, fragte Polizeimeister Richards.

»Alle können das bestätigen!«

Gabor rief die Website der Förderschule auf und drehte den Bildschirm zu den Polizisten. »Hier, wir rufen sofort die Rektorin der Schule an: Kathrin Bendig. Hier sehen sie? Der Name. Und hier: die Durchwahl. Sie dürfen mein Telefon benutzen …«

»Bitte beruhigen Sie sich, Herr Schoening«, mahnte Polizeiobermeister Fink. »Wir müssen jeder Anzeige nachgehen.«

»So, müssen Sie das? Dann stelle ich jetzt mal eine Frage: Wer hat mich angezeigt?«

»Das dürfen wir Ihnen nicht sagen«, entgegnete Polizeimeister Richards.

»Ach so! Das dürfen Sie nicht. Aber Sie dürfen in mein Büro kommen und mich beschuldigen. *Das* dürfen Sie dann schon!«

Polizeiobermeister Fink nahm sich Gabors Telefon und hob den Hörer ab. »Das wird sich sicher gleich alles klären, Herr Schoening. Solange möchte ich Sie bitten …«

Weiter kam er nicht, denn Gabors Bürotür flog auf.

Jennifers Mutter marschierte wütend hinein, in ihrem Rücken Sonja, die vergeblich versucht hatte, sie aufzuhalten.

»SIE!«, schrie sie wütend. »Sie Zuhälter, Sie!«

Die beiden Polizisten wandten sich ihr neugierig zu.

Gabor war fassungslos. Das war doch ein Irrenhaus hier! Sollte er das Ganze halbwegs unbeschadet überstehen und zufälligerweise seinen Job behalten, dann würde er dafür sorgen, dass *Clausen & Wenningmeier* eine Sicherheitsschleuse bekam. Ganz gleich, wie viel das die Firma kosten würde. Denn das hier entwickelte sich gerade zum Marktplatz der Soziopathen.

»Ich hatte Ihnen gesagt, Sie sollten sich aus dem Leben meiner Tochter raushalten!«, schrie Jennifers Mutter aufgebracht, und Gabor wurde schlagartig bewusst, wie prekär seine Situation gerade wurde: Anzeige wegen Körperverletzung. Anzeige wegen Pornografie. Und das klang jetzt verdammt nach Missbrauch von Minderjährigen. Er konnte förmlich sehen, wie in den Gesichtern der Polizisten Sturmwarnung aufzog.

»Wovon reden Sie?«, fragte Gabor.

»Wovon ich rede? Ich rede von Jennifer! Meiner Tochter! Die ich Ihnen anvertraut habe und die Sie in die Arme eines Sexverbrechers getrieben haben!«

Gabor bedeutete Sonja, schnellstens die Tür zu schließen, was diese auch tat. Dann stand er auf und trat vor Jennifers Mutter. »SIE HABEN SIE WOHL NICHT MEHR ALLE!«

Das war so laut und so furchteinflößend, dass sie vor Gabor zwei Schritte zurückwich und die beiden Polizisten aufsprangen.

»Herr Schoening!«, mahnte Richards zur Besonnenheit und legte ihm sanft eine Hand auf die Brust.

»Sind denn hier alle verrückt geworden?«, brüllte Gabor. »Wieso fühlt sich eigentlich jeder berufen, in mein Büro zu kommen und mich zu beschuldigen!«

Jennifers Mutter hatte sich wieder gefangen und schrie: »Sie haben meiner Tochter erlaubt, sich mit diesem Schwein zu treffen!«

Gabor donnerte zurück: »Einen Scheiß habe ich getan! Aber wenn Sie schon da sind: Warum kümmern Sie sich nicht mal um Ihre Tochter?«

»Wie Sie sich gekümmert haben, sehe ich ja!«

»ICH HAB'S WENIGSTENS VERSUCHT!«

Da Gabor, außer sich vor Wut, wieder einen Schritt vorgemacht hatte, stellten sich die beiden Polizisten jetzt zwischen die beiden.

»Dürfen wir erfahren, worum es überhaupt geht?«, fragte Polizeiobermeister Fink.

»Das würde mich auch interessieren!«, rief Gabor sauer.

Jennifers Mutter sammelte sich einen Moment, dann sagte sie zu den Polizisten: »Herr Schoening fragte mich vor einiger Zeit, ob meine Tochter unbeaufsichtigt ihre Freizeit mit anderen verbringen dürfte. Ich habe das ganz eindeutig verboten. Meine Tochter ist geistig behindert …«

»Ist sie nicht«, fauchte Gabor: »Sie ist lernbehindert.

Schlimm genug, dass Sie als Mutter den Unterschied nicht kennen oder glauben, es zu meinen Ungunsten dramatisieren zu müssen.«

»Meine Tochter braucht jedenfalls besondere Fürsorge. Sie kann Situationen nicht richtig einschätzen, daher braucht sie Schutz. Herr Schoening hat meiner Tochter offenbar erlaubt, sich mit einem Jungen zu treffen. Unbeaufsichtigt. Und damit gegen seine Fürsorgepflicht verstoßen und gegen den expliziten Wunsch der Eltern.«

Polizeimeister Richards sah von ihr zu Gabor und wieder zurück. »Nun, das ist bedauerlich, aber mir ist nicht klar, warum Sie Herrn Schoening deswegen als Zuhälter beschuldigt haben?«

Jennifers Mutter schossen die Tränen in die Augen, dann würgte sie förmlich hervor: »Weil dieser junge Mann meine Tochter sexuell missbraucht hat. Und Herr Schoening trägt dafür die Schuld.«

Für einen Moment wurde es ganz still im Raum.

Gabors Wut war verrauscht, er suchte Halt an seinem Schreibtisch. »Ist das wahr?«, fragte er.

»Dieses Schwein hat mein Kind nackt fotografiert. Und das ist Ihre Schuld, Herr Schoening! Wo waren Sie, als Jennifer Ihre Hilfe gebraucht hat?«

»Haben Sie Anzeige gegen den jungen Mann gestellt?«, fragte Richards.

Jennifers Mutter beachtete ihn kaum. »Ich glaube, mit Herrn Schoening stimmt etwas nicht. Sein seltsames Interesse an Jugendlichen, sein seltsamer Tanzunterricht … Welcher Erwachsene macht denn so was?« Sie wandte sich zu den Polizisten. »Sehen Sie sich doch um. Er hat einen Beruf, der ihn mit Sicherheit extrem fordert. Und trotzdem hängt er ständig mit Minderjährigen rum. Da stimmt doch etwas nicht.«

»Was wollen Sie denn damit andeuten?«, fragte Polizeiobermeister Fink.

»Ich will Anzeige gegen ihn erstatten. Ich glaube, dass das alles kein Zufall ist!«

Alle Blicke richteten sich auf Gabor.

Der dachte nur an Jennifer und an diesen Typen, dem er von Anfang misstraut hatte. Er hätte mit Jennifer sprechen, sie vorwarnen müssen, wie immer sie auch darauf reagiert hätte. Spätestens an dem Punkt, wo er von ihr verlangt hätte, sich auszuziehen, hätte sie sich vielleicht an Gabors Warnungen erinnert. Das Schlimmste wäre wohl verhindert worden.

»Herr Schoening?«

Gabor blickte auf – Polizeiobermeister Fink hatte ihn angesprochen, offenbar nicht das erste Mal.

»Würden Sie uns bitte aufs Revier begleiten?«

Gabor nickte und verließ mit den Polizisten und Jennifers Mutter sein Büro. Draußen standen schon fast alle Mitarbeiter *von Clausen & Wenningmeier*. Der Aufruhr war nicht unbemerkt geblieben, jetzt bildeten sie fast schon so etwas wie ein Spalier.

Kurz vor den Aufzügen stand David Fitz.

»Hey Mann, sag, wenn du einen Anwalt brauchst. Wir stehen alle hinter dir!«

Gabor nickte. Genau das war ja das Problem.

60.

So verpasste er die verhasste Teamleitersitzung, konnte sich aber sicher sein, dass Ferdinand Clausen der Grund dafür mitgeteilt werden würde. Stattdessen dann ein nicht enden wollendes Gespräch auf der Polizeiwache. Erst als Kathrin hereingehumpelt kam und wenigstens den Vorwurf der Pornografie aus dem Weg räumen konnte, lichtete sich allmählich das Feld der Unterstellungen. Sie schaffte es sogar, Jennifers Mutter zu einem privaten Gespräch aus dem Zimmer zu lotsen, sodass Gabor nach ein paar Verständnisfragen seine Aussage durchlesen und unterschreiben konnte. Er war entlassen, wenn auch unter den misstrauischen Blicken der Polizisten Fink und Richards.

Draußen traf er Kathrin, die offenbar auf ihn gewartet hatte.

»Müssen wir Sie jetzt jeden Tag von der Polizeiwache abholen, Gabor?«, fragte sie.

Gabor hatte keine Lust, sich mit ihr zu streiten. Ihr vorzuwerfen, dass erst durch ihre Erpressung sein Leben in sagenhafte Schieflage geraten war. So murmelte er nur: »Lief schon mal besser, danke der Nachfrage.«

»Kommen Sie, ich spendiere Ihnen einen Kaffee«, antwortete sie aufmunternd.

»Wenn das so weitergeht, können Sie ihn mir gleich im Knast vorbeibringen.«

»Och Gabor, so schlimm ist das doch alles nicht …«

Gabor, der sich bereits zum Gehen gewandt hatte, drehte sich noch einmal um. »Was ist denn schlimm für Sie? Wenn sich die Menschheit in die Luft sprengt? Oder noch schlimmer: dem Supermarkt das Arktiswasser ausgeht?«

Kathrin machte eine kleine Geste mit der Krücke. »Na los, setzen wir uns doch einen Moment.«

Widerwillig setzte sich Gabor auf eine Parkbank, sauer darüber, dass er dem gipsbeinigen Stalin schon wieder gehorchte.

»So viel ist gar nicht passiert. Jennifers Mutter hält sie zwar immer noch für einen Idioten, aber ich habe ihr klargemacht, dass ihre Unterstellungen unpassend und verletzend waren. Lisas und Marvins Eltern werde ich von dem Missverständnis informieren. Es kann also ganz normal weitergehen.«

»Es wird Ihnen nicht aufgefallen sein, aber *normal* läuft hier gar nichts. Und zwar seit der Sekunde, in der ich Sie über den Haufen gefahren habe.«

»Ach ja, das war bis hierhin ganz schön aufregend, was?«, antwortete Kathrin versonnen.

Gabor schaute sie entgeistert an.

Sie tätschelte seine Hand. »Jetzt seien Sie mal wieder friedlich, Gabor. Ich halte Ihnen den Rücken frei, versprochen. Bereiten Sie die Kinder nur auf das große Sommerfest vor. Tanzen Sie!«

»Tanzen, Tanzen …«, maulte Gabor. »Es gibt im Moment wirklich Wichtigeres als dieses alberne Fest!«

»Nein, Gabor, für diese Kinder gibt es nichts Wichtigeres als diesen Tanz auf dem Fest. Glauben Sie mir.«

»Felix stirbt vielleicht«, antwortete Gabor heftig. »Jennifer ist missbraucht worden. Lisa ist stumm. Was reden Sie denn da nur für eine Scheiße, Kathrin?«

»Sie verstehen das wirklich nicht, was? Wir können die Vergangenheit nicht ändern, die Zukunft aber schon. Diese Kinder beten Sie an, Gabor. Sie haben ihre Herzen erobert, sie würden für Sie durchs Feuer gehen. Genau wie Sie für die Kids gerade durchs Feuer gehen.«

»Diesen Mist hier habe ich einzig und allein Ihnen zu verdanken!«

Kathrin lächelte. »Tatsächlich? Habe ich Ihnen auch gesagt, Sie sollen Vinnies Feinde verprügeln? Habe ich Ihnen gesagt, dass Sie Ihr Zuhause für Tanzstunden zur Verfügung stellen sollen? Und habe ich Ihnen gesagt, dass Sie Felix jeden Tag besuchen und dabei versuchen sollen, ihn mit der Schwesternschülerin zu verkuppeln?«

»Woher zum Teufel …?«

»Oh bitte, Gabor. Es sind *meine* Kinder. Glauben Sie wirklich, Sie machen irgendetwas mit meinen Kindern, ohne dass ich davon erfahre? Glauben Sie wirklich, ich sorge mich nicht um jeden Einzelnen von ihnen?«

Gabor schwieg.

»Wie läuft es denn mit Marie?«, fragte Kathrin interessiert.

»Das geht Sie gar nichts an!«, antwortete Gabor gereizt.

Kathrin grinste: »Verstehe. Das ist so ein Jungsding, richtig?«

»Es ist jedenfalls kein Rektorinnending, okay?«

»Okay. Und wie geht's im Unterricht voran?«

»Wir sitzen hier auf einer Parkbank vor der Polizeiwache. Also warum raten Sie nicht einfach mal?«

Sie zog eine Schnute und sagte: »Ach Gabor. Ich bin sehr froh, dass Sie für die Kinder da sind. Sie haben zwar das Feingefühl einer Dampframme, aber Sie tun die richtigen Dinge.«

»Ich hab keine Ahnung, was ich da die ganze Zeit tue. Das ist die traurige Wahrheit.«

»Machen Sie sich nichts draus. Sie sind nicht der erste Mann, der keine Ahnung hat, was er eigentlich tut. Aber Sie haben Herz, und nur darauf kommt es an.«

»Das löst keine Probleme, Kathrin!«, polterte Gabor. »Genauso wenig wie Walgesänge, Steinepusten und

Räucherstäbchen. Das ist etwas, was Sie nicht verstehen.«

»Sie denken immer noch wie ein Unternehmensberater«, antwortete Kathrin.

»Das liegt vielleicht daran, dass ich einer bin.«

Kathrin schüttelte den Kopf. »Sie haben es aber mit Menschen zu tun. Nicht mit Maschinen. Oder Firmen. Da wechselt man nicht einfach mal ein paar Teile aus, und schon funktioniert wieder alles. Was andere so tief gehend verbockt haben, werden Sie nicht mit ein paar schnellen Maßnahmen reparieren. Alles, was Sie tun können, ist Partei für Ihre Kinder zu ergreifen. Und das haben Sie. Sie sind ihr Held, Gabor! Verstehen Sie das denn nicht? Sie! Mit all Ihren Schwächen und fragwürdigen pädagogischen Maßnahmen sind Sie ihnen Vorbild geworden. Und da wir gerade bei fragwürdigen Maßnahmen sind: Lassen Sie die Kinder nicht wieder mit Ihrem Auto fahren …«

»Das wissen Sie auch?«

»Sie erzählen mir doch auch alles, Gabor. Was glauben Sie, wie lange da so ein Teenager standhält?«

Sie schwiegen einen Moment.

Gabor starrte auf die Straße vor sich. Was war nur passiert in den letzten Wochen? Er sollte doch nur Tanzunterricht geben, zwar nicht ganz freiwillig, aber es war doch nur Tanzunterricht! Und obwohl sein Leben auf dem Kopf stand, wollte er mit seinem kleinen Club in einen schöneren Traum tanzen … Der Gedanke überraschte ihn, und doch war es genau so: Sprach da gerade wirklich der Unternehmensberater in ihm?

Er atmete tief durch. »Dann also tanzen?«

Kathrin nickte. »Ja, tanzen, weil es manchmal das Wichtigste auf der Welt ist.«

61.

Gabor hatte nicht die geringste Lust, ins Büro zurückzukehren, und tat es auch nicht. Die nächsten Tage würden schwierig werden, nicht nur weil Fitz ihm im Genick saß, sondern auch weil er selbst dazu beitrug, dass sich seine Position wie ein dünner Ast unter einem fetten Vogel bog. Wie lange würde Ferdinand Clausen seine Extravaganzen noch dulden? Gabor war sich sicher, dass er Fitz aus altem Groll nicht die neue Position geben wollte. Noch nicht. Denn nicht mehr lange, und der kühle Unternehmensberater in Clausen würde zum Wohl der Firma schnell und endgültig handeln. Gabor würde es sogar verstehen.

Heute Abend jedoch wollte er sich amüsieren. Er wollte frei sein, so wie früher, Kathrins Rat befolgen und tanzen! Das, was ihn belastete, abschütteln und in den Armen einer Frau vergessen.

Zuvor jedoch hatte er noch etwas zu erledigen, genauer gesagt: jemanden zu erledigen! Es waren nicht nur Kathrins Kinder, es waren mittlerweile irgendwie auch seine, und niemand würde sie – wie Jennifer – ungestraft demütigen.

Er zückte sein Handy und rief einen Freund an.

»Pollux? Hier ist Gabor … Ja, ist lange her, ich weiß … Ich brauch mal deine Hackerfähigkeiten … Legal? Sagen wir so: Wir müssen jemanden bestrafen, der es verdient hat … Ja, dachte ich mir, dass dir das gefällt … Ich melde mich wieder.«

Er legte auf und lächelte grimmig.

Tims Countdown hatte gerade begonnen.

62.

Eigentlich war alles so, wie es sein sollte: Die Musik hämmerte durch das Penthouse, Gabor war geduscht, frisch rasiert, und der barocke Spiegel funkelt ihn herausfordernd an, aber sein Badabing! war nicht mehr dasselbe. Es sah immer noch großartig aus, aber irgendwie fehlte der letzte Schwung, die große Sorglosigkeit, ja, man konnte sagen, dem Badabing! fehlte es etwas am Badabing!

Gabor hatte Schwierigkeiten, sich zu erinnern, wann er das letzte gewaltige Badabing! mit allem Drum und Dran hingezaubert hatte, und vermutete, dass es am Tag seines Unfalls gewesen war. Es schien ihm Ewigkeiten zurückzuliegen, so viel war in der Zwischenzeit passiert, aber in Wahrheit lag dieses Leben erst ein paar Wochen zurück. Wie schwerelos alles gewesen war!

Fest entschlossen, sich von dem Dämpfer nicht zurückwerfen zu lassen, zog er sich an und verließ das Penthouse in Richtung *Milonga*.

Normalerweise trank Gabor keinen Alkohol, wenn er tanzte, die Fahne wurde zu Recht als unangenehm empfunden, doch diesmal bestellte er Gin Tonic, noch bevor er einen ersten Tanzschritt auf das Parkett setzte. Er hatte eine geradezu unheimliche Lust zu trinken, und so bestellte er, ehe er drüber nachdenken konnte, einen zweiten. Der Alkohol stieg ihm schnell zu Kopf, er hatte wenig gegessen, und noch weniger war er an harten Alkohol gewöhnt. Aber immerhin, die Leichtigkeit, die er sich ersehnte, stellte sich mit jedem Glas mehr ein, und so begann er zu tanzen und dachte nicht mehr darüber nach, ob es irgendjemanden gab, der irgendetwas von ihm wollte.

Aber es gab immer jemanden.

Auch an diesem Abend.

In einer Pause ging Gabor leicht schwankend, aber sehr gut gelaunt zur Theke, um noch einen weiteren Drink zu ordern, und wurde ausgerechnet von Fitz dazu eingeladen. Gabor wusste, dass es kein Zufall war, dass er ihn heute hier traf, aber er wollte sich den Abend nicht ruinieren lassen und nahm das Angebot an.

»Was war denn los heute?«, fragte Fitz unschuldig.

»Warum fragst du nicht Becke und Kaltenbach?«, gab Gabor zurück.

»Hab ich schon, aber die haben nichts rausgekriegt«, antwortete Fitz ungerührt.

»Ein Jammer. Nicht mal dafür taugen sie.«

Sie stießen miteinander an.

»Der Alte macht sich ein wenig Sorgen, Gabor.«

»Ja, denke ich mir.«

»Ich finde auch, dass du dich verändert hast.«

»Wirklich?«, antwortete Gabor ironisch.

Fitz sah ihm fest in die Augen. »Ja, und ob du es glaubst oder nicht: Ich mache mir auch Sorgen. Du bist nicht du selbst! Was ist aus dem großen Gabor geworden? Dem Unverwundbaren? Dem Unbesiegbaren?«

Gabor nahm einen großen Schluck, bevor er erwiderte: »Weiß nicht, David. Sag du es mir.«

»Du bist im Begriff, alles zu verspielen. Das weißt du schon?«

»Wenn du dir da so sicher bist, warum setzt du dann nicht alles auf eine Karte?«

Fitz nahm ebenfalls einen Schluck und lächelte vielsagend.

Sie bestellten erneut und tranken wie Freunde. Es gab keine weiteren Andeutungen, keine versteckten Drohungen, keine gut gemeinten Ratschläge. Es gab nur Gabor, der wusste, dass er zu viel getrunken hatte und besser nach Hause gehen sollte. Aber er fühlte sich wohl, alles war ein Stück von ihm abgerückt, und die Musik war schön. Aufforderungen zum Tanz lehnte er höflich ab, er hatte keine Lust, er wollte nur ein wenig herumstehen und an gar nichts denken.

Bis Nadja kam.

Die umwerfend aussah und es auch wusste.

Die ihn mit ihren grünen Augen einlud, Dinge zu tun, die sich alle anderen Männer im Raum von ihr erträumten. Die ihn zum Tanz einlud und die er höflich zurückwies.

Allerdings gehörte Nadja nicht zu den Frauen, denen man einen Wunsch verweigerte. So wie sie Mittelmäßigkeit in keinem Feld der menschlichen Existenz ertrug, so wenig duldete sie Widerspruch, wenn sie der Meinung war, ihr stünde etwas zu.

»Was ist los, Gabor? Bin ich dir nicht schön genug?«, spottete sie.

»Doch, du bist schön, Nadja. Sehr schön sogar.«

»Was ist dann dein Problem?«, fragte sie gereizt.

Gabor dachte einen Moment nach und antwortete dann: »Du taugst nichts.«

Für einen Moment war sie völlig aus der Fassung, was Gabor erstaunte, denn er hatte sie noch nie so verletzlich gesehen, aber sie hatte sich schnell wieder im Griff. Ihr Gesicht war plötzlich hart und kalt wie Glas.

»Du bist betrunken«, stellte sie fest.

Es hatte einen sehr hässlichen Klang.

»Ja, ich bin betrunken. Aber trotzdem sehe ich ganz klar: Wir beide, Nadja, sind Vergangenheit.«

Sie blieb ganz kühl. »Ich hätte nicht gedacht, dass du so schwach bist, Gabor.«

Gabor zuckte mit den Schultern und antwortete: »Tja, was soll ich sagen? Du bist eine Göttin und ich nur sterblich.«

Aus ihrem Blick sprach nur noch Verachtung.

Fitz, der die ganze Zeit dabeigestanden hatte, nutzte den Moment und bot Nadja den Arm zum Tanz an. Sie ergriff ihn und schritt stolz an Gabor vorbei auf die Tanzfläche. Gabor trank aus und dachte noch, dass die beiden das perfekte Paar abgeben würden. Und insgeheim wusste er, dass es nicht gut gewesen war, sich Nadja zum Feind gemacht zu haben. Was war nur aus dem aalglatten Unternehmensberater geworden, der so meisterhaft ein Spiel bestimmen konnte? Der sich immer Optionen offenhielt und immer einen Plan B hatte? In dessen Welt es keine Überraschungen gab, weil sein Verstand keine Überraschungen zuließ. Taktik und Strategie! Niemand war besser darin. Und doch: Wie befriedigend war es, wenn man darauf pfiff. Manchmal musste man Dinge tun, die sich gut anfühlten. Und das hier fühlte sich einfach gut an.

Es war dumm.

Es war gefährlich.

Es war einfach großartig.

63.

Die gute Stimmung hielt nicht an.

Im Gegenteil.

Gabor verließ das *Milonga*, und es schien, als würde die frische Luft sein Gemüt vergiften, sein Sichtfeld an den Rändern einschwärzen, bis ihm eine stille, verzweifelte Wut ein Loch in den Magen fraß. Er stieg in ein Taxi, gab dem Fahrer seine Adresse, doch kaum waren sie unterwegs, änderte er aus einem Impuls heraus das Ziel.

Das Taxi hielt schließlich in einem Vorort, und das Haus zu sehen, das ihm seine ganze Jugend über wie ein Gefängnis vorgekommen war, freute ihn in dem Maße, wie es ihm immer noch Angst machte. Nichts hatte sich verändert, es war, als hätte die Zeit stillgestanden. Alles sah aus wie an dem Tag, an dem er es verlassen hatte.

Er stieg die wenigen Treppen hinauf und läutete Sturm.

Im Innern flammte Licht auf.

Jemand kam vorsichtig an die Tür und öffnete sie einen Spalt.

»N'abend, Mama.«

»Gabor?!«

Sie schob die Tür ganz auf und nestelte dabei an ihrem Morgenrock herum.

»Du kommst spät«, sagte sie irritiert.

Gabor nickte. »Ja, ist lange her.«

Sie hatte es anders gemeint.

Gabor trat ein. Sie war alt geworden, fand er. Und es waren weniger die Falten oder ein nachlässiges Äußeres, denn sie achtete nach wie vor auf ein tadelloses Aussehen, es waren vielmehr die leblosen Bewegungen, der matte Blick, der träge Schritt, die den Eindruck hervorriefen. Sie wirkte wie ein Gespenst.

Sie betraten die Küche, die sich ebenfalls nicht verändert hatte, nicht einmal der Geruch, der in der Luft hing. Sie machte sich gleich daran, einen Kaffee aufzusetzen. Gabor nahm an, dass sie seinen angetrunkenen Zustand bemerkt hatte. Jetzt unternahm sie etwas dagegen, so wie sie Zeit ihres Lebens die Dinge kommentarlos geregelt hatte: still und leise und ohne jedes Aufsehen.

Sie stellte ihm eine große Tasse hin und setzte sich an den Küchentisch.

»Ich bin froh, dich zu sehen«, begann sie vorsichtig.

»Hmm.«

»Das Haus ist leer ohne euch.«

Gabor pustete die Hitze aus dem Kaffee und nahm einen Schluck: euch. Nicht dich. Immer noch sein Vater. Es war nie anders gewesen.

»Warum bist du gekommen, Gabor?«, fragte sie.

»Ich weiß es nicht …«

Sie nestelte nervös an dem Teelöffel herum, den Gabor

nicht benutzt hatte. »Du bist nicht zu seiner Beerdigung gekommen.«

»Du weißt, warum.«

»Trotzdem war er dein Vater, Gabor.«

»Es hat ihn nie gekümmert, dass ich sein Sohn war«, zischte Gabor.

»Sag das nicht, Gabor. Er hat dich sehr geliebt.«

Gabor blickte sie ungläubig an. »Nein, er hat niemanden geliebt, Mama. Mich nicht, dich nicht. Niemanden.«

»Das ist nicht wahr!«

»Doch, es ist wahr.«

Sie schwieg einen Moment, dann sagte sie müde: »Bist du deswegen hier? Um mir das zu sagen?«

»Ich bin hier, weil wir nie darüber geredet haben. Weil er jeden Winkel dieses Hauses eingenommen hat. Alles war nur er. Niemand sonst.«

»Ihr ward beide sehr stur, Gabor. Findest du nicht auch?«

»Stur? Meinst du wirklich, es lag daran?«

»Woran lag es dann?«

Gabor schnaubte verzweifelt. »Hast du alles vergessen? Wie er seine Launen an uns ausgelassen hat? Wie er uns gedemütigt und gequält hat?«

Sie schüttelte den Kopf, schwieg für einen Moment. »Wir haben so jung geheiratet … Er musste für eine Familie sorgen. Das ist nicht leicht. Da hat man auch schon mal schlechte Tage. Er war aufbrausend, aber er war kein schlechter Mensch!«

»Er war kein schlechter Mensch? Weißt du nicht mehr, was passiert ist, wenn er wütend wurde? Wegen nichts? Hast du vergessen, wie er mich verprügelt hat, wenn ihm etwas nicht passte?«

»Das war eine andere Zeit, Gabor. Damals hat man es nicht besser gewusst. Heute würde man das alles besser machen, ganz bestimmt.«

Gabor wurde wütend: »Es war eine andere *Zeit*? Glaubst du wirklich, das ist die Erklärung für alles?«

»Er hat Fehler gemacht, Gabor. Aber machen wir nicht alle Fehler? Er war kein schlechter Mensch.«

Gabor schüttelte den Kopf. »Ich war ein Kind, Mama.«

Der Vorwurf stand im Raum.

Hatte um die beiden eine Mauer gezogen, ein fensterloses Verlies. Darin saßen sie nun und wussten nicht, wie sie es verlassen konnten. *Warum hast du mir nie geholfen?* Warum warst du nur der Geist, der bloß zusammenkehrte, was andere zerschlagen hatten? Warum hattest du nie die Kraft, dich aufzulehnen?

Warum? Warum? Warum?

Jeder Ziegel ihres Verlieses bestand aus diesem Wort.

Sie schwieg, schien mit ihren Gedanken plötzlich woanders zu sein.

»Möchtest du noch einen Kaffee, Gabor?«, fragte sie schließlich.

Gabor schüttelte nur den Kopf. »Weißt du noch, als wir seine Sachen sortiert haben und du das Testament gesucht hast?«

»Ja.«

»Ich habe den Brief aus Island gefunden. Er war an mich adressiert. Er hat ihn gelesen und mir nicht gesagt, dass er angekommen ist. Er hat das vier Jahre für sich behalten und kein Wort gesagt.«

»Ihr habt doch nicht miteinander geredet, Gabor!«, wandte sie ein.

»Nein, deswegen nicht. Er hat es nicht ertragen, dass ich etwas anderes hätte erreichen können. Er wollte nicht, dass ich eine Hochbegabtenschule besuche. Er wollte nicht, dass ich Abitur mache. Er wollte nur, dass ich mich mieser fühle als er, denn davon hat er gelebt: dass sich andere mieser gefühlt haben als er. Das war sein Lebenselixier.«

»Das stimmt nicht, Gabor!«

Gabor wurde laut. »Das stimmt nicht?! Wie oft hat er dich betrogen?!«

»So war das nicht!«, rief seine Mutter verzweifelt.

Gabor schossen die Tränen in die Augen: »Genau so war es!«

»Es hat nichts bedeutet, Gabor!«

»DOCH DAS HAT ES! JEDES MAL!«

Sie weinten beide, aber das war nicht der Grund dafür, dass Gabor nicht weitersprechen konnte. Wäre er auch ein Tyrann geworden, wenn er eine Familie gegründet hätte? Hatte er deswegen niemals an eine ernsthafte zwischenmenschliche Beziehung gedacht, weil er insgeheim fürchtete, dass aus ihm ein Monster werden würde?

Seine Mutter war in sich zusammengefallen und weinte still. Gabor nahm vorsichtig ihre Hand und streichelte sie.

»Er war kein schlechter Mensch, Gabor«, sagte sie.

»Schon gut, Mama.«

»Wir hatten doch auch gute Zeiten, nicht?«

Er sah sie lange an.

Alles stand mit einem Mal auf dem Spiel: die Hoffnung, ihr Leben nicht einem Tyrannen geopfert zu haben. Ihr Kind nicht geschützt zu haben, als es ihre Hilfe am meisten gebraucht hatte. Kein Geist gewesen zu sein. Eine Familie gehabt zu haben. Ein Zuhause. Ein ganzes Leben.

Gabor nickte. »Ja, wir hatten auch gute Zeiten.«

Sie putzte sich die Nase, sah nicht mehr so bedrückt aus, nicht mehr so durchsichtig. »Möchtest du nicht doch noch einen Kaffee?«

Er hielt ihr die Tasse hin.

Sie schüttete ein.

Fast umspielte ein Lächeln ihr Gesicht, sie sah aus wie eine Mutter, die ihren Sohn, der ein wenig zu viel getrunken hatte, liebevoll versorgte. Das war ihr Leben.

Ihre Erinnerungen. Wer war Gabor, ihr das wegzunehmen?

»Soll ich was zu essen machen?«, fragte sie

Gabor nickte stumm.

Sie streichelte ihm über die Wange und sagte: »Schön, dass du noch so spät vorbeigekommen bist.«

»Ja.«

Sie stand auf, holte aus dem Kühlschrank Käse und Wurst und schnitt das Brot.

64.

Sie hatten über nichts Bedeutendes mehr gesprochen, und als er sich verabschiedete, war es, als hätte es die Auseinandersetzung nie gegeben. Gabors Wut war verflogen. Er hatte in der Küche gesessen und verstanden, dass die einzige Person, die seine Fragen hätte beantworten können, nicht seine Mutter war. Es war nicht ihre Schuld und auch nicht seine. Er verließ das Haus und fühlte sich wie von einer tonnenschweren Last befreit. Und er wollte diesen Moment mit jemandem teilen.

Die Besuchszeiten waren lange vorbei, im Krankenhaus war es ganz still, alle schliefen. Nur im Schwesternzimmer brannte das Licht der Nachtwache. Gabor schlich daran vorbei und stahl sich leise in Felix' Zimmer. Er schlief, aber das war ihm egal. Er würde ein wenig an seinem Bett sitzen und hinaus in die Nacht sehen.

Er zog einen Stuhl ans Bett und machte, immer noch nicht ganz nüchtern, mehr Lärm als beabsichtigt.

»Wer ist da?«, hörte er Felix' ängstliche Stimme.

Gabor machte das kleine Leselicht an seinem Bett an und legte ihm beruhigend eine Hand auf die Brust.

»Ich bin's nur«, flüsterte Gabor. »Tut mir leid, ich wollte dich nicht wecken.«

Felix lächelte schwach. »Hallo, Gabi. Ich dachte schon, du würdest heute nicht kommen.«

»War viel los heute. Ich hab's nicht früher geschafft.«

»Ich bin froh, dass du mich geweckt hast.«

»Wie lief's heute?«, fragte Gabor.

»Ganz okay.«

»War Marie da?«, fragte Gabor.

Felix grinste. »Klar.«

»Und habt ihr miteinander gesprochen?«

»Ja, das war richtig schön.«

»Freut mich.«

Gabor fand, dass Felix blasser als sonst aussah. Seine Lippen schienen vor Trockenheit aufgesprungen zu sein, er leckte sich permanent darüber.

»Kannst du mir was zu trinken geben, Gabi?«, fragte Felix müde.

»Natürlich.«

Er stand auf, suchte einen Becher und füllte ihn im Bad mit Wasser.

»Gabi?«

Gabor schrak auf. Etwas in Felix' Stimme alarmierte ihn, es klang wie ein Röcheln. Er lief zurück ins Zimmer. Felix rang nach Atem, war bleich wie Papier, seine Arme fuchtelten kraftlos an seinem Pyjama herum.

»Felix!«, rief Gabor geschockt und war mit zwei Schritten an seinem Bett.

»Gabi … ich … ich …« Er verdrehte die Augen.

Gabor stürzte auf den Flur und schrie: »SCHWESTER!«

Die Nachtschwester kam aus ihrem Zimmer.

»EIN ARZT! SCHNELL!«

Sie eilte zurück ins Zimmer, Gabor lief wieder zu Felix hinein.

Er nahm Felix in den Arm und hielt ihn fest an sich gedrückt: »Ich bin da, Felix! Hab keine Angst!«

Felix schien ruhiger zu werden, dennoch knickte sein Kopf nach hinten weg, als könnte sein Hals das Gewicht nicht halten. Gabor stützte seinen Hinterkopf und drückte ihn an sich.

»Gabi?« Es war nur ein Flüstern.

»Ja?«

»Keine Tricks mehr … versprochen?«

Gabor schossen die Tränen in die Augen. »Nein, keine Tricks mehr. Du hattest recht. Die ganze Zeit schon.«

»Das ist gut …«

Dr. Bendtner stürmte ins Zimmer, hinter ihm die Schwester.

FLASCHENPOST

65.

Die Neonröhren summten.

Gabor saß in einem kahlen Raum wie jemand, der den einzigen Zug nach Hause verpasst hatte. Im Gang stand ein Kaffeeautomat, der nicht funktionierte, das Deckenlicht spiegelte sich auf poliertem Linoleum. Am Ende des Gangs eine verschlossene Tür, wie ein Tor zu einer anderen Welt. Dahinter die Intensivstation. Zutritt verboten.

Endlich sprang die Tür sirrend auf, für einen Moment war die Schleuse zu erkennen, die jeder queren musste, um ins Reich der Mechanik und Elektronik zu kommen, in dem Schwerstkranke auf einen neuen Morgen hofften.

Dr. Bendtner nahm sich den Mundschutz ab und kam Gabor entgegen. Ließ sich etwas aus seinem Gesicht ablesen? Eine Nachricht, die er nicht überbringen wollte?

»Er ist stabil«, sagte Dr. Bendtner.

Gabor seufzte erleichtert.

»Haben Sie seine Großeltern erreicht?«, fragte der Doktor.

»Ja. Sie sind auf dem Weg hierher.«

»Gut, ich muss mit den beiden reden. Und wenn sie es erlauben, dann auch mit Ihnen, Herr Schoening. In meinem Bereitschaftszimmer?«

Gabor nickte. »Danke, Doktor.«

»Ich danke Ihnen, Herr Schoening. Ohne Sie wäre Felix heute Nacht gestorben. Wir sehen uns gleich.«

Eine Viertelstunde später fanden sich alle drei in Bendtners Arztzimmer wieder, der ihnen Kaffee anbot, was alle gerne annahmen. Felix Großeltern hatten ihn von seiner Schweigepflicht entbunden.

»Felix wird vorerst auf der Intensivstation bleiben. Es geht ihm im Moment den Umständen entsprechend gut, und er ist bei Bewusstsein. Aber ich muss Ihnen leider sagen, dass seine Herzleistung dramatisch abgenommen hat. Eine weitere Krise wie die heute Nacht wird er nicht überleben.«

Felix' Großmutter brach in Tränen aus, ihr Mann reichte ihr ein Taschentuch.

»Was ist mit einem neuen Herz?«, fragte Gabor.

»Wir haben einen Dringlichkeitsfall aus ihm gemacht, aber bei seiner Blutgruppe kann es trotz allem noch Wochen dauern.«

»Hat er diese Zeit?«, fragte Gabor.

Bendtner zögerte mit der Antwort und sagte dann: »Ich glaube nicht.«

»Aber irgendetwas müssen Sie doch tun können«, entgegnete Felix' Großvater.

»Ja«, bestätigte Bendtner. »Wir könnten ihm ein *Assist Device Heart* einsetzen. Es wird an das Herz angeschlossen und unterstützt es beim Pumpen. Sehen Sie hier …«

Er hatte eine Mappe vorbereitet, in der mit Bildern die Funktion des assistierenden Herzens erklärt wurde. Im Großen und Ganzen würde ein rundes Pumpgehäuse samt Schläuchen implantiert, die, eingeführt in die Herzkammern, einen Großteil der Herzarbeit übernahmen. Außerhalb des Körpers gab es ein Kontrollsystem und natürlich die Batterien, die man an einem Schultergurt mit sich trug. Bei erfolgreicher Operation ragte nur ein dünner Schlauch aus der Bauchdecke, der Pumpe mit Kontrollsystem verband.

»Und damit kann er dann leben?«, fragte Felix' Großmutter ungläubig.

»Ja. Damit gewinnen wir die Zeit, die es braucht, bis wir ein Spenderherz bekommen«, antwortete Bendtner.

»Ist die Operation gefährlich?«, fragte Felix' Großvater.

»Die Operation ist nicht das Problem. Sie würde etwa drei Stunden dauern. Felix wäre nach wenigen Tagen wieder auf den Beinen. Er könnte sogar nach Hause und dort auf ein Herz warten.«

»Und was ist dann das Problem?«, fragte Gabor.

»Es besteht eine gewisse Infektionsgefahr. Da ist immer noch der Schlauch, der aus seinem Bauch austritt und ihn mit der Pumpe verbindet.«

Felix' Großvater fragte: »Wie oft kommen Infektionen vor?«

»Nicht oft, aber bei Felix' Herzschwäche sind sie lebensbedrohlich.«

»Gibt es eine Alternative?«, fragte die Großmutter.

»Wir könnten ihn intensivmedizinisch versorgen und auf ein neues Herz warten. Manchmal hat man Glück, und ein Herz kommt sehr schnell. Das wäre natürlich die beste Lösung. Damit wäre er gerettet.«

Felix' Großeltern schwiegen, aber es war ihnen anzusehen, dass sie nicht auf Glück bauen wollten.

Gabor wandte sich den beiden zu. »Darf ich einen Moment alleine mit Dr. Bendtner sprechen?«

Sie sahen ihn überrascht an, dann aber nickten beide, vielleicht froh darüber, nicht sofort eine so schwere Entscheidung treffen zu müssen. Sie standen auf und verließen das Zimmer.

Gabor blickte Bendtner ruhig an. »Ihrer Einschätzung nach: Wie lange hat Felix noch zu leben, wenn nichts weiter passiert?«

»Das kann man so nicht sagen. Wenn er Glück hat, kann er noch Wochen durchhalten. Und in der Zeit könnte es ein neues Herz geben.«

»Und wenn er kein Glück hat?«

»Dann ist die nächste Krise seine letzte. Das kann

heute sein, morgen, nächste Woche. Es ist nicht die Frage, ob sie kommt, sondern nur, wann.«

Gabor nickte langsam. »Und wenn ich ein Herz für ihn auftreibe?«

»Sie können kein Herz *auftreiben*, Herr Schoening. Organe werden zentral vergeben, das sagte ich Ihnen schon. Und bevor sie fragen: Ich habe keinen Einfluss darauf. Und sollten Sie mich bitten wollen, da etwas zu unternehmen, fliegen Sie hier raus. Verstanden?«

»Aber ich spreche nicht von Europa«, antwortete Gabor.

»Wovon sprechen Sie dann?«

»Ich hatte in den letzten Tagen genügend Zeit, mich mit dem Thema auseinanderzusetzen. Nehmen wir an, ich wüsste eine Klinik für Felix. Und nehmen wir weiter an, dass die ein Herz für ihn hätten. Wäre er transportfähig?«

Bendtner starrte Gabor an.

»Wo sollte es so etwas geben?«, fragte er gereizt.

»China.«

Einen Moment sagte niemand etwas. Bendtner schien völlig perplex zu sein, dann aber fasste er sich und fragte: »Wie bitte?«

»Er würde nach Schanghai kommen. Zhongshan-Hospital. Kennen Sie die Klinik?«

»Nein.«

»Was bräuchte ich, um Felix dorthin zu bringen?«

Bendtner lehnte sich zurück und fixierte Gabor. »Ich habe von China gehört. Und auch von den Umständen, warum man dort so viele Organe verpflanzen kann.«

»Es ist ein großes Volk«, antwortete Gabor ungerührt.

»Nein, daher haben die die Organe nicht. Es heißt, dass sie mit den Gefängnissen zusammenarbeiten. Menschen werden zum Tode verurteilt und ihre Organe an die Krankenhäuser verkauft.«

»Sie werden sicher nicht wegen ihrer Organe getötet«, antwortete Gabor.

»Nein, aber vertrauen Sie auf chinesische Richtersprüche? Was wissen wir über diese Urteile und darüber, warum sie gesprochen wurden?«

»Ist Felix transportfähig?«, fragte Gabor nur.

»Hören Sie mir nicht zu?«, fragte Dr. Bendtner nachdrücklich zurück.

»Ich höre Ihnen zu, Doktor. Und ich frage Sie noch einmal: Ist Felix transportfähig?«

Bendtner zögerte mit der Antwort. »Ja, unter bestimmten Umständen wäre er das.«

»Was brauche ich dazu?«

»Sie bräuchten einen Privatjet, medizinisches Gerät, Medikamente, einen Arzt.«

»Wie wäre es mit Ihnen?«, fragte Gabor.

Bendtner schüttelte den Kopf. »Das kann ich ethisch nicht vertreten.«

»Können Sie es ethisch vertreten, dass Felix stirbt?«

»Er hätte mit dem *Assist Device Heart* sehr gute Chancen.«

»Er hätte die Chance auf ein normales Leben. Wollen Sie ihm das verweigern, weil sie ethische Probleme damit haben? Haben Sie auch ethische Probleme, ein T-Shirt zu tragen, das irgendwo in der Welt von Sklaven hergestellt wurde? Ihr Konto bei einer Bank zu haben, die mit Nahrungsmitteln spekuliert, sodass Hunderttausende verhungern, weil die Preise zu hoch sind? Und was ist mit Ihrem medizinischen Gerät? Was davon ist aus China?«

Bendtner zuckte zusammen, ganz kurz, aber Gabor hatte es bemerkt.

»Wir machen mit jedem denkbaren Schurken Geschäfte, wenn es uns nutzt. Wir unterstützen jedes System, wenn es uns einen Vorteil bringt. Sie und ich, Dr. Bendtner. Jeden Tag. Was sagt ihr ethisches Gewissen *dazu*?«

Bendtner atmete schwer, dann sagte er: »Ich habe einen Eid geschworen. Und an den halte ich mich.«

Gabor verschränkte die Arme vor der Brust. »Ich habe keinen Eid geschworen, hinter dem ich mich verstecken kann, Doktor. Ich bitte Sie lediglich, einem fünfzehnjährigen Jungen das Leben zu retten. Wie also lautet Ihre Entscheidung?«

Er stand mit dem Rücken zur Wand – Gabor wusste das. Er wusste auch, dass er fast alles dafür tun würde,

Felix zu retten, aber es tat ihm nicht leid, ihn so unter Druck zu setzen. Ethik war die Hure, die jedermann diente.

»Sie bräuchten Geld. Sehr, sehr viel Geld«, begann Bendtner.

Gabor nickte. Bendtner wich aus, suchte einen Ausweg und fand keinen.

»Ja, ich weiß. hundertfünfzig-, vielleicht zweihunderttausend Dollar.«

»Haben Sie so viel Geld?«, fragte Bendtner.

»Ich habe ein Boot.«

Schweigen.

Dann sagte Bendtner: »Nur unter einer Bedingung.«

»Welche?«

»Felix trifft die Entscheidung. Wir klären ihn über die Möglichkeiten auf. Was immer er entscheidet, werden wir beide mittragen. Ohne weitere Diskussionen.«

»Gut. Einverstanden.«

»Kommen Sie heute Abend wieder. Ich will, dass er ausgeruht und bei klarem Verstand ist.«

Sie standen auf und schüttelten sich die Hand.

66.

Er hatte geduscht, sich rasiert, seinen besten Anzug angezogen, Kaffee getrunken, in seinem Büro mit Russland und einer deutschen Detektei telefoniert. Doch nach seinem anfänglichen Aktionismus begann ihn bald schon eine süße Müdigkeit zu lähmen, bis er bewegungsunfähig an seinem Schreibtisch saß und auf den Bildschirm starrte. Er schlief mit offenen Augen, und erst ein sanftes Rütteln an seiner Schulter ließ ihn orientierungslos aufschrecken: Sonja, seine Assistentin. Sie lächelte ihn an und stellte ihm einen doppelten Espresso auf den Schreibtisch. »Was ist nur los mit Ihnen, Gabor?«

»Ich hab ein wenig Stress in letzter Zeit«, gab er knapp zurück.

»Nein, Gabor, das ist es nicht. Stress hat Ihnen nie etwas ausgemacht. Aber jetzt sind Sie völlig von der Rolle.«

Gabor antwortete nicht und nippte an seinem Espresso.

»Die Mitarbeiter tuscheln«, versuchte es Sonja erneut.

»Lassen Sie sie tuscheln.«

Sie schüttelte den Kopf. »Früher hätten Sie so etwas nie zugelassen. Sie sind so angreifbar geworden, Gabor. Gerade jetzt, wo Fitz zurück ist. Ich möchte nicht, dass er gewinnt. Sie müssen sich wehren! Bitte!«

Dann drehte sie sich um und verließ das Büro.

Gerade in dem Moment, als Camilla im Eingang erschien und sanft an die Tür klopfte. Sonja drehte sich fragend zu Gabor um, der ihr zunickte. Sonja bat Camilla mit einer Geste herein und zog dann die Tür hinter sich zu.

Gabor rieb sich kurz über das Gesicht und bot Camilla einen Platz an. »Was kann ich für Sie tun?«

»Sie sehen müde aus«, stellte Camilla knapp fest.

»Das muss an meinen Kämpfen in letzter Zeit liegen. Das zehrt.«

»Vinnie hat es jedenfalls nicht müde gemacht. Im Gegenteil. Er ist völlig aus dem Häuschen.«

»Und jetzt wollen Sie mich zu Schnecke machen, weil er traumatisiert ist?«

»Nein.«

»Nein?«

Sie runzelte ein wenig die Stirn. »Mache ich so einen verbissenen Eindruck auf Sie?«

»Wir hatten nicht gerade einen Traumstart, oder?«

Sie winkte ab. »Vergeben und vergessen.«

»Freut mich.«

Der Gesprächsstoff schien ihnen auszugehen, obwohl Gabor ahnte, dass Camilla nicht nur hier war, um ihm zu vergeben. Sie saß ein wenig unschlüssig vor ihm, wandte den Blick nicht ab, aber suchte offenbar nach den richtigen Worten.

Schließlich fragte sie: »Vinnie möchte, dass Sie einmal zu uns zum Essen kommen. Vielleicht Freitagabend?«

Gabor lächelte. »Vinnie möchte das?«

»Ja.«

Sie log – und Gabor fand es ganz entzückend. Er zweifelte nicht daran, dass der Vorschlag von Vinnie kam, aber es war offensichtlich, dass sie ebenfalls wollte, dass er die Einladung annahm.

»Ich komme gerne.«

Jetzt lächelte sie auch.

Es klopfte kurz an die Tür.

Fitz trat ein.

Gabor wusste noch in derselben Sekunde, dass das kein Zufallsbesuch war, doch bevor er ihn bitten konnte, das Büro wieder zu verlassen, legte Fitz gleich los: »Ich habe gute Neuigkeiten, Gabor!« Er wandte sich Camilla zu und hielt ihr die Hand hin. »David Fitz. Sind Sie eine von Gabors Müttern?«

Camilla schüttelte verwirrt Fitz' Hand. »W-wie bitte?«

»Oh, sorry, das hört sich komisch an. Ich meinte, ob Sie eine der Mütter von Gabors Sozialprojekt sind?«

»Sozialprojekt?!« Sie warf Gabor einen vernichtenden Blick zu.

»David? Warum verpisst du dich nicht einfach?«

Keine Etikette, keine Höflichkeiten mehr. Fitz hatte den Krieg eröffnet.

»Jetzt sei nicht gleich sauer, Gabor. Also, hör mal, ich hab mit Clausen gesprochen, was das Sommerfest der Förderschule betrifft. Er ist ganz begeistert davon! Er will ganz groß einsteigen. *Reos* findet die Idee auch super. Wie ich höre, hast du die schon vor Wochen an Land gezogen! Pass auf: Wir machen 'ne riesige Charity draus und ziehen das Ganze in der Öffentlichkeit richtig hoch. Lernbehinderung wird *das* Sommerlochthema in der Presse! Die Schule kriegt Spenden ohne Ende! Jeder wird sehen, was möglich ist, wenn ein Profi den Kids aus dem Elend hilft!«

»Die Kinder leben nicht im Elend«, warf Camilla wütend ein.

Fitz gab sich zerknirscht. »Es tut mir leid. Ich bin so euphorisch, dass ich dauernd die falschen Sachen sage. Aber glauben Sie mir: Unter Gabors Leitung wird die Schule ganz groß rauskommen. Und Sie werden so stolz sein können auf Ihr Kind.«

Camilla stand auf, schwankte einen Moment, dann sah sie Gabor an. »Charity?«

Fitz nickte den beiden grinsend zu. »Also, toi, toi, toi. Das wird großartig! Sie werden sehen!« Und damit verschwand er wieder aus dem Büro und ließ die beiden alleine zurück.

Camilla wandte sich ebenfalls zur Tür.

»Ich hatte so etwas niemals vor! Bitte glauben Sie mir das!«, rief Gabor.

Sie sagte nichts, ging wortlos.

Sie hatte schon einmal einem Mann mit Geld und einem schönen Anzug geglaubt. Sie hätte es um ein Haar wieder getan.

67.

Es fehlte nicht an Mut zu kämpfen und auch nicht an Willen. Allein: Gabor hatte sich extrem verwundbar gemacht, und das zu einem Zeitpunkt, an dem er nicht das Schwert, sondern den Schild führen musste. Er war wie der Ritter, der bereits aus verschiedenen Wunden blutete und dem langsam, aber sicher die Kräfte schwanden. Es war zu spät für eine Strategie, alles, was jetzt noch half, war ein Fehler seines Gegners. Doch wie auf eine Lücke in der Deckung hoffen, wenn man von seinen Feinden vor sich her getrieben wurde? Er konnte nichts tun als reagieren. Und das tat er dann auch.

Er schwänzte einmal mehr eine Sitzung, öffnete einmal mehr eine Flanke, um eine andere, wichtigere zu schließen. Gabor fuhr zur Förderschule, fand Kathrin in ihrem Büro über Verwaltungskram gebeugt und setzte sich ungefragt an ihren Schreibtisch.

Sie blickte auf. »Warum setzen Sie sich nicht, Gabor?«

»Wann hat Sie David Fitz erreicht?«

Sie schlug den Ordner zu und sah Gabor an. »Er war gestern bei mir.«

»Was haben Sie ihm gesagt?«

»Sie meinen über unser kleines Arrangement? Nichts.«

»Und es gibt sonst niemanden, der über dieses Arrangement Bescheid weiß?«, fragte Gabor hartnäckig.

»Nein, Gabor, alle sind ganz begeistert, dass Sie diesen wunderbaren Kurs freiwillig geben …«

»Was hat er Ihnen vorgeschlagen?«

»Nun, er wusste von unserem Sommerfest und fragte, ob sich die Schule über zusätzliches Geld freuen würde.«

»Und?«

»Ich habe ihm natürlich gesagt, dass wir sehr froh darüber wären. Jede Schule wäre das.«

»Wie viel hat er Ihnen versprochen?«

Kathrins Blick war anzusehen, dass sie Gabors Fragen einzuschätzen versuchte. Zumal sie es gewohnt war, das Gespräch selbst zu bestimmen. Das hier war eher ein Verhör als ein Gespräch.

»Er sagte, ich könnte mit Spenden in Höhe von fünfhunderttausend Euro rechnen.«

Gabor schnaubte verächtlich.

»Er klang da sehr zuversichtlich. Glauben Sie nicht, dass so viel Geld zusammenkäme?«

»Doch, ich glaube, er bekäme das hin.«

»Das ist doch toll! Er sagte ohnehin, dass das alles Ihre Idee gewesen wäre. Ich hoffe, er hat Ihnen jetzt nicht die Überraschung verdorben, Gabor!«

»Gott, seien Sie nicht so verdammt naiv, Kathrin.«

»Wir werden jetzt aber nicht fluchen, Gabor. Einverstanden?«

Gabor atmete tief durch und sagte: »Sagen Sie die Charity ab.«

Stille.

Dann lehnte sich Kathrin nach vorne und stützte die Ellbogen auf dem Schreibtisch: »Und warum sollte ich das tun, Gabor?«

»Weil das Ganze eine Falle ist.«

»Inwiefern?«

»Er will mich vernichten. Und wenn Sie diese Sache durchziehen, wird er mich vernichten.«

»Das müssen Sie mir aber schon erklären.«

»*Clausen & Wenningmeier* macht aus Ihrem kleinen Sommerfest eine monströse Gala. Glauben Sie mir, wenn wir so etwas anpacken, dann richtig. Das wird dann auch nicht mehr an dieser Schule stattfinden, sondern eher im Ballsaal der Oper oder eines Luxushotels. Sie werden jeden Platz für tausend Euro verkaufen und wenigstens fünfhundert Leute einladen. Alles, was in dieser Stadt Rang und Namen hat. Und Geld.«

»Sie meinen für unsere Kinder und deren Eltern wäre kein Platz mehr?«

»Oh, da machen Sie sich mal keine Sorgen. Die kommen umsonst rein.«

»Wo ist dann das Problem?«

»Das Problem ist, dass David Fitz eine kleine Rede halten wird. Und glauben Sie mir, er wird ungeheuer witzig sein, aber danach werde ich in dieser Stadt keinen Job mehr bekommen. Ich weiß nicht, wie viel er weiß, aber es wird genug sein, um mich auf dieser Gala zu beerdigen. Und er wird das vor großem Publikum tun.«

»Das glaube ich nicht.«

Jetzt lehnte sich Gabor vor und sagte: »*Ich* würde es tun! Ich würde es ganz genau so machen, Kathrin. Ich hatte die Gelegenheit, ihn für immer loszuwerden, aber ich habe es nicht getan. Das war ein Fehler. Und genau dafür werde ich jetzt bezahlen.«

Sie sah richtiggehend erschrocken aus.

»*Das* ist ihr Job? Andere Menschen vernichten?«

»Wenn Sie mit Haien schwimmen wollen, dann müssen Sie selbst auch einer sein. Denn wenn erst einmal Blut im Wasser ist, zählen nur noch Muskeln und Zähne.«

»Und was ist, wenn Sie mit Ihrem Kollegen sprechen würden?«

Gabor lehnte sich wieder zurück. »Sie meinen so ein pädagogisches Gespräch, bei dem man an die Vernunft appelliert? Kathrin! Es geht hier um Millionen. Entweder wird er der neue Partner von *Clausen & Wenningmeier* oder ich. Wenn Sie also ein pädagogisches Hilfsmittel haben, um Fitz in die Knie zu zwingen, dann nur heraus damit. Ansonsten bleibt es dabei: Wenn Sie die Gala veranstalten, opfern Sie mich.«

»Also wirklich, Gabor, ihr Geschäft ist ja ganz scheußlich. Da ist es ja geradezu ein Wunder, dass Sie so ein großes Herz haben!«

»Sehr witzig.« Gabor verschränkte die Arme vor der Brust.

»Och, nun kommen Sie, Gabor. Das war wirklich witzig. Finden Sie nicht?«

»Nein.«

Sie seufzte. »Also gut, damit Sie nicht mehr rumbrummen. Ich werde die Gala nicht veranstalten.«

Gabor atmete erleichtert durch. »Danke.«

»Schon gut. Wenn meine Kinder angegriffen werden, dann verteidige ich sie.«

»Sie haben wirklich einen Dachschaden.«

Sie zuckte ungerührt mit den Schultern. »Stimmt. Ich verzichte gerade auf fünfhunderttausend Euro.«

Gabor seufzte und stand auf: »Ich hasse es, mit Ihnen zu diskutieren.«

»Nicht schmollen, Gabor. Sie machen Ihre Sache gut. Ich bin da ganz auf Ihrer Seite. Eine Sache noch …«

Oh, wie er diese Zusätze hasste, wenn er schon im Begriff war zu gehen. Er drehte sich um, bereit, sich mal wieder einen Pflock ins Herz rammen zu lassen.

»Ich weiß, dass es im Moment etwas schwierig ist, geregelten Unterricht zu geben. Sie können da in nächster Zeit etwas freier agieren. Sagen Sie nur kurz vorher Bescheid.«

Gabor war ganz erstaunt und fragte misstrauisch: »Aber?«

»Kein Aber.«

»Bei Ihnen gibt es immer ein *Aber.*«

»Och Gabor, immer so misstrauisch. Gehen Sie! Kämpfen Sie!«

68.

Er kehrte an seinen Arbeitsplatz zurück und besprach mit seinen Kollegen das weitere Vorgehen in Sachen *Reos*, überlegte dabei, wie er Fitz ans Messer liefern konnte, der ihm freundlich und bestimmt gegenübersaß und mit dem er dieselben Witzchen machte wie früher. Noch wusste Fitz nichts davon, dass seine Gala nicht stattfinden würde, aber sein nächster Zug würde kommen. Becke und Kaltenbach saßen grinsend wie kleine Hyänen an seiner Seite.

Gabor musste ihnen allen zuvorkommen, aber wie?

Er kritzelte auf einem Blatt Geschäftspapier herum, während Dr. Meixner, ihr Prokurist, fiskalische Probleme aufzählte, die durch die Neustrukturierung entstehen würden. Die Zollbestimmungen änderten sich, die Töchterfirmen würden ihren Sitz verlagern, andere dafür aufgelöst werden müssen. Ganze Geschäftsbereiche sollten nach Asien verlegt werden, vorzugsweise Schanghai oder Hongkong. Gabor malte ein Dollarzeichen auf sein Papier.

Plötzlich stand er auf, entschuldigte sich für einen Moment, eilte zurück in sein Büro und rief Wim de

Vries auf dessen Handy an. Er war gerade in Amsterdam bei einem Lunch, und Gabor bat ihn um Rat.

»Um was geht es?«, fragte de Vries.

»Der Punkt ist ein wenig delikat, aber dadurch, dass wir Teile von *Reos* nach Asien verlegen, brauchen wir im nächsten Jahr einen Mann im Vorstand, der sich dort auskennt. Ich weiß, dass es in Ihrer Firma gute Leute gibt, aber ich weiß nicht, ob Sie bereits mit jemandem konkret planen.«

De Vries schwieg, aber Gabor konnte hören, dass er vom Tisch aufgestanden war, um einen Ort zu suchen, an dem er ungestört sprechen konnte.

»Ich habe mir deswegen auch schon Gedanken gemacht, Herr Schoening. Nehmen wir an, ich würde meinen Leuten nicht trauen, was wäre Ihr Vorschlag?«

»Schanghai oder Hongkong stehen beide unter chinesischer Führung. Es müsste jemand sein, der sich dort auskennt. Der ein wenig die Sprache spricht und vor allem Kontakte zu den Politkadern hat.«

»So ist es.«

»Man kann eine Menge versauen, wenn man falsch auftritt. Da reicht schon eine falsch übergebene Visitenkarte. Die sind da genauso empfindlich wie die Araber. Und es gibt verdammt viele, die Geschäfte mit ihnen machen wollen. Die warten nicht auf uns.«

Gabor spürte förmlich, wie de Vries nickte.

»Was schlagen Sie also vor?«, fragte de Vries.

»Das bleibt vertraulich? Nur Sie und ich?«, fragte Gabor zurück.

»Ja.«

»Nun, es gäbe tatsächlich jemanden, der allen Anforderungen entspricht. Er hat drei Jahre in Hongkong gelebt, spricht Mandarin und hat beste Kontakte zu chinesischen Kadern. Und vor allem: Er kennt sich mit der Materie aus wie kein Zweiter.«

»Wer, Herr Schoening?«

»David Fitz.«

Einen Moment Stille.

Gabor rieb nervös den Telefonhörer: Es war riskant, was er hier machte. Er verließ sich einzig und allein auf seine Intuition. De Vries schätzte und respektierte ihn, aber tatsächlich hinterging er gerade offen seinen eigenen Arbeitgeber. Das machten zwar alle, aber niemand schätzte es. Wenn es de Vries missfiel, war er völlig dessen Gutdünken ausgesetzt.

»Was ist mit Clausen?«, fragte de Vries.

Gabor atmete durch. Er hatte angebissen. »Wäre nicht begeistert. Ganz und gar nicht. Er würde Fitz nie freiwillig gehen lassen.«

»Und Fitz?«

»Wäre interessiert. Wenn Sie ihn überzeugen …«

Was das hieß, wussten beide. De Vries sollte Fitz ein Angebot machen, das der nicht ablehnen konnte.

»Das lassen Sie mal meine Sorge sein, Herr Schoening. Ich werde drüber nachdenken und es dem Aufsichtsrat vorschlagen.«

»Gut, dieses Gespräch hat nie stattgefunden, aber erlauben Sie mir noch eine abschließende Bemerkung: Fitz wäre perfekt. Er hätte diese Chance verdient, aber erwähnen Sie in keinem Fall, dass ich es eingefädelt habe. Er ist ehrgeizig und hasst es, wenn er das Gefühl hat, Dinge nicht allein geschafft zu haben. Das verstehen Sie doch sicher?«

De Vries schmunzelte hörbar. »Ja, das verstehe ich sogar sehr gut. Ich hoffe, Fitz weiß es zu schätzen, was für ein Freund Sie ihm sind. Ist selten in unserem Geschäft.«

Gabor lächelte. »Ja, weiß er.«

»Gut, wir hören voneinander, Herr Schoening.«

Gabor legte auf.

Fitz würde diesen Job nicht bekommen. Sobald Fitz die heimlichen Verhandlungen aufnehmen würde, verschwiegene Treffen irgendwo fernab der Öffentlichkeit, würde eine kleine Indiskretion dafür sorgen, dass der Wechsel weit vor der Zeit in der Fachpresse stünde. Clausen würde Fitz sofort feuern und *Reos* von dem Angebot Abstand nehmen, da Fitz nicht mehr an der Quelle sitzen und der Wechsel obendrein in der Öffentlichkeit hässliche Nebengeräusche über moralisch einwandfreies Geschäftsgebaren verursachen würde. Was in ihrer Branche im Grunde genommen ein Witz war, aber die Fassade musste erhalten werden. Nicht nur bei *Clausen & Wenningmeier*, sondern auch bei *Reos*. Sie waren schließlich alles ehrbare Kaufleute. Und selbst wenn *Reos* sein Angebot nicht zurückziehen würde: Ferdinand Clausen würde Fitz Schaden zufügen, wo er nur konnte. Und sein Arm reichte weit. So oder so: Er wäre Fitz los. Die Falle war aufgestellt, Fitz musste nur noch hineintappen.

Später am Abend verließ Gabor die Firma und eilte ins Krankenhaus. Er meldete sich in der Intensivstation, zog sich Kittel, Einmalhandschuhe und Mundschutz an, durchquerte die Schleuse und stand im Dämmerlicht der Monitore, Computer, Schläuche und Überlebensmaschinen, die leise, aber doch deutlich vernehmbar arbeiteten. Die Betten standen im Raum verteilt. Alle waren belegt, fast ausschließlich Männer mit nackten Oberkörpern, Elektroden an Brust und Kopf, dazu Beatmungsmasken. Zwei Schwestern und ein Arzt taten Dienst, beobachteten die Monitore und die zumeist Bewusstlosen.

Felix' Bett stand in einer Ecke, davor saßen seine Großeltern. Felix lächelte ihm zu, hob die Hand zum Gruß. Gabor setze sich zu ihm an den Rand des Bettes.

»Hey, Partner. Wie geht's?«

»Ganz gut.«

»Du hast uns allen ganz schön Sorgen gemacht.«

»Ich bin froh, dass du da warst, Gabi.«

Gabor erkannte im Augenwinkel, dass Bendtner die Intensivstation betrat. Er trat an das Bett und begrüßte erst Felix' Großeltern, dann Gabor und schließlich besonders herzlich Felix.

»Es gibt da etwas, was wir mit dir besprechen möchten, Felix«, sagte Gabor.

»Klar. Was denn?«

»Wir möchten alle, dass du so schnell wie möglich gesund wirst. Es gibt da zwei Alternativen, die wir dir vorschlagen möchten. Entscheiden musst du es aber ganz allein.«

Felix nickte schwach. »Okay.«

Bendtner und Gabor stellten nacheinander ihre Argumente vor, ließen nichts aus, beschönigten nichts, versuchten, so objektiv wie möglich zu bleiben. Felix hörte sich alles in Ruhe an. Als sie geendet hatten, schwieg er eine ganze Weile.

Dann fragte er: »Es ist beides ein Risiko, oder? Ob ich hierbleibe oder fliege, oder?«

»Ja«, bestätigte Bendtner.

»Und andere bekämen eine solche Chance nicht?«

»Nein«, antwortete Bendtner. »Es sei denn, sie hätten jemanden wie Herrn Schoening an ihrer Seite.«

»Gabi, du bist so ein guter Freund ...« Seine Stimme brach, dann fasste er sich wieder. »Aber was du vorhast, ist wieder ein kleiner Trick, nicht wahr?«

»Nein, Felix, es ist eine Chance.«

Er schüttelte leicht den Kopf. »Nein, es ist ein Trick, Gabi. Ich bekomme etwas, was andere nicht bekommen. Und vielleicht gibt es wirklich Geschäfte zwischen dem Krankenhaus und den Gefängnissen. Das wäre schlimm. Ich nehme daher das Ding, das Dr. Bendtner mir einsetzen will. Ich habe damit eine gute Chance, dieselbe, die alle anderen auch haben. Und ich trickse damit niemanden aus. Kannst du mich verstehen?«

Gabor war enttäuscht, aber er hatte es bereits geahnt, als er Felix den Vorschlag unterbreitet hatte. Dennoch hatte er insgeheim gehofft, dass Felix anders reagieren würde, aber der Bursche hatte eine unumstößliche Haltung zu diesen Dingen.

»Bist du dir auch ganz sicher, Felix?«, fragte seine Großmutter besorgt.

Er lächelte ihnen zu. »Ja, bin ich. Gabi versteht mich, nicht?«

Gabor nickte zögerlich und drückte ihm sanft die Hand.

Bendtner sah von einem zum anderen. »Okay, die OP ist gleich morgen früh um sieben Uhr. Ich denke, gegen zehn Uhr sind wir durch.« Er wandte sich Felix zu und tippte ihn leicht auf die Brust. »Und du, mein junger Freund, bist der mutigste Junge, den ich in meinem Leben kennengelernt habe!«

69.

Gabor verbrachte eine unruhige Nacht und stand noch vor Sonnenaufgang auf. Er würde ohnehin nicht mehr schlafen können, also nahm er sich bei seiner Morgenroutine Zeit und führte alles sehr bewusst aus, so als ob er damit ein Fundament aus positiver Energie legte, auf dem die Ärzte fehlerfrei arbeiten sollten.

Er frühstückte in einem Bistro in der Nähe und fuhr dann zum Krankenhaus, wo Felix' Großeltern bereits vor dem OP-Saal warteten. Sie sprachen wenig und auch nur leise, später dann gar nicht mehr.

Warten.

Gegen zehn Uhr schreckte Gabor zusammen, weil sein Handy vibrierte. Er sah auf das Display, stand auf, ging ein paar Schritte und nahm dann den Anruf entgegen. Pollux.

»Es ist alles vorbereitet, Gabor. Ich schicke dir den Link per Mail.«

»Danke, mein Freund.«

Pollux lachte rau. »Es ist wirklich hübsch geworden. Der Detektiv hat gute Fotos gemacht.«

»Freut mich«, antwortete Gabor ein wenig abwesend.

»Gut, der Countdown läuft um 18 Uhr ab. Wenn du was anderes haben willst, ruf mich kurz an.«

»Okay. Schick mir die Rechnung.«

»Und ob!«

Wieder ein raues Lachen, dann hatte er aufgelegt.

Kurz darauf endlich Bewegung. Zunächst verließen zwei Schwestern den OP-Bereich. Gabor und Felix' Großeltern waren erwartungsvoll aufgestanden, aber nicht weiter beachtet worden. Dann kam Bendtner.

»Die Operation ist gut verlaufen. Das *Assist Device Heart* arbeitet planmäßig. Wir können davon ausgehen, dass Felix in ein paar Tagen wieder auf den Beinen ist.«

Felix' Großmutter begann vor lauter Erlösung zu weinen, der Großvater schlug erleichtert die Hände zusammen.

»Wie lange bleibt er noch auf der Intensivstation?«, fragte Gabor.

»In jedem Fall noch heute. Läuft alles glatt, kann er morgen schon wieder auf die Station.«

»Können wir ihn sprechen?«, fragte Felix' Großvater.

»Zwei Minuten.«

»Wollen Sie mit, Gabor?«, fragte Felix' Großmutter.

»Ich komme heute Abend vorbei.«

Sie verabschiedeten sich.

Gabor verließ das Krankenhaus, erreichte *Clausen & Wenningmeier*, aber nur, um Mails zu checken und die wichtigsten Anrufe zu beantworten. Er las aufmerksam das Dossier des Detektivs, betrachtete die Screenshots der Website, die Pollux angefertigt hatte. Es sah wirklich gut aus, dachte er grimmig.

Als die Kollegen zum Lunch eilten, verließ er wieder das Büro und fuhr in den Westen der Stadt, eine Gegend mit vielen Einfamilienhäusern. Bürgerliches, sehr ordentliches Umfeld. Der Traum aufstrebender Familien. Er hielt vor dem Haus der Behringers, sah zufrieden einen Motorroller, der vor der Garage parkte, schnappte sich sein Laptop und klingelte an der Haustür. Eine Frau in den Fünfzigern öffnete und sah ihn erwartungsvoll an.

»Frau Behringer?«, fragte Gabor.

»Ja?«

»Mein Name ist Schoening. Es geht um Ihren Sohn Tim.«

Sie wusste nicht recht, was sie machen sollte, dann jedoch ließ sie ihn herein, nachdem sie Gabor noch einmal gemustert hatte und sich sicher war, dass Trickbetrüger oder Diebe keine Anzüge von Armani trugen und Laptops in den Händen hielten.

Frau Behringer rief ihren Sohn, dann gingen sie ins Wohnzimmer, und Frau Behringer bot Gabor einen Platz an einem großen Tisch an. Tim erkannte Gabor sofort, einen Moment sah er verunsichert aus, dann aber fasste er sich schnell und setzte sich mit einem spöttischen Lächeln.

»Was können wir für Sie tun, Herr Schoening?«, fragte Frau Behringer und setzte sich ebenfalls.

»Nun, die Sache ist ein wenig unangenehm, aber sie

muss geklärt werden. Tim weiß sicher, um was es geht, nicht?«

Tim zuckte mit den Schultern. »Keine Ahnung.«

»Dann will ich deinem Gedächtnis mal ein wenig auf die Sprünge helfen. Es geht um Jennifer.«

Frau Behringer sah Tim verwirrt an, dann wandte sie sich wieder Gabor zu. »Wer ist denn diese Jennifer?«

»Ach die! Die hat mich mal gestalkt, Mama«, sagte Tim abschätzig.

Gabor ließ sich seine Überraschung nicht anmerken. Dieses Bürschchen war offenbar mit allen Wassern gewaschen.

»Interessanter Vorwurf, Tim. Aber würde man einer Stalkerin nicht automatisch aus dem Weg gehen?«

»Am Anfang war sie ja ganz nett, aber dann hat sie 'ne ziemlich kranke Show abgezogen.«

»Darf ich fragen, worum es überhaupt geht, Herr Schoening?«, mischte Tims Mutter sich ein.

»Ihr Sohn Tim hat von Jennifer erotische Fotos gemacht.«

Frau Behringers Kopf wirbelte zu ihrem Sohn herum.

»Totaler Quatsch, Mama. Die will sich nur an mir rächen. Und jetzt erfindet sie Geschichten.«

Sie nickte, dann sah sie Gabor finster an. »Damit ist das wohl geklärt.«

»Nein, ist es nicht. Jennifer hat ihren Sohn nicht gestalkt. Ihr Sohn hat sie zu dieser Sache verführt. Und Jennifer hat ihm vertraut.«

»Jennifer redet nur Scheiße. Ich habe mit der Sache nichts zu tun. Das habe ich auch der Polizei gesagt.«

»Der Polizei?«, rief Frau Behringer geschockt.

»Nichts Schlimmes, Mama. Aber die blöde Kuh hat mich bei den Bullen angeschwärzt. Und denen habe ich genau dasselbe gesagt: Ich habe keine Fotos von ihr gemacht. Sie hat sich das ausgedacht, weil ich nicht mit ihr gehen will.«

»Jennifer ist ein fünfzehnjähriges, lernbehindertes Mädchen. Die denkt sich das nicht aus, weil sie zu so was gar nicht in der Lage ist«, entgegnete Gabor.

»Es ist genau so, wie ich es gesagt habe. Vielleicht sollte ich die dumme Nuss wegen Verleumdung anzeigen«, sagte Tim.

»Ja, vielleicht sollten wir das tun«, meinte Frau Behringer. »Wenn sie so dumm ist, dann weiß sie gar nicht, was sie mit dieser Behauptung anrichtet. Da muss man ganz rigoros vorgehen. Die soll ja nicht glauben, dass sie mit der Nummer durchkommt!«

Gabor sah die beiden an und schwieg. Dann schob er das Laptop mitten auf den Tisch, sodass sie es gut sehen konnten, und klappte es auf: Ein gestochen scharfes Porträtfoto erschien bildschirmfüllend.

»Was soll das?«, fragte Frau Behringer.

»Das ist ein Foto Ihres Sohnes«, sagte Gabor.

»Das sehe ich? Woher haben Sie es?«

»Es wurde gestern gemacht.«

»Wie bitte? Ohne seine Zustimmung?!«

»Ist unangenehm, nicht? Wenn es plötzlich Fotos von einem gibt, die man nie gewollt hat. Und das hier ist nicht mal ein peinliches.«

»Was soll denn der Scheiß?«, fragte Tim gereizt.

Gabor nahm zufrieden zur Kenntnis, dass seine arrogante Fassade bröckelte. So hart war er wohl doch nicht.

»Drück auf Space«, befahl Gabor.

Tim dachte nicht einmal darüber nach und tippte auf die Taste. Auf dem Foto erschien groß: *05 Stunden, 43 Minuten, 15 Sekunden.*

Ein Countdown.

»Was bedeutet das?«, fragte Tim.

»Das bedeutet, dass in knapp sechs Stunden diese Homepage online gehen wird. Du weißt doch sicher, was ein Shitstorm ist?«

Tim schwieg.

»Ist das deine Handynummer?«

Gabor schob ihm einen Zettel hinüber.

Tim warf einen Blick darauf. »W-woher haben Sie die?«

»Jede Nummer, die darin gespeichert ist, bekommt eine Mitteilung mit dem Link zu dieser Website. Jeder, der diese Website anklickt, verbreitet sie ganz automatisch an alle Nummern, die er gespeichert hat. Diese

Seite wird sogar über deinen Facebook- und Twitter-Account laufen. Und du kannst absolut nichts dagegen machen!«

»Sie haben mein Handy geknackt?«

»Ich habe gar nichts gemacht, Tim. Ich bin nur der Bote. Aber die, die diese Seite erstellt haben, wissen alles über dich. Selbst wenn du alles abschaltest, wird es dir nichts nützen.«

Frau Behringer sprang auf. »Das ist Erpressung! Ich werde Sie anzeigen!«

»Setzen Sie sich, Frau Behringer.«

Sie hatte den Telefonhörer bereits in der Hand: »Das können Sie der Polizei erklären!«

»Was würde das nutzen?«

»Dieser Dreck da verschwindet aus dem Netz!«

»Sehen Sie genau hin, Frau Behringer«, sagte Gabor ungerührt. »Der Betreiber der Website ist für die deutsche Justiz unangreifbar. Sie können absolut gar nichts dagegen machen.« Er wandte sich Tim zu und durchbohrte ihn förmlich mit seinem Blick. »In knapp sechs Stunden wird diese Seite einen Sturm entfachen, wie du ihn noch nie erlebt hast. Innerhalb von Stunden werden Tausende diese Seite gesehen haben. Du wirst der Mann sein, der ein geistig behindertes Mädchen ausgezogen hat, um von ihr Fotos zu machen. Alle werden das wissen. Deine Freude, deine Verwandten, deine Mitschüler, deine Lehrer, deine Nachbarn, die Arbeitskollegen deiner Eltern, die ganze Stadt. Sie werden deine Adresse kennen, deine Handynummer, deinen E-Mail-Account. Es wird tausendfach geteilt werden, überallhin kopiert. Egal, wo du dich versteckst, diese Seite wird vor dir da sein. Heute Abend um 18 Uhr endet dein Leben, so wie du es kanntest.«

»Das können Sie nicht tun!«, schrie Frau Behringer.

»Es tut mir leid, Frau Behringer. Aber in dieser Sache bin ich machtlos.«

Tim war leichenblass. »Aber … das … Ich will das nicht.«

»Ich will das auch nicht, Tim. Es liegt ganz allein an dir.«

»Was muss ich tun?«

Gabor zückte einen weiteren Zettel und schob ihn zu Tim. »Du wirst die Fotos von Jennifer löschen. Ich bin sicher, du hast ein paar davon deinen Kumpels geschickt. Ruf sie an, fahr zu ihnen. Sorg dafür, dass sie gelöscht werden. Sollten die Fotos weitergeschickt worden sein, dann fahr auch dorthin, und lösch sie. Nichts bleibt zurück. Keine einzige Kopie, absolut nichts. Ruf diese Nummer bis 18 Uhr an, und gib Bescheid, ob alle Fotos gelöscht sind. Sollte auch nur ein einziges Foto öffentlich werden, dann trägst du die Konsequenzen«

Er nickte und nahm die Nummer an sich.

»Hast du diese Fotos wirklich gemacht, Tim?«, fragte seine Mutter.

»Überleg jetzt besser, was du antwortest!«, warnte Gabor.

Tim nickt schwach. Er war geschlagen.

»Gott, Tim, wie konntest du nur?!«, schluchzte Frau Behringer.

»Wenn alles erledigt ist, wirst du zu Jennifer fahren und dich entschuldigen. Und vor allem wirst du ihr sagen, dass es keine Fotos mehr gibt und niemand sie außer dir gesehen hat. In diesem einen Punkt darfst du sie belügen. Aber nur in diesem Punkt! Sollte dir nicht allzu schwerfallen. Hast du alles verstanden?«

Er nickte leicht.

»Ich kann dich nicht hören.«

»Ja, ich hab verstanden.«

»Dann mach dich an die Arbeit. Die Zeit läuft.«

Gabor stand auf, klappte den Rechner zu und verabschiedete sich. Tim blieb mit hängenden Schultern sitzen, während seine Mutter Gabor zu Tür begleitete. Auf dem Treppenabsatz drehte sich Gabor noch einmal zu ihr um. »Es tut mir leid, dass das so enden musste.«

»Sind Sie ihr Vater?«

»Nein«, sagte Gabor. »Ich bin ihr Tanzlehrer.«

70.

Gabor war optimistisch ins Büro zurückgefahren, und tatsächlich, kurz nach 17 Uhr rief Tim an und berichtete kleinlaut, dass alle Fotos gelöscht worden waren. Nichts war zurückgeblieben. Er war sogar schon bei Jennifer vorstellig geworden und hatte genau das getan, was Gabor von ihm verlangt hatte. Abschließend bat er Gabor inständig, die Seite nicht freizuschalten. Gabor tippte einen Kurzbefehl in seinen Laptop: *00 Stunden, 54 Minuten, 43 Sekunden.*

Die Zeit stand.

»Es kostet mich nur einen einzigen Klick, um den Countdown erneut zu starten. Und du kannst absolut sicher sein: Ich werde ihn dann nicht mehr anhalten. Verstanden?«, sagte Gabor.

»Und was, wenn einer meiner Freunde mich angelogen hat und es doch noch Kopien gibt?«, protestierte Tim.

»Dann ist er wohl nicht dein Freund.«

Gabor legte auf.

Wer weiß, ob es ihm eine Lehre war? Vermutlich nicht. Im Moment war er noch geschockt, aber das würde in den nächsten Wochen langsam nachlassen. Irgendwann würde sich die alte Überheblichkeit erneut wie ein Schleier über seinen Charakter legen, und er wäre wieder der coole Tim, dem niemand etwas anhaben konnte.

Eine gute Stunde später machte Gabor Schluss und eilte ins Krankenhaus, wo er zu seiner Überraschung einen deutlich besser aussehenden Felix vorfand. Sein Gesicht hatte etwas Farbe und insgesamt wirkte er kräftiger. Gabor besah sich seinen Verband, den Schlauch, der aus seiner Bauchdecke heraussprang und zu dem kleinen Steuergerät führte, das an einem Gürtel befestigt war und dessen wenige Dioden auf Grün standen. Er trug bereits einen Schultergurt, in dem rechts und links Batterien steckten.

»Cool«, sagte Gabor, »wie ein Pistolenhalfter in einer amerikanischen Polizeiserie.«

»Eine Batterie läuft, die andere ist zur Sicherheit. Sie springt ein, wenn die andere leer ist.«

»Und wie fühlst du dich?«, fragte Gabor.

»Ich kann viel besser atmen. Und bin auch nicht so müde.«

»Wahnsinn, was das ausmacht«, staunte Gabor.

»Und weißt du was? Marie hat mich heute schon besucht!«, sagte Felix und grinste über beide Ohren.

»Freut mich!«

Er spürte, wie ihm das eigene Herz klopfte, weil Felix so glücklich war, und staunte gleichzeitig über dessen Reife. Gabor war in diesem Alter bei Weitem nicht so weit gewesen.

»Ich bin sehr stolz auf dich, Felix.«

Felix nickte, wirkte nachdenklich. Dann sagte er leise: »Soll ich dir ein Geheimnis verraten, Gabi?«

»Wenn du möchtest?«

Er atmete tief durch. »Weißt du, warum ich keine Tricks bei Marie wollte?«

»Du hast deine Prinzipien.«

»Ja, nein, das meine ich nicht … Es ist … Weißt du, ich habe noch nie ein Mädchen geküsst.«

Stille kehrte ein – nur das Piepsen der Maschinen war zu hören. Gabor nahm Felix' Hand, drückte sie kurz.

»Wirklich noch nie?«

Felix schüttelte den Kopf. »Nein … Und darum sollte das erste Mal etwas ganz Besonderes sein, verstehst du? Ich wollte nicht, dass es wegen eines Tricks ist. Es sollte ganz echt sein.«

»Verstehe.«

Felix blickte an Gabor vorbei, doch in dessen Rücken war niemand, der ihr Gespräch hätte hören können.

»Wie war das denn bei dir? Der erste Kuss?«

Gabor hatte in seinem Leben viele Küsse vergessen, doch den ersten richtigen nicht. Er war dreizehn oder vierzehn Jahre alt gewesen und das Mädchen eigentlich die Freundin eines anderen. Sie waren im Park spazieren gegangen, und sie hatte sich plötzlich zu ihm rübergebeugt und ihn geküsst. Er hatte ihre Zunge gespürt und gedacht: Wie seltsam! Er hatte sich vorgestellt, wie es sein müsste, doch jetzt, wo sie ihm so nahe war, fühlte es sich ganz anders an. Das hatte ihm besser als die Zunge gefallen. Und die ungeheure Vertrautheit, die plötzlich entstanden war.

Als sie sich von ihm gelöst hatte, war er ganz verwirrt. Er hätte es gerne wiederholt, weil er die ganzen Eindrücke nicht hatte ordnen können, aber sie hatte ihn danach nie wieder geküsst. Im Nachhinein konnte er nicht einmal sagen, warum sie es überhaupt getan hatte. Er erinnerte sich an die Aufregung, aber es wäre schöner gewesen, wenn ihnen beiden dieser Kuss etwas bedeutet hätte.

»Es war sehr aufregend«, sagte Gabor schließlich.

Felix nickte, als hätte er genau diese Antwort erwartet. »So soll es bei mir auch sein. Entweder etwas ganz Besonderes oder gar nicht.«

»Du hast recht, Felix. Einen ersten Kuss bekommt man nur einmal. Du wirst dich immer daran erinnern. Und je ehrlicher er ist, desto süßer wird die Erinnerung sein.«

Felix grinste und hielt ihm die Hand entgegen.

Gabor klatschte sie lächelnd ab.

71.

Felix erholte sich schnell von der Operation. Geradezu rasend schnell. Nach zwei Tagen konnte er die Intensivstation verlassen und wieder sein altes Krankenzimmer beziehen. Bendtner war sehr zufrieden mit dem Heilungsverlauf und stellte Felix' Entlassung aus dem Krankenhaus in zwei Wochen in Aussicht.

Und auch Gabors Unterricht kam endlich ins Rollen: Jennifer war zur nächsten Stunde zurückgekehrt und hatte Gabor lange umarmt. Ob Tim ihr gesagt hatte, wer hinter seinem Sinneswandel steckte, oder ob sie es erraten hatte, jedenfalls dankte sie ihm wortlos.

Sie hatten eine richtig erfolgreiche Stunde gestalten können, und Gabor schwor seine Truppe ein, in den verbleibenden vier Wochen bis zum Sommerfest härter zu arbeiten, als sie es bisher getan hatten. Niemand protestierte, im Gegenteil: Sie waren alle hoch motiviert und wollten tanzen.

Als Gabor Felix am Freitag nach der Arbeit besuchte, erwischte er ihn gerade dabei, wie er seine ersten selbstständigen Schritte machte und ihm grinsend ein Stück entgegenkam. Gabor hielt ihm seinen Arm hin und begleitete ihn zurück zum Bett. Marie brachte das Abendessen, und Gabor konnte beobachten, wie die beiden vorsichtig miteinander flirteten. Mit leisem Vergnügen stellte Gabor fest, dass sie sich nicht daran störten, dass er im Raum war. Nicht, weil sie in ihm eine Person sahen, vor der sie nichts verbergen mussten, sondern schlicht und ergreifend, weil sie ihn gar nicht wahrnahmen. Sie hatten nur Augen füreinander. Die beiden so zu erleben, wie sie auf so zurückhaltende Art ein weites Land voller Möglichkeiten betraten, wischte in Gabor jede Sorge beiseite und machte alles strahlend rein. Es war die Zeit vor dem ersten Kuss, in der es keine Grenzen gab.

Sie verschwand wieder, und diesmal war Gabor es, der Felix frech angrinste.

»Was?«, fragte Felix.

»Nichts«, gab Gabor zurück.

Felix aß mit Appetit, was Gabor freute, und berichtete, dass er mit Marie, sobald er das Krankenhaus verlassen konnte, ins Kino gehen wollte. Und ehe er sich versah, plante er weiter: Sie könnten auch mal in einen Club gehen? Oder zusammen irgendwohin fahren?

»Warum nicht?«, meinte Gabor, während er in einem Joghurt löffelte.

»Wohin könnte man denn in Urlaub fahren? Also so theoretisch, meine ich.«

»Vielleicht solltest du in Deutschland bleiben, solange das mit deinem Herzen nicht geklärt ist.«

»Ach ja, richtig. Mein doofes Herz …«

»Du wirst ein Neues bekommen, Felix. Und dann steht dir die Welt offen. Dann kannst du hin, wo immer du hinwillst.«

»Wohin würdest du gehen, Gabi? Ich meine, wenn du morgen deinen Koffer packen und losfahren könntest. Wohin würdest du gehen?«

Gabor dachte einen Augenblick nach, dann sagte er: »Island … Ja, ich denke, ich würde nach Island gehen.«

»Warst du mal da? In Island?«

»Ja. Mit Anfang zwanzig.«

»Warum ausgerechnet Island?«, fragte Felix.

Gabor schwieg einen Moment.

Er sah aus dem Fenster und es war, als rutschte er eine Leiter von der neununddreißigsten Stufe zurück auf die neunte. Er war wieder Kind. Es war Sommer, und sie fuhren mit einer Fähre von Deutschland nach Norwegen. Er stand an der Reling und blickte hinaus auf eine graue, stille Nordsee, kein Land vor, keines hinter ihnen. Der Wind war kalt, und Böen hoben ihn ein wenig vom Deck ab. Neben ihm sein übermächtiger Vater, dem der Wind nichts anhaben konnte, der unbesiegbar jedem Sturm trotzen konnte. Sie blickten beide zum Horizont und sagten nichts.

»Als ich ein Kind war, verbrachten wir unsere Urlaube oft in Norwegen. Mein Vater liebte dieses Land, die Fjorde. Damals war Fliegen noch viel teuer als heute, und wir sind mit dem Auto hochgefahren, mit der Fähre übergesetzt und haben meistens an der Küste gecampt. In diesem einen Sommer, das war vor etwa dreißig Jahren, hatte mein Vater eine Idee. Er hatte nicht viele tolle Ideen in seinem Leben, aber die war toll: Er hat mir vorgeschlagen, eine Flaschenpost loszuschicken. Also habe ich einen Brief geschrieben, in dem ich etwas von mir erzählt habe. Außerdem hab ich meine Adresse reingeschrieben, falls die Flaschenpost jemanden erreichen würde. Mein Vater hat die Flasche versiegelt, und so standen wir an Bord der Fähre, und ich durfte die Post ins

Meer werfen. Eine Weile hab ich die Flasche noch im Wasser treiben sehen, dann ist sie in den Wellen verschwunden.«

Felix hatte sich aufgerichtet und sah Gabor aufmerksam an. »Und dann?«

»Acht Jahre später befindet sich ein Mann, ein Fischer, auf einer kleinen Insel in Island. Es ist auch weniger eine Insel als ein paar Felsen im Nordmeer, nicht weit vom Festland entfernt. Obwohl er Fischer ist und man denken könnte, dass ihm sein Beruf völlig reicht, liebt er das Angeln, und so verbringt er schon mal einen freien Tag in der Natur und angelt. Doch dieses Mal hat er Pech. Sturm zieht auf, und bevor er sich mit seinem kleinen Boot davonmachen kann, hat ihn das Unwetter vollständig eingeschlossen. Er rettet sich auf eine kleine Felsformation, bevor sein Boot kentert. Schon bald steht dem Mann das Wasser bis zu den Knien, und es steigt weiter. Der Sturm peitscht ihm Regen und Gischt ins Gesicht, er friert, denn auch im Sommer ist die See so weit im Norden eiskalt. Und im Moment seiner größten Verzweiflung, als er keine Hoffnung mehr hat und es kein Licht mehr für ihn gibt, stößt etwas gegen sein Bein …«

Felix' Augen waren groß geworden. »Deine Flaschenpost!«

Gabor lächelte. »Ja, meine Flaschenpost. Und in diesem Augenblick ist er sich sicher, dass er gerettet wird.

Er schöpft wieder Mut und schwört, sich dem Sturm zu widersetzen.«

»Und? Wurde er gerettet?«

»Ja, er wurde gerettet. Die Küstenwache fand ihn nur wenige Minuten später.«

»Du hast ihm das Leben gerettet, Gabi!«

Gabor zuckte mit den Schultern. »Ich weiß es nicht. Wahrscheinlich hätten sie ihn auch so gerettet.«

Felix schüttelte den Kopf. »Nein, du hast ihn gerettet! Ich bin mir ganz sicher.«

Gabor lächelte. »Der Gedanke ist jedenfalls sehr schön.«

»Und hat er dir geschrieben?«, fragte Felix.

Gabors Miene verfinsterte sich. »Ja, aber … sein Brief erreichte mich erst vier Jahre später.«

»Warum?«, fragte Felix.

»Komplizierte Geschichte. Hat mit meinem Vater zu tun. Wir haben uns nicht gut verstanden.«

»Aber du hast den Brief doch noch bekommen?«

»Ja, ich hatte ein bisschen was gespart und bin nach Island geflogen. Aber ich kam zu spät …«

»Warum?«, rief Felix enttäuscht.

»Der Mann, Jón, war schon gestorben. Seine Frau Bryndis nahm mich auf. Sie erzählte mir, wie sehr sich Jón über meinen Besuch gefreut hätte. Vielleicht blieb ich deswegen den ganzen Sommer dort. Ich arbeitete als Fischer und überlegte, für immer dortzubleiben.«

»Warum bist du wieder zurückgekommen?«, fragte Felix.

»Bryndis wollte es so. Und sie hatte recht. Ich war kein Fischer. Ich kehrte zurück, beendete mein Studium und begann meine Karriere.«

»Hast du sie mal wieder besucht?«

Gabor schwieg einen Moment. Er spürte einen Kloß im Hals, der es ihm unmöglich machte, etwas zu sagen, ohne in Tränen auszubrechen. Er hatte Bryndis seit dieser Zeit nicht mehr gesehen, wusste nicht einmal, wie es ihr ging oder ob sie noch lebte. Eine Weile hatten sie sich noch geschrieben, doch die Briefe wurden in dem Maße weniger, wie sein neues Leben Besitz von ihm ergriff. Andere Dinge wurden wichtiger, Island versank in seiner Erinnerung, bis es bald so etwas wie sein persönliches Atlantis war. Und vor allem ein Mahnmal seiner Schande, denn er warf sich vor, Bryndis im Stich gelassen zu haben. Und mit ihr alles das, woran er mal geglaubt hatte.

Felix konnte sehen, wie es um Gabor bestellt war, und diesmal war er es, der ihm tröstend die Hand drückte.

Gabor lächelte ihm dankbar zu.

72.

Er klingelte pünktlich, doch schon bei Camillas Begrüßung schwang das Misstrauische mit, das Enttäuschte. Sie war eine Frau, die ihre Zusagen einhielt, andernfalls, und da war sich Gabor sicher, hätte es dieses Essen nicht gegeben. Vinnie hingegen war aufgedreht wie immer und führte Gabor staatsmännisch zu seinem Platz am Küchentisch.

»Trinken wir erst mal ein Bier, Gabi?«, fragte er.

»Wir?«, fragte Gabor erstaunt zurück.

»Mama, mach uns doch mal zwei Bier!«, bestellte Vinnie.

Gabor konnte sehen, wie sie heimlich die Augen verdrehte, dann servierte sie zwei Bier: ein richtiges und ein Malzbier für Vinnie.

Vinnie hob sein Glas und stieß mit seiner Mutter und Gabor an: »Auf Gabi Klitschko!«

Camilla hatte Rinderrouladen gemacht, die köstlich schmeckten und die Gabor entsprechend lobte. Sie nahm es kühl zur Kenntnis und antwortete nur: »Kann ich ja auf der großen Charity-Gala anbieten …«

Vinnie, der wie die anderen Kids auch in Ironie nicht nur ungeübt war, sondern sie schlichtweg nicht verstand, rief begeistert: »Wie cool! Meine Mama macht Rouladen für die ganze Schule. Was ist eigentlich eine Charity-Gala?«

»Gabor hatte die Idee, das Schulfest riesengroß aufzuziehen und ganz viele reiche Leute einzuladen, damit sie uns etwas spenden!«, erklärte Camilla.

Vinnie kaute begeistert das Fleisch und sagte: »Supergeil! Wir verkaufen den reichen Leuten deine Rouladen für fünf Euro das Stück. Da kommt richtig was rein!«

»Gabor knöpft den reichen Leuten viel mehr ab, Vinnie. Er nimmt sie richtig aus, dafür kommen sie dann alle gucken. Nicht, Gabor, so ist es doch?«

Gabor räusperte sich, dann antwortete er ruhig: »Die Gala wird nicht stattfinden, Vinnie. Wir machen das Sommerfest wie geplant an eurer Schule.«

»Keine Charity?«, fragte Camilla mit gereiztem Unterton. »Das ist aber schade. Wir wären alle so *stolz* gewesen, uns den anderen zu präsentieren.«

»Ach egal«, winkte Vinnie ab. »Dann tanzen wir eben beim Sommerfest. Das wird auch cool. Und Rouladen kannst du da trotzdem verkaufen.«

»Was macht denn der Unterricht?«, fragte Camilla, diesmal ohne Ironie.

»Wir hatten ein paar Startschwierigkeiten, aber jetzt legen wir richtig los«, antwortete Gabor.

»Felix ist ziemlich krank, weißt du. Und Jennifer hat auch dauernd gefehlt. Aber jetzt werden wir die alle voll flashen, nicht?«

»Ja, wenn ihr fleißig übt, kriegen wir eine gute Show hin.«

Camilla ließ nicht locker. »Ich bin sicher, ihr habt genau den richtigen Lehrer für eine gute Show.«

»Den besten!«, rief Vinnie.

»Da wette ich!«, gab Camilla zurück.

Sie beendeten den Hauptgang. Gabor lachte über Vinnies Sprüche, obwohl ihm nicht danach war, und Vinnie sah ihn dafür mit strahlenden Augen an. Das wenige, was Gabor sagte, erhob Vinnie gleich zum Mantra und unterstrich praktisch jeden Satz. Seine Kuppelei war nicht gerade subtiler Natur, und leider bemerkte er nicht, dass er mit seiner Begeisterung nur noch einen größeren Keil zwischen Camilla und Gabor trieb.

Den Nachtisch löffelte er mit großem Appetit und zog sich dann mit großer Geste zurück, denn er musste noch etwas in seinem Zimmer *erledigen*. Er zwinkerte Gabor total auffällig zu, damit der auch ja merkte, dass es gar nichts zu erledigen gab, dann war er verschwunden und schloss die Tür geräuschvoll, wahrscheinlich um die beiden wissen zu lassen, dass er nicht lauschen würde.

Eine Weile saßen sie sich schweigend gegenüber.

Schließlich sagte Camilla: »Sie werden ihm das Herz brechen, das wissen Sie doch?«

Gabor wusste nicht recht, was er darauf antworten sollte.

»Sie werden mit den Kindern tanzen, und Sie werden eine große Show abziehen auf dem Sommerfest. Die Kinder werden Sie für den Applaus lieben. Aber dann werden Sie gehen. Sie werden sich umdrehen und einfach abhauen. So ist es doch?«

»Was wollen Sie, dass ich darauf antworte?«, erwiderte Gabor.

»Versuchen Sie es doch mal mit der Wahrheit. Versuchen Sie doch mal, ehrlich zu sehen, was Sie sind. Ein Verführer, ein Blender, einer, der von Höhepunkt zu Höhepunkt eilt. Sie übernehmen keine Verantwortung, weil das schwierig ist. Warum sich belasten, wenn man ein sorgloses Leben führen kann?«

»Gut, da wir schon bei Wahrheiten sind. Wie steht es mit Ihnen?«

»Ich weiß nicht, was Sie meinen.«

»Sie würden also kein sorgenfreies Leben führen, wenn Sie könnten? Was, wenn die Dinge in Ihrem Leben anders gelaufen wären? Wie würden Sie sich verhalten? Wären Sie dann auch so engagiert, verantwortungsbewusst und der allein gültige Maßstab für moralisches Handeln? Oder wären sie glücklich darüber, dass das Leben es gut mit Ihnen gemeint hat?«

»Das Leben hat es nicht schlecht mit mir gemeint«, fauchte sie. »Ich habe Vinnie. Und das ist das Beste, was mir je passiert ist!«

»Der Punkt ist: Sie stellen Ihre Lebensweise über meine. Und wissen Sie was? Ich weiß nicht, was ich falsch gemacht habe. Ich weiß nicht, wofür ich mich entschuldigen soll. Ich habe niemandem etwas weggenommen, und ich habe niemanden betrogen. Ich habe sehr weit weg von all dem gelebt, was Sie mir vorwerfen. Und jetzt, jetzt wo ich mich einmische, hab ich mich schuldig gemacht. Jetzt, wo ich Teil Ihrer Welt bin, verurteilen Sie mich.«

Sie schwieg trotzig.

»Sie wollen die Wahrheit? Hier ist die Wahrheit: Ich weiß nicht, was gerade mit mir passiert. Ich weiß nicht mal, ob es gut oder schlecht ist. Ich weiß nur, dass ich beenden will, was ich angefangen habe. Und ich bitte Sie, erst dann ein Urteil über mich zu fällen. Weil ich vielleicht erst dann alles verstehen kann.«

»Sie haben auf alles eine Antwort, was?«

Gabor stand auf und verabschiedete sich mit einem Nicken. »Schön wär's.«

73.

Gabor verbrachte ein ganz und gar ereignisloses Wochenende und es störte ihn nicht einmal. Er arbeitete ein paar Dinge nach, die restliche Zeit vergammelte er einfach, bis er Sonntagnachmittag zum Yachthafen fuhr und die Schutzplane seines Bootes zurückzog: wie schön die Riva doch war. Die Sonne schien, der Lack blitzte, alles an ihr war perfekt. Und doch hatte es ihn nicht eine Sekunde des Nachdenkens gekostet, sie zu verkaufen, um Felix mit dem Geld die Operation in China zu ermöglichen. Sogar einen Makler hatte er bereits beauftragt, der mittlerweile drei oder vier Interessenten angeschleppt hatte. Er hatte sie niemals verkaufen wollen, und auch wenn es nicht mehr nötig war, dachte er darüber nach, sie jemanden zu überlassen, der noch mehr Wert darauf legte, sie zu besitzen.

Er beschloss, mit ihr zu fahren, eine Ehrenrunde zu drehen, wissend, dass es die erste und gleichzeitig letzte Fahrt sein würde. Wo immer ihn sein Weg hinführen würde, er hätte zu wenig Zeit, ihrer Schönheit gerecht zu werden. Wie sanft sie auf dem Wasser lag! Alles an ihr war weich und umarmend. Und doch wurde mit jedem Wellenhüpfer klarer: Es gab im Moment niemanden, mit dem er die Fahrten teilen konnte. Und was nutzten einem die schönsten Dinge, wenn man sie nicht mit einem Menschen teilen konnte?

Am Abend vertäute er die Riva, strich noch einmal versonnen über ihre seidenglatte Haut, dann warf er die Schutzhülle über sie und rief den Makler an: Er sollte das Boot dem verkaufen, der es am meisten wollte. Nicht dem, der am meisten bot. Der Makler war verwundert, denn einen solchen Wunsch hörte er zum ersten Mal in seinem Berufsleben, aber er sagte zu, obwohl es für ihn möglicherweise weniger Provision bedeutete. Offenbar gefiel ihm Gabors Haltung. Oder er war betrunken. Gabor war sich da nicht so sicher.

Der Montag bei *Clausen & Wenningmeier* begann wie fast jeder andere Montag auch mit einem Jour fixe, in dem die Ziele und Maßnahmen der bevorstehenden Arbeitswoche besprochen wurden. Anschließend saß Gabor gerade an seinem Computer, als Fitz mit einem kurzen Klopfen eintrat.

»Kann ich dich einen Moment sprechen?«, fragte er und setzte sich, ohne eine Antwort abzuwarten.

»Was gibt's denn?«, entgegnete Gabor.

»Ich hab letzte Woche einen Anruf bekommen, dass die große Charity-Gala nicht stattfinden soll.«

»Tatsächlich?«

»Diese Kathrin Bendig rief mich an … Kann es sein, dass die ein bisschen spinnt?«

»Auf die Idee bin ich das eine oder andere Mal auch schon gekommen.«

»Die verzichtet eiskalt auf fünfhunderttausend Euro, weil sie glaubt, dass die Gala ein bisschen zu stressig ist für die lieben Kleinen.«

Gabor zuckte mit den Schultern. »Tja, sie wird's wohl wissen.«

Fitz schwieg einen Moment, und Gabor überkam das unangenehme Gefühl, dass er noch ein Ass im Ärmel hatte. Er war nicht gekommen, um sich über Kathrin zu beschweren.

»Ich hatte dann eine Idee, wie wir die Gala doch noch retten können …«

Gabor starrte ihn an.

»Ich hab Clausen gebeten, Kontakt zum Regierungspräsidium herzustellen. Also eines muss man dem Alten lassen: Der kennt wirklich jeden. Jedenfalls habe ich mit einem freundlichen Schulamtsdirektor gesprochen, und der war begeistert von der Idee. Er unterstützt unsere Sache in jedem Punkt, Gabor!«

»Unsere Sache?«, fragte Gabor.

»Deine Sache natürlich. Ich bin nur ein unwürdiger Diener! Wir verlegen die Gala in den Ballsaal des Imperial. Wir verkaufen fünfhundert Essen à tausend Euro. Die Förderkids und deren Eltern kommen natürlich für lau rein. *Reos* hat sich schon als Sponsor angeboten, wir fragen gerade noch ein paar andere an. Nach Abzug der Kosten können wir sogar mit mehr als 500.000 Euro rechnen. Ist das nicht genial?«

Gabor schwieg einen Moment. Dann fragte er kalt: »Was weißt du?«

Fitz nahm sich für die Antwort Zeit, kostete jede Sekunde aus.

»Alles, Gabor … Wie konntest du Nadja nur so schlecht behandeln? Sie war ziemlich wütend auf dich.«

»So wütend, dass sie mit dir abgezogen ist?«

»Nicht nur Männer reden im Bett. Frauen auch. Du, ich habe mir vorgestellt, wir laden alles zu der Gala ein, was Rang und Namen hat. Wir haben da auch schon 'ne ganze Reihe von VIPs, die bereits zugesagt haben. Und weißt du, wer auch kommt?«

»Du wirst es mir gleich sagen, richtig?«

»Na klar. Falk von Bertram. Nicht schlecht, oder?«

»Der Vater von Nico von Bertram?«, fragte Gabor.

»Ebender. Ich fürchte, der gute Nico wird nicht kommen, irgendwie mag er dich nicht, nachdem du ihm in die Fresse gehauen hast. Aber sein Vater ist schon ganz gespannt, dich kennenzulernen.«

»Kaltenbach und Becke ...«

»Na ja, die Jungs schnüffeln gerne rum, das darfst du ihnen nicht verübeln. Du, ich hab mir das so vorgestellt: Wir bauen ein kleines Showprogramm ein. Also nicht nur du und die tanzenden Kids, sondern auch ein bisschen Livemusik, vielleicht noch 'ne Sängerin. Vorneweg bitte ich dich auf die Bühne, und dann interviewe ich dich zu deinem sozialen Engagement. Wie das alles gekommen ist, wie du dich einbringst und was die Kids von dir alles lernen können. Solche Sachen ... Ich könnte mir vorstellen, das interessiert das Publikum brennend. Am Ende des Abends wird dich jeder im Raum kennen. Dich und dein großes Herz!«

»Zu viel der Ehre«, antwortete Gabor sarkastisch.

»Das wird toll, vertrau mir!«

»Vielleicht sollten wir das Interview weglassen ...«

»Du bist zu bescheiden, Gabor. Nein, nein, sie sollen dich alle kennenlernen. Und das werden sie auch!«

Fitz stand auf, ging und schloss die Tür hinter sich.

Gabor saß in der Falle.

Es gab nur einen Weg, dieses *Interview* zu verhindern,

und das war seine Kündigung. Es sei denn, Gabor erwischte Fitz vorher.

Er rief Sonja herein. »Kommst du eigentlich gut aus mit Fitz' Assistentin?«

»Wir trinken schon mal einen Wein zusammen, warum?«

»Glaubst du, du könntest sie dazu bringen, dir zu sagen, wann Fitz sich Termine freihält?«

»Ich denke schon. Sie ist nicht gerade ein Fan von David Fitz.«

Gabor seufzte. »Wer ist das schon?«

»Sollte ich noch etwas wissen?«

»Versuch herauszufinden, ob sich Wim de Vries bei ihm meldet. Vielleicht schnappt sie ja mal einen Anruf auf.«

»In Ordnung … Gabor?«

»Ja?«

»Muss ich mir Sorgen machen?«

»Ja.«

Er rief Kathrin an, denn er musste wissen, ob Fitz geblufft hatte oder nicht.

»Oh Gabor, wie schön von Ihnen zu hören!«, rief sie ins Telefon.

»Hatten Sie einen Anruf vom Schulamtsdirektor?«

»Es tut mir leid, Gabor. Aber ich kann diese Gala nicht verhindern. Der Schulamtsdirektor hat mich ohnehin schon gefragt, ob ich sie nicht mehr alle hätte!«

»Sie scheinen das bei anderen zu provozieren, Kathrin.«

»Tja, und in diesem Fall hatte ich nicht mal vernünftige Argumente. Man könnte auch sagen: gar keine. Ihr Kontrahent hat Sie ausgetrickst.«

»Nicht gut«, schloss Gabor.

»Was wird jetzt aus Ihnen, Gabor?«, fragte Kathrin besorgt.

»Wir werden sehen. Es ist noch nicht vorbei.«

»Dann geht der Unterricht wie geplant weiter?«, fragte Kathrin.

»Nein.«

»Nein?«

»Wir werden viel härter trainieren müssen. Reden Sie bitte mit den Eltern. Treffen bei mir. 19 Uhr. Jeden Tag. Wenn wir fertig sind, bringe ich die Kids nach Hause.«

»Ich sehe zu, was ich machen kann.«

»Nein, Sie sehen nicht zu, Sie machen das. Ist mir völlig egal, wie.«

»Okay, Sie sind der Boss.«

Gabor verdrehte die Augen und legte auf.

74.

Gabor ließ seinen Ankündigungen auch Taten folgen: Sie trafen sich tatsächlich fast jeden Tag in seinem Penthouse, was schon bald gewisse Rituale nach sich zog, denn während Gabor mit den Mädchen und Vinnie bereits einzelne Figuren auf DVD ansah und besprach, stürmte Marvin als Allererstes aufs Klo. Er schien die wenigen Minuten in dem blitzenden, wohlriechenden Designerklo wirklich zu genießen, die Stille darin, die großzügigen Ausmaße und das geschickt gesetzte Licht. Für ihn war nicht Gabors Wohnung der Inbegriff des Luxus, obwohl sie auch in seinen Augen ein Traum war, nein, es war das Klo in seiner leisen Abgeschiedenheit, wo niemand etwas wollte, niemand schrie, keine Klamotten oder Wäsche herumlagen, niemand an die Tür hämmerte, niemand vor ihm grinsend die Luft verpestet hatte und niemand seine Privatsphäre störte.

Sie begannen konzentrierten Unterricht, und es stellte sich schnell heraus, dass er jede Minute brauchen würde, um aus diesen vier jungen Menschen zwei Tangopaare zu formen. Dabei waren es nicht nur die Schritte, die auch für nicht lernbehinderte Menschen nicht leicht zu verstehen waren, es war vor allem das, was den Tango in seinem Wesen ausmachte: Hingabe. Leidenschaft. Temperament.

Gabor verbrachte viel Zeit damit, die vier richtig aufzustellen, ihnen zu helfen, ihre natürliche Scheu zu überwinden, damit aus jedem Paar eine Einheit werden konnte. Er versuchte, ihnen zu erklären, was Enrique Santos Discèpolo über den Tango geschrieben hatte, nämlich dass der Tango ein trauriger Gedanke war, den man tanzen konnte. Dass es weniger die technische Perfektion, sondern die Emotion war, die diesen Tanz so besonders machte.

So arbeitete er zunächst mit großer Geduld an der Körperhaltung, impfte ihnen ein, dass sie einander immer ansehen mussten, denn dies war der Schlüssel zu einem wirklichen Tango: Zugewandtheit. Sie mussten lernen, einander zu vertrauen, die Nähe des anderen zu suchen, ohne die Eigenständigkeit zu verlieren. Ihre Gesichter und Oberkörper waren einander nah, die Unterkörper hingegen hielten züchtig Abstand, sodass sie wie ein spitzwinkliges Dreieck aussahen. Er brachte ihnen bei, wie man die Schritte richtig machte, wie man die Füße bewegte und dass man sie nie, mit ein paar Ausnahmen, vom Boden hochhob.

»Denkt immer dran!«, rief er ihnen zu. »Der Tango wartet auf dem Boden, wo ihn eure Füße treffen.«

Er sah in fragende Gesichter.

»Egal, lasst einfach die Füße auf dem Boden, okay?«

Er nahm die Paare mit der Videokamera auf und spielte ihnen die Aufnahmen vor, sodass sie sehen konnten, worauf es ankam, was bei Vinnie bedeutete, dass man ihn schon fast zwingen musste, sich die Bilder auch wirklich anzusehen und nicht nur einen schnellen Blick darauf zu werfen, um dann aufzuspringen und *Alles klar!* zu rufen.

Und doch fürchtete Gabor, dass es Vinnie und Jennifer wohl nie deutlich über die Grundschritte hinaus schaffen würden. Und das lag nicht nur an Vinnies Rastlosigkeit, sondern auch an Jennifers Phlegma. Was der eine zu viel hatte, fehlte der anderen. Tagelang versuchte er, sie in erster Linie in den Takt zu bringen, redete mal auf den einen, dann auf die andere ein, gab mal Jennifers Part bei Vinnie und mal Vinnies Part bei Jennifer, doch es sah nicht so aus, als ob es Früchte tragen würde. Und doch: Etwa eine Woche nach Beginn des Intensivunterrichts verglich er die Aufnahme des ersten Tages mit denen des siebten Tages und stellte fest, dass sie besser geworden waren. Ausgewogener. Wenn er sie im Ausdruck noch etwas näher zueinanderbringen konnte, würde gar nicht mehr auffallen, dass sie nicht gerade temposicher waren.

Ganz anders dagegen Marvin und Lisa: Schon nach kurzer Zeit harmonierten die beiden in ganz bemerkenswerter Weise, und Lisas außerordentliches Bewegungstalent schien auf Marvin abzufärben. Dessen Bewegungen wurden sanfter, harmonischer, er versteckte seine Körperkraft, statt mit ihr zu protzen. Alles an ihm wirkte mit jeder Stunde sehniger, geschmeidiger, und in den besten Momenten ihres Tanzes wirkten die beiden tatsächlich wie ein Liebespaar. Da war nichts mehr von der Vulgarität zu spüren, mit der Marvin aufgewachsen war, nichts von den Kämpfen, die er ausgetragen hatte, und nichts mehr von dem Chauvinismus, der ihm vorgelebt worden war. Geblieben war ein eleganter Machismo, der unbedingt nötig war, um auch seine Tanzpartnerin zu inspirieren.

Und Lisa! Sie war das Erstaunlichste überhaupt. Wenn Gabor mit ihr vor den anderen einen neuen Schritt demonstrierte, spürte er, wie ungeheuer sensibel sie seine Vorschläge erwartete, wie sie auf geringste Bewegungen reagierte, federleicht und mit großem Vertrauen – in Gabor als Tanzpartner, aber auch in sich selbst und ihre Fähigkeiten. Und auch die anderen konnten sehen, wie sie sich im Tanz verwandelte: Sie war nicht mehr das lange, dünne Mädchen mit den zu großen Händen und der schlechten Körperhaltung, sie war eine Dame, mit der alle tanzen wollten, weil sie alle anderen überstrahlte.

Gabor zeigte ihr den *Ocho*, eine aus den Hüften eingeleitete Drehung der Füße, die wie eine auf den Boden gemalte Acht aussah. Im Tanz wirkte es, als ob die Dame ihren Herrn umschlich, während er sie durch einen kleinen Wiegeschritt dazu verführte. Er zeigte ihr den *Planeo*, bei dem sie, geführt von ihrem Partner, eine Dreihundertsechzig-Grad-Drehung auf einem Fuß vollzog, mit einem elegant abgespreizten Bein, das wie der Schenkel eines Zirkels einen vollständigen Kreis auf dem Boden zog. Er zeigte ihr den *Gancho* und den *Boleo*, bei denen die Dame temperamentvoll aus dem

Ocho heraus den Fuß nach hinten oder am Bein des Tanzpartners vorbeikickte, was bei den ansonsten auf dem Boden verweilenden Füßen besonders rassig aussah.

Sie beherrschte alles nach kurzer Zeit, weniger weil Gabor ihr die Schritte erklärte, sondern mehr aus einer Intuition heraus, die nur wenigen gegeben war. Und sie fand in Marvin einen Partner, der zu ihr passte, der sie führte, aber nicht bedrängte und dem Gabor so viel Sensibilität gar nicht zugetraut hätte.

Sie tanzten fast jeden Tag wenigstens drei Stunden.

Gabor brachte müde, verschwitzte, aber glückliche Kids nach Hause und hatte zum ersten Mal das Gefühl, dass alles perfekt lief. Sie würden es schaffen! Sie würden vor einer großen Menge einen fantastischen Showact hinlegen, und der donnernde Applaus würde sie wie Brandungsgischt umspülen, und nichts und niemand würde sie je wieder erschüttern können.

Aber vorher würde er alles daransetzen, Lisas sehnlichsten Wunsch zu erfüllen! Und er wusste auch schon, wie.

75.

Gabors Position bei *Clausen & Wenningmeier* wurde zunehmend schwieriger, was nicht nur an Fitz lag, sondern auch daran, dass Gabor kaum noch Überstunden machte. Und die galten gemeinhin als Zeichen des Engagements und des Respekts vor dem Arbeitgeber, ganz gleich, wie viel man in seiner regulären Arbeitszeit schaffte. Außerdem begann Gabor, Meetings zu schwänzen, die sinnlos Lebenszeit fraßen und konzentriertes Arbeiten an einer Sache unmöglich machten, was sich natürlich herumsprach und dazu führte, dass Clausen ihn erneut zum Lunch einlud.

Von außen betrachtet ein freundliches Treffen, bei dem Gabors Arbeit nicht ein einziges Mal direkt angesprochen wurde, aber das war auch nicht nötig. Clausen war ein Mann der leisen Töne und erwartete von seinen Mitarbeitern, dass sie aufmerksam zuhörten und Dinge erahnten, ohne dass sie explizit ausgesprochen werden mussten. Die Einladung war daher nichts anderes als eine elegante Warnung an ihn, seine Vertrauensposition nicht bis auf das Äußerste auszureizen und sich immer bewusst zu sein, dass Gabors Leben, solange er Teil der Firma war, auch der Firma gehörte. Ihr war alles unterzuordnen – Clausen lebte es jeden Tag vor.

Darüber hinaus hoffte Gabor auf Neuigkeiten, was Fitz betraf, aber der hatte weder Zeiten in seinem Terminkalender geblockt, noch hatte de Vries sich bei Fitz privat gemeldet, jedenfalls nicht so, dass es dessen Assistentin mitbekommen hätte. Es waren nur noch gut zwei Wochen bis zur großen Gala – Gabor lief die Zeit davon.

Felix besuchte er nicht täglich, aber er ließ ihm die Aufnahme des Trainings jeden Tag, an dem er nicht selbst im Krankenhaus war, per Kurier zukommen, was Felix, wie er Gabor versicherte, noch viel cooler fand, denn welcher Junge bekam schon Post von einem Kurier? Die Sache mit Marie lief weiterhin gut, so gut, dass Felix, als Marie ein paar Tage freihatte und zu ihren Eltern fuhr, litt wie ein Hund. Er rief Gabor in diesen Tagen mehrmals auf dem Handy an und klagte darüber, dass ihm Marie schrecklich fehlte, auch wenn sie sich ziemlich oft SMS schickten. Gabor versuchte, ihn zu trösten, riet Felix allerdings dazu, seine Sehnsucht zu genießen, auch wenn es ihn eigentlich schmerzte. Felix verstand kein Wort, und Gabor schaffte es auch nicht, ihm klarzumachen, was er damit eigentlich meinte.

Stattdessen hatte er eine Idee, wie er Felix und Marie einander näherbringen konnte. An dem Tag ihres Telefonats fuhr er vor dem Tanzunterricht ins Krankenhaus und brachte besonders schönes Briefpapier mit.

»Was soll ich denn damit?«, fragte Felix.

»Du schreibst ihr einen Brief«, antwortete Gabor, legte das Papier auf eine Unterlage und setzte sich zu ihm ans Bett.

»Ich schreibe ihr doch jeden Tag SMS.«

»Das ist nicht dasselbe, Felix. Du schreibst ihr jetzt einen Liebesbrief.«

Felix war nicht so recht überzeugt. »Ich habe noch nie einen Brief verschickt. Und dann gleich einen Liebesbrief?«

»Als ich so alt war wie du, gab es noch keine SMS und kein Internet. Wir haben uns oft Briefe geschickt. Das ist viel schöner als eine SMS, glaub mir.«

»Und du meinst, Marie findet das nicht altmodisch?«

»Natürlich ist es altmodisch, aber vertrau mir: Marie wird es lieben! Ich bin sicher, sie hat noch nie einen Liebesbrief bekommen. Und du wirst der Erste sein, der ihr einen schickt. Das wird sie nie vergessen.«

Felix nickte. Das klang tatsächlich überzeugend.

Und so saßen sie zusammen und suchten nach den richtigen Worten, was Gabor schwieriger fand, als er gedacht hatte, denn er musste feststellen, dass er lange nicht mehr verliebt gewesen war. So richtig verliebt jedenfalls.

Schlussendlich schafften sie es doch.

Felix faltete den Brief zusammen, und Gabor steckte den Brief in ein Kuvert.

»Hast du denn ihre Adresse?«, fragte Felix.

»Nein, ich dachte, du würdest sie mittlerweile kennen?«

Felix schüttelte den Kopf.

»Mach dir keine Sorgen. Der Brief geht morgen raus.«

Er verließ Felix' Zimmer und fragte im Schwesternzimmer nach Maries Adresse. Obwohl natürlich alle mitbekommen hatten, dass sich zwischen Felix und Marie etwas anbahnte, wollte man aus Datenschutzgründen nicht so recht mit der Adresse herausrücken. Erst als Felix den Brief hochhielt und erklärte, dass er ohne die Hilfe der Stationsschwestern niemals ankommen würde, gab man ihm die Adresse. Mit einem sehnsüchtigen Seufzer sogar, denn keine der beiden anwesenden Schwestern hatte je einen Liebesbrief bekommen. Nur E-Mails. Oder SMS. Oder Whats-App-Nachrichten. Oder welche über Facebook. Aber keinen Brief.

Drei Tage später wurde Felix aus dem Krankenhaus entlassen.

Für Felix kein schöner Tag, denn er musste sich von Marie verabschieden. Felix hatte bereits alles gepackt und wartete abreisebereit auf seine Großeltern, als Marie leise das Zimmer betrat.

»Ich habe gestern deinen Brief bekommen«, sagte sie.

»Hat er dir gefallen?«, fragte Felix nervös.

»Und wie!«

Felix strahlte. »Das freut mich!«

»Das war so … romantisch, Felix. Ich weiß gar nicht, was ich sagen soll.«

»Du musst auch nichts sagen«, antwortete er.

Sie kramte in der Tasche ihres Kittels und zog ein Foto heraus. »Ich hoffe, es gefällt dir.«

Felix nahm das Foto entgegen und sah einen schönen Schnappschuss von ihr. Es war irgendwo in einem

Park aufgenommen, und Marie lachte fröhlich in die Kamera.

»Das sieht sehr schön aus«, sagte Felix und sah auf das Foto.

»Dann vergisst du mich nicht so schnell«, antwortete Marie.

»Kommst du mich besuchen?«, fragte Felix.

»Möchtest du denn?«

»Am liebsten jeden Tag …«

Sie sahen sich an.

Und näherten einander vorsichtig zu ihrem ersten Kuss …

Die Tür flog auf.

Die beiden sprangen auseinander, als hätte man ihnen einen Stromschlag verpasst. Bendtner trat ein, blickte von einem verlegenen Gesicht ins andere und konnte sich ein Grinsen nicht verkneifen. Marie umarmte Felix rasch, gab ihm einen flüchtigen Kuss auf die Wange und huschte aus dem Zimmer. Felix sah ihr verzückt nach. Bendtner hatte er fast schon wieder vergessen, bis dieser mit einer Hand in seinem Gesichtsfeld wedelte.

»Ich wollte mich von dir verabschieden, Felix, und dir sagen, dass du ganz oben auf der Transplantationswarteliste stehst. Es dauert jetzt nicht mehr lange, bis du ein neues Herz bekommst. Und dann wird alles gut. Wir sehen uns also bald wieder!«

Und so war es dann auch. Aber leider nicht so, wie Bendtner es eigentlich gemeint hatte: Noch am selben Abend wurde Felix mit hohem Fieber zurück ins Krankenhaus gebracht.

76.

Gabor trainierte die Kids, als ihn der Anruf aus dem Krankenhaus erreichte. Felix' Großmutter bat ihn, so schnell wie möglich vorbeizukommen. Gabor hörte an ihrer Stimme, dass die Lage alarmierend war. So packte er seine Tangogang ins Auto und karrte jeden nach Hause, obwohl keiner damit einverstanden war. Alle wollten tanzen! Gabor vermied es, sie über Felix' erneute Einlieferung zu informieren, und schob einen beruflichen Termin vor. Er erreichte das Krankenhaus nach 22 Uhr und wurde von Felix' Großeltern noch auf dem Flur abgefangen.

»Er schläft jetzt«, sagte Felix' Großvater.

Sie hatten beide geweint, er konnte es ihnen ansehen. Augenblicklich zog sich Gabors Magen schmerzhaft zusammen. Er wollte sie nicht nach dem Grund fragen, schlechten Nachrichten war er schon früher aus dem Weg gegangen, denn was er nicht wusste, das konnte ihm auch nicht zusetzen. Er tat es schließlich doch: »Was ist denn passiert?«

»Es ist eine Infektion«, antwortete Felix' Großmutter

und zückte ein Taschentuch, um sich neue Tränen aus dem Gesicht zu wischen.

»Wie schlimm ist es?«

»Sie sollten sich mit Dr. Bendtner unterhalten«, schlug Felix' Großvater vor. »Wir haben ihm bereits gesagt, dass Sie ihn aufsuchen werden.«

Gabor nickte und machte sich auf den Weg.

Er fand Bendtner in seinem kleinen Zimmer über Laborergebnisse gebeugt. Als Gabor eintrat, kam er ihm entgegen und begrüßte ihn. Sie setzten sich.

»Was ist passiert?«, fragte Gabor.

Bendtner zögerte mit der Antwort, dann seufzte er schwer. »Das Schlimmste, was hätte passieren können. Er hat sich eine Infektion eingehandelt. Wir klären noch, um welchen Erreger es sich handelt, aber in seiner Situation ist jede Form einer Infektion bedrohlich.«

»Aber … Wie konnte das passieren?«, fragte Gabor heftig.

»Ich weiß es nicht. Er war auf einem guten Weg. Und dann das. Vielleicht ist es bei einem Verbandswechsel passiert, vielleicht hat er sich verletzt oder hat einfach etwas eingeatmet oder über die Schleimhäute aufgenommen. Ich weiß es wirklich nicht. Direkte Folgen der Operation können wir allerdings ausschließen.«

»Und was passiert jetzt?«, fragte Gabor.

»Wir behandeln ihn mit Antibiotika, nur …«

»Nur was?«

»Das Problem aller Krankenhäuser sind Bakterien und Viren aller Art. Wir gehen dagegen vor, aber beide bilden mit der Zeit Resistenzen. Sollte Felix sich an einem solchen multiresistenten Bakterium infiziert haben, dann wird es eng für ihn.«

»Was heißt das?«, fragte Gabor geschockt.

»Diese MRSA-Infektionen sind sehr schwierig zu behandeln. Sehr oft bewegen sie sich nicht im freien Blutkreislauf, wo man sie mit Antibiotika gut bekämpfen könnte, sondern setzen sich an einem Organ ab. Und wenn sie sich in Felix' Herz einnisten und in den Pumpmechanismus und wir sie da nicht rauskriegen, dann …«

»Dann was?«

»Dann wird Felix sterben«, schloss Bendtner bedrückt.

Gabor schwieg.

Sie wussten beide nicht, was sie noch sagen sollten. Der Gedanke lastete schwer auf ihnen. Es war, als würden alle Geräusche des Zimmers in einem kleinen Wirbel abfließen. Zurück blieb nichts als Stille. Sie saßen einfach nur da und fragten sich, welche Möglichkeiten ihnen noch blieben.

Schließlich sagte Bendtner: »Wir werden in ein paar Tagen wissen, um welchen Erreger es sich handelt. Vielleicht haben wir Glück, und es ist kein MRSA. Und wenn doch, dann werden die nächsten Tage entscheidend sein, ob wir die Infektion in den Griff bekommen oder nicht.«

Gabor nickte stumm.

Er stand auf und verabschiedete sich.

Auf dem Flur saßen noch Felix' Großeltern, aber Gabor bog vorher in Felix' Zimmer ab. Er wollte ihn sehen, auch wenn er schlief. Und was er sah, stach ihm ins Herz. Sein Gesicht war vom Fieber stark gerötet, seine Stirn glühte förmlich.

Eine Weile blieb Gabor bei ihm sitzen und dachte nur, dass Gott, wenn es ihn überhaupt gab, Felix mit alttestamentarischer Härte verfolgte. Das war alles kein Pech mehr, das war pure Boshaftigkeit. Und wenn er an ihn geglaubt hätte, wäre das der Moment gewesen, mit ihm zu brechen.

Er drückte Felix' Hand und dachte: Mach dir keine Sorgen, das Glück kommt zu uns zurück.

77.

Sie begannen mit den üblichen Antibiotika und konnten damit zunächst das Fieber senken und auf einem akzeptablen Niveau halten. Bendtner wertete das als gutes Zeichen, hielt sich darüber hinaus aber mit Prognosen zurück. Er wollte erst wissen, mit was für einem Erregerstamm er es zu tun hatte. Für Gabor und Felix' Großeltern gestalteten sich die Tage des Wartens auf das

Laborergebnis als eine verwirrende Reise durch verschiedene Phasen des Hoffens, der Depression, der Freude über leichte Verbesserungen und des Wunderns, mit welcher Gelassenheit, mit welchem Mut Felix dieser Situation begegnete. Er haderte nicht, er beschuldigte niemanden, er zürnte nicht einmal einem höheren Wesen, das ihm all diese Prüfungen zumutete. Er blieb völlig ruhig und nahm wieder seinen Job auf, die Trainingserfolge der Tanztruppe auf DVD zu betrachten.

Er sprach in diesen Tagen weder mit Gabor noch mit seinen Großeltern ein einziges Mal über den schlimmsten aller möglichen Fälle, etwas, was Gabor über alle Maßen fürchtete. Doch er bemerkte bald, dass Felix dieses Thema gar nicht beschäftigte. Es schien, als wäre er zufrieden damit, dass die, die er liebte, in seiner Nähe waren.

Gabor besuchte ihn, sooft er konnte, trieb seine vier Tangotänzer an und suchte gleichzeitig einen Weg, um sich aus Fitz' Würgegriff zu befreien. Er schlief schlecht, war übermüdet, machte aber weiter.

Am dritten Tag nach Beginn der Behandlung kehrte das hohe Fieber zurück. Bendtner versuchte ein anderes Medikament, das nicht gut funktionierte, und gab noch ein Drittes, das das Fieber wieder senkte. Gabor war an diesem Tag nicht ins Büro gegangen und reagierte erleichtert, als Felix auf das dritte Antibiotikum ansprach.

Er rief Kathrin Bendig an.

»Gabor hier. Bitte sammeln Sie die Kids nach dem Unterricht ein. Ich hole sie auf dem Schulhof ab.«

»Und die Eltern?«, fragte Kathrin verwundert zurück.

»Kümmern Sie sich drum!«

Er legte auf.

Ha, es ging doch! Warum hatte er nicht von Anfang an so agiert? Der kleine, gipsbeinige Teufel hatte ihn die ganze Zeit herumgescheucht, aber wenn man den Spieß umdrehte und ihr ein paar Ansagen machte, spurte sie. Oder war ihr etwa das Druckmittel abhandengekommen?

Er lehnte sich zurück und dachte verblüfft: Gedroht hatte sie nur am Anfang, aber später? Hatte sie ihn nur im Glauben belassen, sie säße ihm im Nacken? Dass sie eine Großmeisterin der Manipulation war, war Gabor längst aufgegangen. Hatte er sie trotzdem unterschätzt? Und jemand wie sie würde auch nie Schulakten auf dem Tisch herumliegen oder ihr Büro offen stehen lassen, es sei denn, sie wollte, dass er sie las. Weil sie befürchtete, Gabor könnte die Kids doch noch im Stich lassen?

Oh, sie war gut!

Er hätte sie jederzeit eingestellt und zu den schwierigsten Verhandlungspartnern geschickt, die sie wie kleine Jungs behandelt hätte, weil sie das im Grunde genommen fast alle waren. Kleine Jungs mit viel Geld und teuren Anzügen.

Wie besprochen wartete seine Tangotruppe auf dem Schulhof und sah ihn fragend an.

»Tanzen wir jetzt auch direkt nach der Schule?«, fragte Marvin.

»Steigt ein«, gab Gabor zurück. »Ich habe eine Überraschung für euch.«

Sie sahen einander an, zuckten mit den Schultern, stiegen dann aber rasch ein und ließen sich von Gabor in die Innenstadt kutschieren. Sie hielten vor einem alteingesessen Herrenschneider. Zusammen betraten sie den seltsam antiquiert wirkenden Laden und trafen auf den Geschäftsführer, der einen Moment irritiert zögerte, als er die Teenager sah. Dann aber erkannte er Gabor und begrüßte ihn herzlich: »Herr Schoening, was kann ich für Sie tun?«

Gabor schob Marvin und Vinnie vor ihn. »Die beiden jungen Herren brauchen einen Abendanzug. Schwarz oder anthrazit. Elegant. Weißes Hemd. Krawatte. Weste.«

Der Schneider nickte. »Sehr gerne. Was für ein Stoff?«

»Suchen Sie zusammen mit den beiden einen aus. Und: Ich brauche die Anzüge so schnell wie möglich.«

»Sehr wohl.«

Gabor wandte sich den beiden zu. »Jungs, ich brauche eure Schuhgrößen.«

Sie nannten sie ihm, immer noch zu überrascht, um zu fragen, was das alles sollte.

»Ich komme euch gleich abholen. Macht keinen Unsinn!«

Dann schob er Jennifer und Lisa aus dem Laden. Sie fuhren ein paar Straßen weiter und hielten vor einem eleganten Geschäft für Damenmode. Sie traten ein und trafen diesmal auf eine Verkäuferin, die Gabor auch zu kennen schien, denn auch sie begrüßte ihn mit Namen und der Bemerkung, dass er schon lange nicht mehr da gewesen war.

Gabor präsentierte ihr die beiden Mädchen und sagte: »Wir brauchen zwei Abendkleider. Beide gleich. Ruhig ein bisschen Glitter. Dazu passende Schuhe.«

»Gerne. Darf ich fragen zu welcher Gelegenheit?«

»Ein großer Tanzauftritt. Die beiden tanzen Tango!«

»Da weiß ich was!«, rief sie entzückt. »Meine Damen, folgen Sie mir!«

Lisa und Jennifer schauten verunsichert zu Gabor, doch der nickte ihnen beruhigend zu. Scheu gingen sie ihr nach, wandten sich noch einmal zu Gabor um, doch der war schon wieder verschwunden.

Er kaufte Lackschuhe und holte dann erst die Jungs und anschließend die Mädchen wieder ab. Zufrieden lächelnd ertrug er das aufgeregte Geschnatter im Auto, denn jeder wusste den anderen mit Neuigkeiten zu übertrumpfen, was das Maßnehmen betraf, die Kleider, die Schuhe, die coole Atmosphäre und das Gefühl, jemand ganz Besonderes zu sein. Lisa beteiligte sich nicht am Gespräch, aber ihre Augen leuchteten, und sie nickte heftig zu jeder neuen Bemerkung. Sie musste gar nicht sprechen, um mehr als alle anderen zusammen zu sagen.

Gabor fuhr Jennifer, Vinnie und Marvin nach Hause. Als Lisa an der Reihe war, passierte er die Straße, die er hätte nehmen müssen, um sie zu Hause abzusetzen. Lisa blickte zurück und sah Gabor dann fragend an.

»Keine Angst. Ich habe noch eine Überraschung für dich.«

Sie nickte, wirkte aber nicht beunruhigt. Auch sie hatte sich in der Zeit verändert, ein wenig zumindest. Auf ihre zurückhaltende Art schien sie Gabor zu trauen. Sie verließen die Stadt und fuhren aufs Land. Schließlich hielten sie vor einem großen Haus, stiegen aus und klingelten. *Städtische Heilpädagogische Erziehungsstelle* stand auf einem Schild.

Eine Frau öffnete ihnen.

»Schoening«, stellte sich Gabor vor. »Ich hatte angerufen.«

»Oh ja, und du musst Lisa sein?«

Lisa nickte und sah Gabor wieder fragend an. Der schob sie jedoch sanft über die Schwelle, sodass sie durch einen Flur in den Wohnbereich kamen. An einem Tisch saß ein geistig behindertes Mädchen und malte in einem Buch herum. In einem Nebenraum konnte man eine Erwachsenenstimme hören, die mit weiteren Kindern sprach. Man hörte vergnügtes Gekreische und das Poltern von Füßen.

Lisa war stehen geblieben und starrte auf einen Jungen von vielleicht elf Jahren, der in einer Ecke saß und mit Bauklötzchen spielte. Ungläubig, fast schon auf Zehenspitzen näherte sie sich ihm, während Gabor und die Betreuerin an der Tür stehen blieben. Sie erreichte ihn und kniete sich neben ihn auf den Boden, blickte ihn von der Seite an, bis er sich zu ihr umdrehte und sie anlächelte.

Dann erkannte er sie.

»Lisa!«

Lisa umarmte ihn und hielt ihn fest an sich gedrückt. Gabor konnte sehen, wie Lisa die Tränen über die Wangen liefen, während ihr Bruder die Tropfen mit dem Zeigefinger berührte und lachte. Sie saßen zusammen, und Lisa spielte wie früher mit ihrem Bruder. Es war, als hätte es die vier Jahre ohne einander nicht gegeben, so vertraut waren sie.

Als die Zeit gekommen war, sich zu verabschieden, umarmten sich die beiden wieder. Zufrieden wandte sich Lisas Bruder wieder den Klötzchen zu.

Gabor trat zu Lisa. »Es geht ihm sehr gut hier. Aber das Wichtigste ist, du kannst ihn immer besuchen kommen. Wann immer du willst.«

Sie umarmte Gabor und flüsterte: »Danke.«

Nicht mehr.
Ihr erstes Wort.
Ein sehr schönes Wort, fand Gabor.

78.

Noch in derselben Nacht schlief Gabor tief und fest und erwachte am Morgen vom Klingeln des Telefons. Er hob ab und fragte verschlafen: »Ja?«

»Dr. Bendtner hier. Wir haben die Ergebnisse aus dem Labor.«

Gabor richtete sich augenblicklich hellwach auf. »Und?«

Bendtner antwortete mit kleinem Zögern »Es ist MRSA.«

Gabor traf Bendtner nach dessen Visite auf dem Krankenhausflur. Sie suchten wieder sein Arztzimmer auf, wo Bendtner Gabor die Laborergebnisse erklärte, die auf einem Formblatt aufgelistet waren. Die Grenzwerte, das immerhin verstand Gabor, waren für MRSA bei Weitem überschritten, das Ergebnis war eindeutig.

»Was können wir jetzt tun?«, fragte Gabor.

Bendtner starrte auf das Laborblatt und sagte, ohne aufzublicken: »Wir haben noch Möglichkeiten, was die Antibiotika betrifft. Aber es gibt da ein Problem …«

»Hat der Junge nicht schon genug Probleme?«, zischte Gabor wütend. »Hören die verdammten Probleme für ihn denn niemals auf?«

»Glauben Sie mir, ich wünschte, ich könnte Ihnen etwas anderes sagen.«

»Dann machen Sie ihn gesund! Dann könnten Sie zur Abwechslung mal mit positiven Nachrichten um die Ecke kommen!«

Bendtner schwieg einen Moment. Er konnte Gabors Wut gut verstehen, er war selbst wütend.

»Sagen Sie es schon!«, forderte Gabor schließlich.

»Wir müssen davon ausgehen, dass sich der Erreger in Felix' Herz und dessen Gefäßen festgesetzt hat. Wir behandeln ihn schon seit Tagen mit Antibiotika, aber im Moment sieht es nicht danach aus, als könnten wir ihn da rauskriegen.«

»Und?«

»Wir haben noch Möglichkeiten, nur, je stärker wir den Erreger bekämpfen, desto größer ist die Wahrscheinlichkeit, dass das dem Pumpmechanismus zusetzt.«

»Was heißt das?«, fragte Gabor erschrocken.

»Das heißt, dass der Erreger wächst und zusammen mit Abwehrzellen und Bindegewebe die Durchflüsse verstopft.«

»Versuchen Sie, mir gerade zu sagen, dass wir Felix umbringen, wenn wir weiter versuchen, ihn zu retten?«

»Wir müssen versuchen, diesen Erreger abzutöten. Mit allen Mitteln.«

»Und wenn wir es nicht schaffen, stirbt Felix an den Antibiotika, die wir in ihn hineingepumpt haben?«

»Wenn wir den Erreger nicht besiegen, wird Felix in jedem Fall sterben. Aber wir beschleunigen den Prozess, wenn wir es nicht schaffen. Richtig. Das ist unsere Situation.«

»Das ist eine Scheißsituation und völlig inakzeptabel!«, fauchte Gabor.

»Ja, das ist es. Und danebenzustehen und zu wissen, dass man die Grenzen dessen erreicht hat, was möglich ist, ist kein schönes Gefühl. Das wünsche ich niemandem.«

Gabor schwieg. Er verstand Bendtner, war aber immer noch zu wütend, um zu antworten. Etwas hatte sich gegen Felix verschworen, und es ließ nicht von ihm ab. Und je angestrengter sie versuchten, ihm zu helfen, desto mehr Steine wurden ihnen in den Weg gelegt. Es war, als schlüge man in einem lichtlosen Raum blind um sich, in der vagen Hoffnung, seinen Gegner wenigstens einmal zu erwischen. Stattdessen nur schmerzhafte Treffer und Verzweiflung darüber, dass man k. o. gehen würde, bevor man seine eigene Kraft überhaupt hatte nutzen können.

»Lassen Sie uns optimistisch sein, Herr Schoening. Wir geben ihm jetzt ein hochwirksames Antibiotikum. Und mit ein bisschen Glück töten wir den Erreger damit ab.«

Nach allem, was Gabor gehört hatte, fiel es ihm schwer, optimistisch zu sein. Und doch wollte er es versuchen, um Felix Mut zu machen. Sie standen auf und verabschiedeten sich.

Gabor besuchte Felix und fand, dass er gar nicht mal schlecht aussah. Vielleicht hatte Bendtner ja recht, und das neue Medikament schlug besser an? Allerdings wirkte Felix bedrückt, was Gabor fürchten ließ, Bendtner könnte ihm die Wahrheit über seinen Zustand gesagt haben.

»Was ist, Felix?«, fragte er.

»Weißt du, ob Marie wieder Urlaub hat? Oder krank ist?«

Gabor schüttelte den Kopf. »Nein, keine Ahnung.«

»Sie war heute noch nicht da. Und sie hat auch nicht auf meine SMS geantwortet. Meinst du, ihr könnte was passiert sein?«

Gabor war alarmiert: In einer nicht enden wollenden Abfolge von schlechten Nachrichten wäre das für Felix eine weitere, aber eine, die er kaum verkraften könnte.

»Aber nein. Vielleicht hat sie verschlafen. Oder sie hat sich einen Tag freigenommen, um Besorgungen zu machen. Vielleicht hat sie aber auch Berufsschule oder so etwas?«

»Nein, Schule nicht. Sie ist die nächsten Wochen jeden Tag auf der Station.«

»Dann hat sie sicher verschlafen!«

»Ja, könnte sein. Vielleicht kommt sie ja gleich.«

»Bestimmt. Ich frag gleich mal nach, ja?«

»Ja bitte. Frag mal.«

Gabor wechselte das Thema und berichtete von den Neuigkeiten seiner vier *Tangolinis*, einen Ausdruck, der Felix kichern ließ und ihn auf andere Gedanken brachte. Er konnte es kaum abwarten, die Truppe in ihrer schicken Abendgarderobe zu sehen, und wirkte tatsächlich jetzt schon etwas nervös, wenn er an den großen Auftritt während der Gala dachte. Gabor versicherte ihm, dass die vier noch keine Gedanken an den Auftritt verschwendeten – sie hatten schlicht und ergreifend keine Zeit, um darüber nachzudenken.

»Und Lisas Bruder? Wie hast du den gefunden?«, fragte Felix.

»Ich war beim Jugendamt und habe einer Sachbearbeiterin dort erklärt, was man bei Lisa erreichen könnte, wenn man sie nur besser behandeln würde.«

»Ich dachte immer, die dürften so etwas nicht an Fremde weitergeben?«

Gabor zuckte mit den Schultern: »Ach weißt du, Felix, man kriegt eine Menge raus aus Leuten, wenn man nett fragt oder sie unter Druck setzt.«

»Und was war es bei dir?«

»Beides. Ich kenne viele Menschen, weißt du. Und einige von ihnen haben viel Einfluss. Aber letztlich haben die Leute vom Jugendamt selbst eingesehen, dass sie zwar Lisas Bruder helfen wollten, dabei aber nicht an Lisa gedacht hatten. Und weißt du was? Lisa wird jetzt abgeholt und wieder nach Hause gebracht. Wir haben einen Antrag gestellt, der auch bewilligt wurde.«

»So was gibt es?«, fragte Felix erstaunt.

»In diesem Land gibt es für jeden Scheiß einen Antrag, Felix. Die Dame vom Jugendamt kannte einen netten Beamten von einem Verwaltungsamt, der das für uns erledigt hat. Ging ganz leicht.«

»Cool, ich freu mich für Lisa! Sie hat es verdient!«

Gabor nickte und stand auf: »Und dich machen wir auch gesund, denn niemand hat es so verdient wie du!«

Sie umarmten sich.

Dann verließ Gabor das Zimmer, klopfte an die Tür der Stationswache und trat ein. Zu seiner Überraschung sah er Marie dort über einen Tisch gebeugt sitzen, sie verbarg ihr Gesicht unter ihren Händen. An ihren zitternden Schultern konnte Gabor sehen, dass sie Rotz und Wasser heulte. Er schloss die Tür hinter sich, setzte sich zu ihr und berührte sie leicht am Arm.

»Marie?«

Sie blickte auf, rot geränderte Augen, die Wangen tränennass.

»Was ist passiert?«, fragte Gabor.

»Was passiert ist?«, schluchzte sie. »Ich dachte, Sie haben schon mit Dr. Bendtner gesprochen?«

Gabor nickte.

»Dann wissen Sie doch, was passiert ist!«

»Aber es ist doch nicht alles verloren, Marie«, versuchte Gabor, sie zu trösten.

Sie schluchzte erneut los. Offensichtlich war sie in diesem Punkt ganz anderer Meinung. Dann sagte sie: »Als ich hier anfing, da haben mir die anderen Schwestern gleich als Erstes gesagt, dass ich Abstand zu den Patienten halten soll. Weil es sonst zu schwer wird auf Dauer. Und das habe ich auch gemacht. Aber dann kamen Sie und Felix und … und … jetzt … ist alles schwer!«

Gabor dachte an seine kleinen Verkupplungstricks. Er hatte Felix stets versichert, dass er nichts Falsches tun, dass er niemanden verletzen würde. Aber alles, was man tat, hatte Auswirkungen. Und Gutes konnte sich in Schlechtes wandeln, wenn sich die Parameter veränderten. Es war unkontrollierbar, wie ein riesiges Billardspiel, in dem alle Beteiligten hofften, im gewaltigen Chaos der Zusammenstöße ihren Spielball nicht zu verlieren.

»Ja, es ist schwer, Marie. Aber du darfst dich nicht abwenden. Ich glaube, er kann alles ertragen, aber nicht, wenn du dich von ihm abwendest.«

»Das will ich doch gar nicht.«

»Dann sei jetzt mutig! Wir alle müssen das jetzt sein.«

Sie wischte sich über die Augen und nickte. »Okay.«

Gabor gab ihr ein Taschentuch. »Hier. Ich hab ihm gesagt, dass du wahrscheinlich verschlafen hättest. Schick ihm eine SMS, und wenn du dich gefasst hast, gehst du wieder zu ihm, ja?«

Sie putzte sich die Nase und nickte erneut.

Er stand auf, wandte sich zur Tür, drehte sich noch einmal um. »Weißt du: Du bist richtig cool. Ihr beide seid richtig cool. Ich wünschte, ich könnte das auch von mir behaupten.«

Sie sah ihn verwundert an. »Sie? Felix hält Sie für einen Gott!«

Gabor schüttelte den Kopf. »Nicht das, Marie. Ich bewundere, wie ihr euch aufeinander einlasst. Ihr geht volles Risiko, ihr nehmt jede Verletzung in Kauf. Und das ist einfach cool.«

79.

Felix und Marie fanden wieder zueinander, so als ob es diesen Moment des Zweifels nie gegeben hätte. Sie weckte ihn am Morgen, brachte ihm das Essen, blieb bei ihm, wenn es ihre Zeit erlaubte, jeden Tag ein wenig länger, denn die anderen Schwestern befreiten sie in heimlicher Absprache untereinander und ohne Maries Wissen mehr und mehr von ihren täglichen Pflichten.

So saßen die beiden beieinander, und was immer sie sich erzählten, es schien, als könnten sie nicht genug davon bekommen, als würde ihnen nie der Gesprächsstoff ausgehen. Sie sahen sich die Tanz-DVDs an, diskutierten über Figuren und Ausdruck und fantasierten darüber, dass sie, sobald Felix das Krankenhaus verlassen konnte, nach Buenos Aires fahren würden, um dort Tango zu lernen. Und je länger sie über ihre Pläne sprachen, desto genauer, bunter, überbordender wurden sie, und es spielte überhaupt keine Rolle, dass sie im Krankenhaus waren und für die Umsetzung ihrer Pläne ein Vermögen bräuchten. Sie reisten in ihren Köpfen, lebten in ihrer Vorstellung, hörten die Musik, die Stimmen der Menschen, nahmen den Geruch der Straße und den Geschmack des Regens wahr, und nichts konnte besser sein als diese Momente, die man mit Geld ohnehin nicht aufwiegen konnte.

Irgendwann half Marie nur noch bei der Ausgabe des Essens, den Rest der Zeit ließen ihre Kolleginnen sie an Felix' Bett sitzen. Gabor sah sie zuweilen aus dem Zimmer kommen und hörte, wie sie im Schwesternzimmer über die beiden sprachen. Er hörte sie sentimental seufzen, weil sie das Glück der beiden so berührte. Und manchmal hatte Gabor das Gefühl, dass sie gerne an Maries Stelle gewesen wären, selbst unter diesen dramatischen Umständen.

Jeden Morgen wurde Felix Blut abgenommen, jeden Morgen kamen die Werte des Vortages aus dem Labor. Marie beobachtete die Leukozytenzahl und die CRP-

Werte mit Argusaugen, aber sosehr sie auch auf die Zahlen starrte, sie blieben unverändert hoch. Das Fieber hatten sie im Griff, die Infektion nicht. Sie hielt sich hartnäckig und wollte nicht weichen. Das sorgte sie natürlich beide, aber sie wichen bald auf ihre Träume aus und auf das, was es noch gemeinsam zu erleben galt.

Für Gabor und Felix' Großeltern gab es in dieser Zeit nicht viel zu tun, denn obwohl es sie ein wenig verletzte, dass Felix nur auf Marie fokussiert war, waren sie glücklich, dass sie ihn so spielend leicht durch diese belastende Zeit des Wartens brachte. Gabor kümmerte sich daher tagsüber um seinen Job und abends um seine Tanzkids, die er nicht mehr antreiben, sondern eher in ihrem Eifer bremsen musste.

Nach ein paar Tagen meldete sich der Herrenschneider und bat die Jungs noch einmal zur Anprobe. Viel war nicht mehr zu korrigieren, genauso wie bei den Mädchen, bei denen nur hier und da ein wenig gekürzt und angepasst wurde. Gabor schritt nur ein, als sie hochhackige Schuhe wählten, weil die Tänzerinnen auf den DVDs auch welche trugen, weniger aus Sorge, sie könnten zu sexy darin aussehen, sondern eher weil sie sich die Knöchel brechen könnten. Zu ihrer Enttäuschung blieb es bei flachen Schuhen.

Am Abend dann die erste Probe im Galaaufzug.

Lisa und Jennifer hätten trotz des gleichen Kleides nicht unterschiedlicher aussehen können. Die eine lang und dünn, die andere klein und dick. Aber sie trugen beide ihr Glitzerkleid mit großer Würde, sodass man ihre Gegensätzlichkeit nicht wahrnahm und nur noch die beiden jungen Tangotänzerinnen sah.

Ebenfalls ziemlich unterschiedlich waren Marvin und Vinnie, was vor allem an Vinnie lag, dem einfach kein Anzug stehen wollte. Ihm schien das neue Outfit so fremd, dass er zu jedem Zeitpunkt der Probe wie jemand wirkte, der sich für diesen Abend verkleidet hatte. Marvin hingegen merkte man an, dass ihm der elegante Stoff, der Schnitt und das damit verbundene neue Image äußerst gut gefiel. Ausgerechnet Marvin, der bisher vor allem Muskelshirts und Sporthosen getragen hatte, sah aus, als wäre er geboren worden für schöne Anzüge.

Gabor dimmte das Licht, legte Musik auf und ließ die Paare tanzen, ohne korrigierend einzugreifen. Sie sollten sich selbst finden, sich neu kennenlernen.

Gabor saß nur da und sah ihnen zu.

Am Ende des Abends gaben die vier ihre Kleidung bei ihm ab, weil er ihren Familien nicht recht traute und nicht wollte, dass ein verrückter Bruder Marvins, ein besoffener Vater Lisas oder eine herrische Mutter Jennifers irgendwelche Dinge mit der Kleidung veranstaltete, die den Auftritt gefährden konnten. Nur Vinnies Mutter vertraute er diesbezüglich, nicht aber Vinnie, der es in seiner quirligen Grobmotorik fertigbringen würde, Anzug oder Schuhen unabsichtlich Schaden zuzufügen.

Auch an anderer Stelle in Gabors Leben geriet endlich etwas in Bewegung: Seine Assistentin hatte einen Tipp bekommen. Fitz hatte sich einen Termin blocken lassen. Nur drei Tage vor der großen Gala.

Gabor war sich sicher, dass es ein erstes heimliches Treffen mit Wim de Vries war, aber es war vor allem seine letzte Chance, seinen Job zu retten und seinen Widersacher auszuschalten. Er hatte nur diesen einen Versuch.

Gabor und Fitz saßen sich jeden Tag in diversen Meetings gegenüber oder trafen sich zum Lunch, jeder mit seinen eigenen Ränken beschäftigt, darauf lauernd, dass der jeweils andere Zeichen von Schwäche zeigte. Doch beide hofften vergebens: Sie spielten ihr Spiel bis zur letzten Sekunde. Und auf seltsame Art und Weise gefiel ihnen das sogar.

Fünf Tage vor der großen Gala erreichte Gabor ein Anruf: Dr. Bendtner.

»Was gibt es, Doc?«, fragte Gabor.

»Die Antibiotika wirken leider nicht so, wie wir uns das alle gewünscht haben.«

Gabor nickte und schwieg einen Moment. Er wollte nicht nach den Konsequenzen fragen.

»Wir haben noch eine Möglichkeit …«, begann Dr. Bendtner.

Gabor atmete auf: Das klang gut. Es gab noch Hoffnung. Hatte er früher Hoffnung nicht verachtet? Weil man das Schicksal nicht selbst in der Hand hatte? Weil grundsätzlich etwas falsch gelaufen war, wenn man hoffen musste? Früher hatte er sein Leben selbst berechnet, Hoffnung hatte darin keinen Platz gehabt. Allerdings auch kein einziges anderes Gefühl, ganz gleich, ob positiv oder negativ.

»Wir setzen jetzt Makrobak ein. Es ist das Beste, was wir im Moment haben. Eine Art Superantibiotikum, wenn Sie so wollen. Allerdings haben wir nur diesen einen Versuch.«

»Einen *lucky punch*?«, fragte Gabor.

»Wenn Sie es mit Boxen vergleichen wollen, ja. Wir haben elf Runden verloren. Jetzt gehen wir in die zwölfte und letzte.«

»Und wie stehen die Chancen?«, fragte Gabor.

»Ich weiß es nicht«, gab Bendtner offen zu.

Gabor nickte entschlossen. »Gut, dann gehen wir jetzt alle in die letzte Runde. Aber diesmal gewinnen wir.«

80.

Während Gabor Felix aufbaute und erreichte, dass er den nächsten Tagen optimistisch entgegensah, war die Nachricht für Marie von katastrophaler Wirkung. Die letzten Tage der Hoffnung waren wie die Samen einer Pusteblume auseinandergestoben und hatten nichts als Angst und Verzweiflung hinterlassen. Weder die Schwestern noch Gabor konnten ihr die Last abnehmen, sodass man ihr schließlich riet, nach Hause zu gehen, um ein wenig zu sich selbst zu finden. Felix ließ man ausrichten, dass sich Marie eine Erkältung zugezogen hatte und daher aus Sicherheitsgründen sein Zimmer nicht betreten durfte. Nun waren sie den ganzen Tag damit beschäftigt, sich SMS zu schicken. Aus sicherer Entfernung konnte Marie die Zuversichtlichkeit versprühen, die sie gar nicht empfand.

Gabor traf sich indes mit dem Privatdetektiv, der ihm schon bei Tim Behringer und Jennifer gute Dienste geleistet hatte. Er instruierte ihn in Sachen Fitz und Wim de Vries und überreichte ihm Fotos von beiden.

»Haben Sie Geräte, um das Gespräch der beiden abzuhören?«

»Ja, wir haben Parabol-Richtmikrofone. Damit kriegen wir jedes Wort auch aus großer Entfernung mit.«

»Gut. Generieren Sie einen Twitter-Account, und machen sie ein Foto vom Treffen. Wir brauchen unbedingt dieses Foto, verstanden?«

»Verstanden.«

»Unmittelbar nach dem Treffen brauche ich die Abschrift des Gesprächs. Das muss alles sehr schnell gehen. Ich sage Ihnen dann, was Sie über Twitter schreiben werden. Die Nachrichten spielen Sie diesen Personen zu …« Er schob ihm einen Zettel mit Namen von Redakteuren und deren E-Mail-Adressen zu. »Das wird schon reichen. Die werden bei Clausen und bei *Reos* anrufen.«

»In Ordnung.«

»Achten Sie darauf, dass keine Spur zu mir oder zu Ihrer Detektei führt.«

»Natürlich, Herr Schoening. Wir machen das nicht zum ersten Mal.«

Sie verabschiedeten sich.

Die Falle war aufgestellt.

Den Rest des Tages verbrachte er in einem eigenartigen Zustand, der es ihm erlaubte, auf die nötigsten Dinge zu reagieren, ihn aber ansonsten in einer Art Stand-by beließ. Sah er die *Allee* hinab, so war ihm, als huschten die eleganten Männer und Frauen im Zeitraffer von einem Büro ins andere, bis ihn seine Assistentin anstieß und fragte, was los sei. Gabor blickte auf die Uhr und nahm erstaunt zur Kenntnis, dass er über eine Stunde dort gestanden hatte. Es war ihm wie eine Minute vorgekommen.

Dann wieder saß er an seinem Schreibtisch, telefonierte und hörte doch nicht zu, denn die einzigen Zahlen, die ihn interessierten, das Einzige, was er wirklich wissen wollte, waren Felix' Laborwerte, die für morgen früh angekündigt worden waren und unbedingt den Durchbruch bringen mussten.

Am Abend trainierte er die Kids, ließ sich seine Sorgen nicht anmerken, und tatsächlich vergaß er sogar für ein paar Stunden, dass er eigentlich die ganze Zeit die Klippe eines Wasserfalls fixierte. Er spürte den Sog und tanzte dagegen an.

Er ging zu Bett, schlief sofort ein, erwachte aber nur eine Stunde später vom surrenden Geräusch wild kreisender Gedanken. Er schlief erneut ein, erwachte, schlief ein, erwachte. Als im Osten ein neuer Tag begann, die Nacht vom Firmament zu schieben, stand er auf. Er war viel zu früh dran, trank Kaffee und starrte in die plappernde Mattscheibe des Morgenprogramms. Dann endlich machte er sich auf ins Krankenhaus.

Felix war gerade geweckt worden und freute sich über Gabors frühen Besuch. »Ich hab einen Termin«, log Gabor. »Da dachte ich, ich gucke vorher mal vorbei.«

Er wollte nicht, dass Felix spürte, wie nervös er war, wie angespannt er auf ein positives Laborergebnis hoffte. Er versuchte, Normalität vorzugeben, und erreichte doch nur das Gegenteil.

»Gleich kommen die Ergebnisse …«, sagte Felix beiläufig.

»Oh ja, richtig«, antwortete Gabor, als wäre es ihm gerade erst eingefallen. Am liebsten hätte er sich übergeben.

Dr. Bendtner trat ein – unwillkürlich zuckte Gabor zusammen.

Er grüßte die beiden und blätterte in seinen Unterlagen. Zu lange, fand Gabor. Er schindete Zeit.

»Die Werte sind leider noch unverändert, Felix. Aber es ist auch noch sehr früh. Morgen sind wir ein bisschen schlauer. Dann hatte das Mittel Zeit zu wirken.«

»Okay«, sagte Felix.

»Wie geht es dir sonst? Spürst du Nebenwirkungen?«

»Mir ist ein bisschen schlecht. Aber sonst geht es.«

»Sei tapfer, Felix. Das Medikament ist sehr aggressiv. Und es ist zu riskant, es jetzt noch mal abzusetzen.«

»Ich schaff das schon«, gab Felix zurück.

Bendtner drückte ihm die Hand. »Ich weiß, du bist stark.«

Einen Moment stand Bendtner unschlüssig da, dann verabschiedete er sich und verließ den Raum.

»Hey, du hast es gehört!«, rief Gabor munter. »Das Mittel braucht noch etwas Zeit. Wir haben einen harten Gegner, der lässt sich nicht so schnell besiegen.«

Felix nickte und sah zum Fenster hinaus. »Was für ein schöner Tag heute …«

»Ja, sehr schön«, antwortete Gabor hilflos.

Eine Weile sagte Felix gar nichts. Dann drehte er sich zu Gabor. »Kannst du mir Briefpapier besorgen? Besonders schönes?«

Gabor sah ihn überrascht an. »Ja, klar. Was hast du vor?«

»Besorg es mir, bitte«, antwortete Felix.

Dann drehte er sich auf die Seite, und nach einer Weile schien es, als wäre er wieder eingeschlafen.

Gabor trank einen Kaffee in der Cafeteria des Krankenhauses, sah kurz Dr. Bendtner, hatte aber keine Lust, mit ihm zu sprechen. Er konnte nichts für das Ergebnis, und doch gab Gabor ihm insgeheim die Schuld dafür. Er zückte sein Handy und rief Marie an. Sie klang nicht gut am Telefon, und die Nachrichten, die er für sie hatte, verbesserten ihren Zustand nicht. Dennoch beschwor er Marie, ins Krankenhaus zurückzukommen. Ihren schwachen Protest begrub er unter einer aufmunternden Rede, bis sie schließlich einwilligte und versprach zu kommen.

Er fuhr in ein Schreibwarengeschäft und kaufte das schönste Briefpapier, das sie hatten, und kehrte am späten Nachmittag ins Krankenhaus zurück. Marie saß an Felix' Bett, und als er eintrat, hörte er sie lachen. Sie war wirklich toll, dachte Gabor. Gut, dass sie wieder da war.

Gabor grüßte beide und war überrascht, als Felix Marie bat, ihn mit Gabor einen Moment allein zu lassen. Sie nickte und verließ das Zimmer.

»Hast du das Papier?«, fragte Felix.

Gabor zog es aus einer Tüte und gab es ihm. Felix fühlte darüber, prüfte es, dann lächelte er und sagte: »Das ist perfekt.«

»Was hast du damit vor?«, fragte Gabor.

»Sollten morgen meine Werte nicht besser sein, möchte ich, dass du mir einen Gefallen tust.«

81.

Felix rätselhafter Wunsch beschäftigte Gabor.

Er fuhr nach Hause und fragte sich, was er wohl vorhatte. Er trainierte die Kids und fragte sich, was er wohl vorhatte. Er wachte aus unruhigem Schlaf auf und fragte sich, was Felix vorhatte. Doch was immer Felix im Schilde führte, es hatte doch eines bewirkt: In Gabor hatte sich keine Angst vor den Laborwerten aufgebaut, die am Tag zuvor noch jeden einzelnen Nerv in ihm schmerzhaft freigelegt hatte.

So stand Gabor kurz nach dem Wecken wieder in Felix' Krankenzimmer, und erst dort spürte er, wie ihm die Hände kalt und schwitzig wurden und sich sein Magen hob, als säße er in einem abstürzenden Flugzeug. Mit Felix plauderte er erst Belangloses, dann gar nicht mehr. Sie saßen da und warteten auf Nachricht. Dr. Bendtner trat ein, wieder mit Papieren in der Hand, auf die er starrte. Da ahnte Gabor, dass es keine guten Nachrichten geben würde.

»Dein Zustand ist unverändert, Felix«, sagte er so neutral wie möglich, aber auch seinem Gesicht war die Sorge darüber anzusehen. »Wir müssen weiterkämpfen.«

Felix nickte, antwortete aber nicht.

»Was machen die Nebenwirkungen?«, fragte er.

Felix zuckte mit den Schultern. Er kam zurecht, sollte es wohl heißen.

Bendtner setzte sich zu ihm ans Bett. »Es ist nichts verloren, Felix. Wir geben nicht auf, ja? Du nicht, ich nicht. Einverstanden?«

Felix nickte.

Bendtner verließ das Zimmer.

Gabor saß auf dem Besucherstuhl und versuchte, seine Gedanken zu ordnen: Dreimal täglich eine kurze Infusion hochwirksamer, superaggressiver Antibiotika, und das Ergebnis war gleich null. Es war schwer, da positiv zu bleiben. Was konnte er noch tun? Wer konnte noch helfen?

Felix räusperte sich. »Gabi?«

»Ja?«

»Ich möchte, dass wir von hier wegfahren.«

Gabor starrte ihn überrascht an. »Was meinst du damit?«

Felix blickte aus dem Fenster. »Ich möchte nicht hier im Zimmer sein, wenn es draußen so schön ist …«

Er drehte sich zu Gabor und grinste. Tatsächlich. Er grinste, als er hätte er sich einen Streich ausgedacht, von dem er kaum erwarten konnte, ihn Gabor mitzuteilen. Und Gabor konnte gar nicht anders, als dieses Grinsen zu erwidern. Was hatte er vor?

»Du hast mir doch die Geschichte von deiner Flaschenpost erzählt …«

»Ja?«

»Ich möchte auch mit dir auf die Fähre und eine Flaschenpost losschicken.«

Gabor fehlten die Worte. Er hatte mit vielem gerechnet, aber nicht damit.

»Warum?«, fragte er schließlich.

»Weil es da draußen vielleicht jemanden gibt, der auf eine Nachricht von mir wartet.«

Gabor spürte einen Kloß im Hals, ließ sich mit der Antwort Zeit. Schließlich sagte er: »Wann willst du denn fahren?«

»Jetzt. Sofort.«

»Was ist mit deiner Behandlung?«, fragte Gabor hilflos.

»Versprich es mir«, beharrte Felix.

»Wir können nicht einfach los, Felix!«

»Doch, können wir!«

»Du bekommst Infusionen, du musst beobachtet werden. Sei bitte vernünftig, Felix. Wir werden diese Flaschenpost zusammen aufgeben. Ich verspreche es. Dann, wenn du wieder gesund bist.«

»Und wenn ich nicht gesund werde?«

»Du wirst gesund!«

Felix wandte sich von ihm ab und schwieg. Dann sagte er leise: »So dumm bin ich auch nicht, Gabi.«

Gabor schluckte hart. Was hätte er erwidern können? Er, der Mann, der im Beruf eine Antwort auf alles hatte. Der mit Charisma und einem messerscharfen Verstand Menschen für sich gewinnen konnte. Insgeheim hatte er gehofft, dass Felix die Umstände seiner Erkrankung nicht so deutlich gewesen wären, dass er – Gabor schämte sich seiner Gedanken – aufgrund seiner Lernbehinderung den Ernst der Situation nicht so richtig einschätzen konnte. Doch jetzt saß er da und wusste nicht mehr, was er noch hätte sagen sollen. Aus Gabor dem Großen war Gabor der Ratlose geworden, der einfach nur hoffte, jemand würde eine rettende Idee haben.

Felix beugte sich zu seinem Bettschränkchen hinüber, zog einen Bogen Briefpapier heraus und legte es vor Gabor.

»Versprichst du mir, die Flaschenpost loszuschicken? Auch wenn ich nicht mehr da bin?«

Gabor nickte. Warum sagte er nichts? Warum fiel ihm nichts Optimistisches ein, dem Felix voller Vertrauen in die unbegrenzten Fähigkeiten Gabor Schoenings folgen konnte?

»Du musst noch in einen Handyshop!«

»Warum?«, fragte Gabor.

»Du hast damals deine Adresse angegeben, aber den Brief hast du nicht bekommen. Ich dachte, wir nehmen ein Prepaid-Handy. Dann schreiben wir die Nummer rein, und so kann nichts verloren gehen, verstehst du?«

Gabor nickte. »Gute Idee, Felix.«

»Vielleicht kannst du es auf der Rückseite noch ins Englische übersetzen?«, fragte Felix.

»Natürlich«, antwortete Gabor tonlos.

Dann nahm er den Briefbogen und begann zu lesen.

Hallo, lieber Freund,

mein Name ist Felix, ich bin fünfzehn Jahre alt, komme aus Deutschland, und wenn du diesen Brief hier liest, bin ich wahrscheinlich schon tot. Aber ich wollte dir unbedingt schreiben, damit du weißt, dass es mich gegeben hat und ich dich gerne kennengelernt hätte. Siehst du unten die Telefonnummer? Mein Freund Gabor hat sie extra eingerichtet. Nur für dich. Wenn es also klingelt, dann weiß er, dass du dran bist.

Gabor ist ein toller Freund, der beste, den ich je hatte. Es wäre toll, wenn ihr auch Freunde werden könntet. Dann kannst du ihn Gabi nennen, auch wenn er sagt, dass er das gar nicht gerne mag, aber in Wirklichkeit mag er es doch.

Also, ich hoffe, du bekommst meine Nachricht, und wenn du schon erwachsen bist, dann trefft ihr euch und trinkt ein Glas auf mich, ja?

Dein Felix.

Hier schrieb jemand, der dem Tod geradezu gelassen ins

Auge blickte, der so in sich ruhte, dass Gabor geradezu schockiert darüber war. Und stolz. Er war so unendlich stolz auf Felix, dass er sich von ihm wegdrehte, weil ihm die Tränen in die Augen schossen und er Felix nicht mit seiner eigenen Schwäche beleidigen wollte.

Er liebte diesen Jungen, und es gab keine Worte, die das hätten ausdrücken können. Er nahm einen Stift und übersetzte. Würde ein Fremder herauslesen können, was hier gerade passierte? Würde er ahnen, was in Gabor vorging? Und in Felix?

Würde er anrufen?

Gabor ließ sich Zeit, feilte an Formulierungen, denn die Übersetzung sollte perfekt sein. Und es gab ihm Zeit, sich zu fassen. Dann legte er den Text Felix vor, der bloß sagte: »Ich bin sicher, es ist super.«

Gabor lächelte und stellte sein Handy ab.

Er würde bei Felix bleiben, bis sie Gewissheit hatten.

82.

Marie kam nach ihrem Dienst vorbei und setzte sich zu Felix ans Bett. Sie gab vor, ihm einfach nur Gesellschaft leisten zu wollen, aber Gabor sah die Panik in ihren Augen, dass Felix das MRSA nicht besiegen konnte.

Am Abend bekam Felix eine weitere Infusion, von

der ihm so elend wurde, dass er die nächsten zwei Stunden kotzend auf der Toilette verbrachte. Marie und Gabor blieben bei ihm, fühlten sich hilflos, hielten abwechselnd seinen Kopf und hofften, dass es nicht noch schlimmer werden würde.

Etwa zur gleichen Zeit verließ David Fitz das Büro und stieg gut gelaunt in sein Auto. Es war ein ruhiger Tag gewesen, wieder einmal ohne Gabor, von dem er sich langsam fragte, ob er überhaupt noch willens war, zur Arbeit zu erscheinen. Eines jedoch musste er ihm lassen: Er reizte sein Blatt bis zur letzten Sekunde aus. Mochte er auch in die Defensive gedrängt sein, er blieb cool, wenn andere bereits wimmernd vor seiner Tür gestanden hätten, um irgendeinen Deal auszuhandeln, der sie ihren Job behalten ließ. Nicht so Gabor. Möglicherweise suchte er sogar noch einen Ausweg, aber übermorgen Abend war die Gala, spätestens dann würde sich sein Schicksal erfüllen. Und wie perfekt würde Fitz' Triumph erst sein, wenn er die Partnerschaft bei *Clausen & Wenningmeier* nicht einmal annehmen würde! Was für eine hinreißende Pointe in diesem Spiel, wenn er zu *Reos* in den Vorstand wechselte, wissend, dass er Gabors Karriere möglicherweise nicht ruiniert, aber ihr zumindest eine empfindlich Delle verpasst haben würde. Dazu schlief er mit dessen Exfreundin Nadja … Das Leben war mehr als gut zu ihm im Moment.

Er stieg also ein und fuhr los.

Den Wagen hinter sich bemerkte er nicht.

Kurz vor Mitternacht fühlte sich Felix gut genug, um ein wenig mit Gabor nach draußen in den Park zu gehen, der das Krankenhaus umgab. Sie setzten sich auf eine Bank und starrten in den Nachthimmel. Nach einer Weile begann Felix zu zittern, weil das Fieber zurückgekehrt war. Gabor legte ihm sein Sakko um.

»Sollen wir wieder rein?«, fragte Gabor.

»Hm …«

»Ich dachte mir, du und Marie könntet eine Weile alleine sein …«

Felix sah nicht so glücklich aus, wie Gabor sich das erhofft hatte.

»Freust du dich nicht?«, fragte Gabor.

»Schon, nur …«

»Nur was?«

Felix schob Gabors Sakko zur Seite und sein Hemd hoch. Gabor konnte das Steuerungsgerät der Pumpe sehen. Es war von Grün auf Gelb gesprungen.

Gabor schluckte. »Seit wann?«

»Seit heute Morgen. Ich möchte nicht, dass Marie das sieht. Sie macht sich solche Sorgen.«

Gabor nickte, dann nahm er Felix in den Arm. »*Du* sollst dir keine Sorgen machen, Felix. Marie weiß, worum es geht. Sie ist glücklich, wenn du bei ihr bist.«

Felix lächelte. »Das ist schön.«

»Ja, das ist es«, bestätigte Gabor. »Und jetzt geh zu ihr, okay?«

Sie gingen zurück ins Krankenhaus.

Sie waren zu zweit unterwegs, folgten Fitz' Wagen und kontrollierten ihre Ausrüstung. Alles war bereit, sie verhielten sich unauffällig, hielten ausreichend Abstand zur Zielperson. Sie folgten dem roten Sportwagen in die Stadt, überrascht darüber, dass das Treffen nicht an einem einsameren Ort stattfand, kurvten eine Weile scheinbar ziellos durch die Straßen und sahen dann, dass Fitz in die Garage eines großen Hotels abbog.

Ein Zimmer also. Keine schlechte Wahl. Das würde schwierig werden mit dem Foto – sie mussten die beiden zur Not einzeln ablichten, wenn sie durch die Lobby wieder verschwanden. Das Zimmer abzuhören, wäre kein Problem, sie durften die beiden nur nicht verpassen. Einer der Detektive sprang vor der Garageneinfahrt aus dem Wagen und eilte zum Haupteingang, der andere folgte Fitz.

Die Lobby des Hotels war luxuriös, von gewaltiger Größe und gut frequentiert. Ideal für Verfolger, die im Gewusel der Gäste nicht besonders auffielen. Mit schnellen, geübten Blicken checkte der Mann die Örtlichkeit: Aufzüge, den Eingang zur Bar, die Rezeption, Säulen, Ledersessel mit Beistelltischen, eine große Treppe und

Gänge, die zu Konferenzsälen führten. Alles war offen und einladend gestaltet, aber nicht alles war mit einem Blick einzusehen.

Der Detektiv warf einen Blick in die Bar, ob er möglicherweise Wim de Vries entdeckte, doch niemand, auf den die Beschreibung und das Foto passten, saß dort. Dann stellte er sich an eine Stelle, von der er den größten Teil des Raumes einsehen konnte. Sollten Fitz oder de Vries das Hotel verlassen oder betreten, würde er es mitbekommen. Unauffällig schob er seine Hand in die Jacke und suchte mit dem Finger den Auslöser der Kamera.

Sie wussten nicht so recht, was sie machen sollten, und lächelten beide verlegen. Dann verschwand Marie im Bad und brauchte ewig, um wieder aufzutauchen. Felix hatte währenddessen nervös auf dem Krankenbett gesessen und sich gefragt, was jetzt zu tun wäre. Sollte er schon etwas ausziehen? Ins Bett kriechen? Oder wäre das irgendwie unpassend? Er haderte so lange mit der Entscheidung, dass er nicht mal die Schuhe ausgezogen hatte, als Marie aus dem Bad kam. Sie hatte nur ein langes T-Shirt an und roch ganz verführerisch. Dann sprang sie ins Bett und schlüpfte schnell unter die Decke.

Felix ging ins Bad, kontrollierte die Batterien seiner Pumpe, tauschte eine sicherheitshalber aus, putzte sich die Zähne und wusch sich mit einem Waschlappen Körper und Gesicht. Die Wunde an seinem Bauch war fast vollständig verheilt, es klebte eigentlich nur noch pro forma ein Pflaster darauf. Dann kehrte auch er ins Zimmer zurück und bemerkte, dass Marie das Licht gelöscht hatte. Er kletterte unter die Decke, spürte ihre glatten Beine. Sie kuschelte sich an ihn, fuhr mit sanften Fingern über seine Brust und seinen Hals.

»Ich weiß nicht, ob wir uns küssen dürfen, Felix«, flüsterte sie.

»Du meinst, wegen der Infektion«, flüsterte er zurück.

»Ja.«

»Ist nicht so schlimm«, fand Felix. »Hauptsache, du bist hier.«

Er konnte spüren, dass sie nickte, dann gab sie ihm einen Kuss auf die Wange. Da war sie. Weich und warm. Und es gab nichts, was Felix nicht an ihr gefiel. Nie hatte er sich so geborgen gefühlt, nie war er so glücklich gewesen wie in diesem Moment.

Dann schliefen sie ein.

Sie wachten früh nebeneinander auf, so vertraut, als wäre in der Nacht mehr gewesen, als sich wechselseitig im Arm zu halten. Und doch: Es war mehr. Viel mehr. Es war ihre erste gemeinsame Nacht gewesen, und sie hätte nicht schöner sein können.

Sie zogen sich an, bevor eine Schwester das Frühstück

brachte und eine weitere Infusion legte, die Felix diesmal gut vertrug. Dann schon klopfte Gabor an die Tür und trat zusammen mit Dr. Bendtner ein. Er nahm Felix Blut ab und war optimistisch: Das Fieber war über Nacht fast auf einen normalen Wert gesunken. Das war ein gutes Zeichen.

Gabor atmete durch. Er hatte eine unbequeme Nacht in der Krankenhauslobby verbracht, brauchte dringend eine Rasur und eine Dusche. Er gratulierte Felix, dann machte er sich auf den Heimweg. Auf dem Parkplatz zückte er sein Handy: zwölf Anrufe in Abwesenheit. Alle von derselben Nummer. Er rief zurück.

»Wie ist es gelaufen?«, fragte er, als einer der beiden Detektive abgehoben hatte.

»Gut, dass Sie anrufen, Herr Schoening. Sind Sie sicher, dass Herr Fitz nichts von der Überwachung wusste?«, fragte der Detektiv.

»Ich denke schon, ja«, antwortete Gabor.

»Es tut mir leid, Ihnen sagen zu müssen, dass wir ihn während der Überwachung gestern Abend verloren haben. Er hat uns abgehängt.«

»Was heißt das?«, fragte Gabor.

»Das heißt, dass wir weder ein Foto noch einen Mitschnitt des Gesprächs haben. Wenn er sich gestern mit de Vries getroffen hat, dann ohne uns.«

Gabor legte auf.

Verloren.

83.

Gabor kehrte ins Büro zurück, setzte sich an seinen Schreibtisch und schrieb seine Kündigung, bevor Fitz ihn auf der Gala abschießen konnte.

Damit ging er die *Allee* hinab, betrachtete noch einmal die wunderschönen Robert-Palmer-Frauen in ihren Kristallgefängnissen, die so sanft swingen konnten und die für Gabor einmal das Spalier seiner wilden Soloeinlagen gewesen waren. Vorbei. Er würde sie nicht mehr wiedersehen.

Das Gespräch bei Clausen verlief recht harmonisch. Er nahm die Kündigung mit Bedauern an und ließ Gabor wissen, dass er fast damit gerechnet hatte. Zu sehr hatte Gabor in den letzten Wochen die Firma vernachlässigt, zu sehr hatte er seinen Blick auf Dinge gerichtet, die nicht zum Vorteil des Büros gereichten.

»Ich sehe keine Gier mehr in Ihren Augen, Gabor!«, sagte er, und Gabor wusste, dass er damit recht hatte. So wäre er als Partner keine Option mehr gewesen.

Sie verabschiedeten sich freundschaftlich.

Dann betrat Gabor Fitz' Büro.

»Ich habe gerade meine fristlose Kündigung eingereicht.«

Fitz schaute überrascht auf. »Was?«

»Du hast gewonnen. Gratuliere!«

Fitz stand auf und kam ihm entgegen. »Vor ein paar

Wochen war ich da, wo du jetzt bist. Du hättest mich damals erledigen sollen.«

»Ja, das war ein Fehler.«

»Ob du es glaubst oder nicht, Gabor, ich werde dich vermissen. Weißt du schon, was du machen willst?«

»Nein, keine Ahnung.«

Fitz streckte ihm die Hand entgegen. »Du bist ein Sportsmann, Gabor. Und ich werde auch einer sein. Mach dir keine Gedanken über die Gala morgen. Es wird alles in deinem Sinne laufen.«

Gabor schlug ein. »Danke.«

Er kehrte zu seinem Büro zurück, und Sonja, seine Assistentin, sah seinem Gesicht schon an, dass etwas passiert sein musste. Gabor erklärte es ihr in knappen Worten, während sie in ein Taschentuch schnäuzte und es nicht wahrhaben wollte.

»Und was mache ich jetzt?«, schluchzte sie.

»Halten Sie noch ein bisschen aus. Sobald ich weiß, wie es weitergeht, komme ich Sie holen.«

Sie nickte, dann stand sie auf und umarmte ihn. »Sie versprechen es?«

»Ja, ich verspreche es.«

Dann ließ sie ihn los, und er verließ das Büro. Auf eigenartige Weise fühlte er sich erleichtert.

Am frühen Abend holte er seine Tänzer ab.

Generalprobe.

Unglücklicherweise eine, bei der so gut wie nichts klappte. Sein Tangoclub war unkonzentriert, fahrig, selbst Lisa bewegte sich nicht so geschmeidig wie sonst. Gabor versuchte, sie zu beruhigen, dann korrigierte er einzelne Abläufe und legte zum Schluss das Stück auf, auf das sie tanzen wollten: *Soy pecadora* von Ana Prada. Ein sehr moderner Tango, fast schon Pop.

Gabor sah ihnen zu und fragte sich, warum sie ausgerechnet dieses Lied gewählt hatten. Die Kids liebten die Melodie, den spanischen Text kannten sie nicht. *Soy pecadora – ich bin eine Sünderin.* Und weiter: *Ich bin böse, Mutter aller Sünden. Eine böse Hündin.* Waren sie das? Sünder? Die bestraft werden mussten? Sie alle?

Nach einer Weile brach Gabor die Generalprobe ab, denn die Darbietungen wurden immer schlechter, obwohl sie die Schritte, Drehungen und Schwünge eigentlich gut beherrschten. Sie klatschten sich trotzdem ab, und Gabor versicherte ihnen, dass sie Morgen den Saal begeistern würden. Aber jetzt wäre es besser, einfach zu entspannen und sich mit etwas anderem abzulenken. Sie hatten hart trainiert, jetzt sollten sie sich erholen und sich vor allem auf den morgigen Auftritt freuen.

84.

Wege zur Angst

Sie hatten die Melodie im Ohr, als Gabor sie nach

Hause fuhr, aber auch das nagende Gefühl, am morgigen Tag jämmerlich zu versagen und damit das zu erfüllen, was ohnehin so gut wie jeder von ihnen erwartete. Applaus zu bekommen und zu wissen, er wäre nicht verdient, sondern nur deswegen so frenetisch, weil sie eben behindert waren.

Marvin stieg als Erstes aus, und als er die Wohnung betrat, zog er sich zuallererst aufs Klo zurück. Er brauchte ein paar Momente für sich, aber er musste sich nur umsehen, um richtig schlechte Laune zu bekommen: Alles lag hier herum, die Waschmaschine rumpelte, den Duschvorhang hatte jemand zu Boden gerissen. Im Waschbecken klebten Seifenreste, und die Ablage war mit so vielen Becherabdrücken verziert, dass man olympische Ringe herauslesen konnte. Es war eng und alt, und Marvin hasste es. Aber es war der einzige Ort, an dem er seine Ruhe hatte. Wenn auch nicht lange, denn schon nach ein paar Minuten wollte der Erste aufs Klo.

»Verpiss dich!«, rief Marvin sauer.

Ein zweiter Bruder wollte aufs Klo – es war als witterten sie, wenn es gerade besetzt war, und begannen absichtlich ihren Terror. Marvin saß auf dem Klodeckel, den Kopf in beide Hände gestützt und dachte an den morgigen Abend: fünfhundert Gäste. Mindestens. Alle elegant. Fast alle reich. Mit tollen Klos, ganz sicher. Sie würden dasitzen und ihnen beim Tanzen zusehen, und heimlich würden sie über ihn lachen: Guck dir mal den Typen da an, würden sie sagen, der mit der Braut mit den großen Händen. Was für ein Trottel!

Sie würden sie heimlich verspotten, und Marvin spürte, wie wütend er darüber wurde. Wenn er nur einen von denen erwischen könnte! Er würde ihm die Fresse polieren, so richtig lange, und dann würde er *ihn* auslachen, dass er sich von einem Dummkopf hatte verdreschen lassen. Und sein ganzes Geld und seine ganze Macht hatten ihm kein bisschen geholfen, denn auf der Straße zählten nur die Fäuste. Und er hatte welche!

Draußen hämmerte jemand gegen die Tür. »Mach auf, du Schwuchtel!«

»Verpiss dich!«, rief Marvin wütend zurück.

»Was denn? Legst du Lippenstift auf, Ballerina?«

Marvin sprang auf und riss die Tür auf. Einer seiner Brüder grinste ihn blöd an.

»Ich freu mich auf morgen. Dann können wir dich endlich im Ballkleid sehen!«

Marvin zögerte nicht lange und schlug zu. Schnell und hart, und ehe sie sich versahen, wälzten sie sich brüllend und pöbelnd über den Boden, während Marvin seinem Bruder so richtig die Fresse polierte. Erst sein Vater und die andern Brüder zogen Marvin von ihm runter und schickten ihn aufs Zimmer. Seinen Bruder ließen sie liegen, schließlich hatte er den Streit begonnen und zu Recht Prügel bezogen.

Marvin zog Kopfhörer an und drehte die Musik auf.
Soy pecadora.
Der Lärm in der Wohnung ebbte ab.
Er war endlich allein mit seiner Angst.

Jennifer war die Zweite, die aus Gabors Wagen stieg und von ihrer Mutter im Hauseingang in Empfang genommen wurde. Sie aß schweigend mit ihren Eltern zu Abend, hätte gerne über das berichtet, was sie beschäftigte, aber ihre Mutter sprach unentwegt über das Geschäft und ihr Vater über die verdammte Steuer. Jennifer brachte kaum etwas von dem Essen herunter und wurde dafür von ihrer Mutter gelobt. Überhaupt hatte die sie in letzter Zeit häufig gelobt. Dafür, dass sie abgenommen hatte. Selbst dafür, dass sie deswegen neue Kleidung kaufen musste. Dafür, dass das Tanzen ihrem Teint guttat. Dafür, dass sie plötzlich Interesse an hochhackigen Schuhen hatte, denn die, so wusste ihre Mutter, machten ein schönes Bein. Und schließlich auch dafür, dass Jennifer begonnen hatte, ein ganz neues Selbstbewusstsein zu entwickeln, denn in einem gesunden Körper würde sich auch ein gesunder Geist entwickeln und aus der Puppe irgendwann ein Schmetterling werden. Ihr Vater sagte nichts.

Den Rest des Abends saß sie vor ihrer Spiegelkommode und kämmte ihr Haar. Morgen würden fünfhundert fremde Menschen kommen und sie angaffen.

Sie würden sie tanzen sehen und heimlich ihren Nachbarn anstoßen und grinsen: »He, guck mal, die Fette da!« Sie würde ein wunderschönes Kleid tragen und ganz und gar nicht wie eine Prinzessin aussehen, und alle würden darauf hoffen, dass das Kleid explodieren würde. Dann würde sie nackt vor diesen Menschen stehen, und alle könnten dann *wirklich* sehen, wie fett sie war. Ihre Eltern würden wütend werden, denn die Menschen dort waren ihre Kunden oder könnten es zumindest sein. Sie wären blamiert, und das war schlecht fürs Geschäft. Zur Strafe würde sie den Rest ihres Lebens in ihrem Zimmer bleiben müssen, damit alle Zeit genug haben würden, sie zu vergessen.

So ging sie ins Bett, wachte mitten in der Nacht auf, schlich zu einem ihrer Süßigkeitendepots, die sie seit Wochen nicht mehr angerührt hatte, und begann, alles, was darin war, in sich hineinzustopfen. So viel, dass sie sich schließlich übergab und zitternd zu Bett ging.

Allein mit ihrer Angst.

Nachdem Gabor Lisa zu Hause abgesetzt hatte, betrat sie leise das kleine Fachwerkhäuschen über die nach ihrem Stiefvater benannte *Manfred-Berger-Straße*.

Drinnen wurde sie bereits sehnlichst erwartet, sie hatten Lisa eine schöne Überraschung bereitet. Alles, was mal in Schubladen gelegen, in Dosen oder Verpackungen gesteckt hatte, lag jetzt auf dem Boden. Es schien, als hätten sie das ganze, von Lisa stets gepflegte Haus auf links gedreht. Denn Lisa musste diszipliniert werden!

Sie hatten beide getrunken, viel getrunken, und waren auf eine ganz wunderbare Idee gekommen: alles auf den Boden! Und je betrunkener sie wurden, desto bessere Einfälle hatten sie: Mehl, Zucker, Erbsen … alles, was sie an Lebensmitteln finden konnten. Arbeit hatte noch niemandem geschadet. Und vielleicht erinnerte das Lisa ja daran, mal wieder Dankbarkeit dafür zu zeigen, dass sie ein so schönes Zuhause hatte. Weil ein solches Zuhause keine Selbstverständlichkeit war. Sie sollte *sehen*, dass so etwas ganz schnell vorbei sein konnte, und vielleicht würde sie dann begreifen, dass sie eine gewisse Verantwortung für das Gelingen eines Haushaltes trug. Da konnte nicht jeder seinen Launen nachgehen, wie er wollte. Da musste auch mal angepackt werden.

Das Tanzen nämlich war beiden Zieheltern schon lange ein Dorn im Auge, und dann kamen jetzt auch noch wöchentliche Fahrten zu Lisas schwachsinnigem Bruder dazu. Sie vernachlässigte ihre Pflegegeschwister, die nach ihr fragten und ständig vertröstet werden mussten, weil Lisa jetzt Wichtigeres zu tun hatte, als sich um sie zu kümmern. Und um das Haus kümmerte sich auch niemand mehr, aber das würde sich ab heute ändern.

Lisa kam also nach Hause und wurde angeschrien. Sie sollte sich mal diese Sauerei ansehen! Ihre Geschwister hatten nur noch Unsinn im Kopf, seitdem sie jeden Abend weg war. Dieses Chaos! Ihre Schuld! Lisa duckte sich vor den Tiraden, fiel in ihre alte Körperhaltung zurück und begann schließlich, das Haus zu säubern. Sie würde dafür die ganze Nacht brauchen und machte sich Sorgen: ausgerechnet morgen, wo fünfhundert Menschen kommen würden, um sie zu sehen. Was, wenn sie alle Schritte vergaß? Wenn sie keine Spannung im Körper haben und die Musik in ihrem Ohr von ganz weit weg kommen würde, so leise, dass sie den Takt nicht fühlte? Was würde Gabor denken? Sie würde ihn enttäuschen, denn er setzte große Hoffnung in sie. Und sie würde es ihm mit einem miserablen Auftritt danken, nach allem, was er für sie getan hatte. Sie durfte ihn nicht enttäuschen. Alle anderen, aber nicht ihn.

Sie blickte sich um: Es war drei Uhr morgens. Alle anderen waren längst zu Bett gegangen. Nur sie kniete auf dem Boden, allein mit ihrer Angst.

Als Letztes stieg Vinnie aus und hüpfte beschwingt die Stufen zur Wohnung hinauf, gab seiner Mutter einen Kuss und stürmte gleich zur kleinen Stereoanlage im Wohnzimmer. Jetzt war Tango angesagt! Er forderte Camilla zum Tanz auf, korrigierte sie sofort, denn es musste nach den Regeln der *Mirada* und des *Cabeceo* erfolgen, was nichts anderes bedeutete, als dass man erst Blickkontakt aufnahm und dann mit einem zarten Nicken Bereitschaft signalisierte. Dann ging der Mann der Dame entgegen und reichte ihr die Hand. Allein das dauerte schon eine Weile, denn Vinnie war weder mit der *Mirada* noch mit dem *Cabeceo* seiner Mutter zufrieden, gelernt war schließlich gelernt, sodass sie die Prozedur ein paar Mal wiederholen mussten, bis sie perfekt war. Zumindest für Vinnie.

Dann tanzten sie die Choreografie durch, was Camilla nicht nur eine Engelsgeduld, sondern auch Schmerzresistenz abforderte, denn Vinnie, jetzt ganz Tanzlehrer, gab Anweisungen über Anweisungen, von denen ein paar sogar richtig waren. Die meisten jedoch nicht, weil Vinnie ständig die Regeln zu ändern schien, oder es fielen ihm gleich neue ein. Oder er korrigierte die Korrektur der Korrektur. Jedenfalls hatte es zur Folge, dass er seiner Mutter so oft auf die Zehen trat, dass es für sie einfacher gewesen wäre, wenn er sich gleich auf ihre Füße gestellt hätte.

So tanzten sie dann.

Stundenlang.

Bis Vinnie plötzlich die Übungen abbrach und seine Mutter beglückwünschte: perfekt! So war es einfach perfekt. Jetzt konnte nichts mehr schiefgehen. Camilla lächelte den pochenden Schmerz ihrer Zehen weg und fragte sich, was Vinnie bewogen hatte, gerade in diesem

Moment abzubrechen, denn ihrer Meinung nach waren sie sukzessive schlechter geworden. Aber Vinnie war äußerst zufrieden, und das zählte.

Als Vinnie dann alleine in seinem Zimmer war und zur Entspannung noch in einem Buch der besten Sprüche für jede Alltagssituation las, fragte er sich, ob seine Mutter wohl bemerkt hatte, dass er den Unterricht abgebrochen hatte. Sie war so traurig in letzter Zeit, dass er ihr eine kleine Freude machen wollte, denn tatsächlich verstand sie gar nichts vom Tango. Und wenn sie nichts vom Tango verstand, würde Gabor sie vielleicht nicht haben wollen. Er fragte sich, was er tun konnte, damit die beiden ein Paar werden würden, denn sie hatte jemanden wie Gabor verdient. Und für ihn selbst wäre es natürlich auch cool.

Vinnie löschte das Licht und starrte in die Dunkelheit. War er witzig genug? War er schlau genug für jemanden wie Gabor? Er wollte so sehr, dass Gabor ihn mochte, denn dann könnten sie ein Haus haben, einen Garten und einen Swimmingpool. Sie könnten eine Familie sein: mit einem tollen Vater, einer wunderschönen Mutter und einem schlauen Jungen, auf den alle stolz waren.

So wie früher.

Er musste also gut tanzen morgen, so gut, dass Gabor keinen Grund hatte, ihn zu beobachten. Ihn nach den Schritten abzufragen. Ihn zu prüfen. Er durfte keine

Chance haben herauszufinden, dass er dumm war. Vinnie drehte sich zur Seite und zog die Knie an.

Allein mit seiner Angst.

Gabor hatte alle nach Hause gebracht und stieg gerade die Treppe hinauf, als sein Handy klingelte. Es war Dr. Bendtner, der sich aber nicht lange mit Förmlichkeiten aufhielt, sondern nur sagte: »Kommen Sie schnell, Herr Schoening.«

Gabor lief zurück zu seinem Wagen und raste zum Krankenhaus.

Auf dem Flur kamen ihm schon Felix' Großeltern entgegen, bleich und geschockt. Felix lag auf der Intensivstation, jetzt warteten sie auf Bendtners Rückkehr. Ein paar Minuten später kam er ihnen entgegen und bat sie ins Arztzimmer. Diesmal hatte er keine Laborblätter in der Hand, in die er starren konnte, sondern saß da und wusste nicht, wie er das Gespräch beginnen sollte.

»Wie geht es ihm?«, fragte Felix' Großmutter.

Bendtner beugte sich vor und stützte sich mit den Ellbogen auf seine Knie. »Sehr schlecht.«

»Was ist passiert?«, fragte Gabor.

»Er hat sehr hohes Fieber, sein ganzer Kreislauf steht kurz vor dem Zusammenbruch. Wir haben Blut abgenommen, um die Werte im Schnelltest zu ermitteln, aber …«

»Aber was?«, fragte Gabor.

Er richtete sich auf. »Warten wir die Werte ab. Sie müssten gleich kommen.«

»Gibt es denn keine Neuigkeiten von der Spenderliste?«, fragte Felix' Großvater.

»Nein.«

Er wandte sich Gabor zu. »Steht Ihr großzügiges Angebot mit China noch?«

Gabor nickte. »Natürlich.«

»Das würde nichts nützen«, warf Bendtner ein.

»Warum nicht?«, fragte Gabor.

»Solange der Erreger in seinem Körper ist, würde sich alles, was wir neu einsetzen, wieder infizieren. Das gilt für ein anderes *Assist Device Heart* genauso wie für ein neues Herz. Sie verschieben die Situation nur um ein paar Tage, dann wird er wieder an dem Punkt sein, wo er jetzt ist. Und es ist sogar fraglich, ob sein geschwächter Körper überhaupt eine große Herzoperation übersteht.«

Das Telefon auf dem Schreibtisch klingelte, Bendtner hob ab. »Ja?«

Eine Weile hörte er zu, dann nickte er und legte auf.

»Es tut mir leid …«, begann er langsam.

Felix' Großmutter hob entsetzt beide Hände vor den Mund.

»Die Laborwerte sind so schlecht wie nie. Es steht zu befürchten, dass sich der Erreger auch in anderen Organen festgesetzt hat.«

»Was bedeutet das?«, fragte Gabor.

»Das bedeutet, dass wir den Kampf verloren haben.«

Niemand rührte sich.

Sie senkten die Köpfe, wussten nicht, was sie sagen sollten.

Stille.

Das kann nicht sein, dachte Gabor. Es musste noch Möglichkeiten geben! Es gab immer Möglichkeiten, nichts war alternativlos. Felix war doch auf dem Weg der Besserung gewesen. Nein, es musste Möglichkeiten geben! Sie hatten nur noch nicht genug darüber nachgedacht.

Gabor hatte oft genug vor schwierigen beruflichen Situationen gestanden, und es war ihm immer etwas eingefallen. Immer. Und er weigerte sich anzuerkennen, dass er sich von so etwas Winzigem wie einem Erreger besiegen ließ. Dass die komplette Medizin des 21. Jahrhunderts vor so etwas in die Knie ging. Das war doch lächerlich! Geradezu surreal, dass man von etwas besiegt werden konnte, was man nicht einmal mit dem bloßen Auge sehen konnte!

Bendtner räusperte sich und sah Felix' Großeltern an. »Möchten Sie Ihren Enkel mit nach Hause nehmen?«

Felix' Großmutter begann zu schluchzen, während ihr Mann sie im Arm hielt und nicht antworten konnte.

»Es muss doch noch Möglichkeiten geben!«, rief Gabor.

»Es tut mir leid, Herr Schoening. Ich wünschte, ich könnte Ihnen etwas anderes sagen.«

»Geht das denn so einfach?«, fragte Felix' Großvater heiser. »Können wir ihn denn zu Hause auch versorgen? Diese Infusionen zum Beispiel? Und was ist, wenn er Schmerzen bekommt? Oder sonst Hilfe braucht? Was sollen wir tun, wenn so etwas passiert?«

»Es gibt noch eine Alternative. Nicht weit von hier gibt es ein Kinderhospiz. Es ist ein sehr schönes Haus im Grünen. Dort könnte Felix optimal versorgt werden, und es sieht nicht nach einem Krankenhaus aus. Und schon gar nicht wie eine Intensivstation.«

Felix' Großvater nickte. »Und dort könnten wir bei ihm sein?«

»Natürlich. Rund um die Uhr. Es gibt dort Zimmer für die Angehörigen. Sie müssen sich um nichts kümmern, sondern könnten einfach bei Felix sein.«

Felix' Großvater stiegen die Tränen in die Augen. »Was denkst du, Lotte? Sollen wir das machen?«

Sie blickte nicht auf, sondern klammerte sich an ihren Mann und nickte nur an seiner Brust.

»Dann machen wir das so«, sagte Felix' Großvater.

»Gut«, sagte Bendtner. »Ich bereite alles vor. Wenn Sie wollen, können Sie jetzt zu ihm.«

Sie standen auf und wankten zur Intensivstation.

Traten durch die Schleuse in die Welt der Maschinen.

Setzten sich zu Felix ans Bett.
Krank vor Angst.
Felix wachte auf und flüsterte »Hallo, Gabi.«
Gabor nahm seine Hand. »Hallo, Felix.«
»Schön, dass ihr da seid«, sagte er.
Er lächelte, denn jetzt hatte er keine Angst mehr.

85.

In den frühen Morgenstunden gelang es ihnen, das Fieber wieder zu senken und Felix für den Transport fertig zu machen. Gabor saß mit ihm im Krankenwagen, und sie redeten über den Auftritt am Abend, denn Felix war sehr gespannt auf die Aufnahmen und Gabor froh, nicht über das sprechen zu müssen, was unausweichlich kommen würde.

Sie hielten an.

Gabor stieg aus, während Felix auf einer Liege in das Hospiz geschoben wurde, blickte auf das Haus, das so anmutig zwischen Bäumen und Wiesen stand, und fühlte, wie es ihm die Luft zum Atmen nahm, denn wer hier eintrat, ließ alle Hoffnung fahren. Das hier war eine Sackgasse – es gab nur einen Weg, diesen Ort wieder zu verlassen.

Felix' Großeltern trafen kurz nach ihnen ein und wurden von sehr aufmerksamen Mitarbeiterinnen des Hospizes empfangen und auf ihr Zimmer geführt. Dort konnten sie sich einrichten für die Zeit, die ihnen noch mit Felix blieb.

Felix' Zimmer sah tatsächlich nicht wie ein Krankenzimmer aus, nur das Bett und ein paar Gerätschaften verrieten, dass hier auch medizinisch betreut wurde. Eine große Terrassentür führte hinaus ins Grüne, und selbst wenn man nicht aufstehen konnte, hatte man einen schönen Ausblick in die Natur und auf den nahen Waldesrand.

Felix fragte nach Marie.

Gabor versprach, dass sie ihn bald besuchen würde, denn ab und zu musste sie schließlich auch mal arbeiten. Felix lächelte über den kleinen Gag und gab sich mit der Antwort zufrieden. Tatsächlich war Marie gar nicht in der Verfassung zu arbeiten und hatte von Dr. Bendtner eine Beruhigungsspritze bekommen. Gabor hoffte, dass sie sich bis zum Abend wieder so weit gefasst hatte, dass sie Felix besuchen konnte.

Eine Weile saßen sie beisammen, ohne etwas zu sagen, dann fragte Felix: »Musst du nicht arbeiten heute?«

»Ich habe heute frei«, antwortete Gabor.

»Cool. Dann kannst du ja noch ein bisschen bleiben, oder?«

»Na klar.«

Er schwieg einen Moment, dann sagte er: »Gabi?«

»Ja?«

»Kann ich dich was fragen?«

»Natürlich.«

»Glaubst du, ich sehe meine Eltern wieder, wenn ich gestorben bin?«

Gabor wurde starr und versuchte, dem Thema auszuweichen. »Noch stirbst du nicht.«

»Das ist keine Antwort«, beharrte Felix.

»Ich weiß es nicht. Niemand weiß das. Glaubst du daran?«

Felix nickte. »Das wäre doch schön, oder?«

»Ja, das wäre toll.«

Felix richtete sich etwas auf. »Woran glaubst du denn, Gabi?«

Gabor dachte nach: gute Frage. Vor allem eine, auf die er keine Antwort wusste. Keine zufriedenstellende jedenfalls. Schließlich sagte er: »Ich glaube, dass der Mensch mehr ist als die Summe seiner Knochen, Muskeln und Organe. Aber ich weiß nicht, was das für uns bedeutet. Es gibt so viele, die vor uns gelebt haben. Ich frage mich in letzter Zeit oft, ob sie nur kurz aufgetaucht sind, um dann für immer zu verschwinden. Oder ob es einen Plan gibt.«

»Was für einen Plan?«

»Ich weiß nicht. Einen, der Sinn ergibt. Damit nicht alles vergebens ist.«

»Glaubst du, ich verschwinde für immer?«, fragte Felix.

»Nicht für mich.«

»Das ist gut.« Felix lächelte.

Wieder schwiegen sie einen Moment.

Gabor fragte sich, wie draußen so ein bezauberndes Wetter sein konnte, mit Vogelgezwitscher und Blätterrascheln, wenn hier drinnen nur noch der Tod lauerte.

»Kann ich dich noch was fragen, Gabi?«

»Ja.«

»Glaubst du, ich habe einen Fehler gemacht, als ich dein Angebot nicht angenommen habe?«

Gabor dachte einen Augenblick nach, dann schüttelte er den Kopf. »Nein. Du hast deinen Standpunkt vertreten. Und den habe ich auch verstanden.«

»Ich weiß nicht, Gabi. Vielleicht bin ich ja nicht der mutigste Junge auf der Welt, sondern nur der dümmste. Es gibt einen Grund, warum ich auf die Förderschule gegangen bin.«

»Felix, wir wissen nicht, wie es in China gelaufen wäre. Wir wissen nicht, ob du den Flug dahin überstanden hättest. Wir wissen nicht, ob du dich dort nicht auch infiziert hättest. Oder ob du das Herz nicht abgestoßen hättest. Wir wissen das alles nicht, und wir werden es nie erfahren. Du *bist* der mutigste Junge der Welt. Dr. Bendtner weiß das. Ich weiß das. Alle wissen das. Lass dir nie etwas anderes sagen, weil es nicht stimmt. Und noch eines: Du bist nicht dumm. Keiner von euch ist dumm! Ich kenne eine Menge dummer Menschen und kann das gut beurteilen, glaub mir.«

»Okay … danke.«

Felix' Großeltern traten ein und setzen sich zu Felix ans Bett, während Gabor vor die Tür ging und Kathrin anrief.

»Kathrin? Ich möchte, dass Sie mit den Tangokids vorbeikommen.«

»Jetzt?«, fragte Kathrin überrascht.

»Ja.«

»Sind Sie im Krankenhaus?«

»Nein. Im Hospiz.«

Eine lange Pause entstand.

Fast dachte Gabor, dass sie nicht mehr in der Leitung war, aber dann hörte er sie leise schluchzen.

Er wartete.

»Okay … ich komme …«

Ihre Stimme klang belegt.

»Kathrin?«

»Ja?«

»Sagen Sie den Kids nicht, was hier vor sich geht. Ich möchte, dass sie sich verabschieden, aber sie sollen nicht wissen, dass sie das tun. Es soll ein fröhliches Treffen werden, ja?«

»In Ordnung.«

Etwa eine Stunde später waren sie da – und es wurde augenblicklich laut und lustig. Sie waren aufgedreht, nervös, plapperten ohne Unterlass, sodass Felix kaum folgen konnte, aber er ließ sich trotzdem alles haarklein berichten. Von den schicken Kleidern, den tollen Anzügen, von den komplizierten Schrittfolgen und der Angst vor dem großen Publikum. Gabor versprach, dass Felix absolut nichts verpassen würde, da er ein Filmteam engagiert hatte und die Rohfassung noch in der Nacht zu sehen bekam. Bis es fertig geschnitten und mit Musik unterlegt war, würde es ein paar Tage dauern, aber dann würden sie alle ein Happening daraus machen.

Kathrin Bendig nickte, lächelte, obwohl ihr nicht danach zumute war, stellte aber verwundert fest, was für eine verschworene Truppe sich da um Gabor gebildet hatte. Fünf Schüler, die noch ein paar Wochen zuvor nichts miteinander gemein hatten, außer der Tatsache, dass sie dieselbe Schule besuchten, waren jetzt tatsächlich so etwas wie ein Club. Vielleicht sogar mehr – Freunde.

Sie lächelte Gabor an, und der nickte ihr zu: Ihr Gips war ja ab!

Kathrin nickte. Ja, der Knochen war verheilt, die Schmerzen aber waren geblieben.

Und das würde noch lange so bleiben.

86.

Nicht nur für die Förderkinder war der Anblick des großen Ballsaals wie ein Wunder, sondern auch für die meisten ihrer Eltern, die einen Raum wie diesen noch niemals zuvor betreten hatten. Und selbst Camilla musste zugeben, dass *Clausen & Wenningmeier*, wenn sie eine Sache groß aufzogen, es auch so meinten. Sie blickte in einen Raum von monumentaler Größe mit einer Bühne, die auch einem Staatstheater gerecht geworden wäre. Davor festlich eingedeckte, runde Tische mit Platz für jeweils zehn Personen, Silberbesteck, Kristall und dezent arrangierten Blumengebinde. Windlichter auf den Tischen, sanfte Spotlichter an den Wänden und über den Fußleisten. Dazu Kronleuchter, die offenbar aus dem Buckingham Palace oder dem Vatikan gestohlen worden waren, jedenfalls wären sie einem Fürsten gerecht geworden. Livrierte Kellner wachten über ihre Reviere, setzten sich beim kleinsten Signal in Bewegung und nahmen die Wünsche ihrer Gäste entgegen.

Ein Mann in einem dunklen Anzug kam Camilla entgegen und lächelte: »Guten Abend, darf ich Sie zu Ihrem Platz bringen?«

Sie nickte und folgte ihm eine Treppe hinauf, zu einer Balustrade, wo für alle Eltern und Schulangehörigen eingedeckt worden war. Genauso festlich wie unten, aber eben abseits derer, die für das Essen tausend Euro bezahlt hatten. Camilla fragte sich, wie der Mann hatte erraten können, dass sie nicht zu den wohlhabenden Gästen im Parkett gehörte, aber letztlich blieb es sein

Geheimnis. Er führte sie zu einem Tisch, rückte ihr den Stuhl zurecht und verschwand wieder.

Erst als er außer Sichtweite war, wagte Camilla aufzustehen, um einen Blick von oben zu riskieren: Es war überwältigend! Das sanfte Licht, die eleganten Roben der Damen, die teuren Anzüge. Die gewaltige Bühne, deren roter Vorhang von starken Spots angestrahlt wurde. Sie waren alle gekommen, um ihren Teil dazu beizutragen, der Förderschule zu helfen. Sie waren alle hier, um sich die Kinder anzusehen. Ihre Kinder. Vinnie. Den Zappelphilipp. Das Herz schlug ihr bis zum Hals: Hoffentlich war Vinnie nicht so nervös wie sie gerade.

Gabor hatte mit den Kids das Hotel durch den Künstlereingang betreten und war mit ihnen in einer der Garderoben verschwunden. Dort warteten bereits die Kleider für Lisa und Jennifer sowie die Anzüge für Vinnie und Marvin. Sie plapperten immer noch wild durcheinander und stürzten sich auf die Kleidung, bis Gabor sie sanft davon abhielt. Sie sollten noch einen Moment warten, er hatte noch eine Überraschung vorbereitet. Prompt klopfte es leise an die Garderobentür, eine Visagistin trat ein.

Gabor stellte sie den Kids vor und erntete erstaunte Gesichter: Schminke? Sie? Etwa auch die Jungs? Gabor nickte: alle. Bei den Jungs würde es sich allerdings auf die Frisuren und ein wenig Puder beschränken. Die Mädchen hingegen sollten sich in argentinische Tangodiven verwandeln, was für allgemeines Entzücken sorgte. Gabor hatte bei den Jungs mit mehr Widerstand gerechnet, aber weder Vinnie noch Marvin fanden das Herrichten für den großen Auftritt *schwul*.

Er ließ seine Gruppe allein und eilte hinaus in den Ballsaal. Das Filmteam war bereits angekommen und richtete die Kameras ein. Gabor ging kurz mit ihnen durch, worauf es ankam, aber viel erklären musste er nicht: Man kannte und schätzte sich. Dann kehrte er zu seiner Truppe zurück und sah zu, wie sich die vier in Tangotänzer verwandelten. Sie standen auf und präsentierten sich Gabor.

Wie jung sie aussahen! Trotz des Make-ups und des strengen Outfits, das der Tango nun einmal vorgab. Die Haare gegelt, die Lippen der Mädchen rot, die Kleider eng, aber nicht vulgär. Die Jungs gertenschlank in den Anzügen, den Westen und den blütenweißen Hemden.

Gabor hob beide Daumen. »Ihr seht toll aus! Wartet hier, ich hole euch gleich ab.«

Sie nickten grinsend, dann setzten sie sich vorsichtig, um ja nicht die Kleidung zu verknittern oder die Frisuren in Unordnung zu bringen.

Gabor nahm seine Position hinter dem Vorhang ein und hörte draußen leises Gemurmel, das nach und nach abebbte. Ein Bühnentechniker nahte und drückte ihm ein Mikrofon in die Hand. Er legte die Finger auf die

Lippen und deutete damit an, dass alles bereits eingeschaltet worden war. Fitz tauchte plötzlich neben ihm auf.

»Alles klar?«, flüsterte er.

Gabor nickte.

Draußen war es jetzt ruhig.

Fitz warf einen letzten Blick auf seine Moderationskarten, dann schob sich der gewaltige Vorhang auf, und Scheinwerferlicht blendete sie.

Applaus.

Fitz eröffnete den Abend und tat dies charmant und mit großer Sicherheit. Er erklärte knapp, warum sie alle zusammengekommen waren, und wer letztlich dafür verantwortlich war – Gabor. Wieder gab es Applaus, den die beiden nutzten, um zu einem Arrangement aus Clubsesseln und einem Beistelltisch zu gehen. Sie unterhielten sich wie Freunde.

Gabor führte aus, warum die Förderschulen im Allgemeinen wichtig waren und warum ihm diese eine so ans Herz gewachsen war. Er berichtete, wie überraschend er den Unterricht mit den Kids fand, wie schnell man sich in ihrer Welt wiederfand, erzählte die eine oder andere Anekdote und erntete amüsierte Lacher.

Camilla lehnte sich über die Balustrade, blickte hinab und dachte: Sie hören ihm zu. Sie konnte es von hier oben sehen. In diesem Moment interessierten sie sich tatsächlich für die Förderschule und ihre Schüler. Und obwohl Camilla zusammenzuckte, wenn die Namen der Kinder fielen, besonders der von Vinnie, überkam sie der Verdacht, Gabor könnte tatsächlich meinen, was er sagte. Er klang so authentisch, so gar nicht nach dem aalglatten Manager, den sie in ihm vermutete.

»Das macht er gut, nicht?«, flüsterte Kathrin neben ihr.

Als hätte sie ihre Gedanken erraten. Oder empfand sie dasselbe?

Fitz und Gabor plauderten und präsentierten die Förderschule ganz nebenbei als die so ziemlich beste Erfindung nach dem Rad und der Elektrizität. Und es gab während des Gesprächs keinen Missklang und auch keine Andeutungen. Fitz hatte es versprochen, und er hielt sich daran.

Schließlich wurde Gabor mit Applaus verabschiedet.

Kathrin war an der Reihe. Sie berichtete dem Publikum, was aus ihrer Sicht möglich wäre, wenn es mehr Mittel gäbe. Dabei musste sie nicht einmal besonders für ihre Schule werben – Fitz und Gabor hatten den Boden dermaßen bereitet, dass man förmlich hören konnte, wie die Gäste die Scheckbücher zückten und Zahlen mit vielen Nullen hineinkritzelten.

Gabor bat seine Kids aus der Garderobe zum Bühneneingang.

Draußen hörten sie noch Kathrin sprechen, aber sie und Fitz waren im Begriff, das Gespräch zu beenden, die Sätze klangen aus und tauchten im Applaus unter. Der Vorhang schob sich zusammen, während draußen Fitz den großen Showact anmoderierte.

Gabor führte die vier mitten auf die Bühne.

Noch war alles dunkel.

Trotz des Make-ups waren sie alle kreidebleich.

»Also dann …«, flüsterte Gabor. »Seht nicht ins Publikum. Denkt nicht über die Leute da draußen nach. Hört auf die Musik. Nur die Musik! Und dann habt Spaß! Ihr könnt es – und jetzt werdet wir es denen da mal so richtig zeigen, okay?!«

Er klatschte sie alle kurz ab, dann trat er an den Bühnenrand, während Jennifer, Vinnie, Marvin und Lisa ihre Positionen einnahmen.

Draußen verstummten die Geräusche.

Der Vorhang schob sich wieder auf.

Scheinwerfer fluteten die Bühne, dann fiel das Licht zu vier Spots zusammen, in deren Zentrum Gabors Kids standen. Er konnte sehen, dass sie einen scheuen Blick in den Saal riskierten, aber nichts erkennen konnten. Das Publikum saß im Dunkeln, ganz gleich, ob im Parkett oder im Rang, nur das Kristall auf dem Tisch, das Silber des Bestecks und die Pailletten der Kleider blitzten dann und wann auf.

Dieser Moment, in dem alles ganz still war, in dem man ein letztes Mal Luft holte, um die Vorstellung zu eröffnen, am einsamsten Ort der Welt: der Bühne.

Musik.

Vier Minuten Ewigkeit.

Eine akustische Gitarre – die Töne tanzten durch den Saal.

Mirada, Cabezada.

Durchgedrückte Rücken, hochmütige Blicke, Stolz.

Ana Pradas hohe, weiche Stimme, die ersten Schritte … Schöne weite Schritte.

Jennifer und Vinnie hielten sich an die unkomplizierten Figuren, waren einander zugewandt und blieben im Takt. Da Vinnie die Köperspannung behielt und nicht herumzappelte und Jennifer den Kopf reckte und mimisch ganz Diva war, fiel gar nicht auf, dass sie rein optisch ein ulkiges Pärchen waren. Sie nahmen sich ernst, und das Publikum tat das auch. Und doch hatte es mit zunehmend fordernder Musik bald nur noch Augen für Lisa. Ein erster *Ocho* gab ihr Sicherheit, sie schloss die Augen, ihr Kopf sank fast auf Marvins Brust herab.

Ein *Planeo*, wieder perfekt.

Sie wurden mutiger, drehten sich umeinander, froren in der Bewegung ein, schwebten für eine Sekunde, nur um im nächsten Moment die Figur in einer neuen Drehung aufzulösen. Ihre Gesichter näherten sich wie zum Kuss, aber Lisa eilte davon, während Marvin sie festhielt. Dann gab er sie frei und bereitete ihr den goldenen Käfig, den sie für ihren Tanz brauchte.

Gancho!

Boleo!

Planeo!

Ocho!

Ihre Kicks waren dynamisch, rassig. Mal wog sie sich in Marvins Arm, mal stieß sie sich stolz ab. Er hatte Mühe, ihr Temperament zu zügeln, sie forderte ihn heraus, verspottete ihn, um sich ihm dann im nächsten Moment zu unterwerfen.

Oh, wie sie tanzte!

Alle konnten es sehen! Alle konnten *sie* sehen! Sie drückte im Tango aus, was sie der Welt nie hatte sagen können. Aber jetzt sprach sie, und sie *mussten* ihr zuhören. Sie hatte gelitten, aber sie zeigte ihnen, dass sie noch da war. Seht her! Ihr habt mich nicht gebrochen! Ich bin hier!

Gabor konnte die Augen nicht von ihr lassen. Niemand konnte das. Das Mädchen mit der schlechten Körperhaltung und den zu großen Händen wuchs über sich hinaus, nahm die ganze Bühne für sich ein. *Soy pecadora*! Sie war eine Sünderin, Mutter aller Sünden, und darin war sie ganz wunderbar. Sie tanzte es bis zum Schluss, als ob sie nie etwas anderes gewesen wäre.

Die letzten Sekunden des Stücks … Gabor schossen vor lauter Stolz die Tränen in die Augen.

Schlussakkord.

Stille.

Donnernder Applaus setze ein, der wie ein Tsunami

über die vier Tänzer hinwegfegte und sie ein bisschen erschrocken nach Luft schnappen ließ. Da standen sie nun ein wenig verloren und wussten nicht, was sie machen sollten. Gabor war in dieser Sekunde keine Hilfe, sosehr sie auch seinen Blick suchten, denn der reckte jubelnd seine Fäuste gen Himmel.

Dann aber sah Gabor ihre Verunsicherung und deutete mit einer Geste an, dass sie sich verbeugen sollten, was sie dann auch taten. Es gab noch mehr Applaus, und endlich entspannten sich ihre Gesichter. Das Publikum jubelte ihnen zu, und mit jeder Sekunde stieg ein Hochgefühl in ihnen auf: Das war ihr Moment!

Lisa löste sich aus der Gruppe und zog Gabor auf die Bühne.

Erneute brandete Jubel auf.

Sie umarmten ihn alle – und Gabor war nie glücklicher gewesen als in diesem Moment. Das waren seine Kids!

Jawohl!

Seine Kids!

87.

Sie waren völlig aufgekratzt von der Bühne gegangen, und es wurde auch nicht besser, als Gabor in der Garderobe eine Flasche Champagner öffnete und allen einen Pappbecher eingoss. Nur wenige Momente später kamen die Familien dazu, ein paar Mitschüler und deren Eltern und natürlich auch Kathrin, die allen gratulierte.

Lisa war der Star des Abends.

Die Einzigen, die es nicht mitbekommen hatten, waren ihre Pflegeeltern, die auf die Einladung verzichtet hatten. Lisa vermisste sie jedoch nicht, sondern erntete Lob und Bewunderung von allen, die in die Garderobe gekommen waren. Sie suchte Gabors Blick, und ein Lächeln sagte mehr als tausend Worte: Sie war glücklich.

In dem Gewusel der Kabine stand Gabor plötzlich Marvins Mutter gegenüber, die sich überschwänglich bedankte: »Das war unglaublich, Herr Schoening. Ich hätte nie gedacht, dass so etwas in Marvin drinsteckt. Er ist so anders als seine Brüder.«

Gabor nickte und sah sie eindringlich an. »Ja, er ist anders.«

Sie wirkte ein wenig irritiert.

»Es ist mein Ernst. Marvin ist *anders.*«

Sie sahen einander an.

Da wusste sie, was Gabor meinte, und nickte.

»Sie müssen ihm helfen, seinen Platz zu finden. Verstehen Sie mich?«, sagte Gabor leise.

»Ja …«

Jennifer stand bei ihren Eltern und lachte. Ihre Mutter sah zu Lisa hinüber, und man sah ihrem Gesicht an, dass sie sich gewünscht hätte, Jennifer hätte so gut getanzt wie Lisa. Jennifers Vater wirkte wie immer abwesend, so als ob er gerade im Kopf Rechnungen durchging. Jennifer hingegen freute sich und umarmte Gabor.

»Du warst großartig!«, flüsterte ihr Gabor ins Ohr.

»Das habe ich alles dir zu verdanken, Gabi!«, flüsterte sie zurück.

Sie gab ihm ein Küsschen auf die Wange.

Vinnie war in seinem Element: Mit großer Geste erklärte er den Tanz für gelungen und ihre Leistung für tadellos. Camilla lachte, als sie seine strahlenden Augen bemerkte und er ihr Champagner eingoss und meinte, den müsse sie probieren, der sei echt nicht übel. Dann erklärte Vinnie einigen seiner Schulkameraden, was das Wesen des Tangos war, wie man ihn tanzte und dass das nur die konnten, die Tango quasi lebten! So wie er! Deswegen würde er auch nach Buenos Aires fliegen, um ein professioneller Tangotänzer zu werden.

Marvin war für einen Moment umringt von seinen wilden Brüdern, die ihn zwar derbe aufzogen, aber beeindruckt waren, sosehr sie sich auch Mühe gaben, das hinter Machosprüchen zu verbergen. Plötzlich stand Marvins Vater vor Gabor und reichte ihm die Hand. Man sah es an seinen muskulösen Oberarmen, wie er seine Kraft darauf konzentrierte, Gabors Hand möglichst schmerzhaft zu drücken.

»Sie sind also der Tanzlehrer, ja?«, fragte er grinsend.
»Ja.«
»Und das haben Sie dann auch die ganze Zeit gemacht? Tanzen?«
Er hielt Gabors Hand fest gedrückt. Es tat mittlerweile höllisch weh, aber Gabor wollte sich keine Blöße geben. »Was sollten wir denn sonst machen?«
Sein Blick wurde stechend. »Na ja, muss einen doch interessieren, was die eigenen Kinder so machen. Und mit wem.«
»Halten wir deswegen Händchen?«, fragte Gabor.
Marvins Vater ließ blitzartig los – was für eine Erlösung. Im Hintergrund konnte Gabor sehen, dass Marvin peinlich berührt war vom Auftritt seines Vaters.
»Ich kenne keinen, der Tanzlehrer ist. Bei mir auf der Baustelle ist einer, der wohnt neben einem Tanzlehrer. Aber was soll ich sagen: Der spielt nicht in unserem Team, verstehen Sie?«
Marvins Vater fixierte ihn, als ob er eine Antwort in Gabors Augen suchte. Und natürlich auch, um ihn einzuschüchtern.
»Sehen Sie, und da kommt mein Junge nach Hause und sagt, dass er jetzt tanzt. Hat er von seiner Mutter. Die wollte unbedingt, dass er tanzen lernt. Ich meine, was soll der Scheiß? Echte Männer können nicht tanzen, sag ich immer.«
Gabor hielt seinem Blick stand.

»Tja, da dachte ich, ich schau mal vorbei und guck mir Marvins Tanzlehrer mal näher an. Muss doch wissen, in welchem Team der spielt. Ist klar, was ich meine?«

»Völlig klar.«

»Sehen Sie, Sie verstehen's! Das sind Kinder. Die sind beeinflussbar. Und wenn da einer auf der falschen Seite steht, wär das nicht nur ein verdammt schlechter Einfluss, das wär auch ziemlich gefährlich. Ist klar, was ich meine?«

»Können Sie sich noch an die *Village People* erinnern?«, fragte Gabor.

»Klar.«

»War da ein Tanzlehrer dabei oder ein Bauarbeiter?«

Für einen Moment starrte Marvins Vater ihn fassungslos an. Und für einen Moment dachte Gabor, dass er die kommenden Wochen in einem Streckverband würde verbringen müssen, aber dann lachte Marvins Vater laut auf. »Leck mich! Der war gut, Mann!«

Marvin ging zu den beiden, offenbar traute er seinem Vater nicht. Vielleicht wollte er Gabor auch zur Hilfe eilen, aber als er sah, dass sich die Situation entspannte, versuchte er sogar ein Lächeln, obwohl ihm nicht danach war.

Marvins Vater stupste seinen Sohn an und sagte laut: »Der ist gut, dein Tanzlehrer! Aber die Kleine, mit der du getanzt hast …«

»Was ist mit ihr?«, fragte Marvin angespannt.

»Läuft da was? Ich meine, bewegen kann die sich ja.«

»Red nicht so über Lisa!«, sagte Marvin.

»Lisa!«, äffte sein Vater ihn nach. »Mit dem Arsch wackeln kann sie ja.«

»Sie sollten jetzt lieber das Thema wechseln«, warnte ihn Gabor.

»Mann, seid ihr empfindlich. Ich mach ihr doch ein Kompliment! Wer sich so bewegen kann, der wird 'nem Kerl Freude bereiten, was Marvin?«

Noch bevor Gabor reagieren konnte, hatte Marvin schon zugeschlagen, seine rechte Faust auf den Weg geschickt, die Schulter nachgeschoben, um das Gewicht des Körpers hinter den Schlag zu bringen.

Marvins Vater war sofort k. o. gegangen.

Für einen Moment verstummten die Gespräche.

Alle starrten Gabor und Marvin an, die über dessen Vater standen.

Marvins Mutter seufzte und rief in die Runde, dass alles okay wäre, so etwas käme schon mal vor, und wies ihre anderen Söhne an, ihren Vater im hinteren Teil der Garderobe auf eine Liege zu legen. Das taten sie so routiniert, dass die ersten Anwesenden gleichgültig mit den Schultern zuckten und ihre Gespräche wieder aufnahmen. Das Gemurmel nahm an Fahrt auf, bis sich niemand mehr an den Zwischenfall zu erinnern schien.

Marvin lächelte. »Hätte ich schon früher mal machen sollen.«

Gabor grinste. Dieser Junge würde seinen Weg gehen. Er würde sich von seinen verrückten Brüdern und seinem noch verrückteren Vater lösen und genau das Leben führen, das er führen wollte.

Mit einem einzigen Schlag hatte er sein Gefängnis gesprengt.

88.

Ein Mitarbeiter der Videofirma betrat die Garderobe und überreichte Gabor zwei Memorysticks, deren Inhalt Gabor auf sein Laptop überspielte. Während die anderen noch ihren Auftritt feierten, klappte er den Rechner zusammen und eilte beinahe ungesehen aus der Garderobe. Nur Kathrin hatte ihn die ganze Zeit im Auge behalten. Als er den Raum verlassen hatte, goss sie sich den Rest des Champagners in einen Becher und stürzte ihn hinunter. Es wurde ihr leicht schwindelig, die Realität rückte ein wenig von ihr ab. Genau das, was sie beabsichtigt hatte.

Es war bereits Nacht geworden, als Gabor im Hospiz ankam, und in Felix' Zimmer brannte nur ein Leselicht über seinem Bett. Draußen war es noch sehr mild, sodass Felix' Großeltern vor der Tür auf der kleinen Terrasse saßen und sich leise unterhielten. Felix war so blass wie lange nicht mehr. Gabor griff instinktiv nach Felix' Hand, doch die war ziemlich warm. Auf seltsame Art beruhigend, fand Gabor, obwohl es bedeutete, dass das Fieber wieder zurückgekehrt war.

Felix schlug die Augen auf und versuchte ein Lächeln. »Hi, Gabi!«

»Hi, Felix.«

»Ist alles gut gelaufen?«, fragte er.

Gabor hielt seinen Laptop hoch. »Ja, ich hab alles hier. Wollen wir?«

Felix nickte und klickte auf die Fernbedienung seines Krankenbetts. Das Rückenteil fuhr leise summend hoch, sodass er gerade sitzen konnte. Felix' Großeltern kamen herein und begrüßten Gabor. Sie nahmen sich Stühle und gruppierten sich so um Felix herum, dass jeder einen Blick auf den Bildschirm werfen konnte, den Felix auf seinem Schoß festhielt.

»Das ist alles noch ungeschnitten«, erklärte Gabor.

Felix nickte. »Okay.«

Gabor klickte den ersten Film an, nämlich den der Hauptkamera, die auf der Empore gestanden und daher eine schöne Totale vom Ballsaal und von der Bühne eingefangen hatte. David Fitz war vor dem geschlossenen Vorhang zu sehen, moderierte die Tangokids an und verschwand anschließend.

»Wow, ist das groß da!«, staunte Felix.

Dann schob sich der Vorhang auseinander.

Schweigend sah sich Felix die Aufführung an, aber seinen Augen war anzusehen, dass er alle Bewegungen mittanzte und dann wie alle im Ballsaal zuvor nur noch Lisa ansah. Als das Publikum applaudierte, tat Felix es spontan auch und lächelte seine Großeltern und Gabor an.

»Das war Wahnsinn!«, sagte er.

»Fand ich auch«, antwortete Gabor.

»Lisa ist der Hammer!«

Gabor nickte.

Felix seufzte zufrieden. »Sagst du ihnen, dass ich sie großartig fand?«

»Das kannst du ihnen selbst sagen, wenn der Zusammenschnitt fertig ist. Dann machen wir hier ein großes Happening. Ich besorg auch einen großen Fernseher, damit man alles richtig genießen kann.«

»Okay«, nickte Felix.

Er sah müde aus.

Seine Großeltern schienen es auch bemerkt zu haben, standen auf, gaben ihm einen Kuss und wünschten ihm eine gute Nacht. Sie würden gleich am Morgen wieder nach ihm schauen.

Es wurde sehr ruhig im Zimmer.

»Willst du es noch mal sehen?«, fragte Gabor, um die Stille zu durchbrechen.

Felix schüttelte den Kopf. »Vielleicht morgen.«

Eine Weile saßen sie einfach da.

Die Terrassentür des Zimmers stand noch auf, ein sanfter Wind wiegte den dunklen Wald, der an das Hospiz grenzte. Was für eine schöne Sommernacht, dachte Gabor, und was für ein Schrecken.

»Gabi?«, fragte Felix leise.

»Ja?«

»Sieh mal.«

Er schob seinen Pyjama hoch: Die Leuchtdioden seiner Pumpe waren auf Rot gesprungen. Sein *Assist Device Heart* lief nicht mehr. Dementsprechend musste sein Herz jetzt wieder die ganze Leistung alleine erbringen. Kein Wunder, dass er müde und blass war. Sie waren wieder dort angekommen, wo er sich schon einmal befunden hatte: an der Schwelle zwischen Leben und Tod.

Gabor schluckte, wusste nicht, was er sagen sollte. Und offensichtlich erwartete Felix auch gar keinen Kommentar, sondern schob das Schlafanzugteil wieder hinunter. Er sah ein wenig nachdenklich hinaus in die Nacht.

»Ich frage mich, wie das ist. Sterben.«

Es klang fast neugierig. Wie jemand, der sich am Vorabend einer langen Reise vorstellte, was ihn in der Ferne erwarten, wen er wohl treffen würde. Und ob er auch gut genug vorbereitet war.

»Hast du Angst?«, fragte Gabor.

»Ich weiß nicht. Ich hab nur Angst, dass ich euch alle nicht mehr wiedersehe.«

»Hm«, machte Gabor.

Was sollte er sagen? Dass es ein Leben nach dem Tod gab? Dass sie sich alle einmal wiedertreffen würden? Im Paradies? Felix würde genau wissen, dass Gabor nicht daran glaubte. Und Gabor dachte, dass diese Lüge schlimmer sein würde als alles, was er jetzt *nicht* sagen würde.

»Vielleicht kann ich euch ja noch sehen, wenn ich tot bin«, sagte er.

»Das wäre doch gut, oder?«, meinte Gabor.

»Ja, vielleicht. Aber vielleicht auch nicht. Ich könnte euch sehen, ihr mich aber nicht …«

»Aber vielleicht wissen wir ja, dass du da bist«, sagte Gabor in der Hoffnung, dass es irgendwie tröstlich klang.

Felix lächelte. Dann fragte er: »Kannst du mir einen Wunsch erfüllen?«

»Jeden, Felix«, gab Gabor prompt zurück.

»Ich möchte nicht verbrannt werden. Kannst du mir das versprechen?«

»Natürlich.«

»Die Seele muss doch wissen, wo sie geboren wurde, oder? Sonst weiß sie doch nicht, wo sie mal gelebt hat. Und dann wäre sie doch eine Waise.«

So wie du eine bist, dachte Gabor. Er konnte ihn gut verstehen, er hatte noch nie in seinem Leben einen Menschen so gut verstanden wie diesen erstaunlichen Jungen.

»Hab ich noch nie drüber nachgedacht, aber jetzt, wo du es sagst … ja. Sehe ich auch so«, antwortete Gabor. Seine Stimme war rau, sein ganzer Hals tat weh, weil er am liebsten geweint hätte.

Felix schien einen Moment nachzudenken, dann beschloss er zufrieden: »Beerdigen also. Nur zur Sicherheit.«

Es klopfte leise an die Tür.

Marie.

Gabor stand auf, umarmte sie kurz. »Ich lass euch mal alleine …«

Er verließ das Zimmer – Marie stand an Felix' Bett.

»Ich freu mich so, dass du da bist«, sagte Felix.

Sie entgegnete nichts, beugte sich bloß zu ihm herab und gab ihm einen Kuss auf den Mund.

»Ich dachte, du darfst nicht …?«, begann Felix.

Aber sie lächelte schwach und sagte nur: »Halt die Klappe.«

Dann küsste sie ihn erneut.

Aber diesmal richtig.

89.

Marie war nicht lange geblieben, und als sie das Zimmer verlassen hatte, hatte sie Gabor ein wenig verschämt angelächelt und war dann schnell zum Ausgang geeilt.

Gabor ging wieder hinein und setzte sich zu Felix ans Bett. Er wirkte nicht mehr ganz so müde wie zuvor, seine Augen hatten sogar etwas Glanz. Er wirkte verschmitzt.

»Was ist denn los, Felix? Du siehst ja so glücklich aus?«, fragte Gabor amüsiert.

Felix grinste. »Vielleicht bin ich das ja auch.«

»Tatsächlich? Was ist denn passiert?«, neckte Gabor, der die Antwort längst kannte.

Felix nestelte etwas verlegen an der Bettdecke herum, dann blickte er Gabor fest in die Augen und sagte: »Marie hat mich geküsst.«

»So richtig?«

»Ja …«

»Und wie war es?«, fragte Gabor schmunzelnd. »So wie du es dir vorgestellt hast?«

Felix schien einen Moment darüber nachzudenken. »Am Anfang war es ein wenig komisch, aber dann … Es war viel schöner als ich dachte!«

»Freut mich!«

Felix nickte – grinste.

Dann klopfte er auf eine Stelle neben sich im Bett und forderte Gabor auf, sich zu ihm zu setzen. Gabor folgte brav, und schon saßen sie nebeneinander im Krankenbett. Wie alte Kumpels, die sich nach einem Fußballspiel an eine Wand lehnten und sich ein Bier teilten.

»Warst du auch schon mal so verliebt?«, fragte Felix.

Gabor dachte einen Moment nach und antwortete: »So wie du und Marie? Nein, ich glaube nicht.«

»Warum nicht?«

»Ich weiß es nicht, Felix. Vielleicht habe ich nie so viel riskiert wie du und Marie.«

Felix runzelte die Stirn. »Was meinst du damit? Ich hab doch nichts riskiert!«

»Na ja, wenn man sich so auf einen anderen Menschen einlässt, kann man leicht verletzt werden. Das tut weh.«

»Und wo ist da jetzt das Risiko?«, fragte Felix. »Wenn ich von einer Klippe ins Meer springe – das ist ein Risiko. Oder wenn ich eine Bank überfalle.«

»Na ja, so gesehen ist es natürlich nicht *so* ein großes Risiko …«

Felix schüttelte den Kopf. »Es ist *gar kein* Risiko. Du bist verliebt. Sie ist verliebt. Ihr seid verliebt. Ende.«

»Hm«, machte Gabor und dachte, dass Felix möglicherweise recht haben könnte. Vielleicht hatte er sein Leben lang in der Hinsicht zu wenig gewagt. Wer nicht von einer Klippe sprang, der würde auch nie ins Meer stürzen. Allerdings würde er auch nie wissen, wie es war, wenn der Bauch im Sturzflug kitzelte und man sich losgelöst von allem fragte, wie sich das Wasser anfühlen mochte, in das man gleich abtauchte.

»Mach das mal, Gabi«, sagte Felix. »Wirst sehen, es ist super.«

Gabor grinste. »Okay.«

Sie schwiegen.

Felix schien seinen Gedanken nachzuhängen. Und je länger er das tat, desto mehr kehrte die Müdigkeit zurück, bis er schließlich seinen Kopf gegen Gabors Schultern lehnte und zu dösen begann. Gabor legte seinen Arm um Felix und löschte das Licht.

»Gabi?«, flüsterte Felix.

»Ja?«

»Heute war ein Junge bei mir.«

»Was für ein Junge?«

»Ein Junge von hier. Er hat gesagt, dass er alleine sterben will. Er hat gesagt, dass er besser sterben kann, wenn seine Eltern nicht im Zimmer sind. Glaubst du, er hat recht?«

»Er hat das für sich entschieden. Ich glaube, das muss jeder für sich entscheiden.«

Felix schwieg einen Moment, dann fragte er: »Bleibst du bei mir, Gabi?«

»Natürlich.«

Er spürte, wie Felix nickte. »Das ist gut.«

Sie saßen nebeneinander, hielten sich im Arm, während Gabor sich im Zimmer umsah und die Silhouetten eines Stuhls, eines Tisches und eines Tropfes wahrnahm. Nur dass sie gar nicht mehr wie ein Stuhl, ein Tisch oder ein Tropf wirkten, sondern wie Besucher aus einer Schattenwelt, die um das Bett Aufstellung genommen hatten, um ihnen ihre Aufwartung zu machen. Schweigsam und mit gesenkten Köpfen standen sie da und hielten Wache.

Draußen war die Brise abgeflaut, und es waren nur noch hier und da Geräusche zu hören. Und als er wieder ins Zimmer blickte, war ihm, als wären der Stuhl, der Tisch und der Tropf näher ans Bett gerückt.

Seine Hand ruhte auf Felix' Brust, durch den Stoff konnte er fühlen, wie heiß seine Haut war, und wenn er sich darauf konzentrierte, spürte er Felix' galoppierendes Herz. Sein Atem hingegen ging sehr ruhig, sodass Gabor annahm, Felix wäre eingeschlafen.

Er blickte auf, und wieder glaubte er, der Stuhl, der Tisch und der Tropf wären näher ans Bett gerückt. Und noch etwas schien anders – es schien kühler zu werden im Zimmer. Und das war kein Produkt seiner Fantasie, denn er fühlte, wie sich die Härchen an seinen Armen aufrichteten, und auch Felix' Brust verströmte nicht mehr diese Fieberhitze. Irritiert überlegte Gabor, ob er vielleicht träumte, aber er war wach, und das Zimmer wurde kühler.

Und plötzlich war da dieser Geruch.

Er schien vom Bett aufzusteigen. So seltsam neutral, ein Geruch, der eigentlich keiner war. Und da wusste Gabor, dass sie wirklich nicht mehr allein im Zimmer waren. Der Tod war an ihr Bett getreten und nahm langsam Besitz von Felix' Körper. Und dort, wo er vorbeistrich, versiegte das Leben. Sanft, nicht gierig, nicht gemein.

Er fühlte Felix' Herzschlag.

Langsamer.

Er fühlte seine Atmung.

Flacher.

Gabor war starr vor Entsetzen.

Vor Angst.

Noch spürte er Felix' Herzschlag, aber er musste sich immer stärker darauf konzentrieren. Schließlich hielt Gabor die Luft an, bis er das Pochen wieder wahrnahm. Erleichtert atmete er aus, dann hielt er erneut die Luft an: Pockpockpock.

Es war noch da.

Pockpockpock.

Noch da.

Pockpock.

Noch.

Pock.

Da.

90.

Der Schmerz folgte mit dem letzten Atemzug, und er war so überwältigend, dass Gabor Felix an sich presste und nur noch weinte. Er wollte ihn festhalten, er sollte nicht gehen, und doch nutzte alles nichts. Da war nur noch sein Körper, so zart, so schmal, aber er selbst war gegangen. Die Arme, die sich eben noch um ihn gelegt hatten, hingen jetzt an seinen Schultern herab. Felix war fort, und er würde nicht wieder zurückkehren.

Ein neuer Tag brach an, und doch stand die Welt still.

Die Figuren aus der Schattenwelt verblassten im Licht und waren wieder das, was sie vorher gewesen waren: ein Stuhl, ein Tisch und ein Tropf. Sie waren alle gegangen und den ersten Strahlen der Morgensonne gewichen. Das ganze Zimmer glühte förmlich im Glanz des Sommers, aber erwärmen konnte es niemanden.

Felix' Großeltern traten ein, doch alles, was sie vorfanden, war Gabor, der Felix außer sich vor Kummer in den Armen wiegte. Er hatte diesen Moment von sich geschoben, hatte gewusst, dass er kommen würde, und doch war der Einschlag schlimmer als alles, was er sich auch nur hatte vorstellen können. Gabor war nicht zu trösten, auch nicht von Felix' Großeltern, für die der Abschied genau so schmerzlich war, die sich aber offenbar besser hatten wappnen können.

Felix' Tod sprach sich schnell herum.

Die Mitarbeiterinnen des Hospizes betraten nach und nach das Zimmer, um sich zu verabschieden. Dann wuschen sie Felix, während sie gleichzeitig über ihn sprachen, das wenige, was sie über ihn wussten, laut aussprachen, als ob sie sich gegenseitig berichten wollten, wer Felix gewesen war. Irgendwann redete nur noch

Gabor und erzählte ihnen alles: Wer Felix gewesen war. Was er erlebt hatte. Was sie zusammen erlebt hatten. Er schilderte Felix' Träume, berichtete von Marie und dem Glück des ersten Kusses. Und sie unterbrachen die Waschung und hörten ihm zu. Bis auch sie Felix zu kennen glaubten und niemals wieder vergessen würden.

Das Hospiz hatte ein kleines Atrium, in dem Steine auf einem Kiesbett abgelegt worden waren. Jeder Stein mit einem Namen. Jeder Name ein Kind, das hier gestorben war. Einige waren bunt bemalt, andere ganz schlicht. Steine lebten ewig, so konnte niemand verloren gehen. Auf einem kleinen runden Tisch, ebenfalls aus Steinen gebaut, wurden Windlichter entzündet und ein Stein mit Felix' Namen abgelegt.

In einer kleinen Prozession wurde Felix in den Abschiedsraum gebracht.

Ein freundlicher Raum mit Holzfußboden und bunt bemalten Wänden. Dort stand ein großes Kühlbett, in das Felix gelegt wurde. Dort saßen Gabor und Felix' Großeltern und hofften darauf, dass der Schmerz nachlassen würde. Hofften auf den Moment, in dem sie Felix wirklich gehen lassen konnten. Die Leiterin des Hauses versprach ihnen, dass sie sich so viel Zeit nehmen konnten, wie sie brauchten.

Am Nachmittag kam Marie.

Sie war blass, wankte, wurde von Dr. Bendtner am Arm geführt, der ihr offenbar ein Beruhigungsmittel gegeben hatte. Sie beugte sich über das Bett und streichelte Felix' Wange, Kraft für Tränen hatte sie keine mehr. Und Gabor hatte keine Kraft, sie in den Arm zu nehmen. Dr. Bendtner drückte seinen Arm, dann verließ er mit Marie wieder den Abschiedsraum.

Es wurde Abend, es wurde Nacht.

Gabor saß immer noch auf einem Stuhl und wagte nicht, in das Bett hineinzusehen, obwohl er es gerne getan hätte. Er hätte gerne mit Felix gesprochen, aber er konnte sich nicht rühren.

Irgendwann tippte ihm jemand sanft an die Schulter. Wann er eingeschlafen war, wusste er nicht, aber jetzt stand eine Mitarbeiterin des Hospizes vor ihm und fragte, ob er vielleicht ein Bett im Haus haben wolle. Gabor schüttelte den Kopf. Dann gab sie ihm einen Schlüssel und sagte, dass er damit jederzeit in den Abschiedsraum kam. Tag und Nacht.

Gabor nickte, nahm den Schlüssel, stand auf und wagte endlich einen Blick in das Bett. Felix lag da, als ob er schlafen würde. Gabor drückte seine Hand, zuckte zurück, weil sie eiskalt war. Dann sah er sich im Raum um und fragte sich, ob Felix ihn sehen konnte. Ob er vielleicht doch noch da war. Er selbst konnte nichts spüren.

Gabor schlief zu Hause, erwachte früh nach äußerst unruhigem Schlaf, duschte und rasierte sich, zwang sich zu einem kleinen Frühstück und kehrte zurück ins Hospiz. Diesmal machte es ihm weniger aus, in das Kühlbett zu sehen, und so begann er, ein wenig mit Felix zu plaudern. Felix' Großeltern kamen dazu, was Gabor guttat: Zusammen war es tröstlicher.

Der Tag verging.

Es wurde Abend, es wurde Nacht.

Gabor war schließlich im Abschiedsraum eingeschlafen und träumte.

Er war mit Felix in einem Wagen unterwegs in einem fremden Land. Draußen war es heiß, es gab wenig zu sehen, alles wirkte ausgetrocknet und verdorrt. Sie hielten an einem Haus, in das sie eine alte Frau einließ. Felix trat ein, Gabor eilte noch einmal zum Auto zurück, um eine Tasche zu holen. Dann folgte er ihm ins Haus.

Felix war verschwunden. So laut er auch seinen Namen rief, er erhielt doch keine Antwort. Er stieg eine Treppe hinauf, öffnete eine Tür: ein leeres Zimmer. Da kehrte er um, ging einen langen Flur entlang und öffnete an dessen Ende ein weiteres Zimmer, aber auch das war leer. Er ging hinein, fand eine weitere Tür, öffnete sie, dahinter ein weiteres Zimmer. Es sah genauso aus wie das, das er zuvor betreten hatte. Er ging hinein, öffnete darin eine Tür und stand wieder in einem Zimmer, das genauso aussah wie alle anderen vor ihm. Langsam geriet er in Panik, durcheilte die Zimmer immer schneller, öffnete Türen, nur um noch mehr leere Zimmer zu finden.

Doch gerade, als er verzweifeln wollte, als er sich sicher war, Felix niemals wiederzusehen, öffnete er ein letztes Zimmer und stand plötzlich im Abschiedsraum. Und dort sah er zwei Gestalten an Felix' Bett. Sie standen mit dem Rücken zu ihm, doch er konnte erkennen, dass es ein Mann und eine Frau waren. Sie schienen mit jemandem zu sprechen, und im nächsten Moment stieg Felix aus dem Kühlbett und nahm die Hände, die ihm die beiden anboten. Gabor rief Felix' Namen, aber er schien ihn nicht zu hören. Zusammen mit der Frau und dem Mann öffnete er eine Tür und ging hindurch.

Als Gabor ihm nacheilte und die Tür aufriss, war dahinter nichts.

Er schreckte hoch.

Es war noch früh am Morgen.

Er saß immer noch auf dem Stuhl, auf dem er eingeschlafen war. Er erhob sich, ging zum Kühlbett und sah hinein.

Eine Mitarbeiterin des Hospizes betrat den Abschiedsraum und wünschte ihm leise einen guten Morgen, doch als sie Gabor so starr am Kühlbett stehen sah, näherte sie sich vorsichtig und folgte seinem Blick.

Gabor drehte sich zu ihr und sagte: »Etwas ist anders.«

Sie sah ihn an und nickte. »Ja.«

»Er wirkt so … so …«

»Leer?«, half sie.

»Ja. Gestern war das nicht so ganz sicher.«

»Das ist immer so, Herr Schoening.«

»Was ist immer so?«

»Die Kinder. Nach zwei, drei Tagen. Manchmal vier. Es ist, als ob sie endgültig gegangen wären. Sie sind nicht mehr da.«

»Und das ist immer so?«, fragte Gabor erstaunt.

»Ja. Was immer es ist, es ist nicht mehr da.«

Gabor nickte langsam.

Blickte sich um und glaubte, dass auch in dem Raum eine andere Stimmung herrschte. Es hatte sich nichts verändert, und doch war alles anders. Er blickte Felix ein letztes Mal an und sagte leise: »Ich hab dich gesehen, mein Freund.«

91.

Von seinem Traum erzählte er niemandem.

Es blieb seine Erinnerung an Felix, und je öfter er daran dachte, desto mehr wurde sie ihm zu einem Geschenk. Felix' Großeltern hatten den Abschiedsraum betreten, als die Mitarbeiterin des Hospizes gerade gegangen war, und Gabor konnte ihnen ansehen, dass sie schon im Eingang irritiert reagierten, so als ob sie eine Veränderung suchten, die sie aber nicht fanden.

Sie spürten es also auch.

Sie kamen überein, dass sie Felix nun beerdigen konnten, und überließen alles Weitere dem Hospiz.

Gabor nutzte die Zeit, um sein Büro zu räumen und seinen Anrufbeantworter abzuhören. Es gab unzählige Nachrichten, die meisten davon Headhunter, die um einen Termin baten. Es gab aber auch Anfragen von Firmen, die mit ihm reden wollten. Seine Kündigung hatte sich rasch rumgesprochen, und da ihr kein Makel anhaftete, standen sie Schlange, um ihn unter Vertrag zu nehmen. Offenbar hatte er in der Branche einen exzellenten Ruf, etwas, was man tatsächlich erst herausfand, wenn man verfügbar wurde.

Er war also wieder im Geschäft.

Es fühlte sich weder richtig noch falsch an – es fühlte sich überhaupt nicht an. Im Moment schien alles unwichtig zu sein, doch die Vernunft riet ihm, irgendwann seine Arbeit wieder aufzunehmen, weil es etwas war, was er besser konnte als die meisten anderen.

Abends stand er in seinem Penthouse und blickte über die Dächer der Stadt. Wie schön. Wie friedlich. Der Ausblick hätte Felix sicher gefallen. Er hätte hier mit Marie tanzen können, vor seinem großen Spiegel, und Gabor hätte den beiden zugesehen und ihnen mit einem Cuba Libre zugeprostet.

Dass sie es nicht taten, ließ seine Wohnung schrecklich leer erscheinen, all das Design, die Großzügigkeit, die wenigen ausgesuchten Möbel, unterstrichen nur, dass es hier kein Leben zu geben schien.

Am Tag der Beerdigung schien die Sonne, strahlend

schön, was Gabor unpassend fand. Sie waren alle gekommen, um Felix die letzte Ehre zu erweisen: sein Tangoclub, Marie, Dr. Bendtner, Felix' andere Klassenkameraden und natürlich Kathrin. Nach einem kurzen Gedenkgottesdienst geleiteten sie Felix' Sarg zu seiner letzten Ruhestätte, die mit Blumen und Kränzen übersäht war. Ein kleines Holzkreuz mit seinem Namen steckte in der Erde – der Stein aus dem Hospiz würde später folgen.

Der Priester leitete das Ritual, sprach einige tröstende, aber allgemeine Worte und überließ dann seinen Platz Gabor, der die Grabrede halten sollte. Dort stand Gabor dann, blickte auf den umkränzten Sarg, während die meisten die Köpfe gesenkt hielten und auf ihn warteten.

»Du hast mir mal erzählt, wie du als kleiner Junge am Fenster gestanden und in den Nachthimmel gesehen hast. Du hast die vielen Sterne gesehen und beschlossen, Astronaut zu werden. Du hast erzählt, dass dich eines Tages ein paar Kinder damit geärgert hätten, dass du zu dumm wärst, um zu den Sternen zu fliegen, und du hast geantwortet: ›Wer in einen luftleeren Raum fliegt und vielleicht nie wieder zurückkann, der muss sogar saudumm sein‹. Du hast dagestanden, die Arme verschränkt und gesagt: ›Daher bin ich der beste Kandidat aller Zeiten!‹

Du warst für vieles der beste Kandidat aller Zeiten. Du hast gezeigt, wie mutig man sein kann, hast dein

Schicksal mit Würde getragen, mit einer Haltung, wie ich sie noch nie bei jemandem gesehen habe. Du warst unser aller Vorbild, du bist *mein* Vorbild und wirst es bleiben, solange ich lebe. Und ganz gleich, vor welchen Aufgaben ich noch stehen werde, ich werde mich immer fragen: Was hätte Felix gemacht?

Und ja: Du warst mein bester Freund. Ich hatte niemals einen richtigen Freund, aber jetzt will ich welche haben, weil du mir gezeigt hast, was das bedeutet: Freundschaft. Niemand ist wie du, niemand wird je sein wie du. Ich bin so stolz, dein Freund gewesen zu sein. Und ich wünsche mir, dass, wenn meine Zeit kommt, ich genauso aufrecht gehen kann wie du.«

Er hatte geendet, und alle standen wie erstarrt an Felix' Grab.

Sekundenlang rührte sich niemand, bis der Priester an Gabors Stelle trat und die Segnung vornahm.

Der Sarg wurde hinabgelassen.

Für Gabor sah es so aus, als würde er einem untergehenden Schiff zusehen. Der Sarg tauchte hinab, zurück blieb allein ein rechteckiges Loch, das bald schon mit Erde bedeckt sein würde. Die Blumen und Kränze würden im Fluss der Zeit davonschwimmen, aber Felix musste keine Furcht haben, dass seine Seele eine Waise wurde. Sein Körper würde immer auf sie warten, wann immer sie auch vorbeischaute.

Später, als fast alle gegangen waren, stand Gabor noch

allein am Grab, als er hinter sich ein leises Geräusch bemerkte: Kathrin.

Sie sahen sich an.

Gabor brach in Tränen aus, und sie nahm ihn in den Arm. »Ach Gabor …«

Er musste sich weit zu ihr hinabbeugen, aber er war froh, dass jemand da war und ihn verstand.

»Ihre Rede hat mich sehr berührt«, sagte sie.

Er richtete sich wieder auf. »Ich wünschte, ich hätte sie nie halten müssen.«

»Ich weiß.«

Ohne darüber nachzudenken, sagte er: »Ich habe ihn gesehen, im Traum, wissen Sie?«

Sie schien einen Moment überrascht, aber wenn es jemanden gab, der so etwas instinktiv verstand, dann sie. So nickte sie nur und fragte: »War er glücklich?«

»Ja.«

Sie hob ihre Hand und streichelte seine Wange. »Wissen Sie noch, was ich zu Ihnen gesagt habe, als wir uns das erste Mal gesehen haben?«

»Sie meinen im Krankenhaus?«

»Ja.«

»Was haben Sie zu mir gesagt?«, fragte Gabor.

»Ich habe Sie gefragt, was so schwer auf Ihnen lastet? Und Sie dachten, es wäre, weil ich Sie vielleicht anzeigen könnte.«

»Ich erinnere mich. Und hätten Sie mich angezeigt?«

Sie lächelte. »Es ging mir nie darum, Sie anzuzeigen. Und das war auch nicht, was ich meinte.«

»Nicht?«

»Nein, Sie trugen eine schwere Last, das konnte ich sehen, aber jetzt sehe ich nichts mehr davon. Was immer Sie beherrscht hat, es ist fort.«

»Ist das Ihr Voodookram?«

Sie lachte kurz auf. »Ja, das ist mein Voodookram.«

Gabor nickte und blickte auf das offene Grab.

»Vielleicht haben Sie recht, Kathrin, aber … zu welchem Preis?«

Sie folgte seinem Blick, dann berührte sie ihn sanft am Kinn und drehte ihn zu sich. »Sie mussten einen Freund gehen lassen, aber sind Sie nicht auch ein Stück mit ihm gegangen?«

Gabor lächelte gequält. Gegen diese Frau war kein Kraut gewachsen. Er beugte sich zu ihr herab und gab ihr einen Kuss auf die Wange.

Verrückte Alte.

Freundin.

92.

Das Schuljahr war zu Ende gegangen, und die Kinder zerstreuten sich in alle Himmelsrichtungen, zumindest die, die sich einen Urlaub mit ihren Eltern leisten konnten. Die anderen blieben und mussten sich langsam, aber sicher Gedanken machen, wie ihre Zukunft aussehen sollte. Marvin, Lisa und Jennifer verließen nach der neunten Klasse die Schule mit dem Abschluss der Förderschule. Vinnie hingegen wollte den Hauptschulabschluss versuchen.

Gabor hatte allen seine Handynummer gegeben und angeboten, ihnen bei der Jobsuche behilflich zu sein, wobei Marvin einen Job auf dem Bau begann und Jennifer im elterlichen Betrieb Friseurin lernen sollte. Bei Lisa bestanden die Zieheltern auf einer Ausbildung im hauswirtschaftlichen Bereich oder in der Küche, doch Gabor und Kathrin setzten sich für sie ein und erreichten, dass sie in einer Tanzschule einen Job übernahm. Genau wie Gabor in ihrem Alter. Gabor wollte, dass ihr Tanztalent gefördert würde, damit sie vielleicht eines Tages als Tanzlehrerin arbeiten konnte. Vorausgesetzt, sie würde Zutrauen fassen und sich ihrer Umwelt wieder regelmäßig mitteilen. Im Moment sprach sie noch wenig, fast gar nicht, aber es wurde besser.

Gabor selbst ließ sich mit der Jobsuche den ganzen Sommer Zeit und entschied sich dann für eine leitende Stelle bei einem großen Unternehmensberater, der *Clausen & Wenningmeier* zumindest optisch auf verblüffende Art und Weise ähnelte. Es gab zwar keine *Allee*, aber ansonsten schien alles gleich: die schönen Damen wie aus einem Robert-Palmer-Video, die eleganten Anzüge mit den Einstecktüchern, die langen Arbeitszeiten, die

Meetings, Jour fixes und die E-Mail-Gewitter danach. Man ging zum Lunch, traf sich zum Dinner, und alles roch gut.

Gabor spielte mit, aber der Geschmack fehlte.

Die Lust.

Die Leidenschaft.

Er sah die Gesichter seiner Kollegen und wusste, dass sie ihre Karten niemals auf den Tisch legen würden. Sie hatten Angst und hofften, dass es besser werden würde, wenn sie aufstiegen. Gabor hätte ihnen gerne gesagt, dass es nicht besser, sondern immer schlimmer wurde, denn je mehr sie erreichten, desto größer würde die Furcht werden, alles wieder zu verlieren. Aber er blieb Profi und bevorzugte die, bei denen er die Gier am deutlichsten sah, denn er wusste, dass das Rudel immer von den Stärksten angeführt werden musste. Er hatte dieses System nicht erfunden, und er würde es auch nicht ändern, weil es nicht zu ändern war.

Und noch in einer weiteren Sache blieb er Profi und wartete geduldig auf seine Chance. Die kam ein paar Wochen nach seiner Kündigung: Sonjas letzte Amtshandlung war, Gabor einen Tipp zu geben, wann Fitz sich wieder mit Wim de Vries von *Reos* traf. Dann packte sie ihren Kram, kündigte fristlos und begann ihren neuen Job in Gabors neuer Firma als dessen Assistentin.

Diesmal ließen sich die Detektive nicht abhängen, sondern erwischten Fitz und de Vries in einem Restaurant weit draußen auf dem Land. Sie hörten das Gespräch ab, schossen ein Foto, das noch in derselben Nacht diversen Redakteuren von Wirtschaftsmagazinen über Twitter zugespielt wurde. Zu Fitz' Pech hatten sie während ihres Gesprächs auch über Gehaltsvorstellungen gesprochen, sodass sich auch diese Zahl in der Twitter-Meldung wiederfand.

Clausens Reaktion ließ nicht lange auf sich warten: Fitz wurde sofort freigestellt. Er ließ ihm nicht einmal Zeit, sein Büro zu räumen. Und auch *Reos* wurde aktiv, aufgeschreckt von der Indiskretion, die durch die ganze Geschäftswelt geisterte. Der Aufsichtsrat war strikt gegen ein Engagement von Fitz und zwang de Vries, Abstand davon zu nehmen.

Es gab einen Leitartikel über Moral und Unmoral im Geschäftsleben, bei dem Gabor sicher war, dass Clausen ihn lanciert beziehungsweise eine Gefälligkeit von einem der Chefredakteure eingefordert hatte. Er schlug medial hohe Wellen, man nahm ihn zum Anlass, über Selbstverpflichtungen nachzudenken, die natürlich niemand eingehen würde. Worüber aber Einigkeit herrschte, war, dass David Fitz keinen Job mehr bekommen sollte. Nicht auf absehbare Zeit. Niemand hatte Lust, öffentlich als gewissenlos und kaltschnäuzig dazustehen.

Gabor hatte die Schlacht um *Clausen & Wenningmeier* verloren, aber den Krieg gegen Fitz gewonnen. Er hatte nachgeholt, was er vor Monaten hätte erledigen sollen und einen Posten auf null gestellt, der in der Jahresbilanz störte. Fitz war nicht der einzige Hai im Becken, und für alle galt: Wer zubiss, der sollte auch stark genug dafür sein, denn Blut war im Wasser. Und hungrig waren andere auch.

Und dann war da noch eine andere Sache …

Camilla hatte Gabor genau zugehört, und was sie auf der Gala bereits geahnt hatte, wusste sie spätestens auf der Beerdigung: Dieser Mann war kein Blender, kein Verführer. Oder er war es nicht mehr. Denn sie hatte einen zutiefst verzweifelten Menschen an Felix' Grab gesehen, der alles aufgegeben hätte, nur um noch einmal mit seinem Freund zu sprechen. Einigermaßen frustriert waren sie und Vinnie nach Hause gegangen, nachdem sie versucht hatte, noch einmal Blickkontakt mit ihm aufzunehmen, aber Gabor hatte sie überhaupt nicht wahrgenommen. In diesem Moment hatte sie gedacht, dass sie Gabor nie wiedersehen würde, aber der Zufall öffnete ihr unverhofft eine Tür.

Nachdem Vinnie den ganzen Sommer lang in seiner unnachahmlichen Art versucht hatte, sie dazu zu bewegen, Gabor anzurufen, was sie stets abgelehnt hatte, obwohl sie nichts lieber getan hätte, half ein Einkaufsbummel in der Stadt dem Schicksal auf die Sprünge.

Die Schule hatte wieder begonnen, als sie mit Vinnie vor einem Schaufenster stand und Vinnie ihr erklärte, warum ihr Müttergeschmack so was von total daneben war. Sie hatte schlicht keine Ahnung von den Bedürfnissen eines *Mannes* und konnte daher auch nicht einschätzen, was ein Mann brauchte, um die richtigen Signale zu senden. Dabei zeigte er auf ein T-Shirt, das ihm gefiel und das an Geschmacklosigkeit nicht zu überbieten war.

In diesem Moment war Camilla, als würde sie beobachtet werden.

Sie blickte auf und sah im Spiegelbild des Schaufensters Gabor hinter ihnen stehen. Ihr Herz klopfte, was sie freute und gleichsam ärgerte, weil sie sich wie ein verliebter Teenager vorkam, dann schenkte sie ihm ihr schönstes Lächeln in der Hoffnung, er würde es als Zeichen wahrnehmen.

Er lud sie zum Kaffee ein.

Erst sehr viel später würde sie erfahren, dass Vinnie diesen *Zufall* arrangiert hatte, nicht nur weil er seiner Mutter eine Chance geben wollte, sondern auch weil er es satthatte, dass sie ständig seine Klamotten aussuchte. So bekamen beide, was sie wollten: Camilla ein Date und Vinnie die beknacktesten Klamotten der Stadt.

Ein paar Wochen später, etwa zu der Zeit, als Gabor den Tangoclub wiederbelebte und seine Kids zweimal die Woche zu sich ins Penthouse einlud, wurden Camilla und Gabor ein Paar. Schon bald konnte man die beiden durch das Penthouse tanzen sehen, zur leisen

Enttäuschung von Gabors Nachbarin von gegenüber, denn das Badabing! von früher war vorbei, und sie seufzte wohlig in Erinnerung an die guten alten Zeiten. Dem riesigen goldenen Barockspiegel, in dem sich schon Ludwig XIV. gesonnt hatte, blieb der nackte Mann in Socken jedenfalls erspart.

An einem Wochenende im August fuhren sie zu dritt zu einem Kurzurlaub an die See, und es waren auch die beiden, die Gabor begleiteten, als er sein Versprechen einlöste: Auf einem langen Steg stehend, weit weg vom Strand, warf er Felix' Flaschenpost ins Wasser. Sie sahen dem aufgeregt tanzenden Flaschenhals noch eine Weile nach, bis die Strömung die Nachricht weit hinaus auf die offene See gezogen hatte.

Sie würde eine lange Reise antreten, und während dieser Zeit würde ein kleines unscheinbares Handy auf Gabors Sideboard liegen. Eines Tages, da war er sich sicher, würde es klingeln. Und dann würde er abheben und sagen: »Hallo, ich bin Gabor, aber Freunde dürfen Gabi zu mir sagen.«

DANKE

… all denen, die mit mir durch diesen Text getanzt sind.

Besonders erwähnen möchte ich den Kardiologen Dr. Alex Gillor, dessen Engagement und Fachwissen unheimlich wertvoll waren. Den Palliativmediziner Dr. Jochen Stolz. Und natürlich den Arzt, dem die Autoren vertrauen, Dr. Pablo Hagemeyer.

Petra Hengge für die ersten Einblicke in die Geheimnisse des Tangos, Frauke Samuray für ein tieferes Verständnis von Förderschulen und die Beantwortung vieler Fragen. Meike Vegelahn-Leeser, die versuchte, mir die komplizierten Grundzüge des Pflegeverhältnisses und des Sorgerechts zu erhellen.

Melanie van Dijk und Schwester Viviane Witt nicht nur dafür, dass sie mich in ihr Hospiz einluden, sondern vor allem dafür, dass sie eine Arbeit tun, die gar nicht hoch genug eingeschätzt werden kann. Unterstützen Sie die gute Sache, und helfen Sie! Sie finden alles hier: https://www.kinderhospiz-regenbogenland.de.

Camilla Jakobsen: Don't stop and find your camino!

Last but not least: Dr. Raúl Navarro por todo lo que has hecho para mi familia.